10 **18**

12, avenue d'Italie - Paris XIIIe

FABLIAUX

Textes traduits et présentés
par Rosanna Brusegan

10 18

Édition bilingue

« *Bibliothèque médiévale* »
dirigée par Paul Zumthor

Si vous désirez être régulièrement tenu au courant
de nos publications, écrivez-nous :
Editions 10/18
12, avenue d'Italie
75627 Paris Cedex 13

INTRODUCTION

Les formes de la narration brève connurent un grand succès au XIIIe siècle. *Lais, exempla, fabliaux,* contes moraux coexistaient dans une configuration de genres liés l'un à l'autre au point de s'entremêler et de créer des genres mélangés : le lai burlesque, croisement de formes de représentations diverses, narrative et dramatique comme le *Dit de Dame Jouenne* ou mélange de vers et prose comme dans la chantefable *Aucassin et Nicolette.*

La terminologie elle-même (*lai, fablel, fable, essample, proverbe, dit*) coexiste de façon indistincte dans la conscience des auteurs. Toute tentative d'opérer une classification rigide est donc arbitraire. Grâce toutefois à la notion de dominante formulée par Jakobson et reprise par Jauss, il est possible de parvenir à une méthode d'analyse qui tienne compte de cette situation de contact entre les différents genres narratifs brefs. La dominante gouverne le système du texte, mais elle devient aussi une règle du micro-système particulier constitué par des genres contigus : lai-fabliau, *exemplum*-fabliau. Au travers de textes particuliers, grâce à cette règle, le « mélange des genres » devient catégorie productive (Jauss, 44).

De même, la classification thématique ou l'analyse du statut social des personnages ne rend pas compte de la spécificité du fabliau. Le seul critère de pertinence doit être cherché dans la forme. Les éléments constitutifs du

7

fabliau s'ancrent dans des « lignes convergentes » (Zumthor, 1972, 399) ou une « configuration de tendances » (Noomen) qui portent à un modèle commun.

Le *fabliau*, forme picarde de *fablel,* diminutif de fable, est un récit bref en vers. La brièveté est une règle dont les auteurs et les copistes ne se lassent pas de répéter qu'ils l'ont respectée. *Ele est et brieve et petite* souligne Garin à propos de l'histoire de *La Grue* (NRCF, IV, 153, v. 8).

La brièveté se fonde nécessairement sur l'unité d'action. Dans le cas où l'aventure prévoit plusieurs actions ou la répétition de l'action, l'auteur s'empresse de s'excuser auprès de son auditoire. Ainsi Hugues Piaucele, devant raconter un récit de 630 vers, au-delà donc des capacités d'écoute en une seule séance sans que celle-ci n'en devienne trop éprouvante, c'est-à-dire après deux heures (Zumthor, 1987, 212), a recours aux formules typiques de la narration épique pour inviter humblement à l'attention (*se vous me volez escouter*, v. 20). Il crée un climat de suspense (*Bien l'orrez dire au darrains*, v. 34), et en même temps, après avoir présenté les personnages, résume brièvement les faits antérieurs (*Troi prestre...,* v. 12-18), chose rare dans le fabliau et au contraire particularité du roman. Le fabliau type compte 200 à 400 vers et les formes plus longues constituent des anomalies qui se rapprochent d'autres genres comme le roman picaresque (*Trubert*) ou la nouvelle sentimentale (*La Veuve*) que l'auteur appelle *romans* (v. 592).

Hugues Piaucele s'excuse pour la longueur de son récit mais dit que cela est une conséquence de sa source et s'il omet quelque détail, il craint que son récit n'en devienne *corrompus* (*Se ne le vous di, ce me samble, / Li fabliaus seroit corrumpus*, v. 254-55).

La versification en couplets d'octosyllabes est commune aux lais et aux fabliaux, à une seule exception près pour ces derniers : *Le Prestre qui fut mis au Lardier* est chanté. Il s'agit du seul témoignage d'un genre de fabliau chanté, mais l'existence de cette forme lyrique semble autorisée par un passage du *Povre Clerc*. Le bourgeois chez lequel le clerc est hébergé le presse de « dire une escriture / o de chançon o d'aventure » (NRCF, VII, 263, v. 129-30)

Le mélange de trois termes : *dire, escriture, chançon* laisse supposer que le clerc raconte un texte écrit en forme lyrique. De même, dans le prologue du *Secretain* (NRCF, VII, 174) on dit qu'il est d'usage en Normandie que celui qui est hébergé dise « fable, ou chançon » à l'hôte (v. 1-3).

Le *Povre Clerc* avoue qu'il « ne sait de fables » (v. 135) ni de *fablel* (v. 138), en revanche il peut dire sa peur, c'est-à-dire faire une relation orale originale, chantée, de l'événement, auquel il vient d'assister (v. 134-39).

Le travail de mise en vers est dur, rappelle Guillaume le Normand, « qui sovent se lasse / en rimer et en fabloier » (*Le Prestre et Alison*, éd. Ph. Ménard, 1979, 59, v. 4-5) et ce labeur est une garantie de vérité. Grâce à cet effort de formalisation, le conte passe de la réalité, où il a été recueilli par un témoin influent, à un autre plan d'existence, à l'écriture, à la fiction et à sa vérité. La vérité du récit coïncide avec sa mise en rime (Brusegan, 1988-97-8).

Le prologue se charge de donner toutes les informations qui font comprendre comment le récit fonctionne dans la situation de performance concrète : sur l'auteur, le narrateur, le récitant, l'auditoire (Noomen, 1992). Les renseignements sur la source de l'information en possession du narrateur et du canal de cette transmission – un témoin de l'événement, l'opinion commune, un texte normatif précédant l'anecdote, le narrateur lui-même qui a assisté à l'événement – sont communs au *fabliau* et à l'*exemplum* (Schmitt, 1981, 113) :

> D'une avanture que *je sai,*
> Que j'oï conter a Douai,
> Vos conterai *briement* la some;
> Q'avint d'une fame et d'un home :
> *Ne sai* pas de chascun lo nom
> (*Le Sohait des Vez*, NRCF, VI, 259, v. 1-5).

Le rapporteur de l'épisode piquant est le marchand protagoniste du récit dont l'insensibilité affective et sexuelle provoque le rêve de vits chez son épouse. Après s'être réconcilié avec sa femme qui lui raconte son songe, le marchand le raconte à son tour – bêtement souligne Bodel, parce qu'il y fait figure de sot – jusqu'à ce que, passant de bouche à oreille, l'apprend un rimeur de fabliaux qui l'ajoute à son répertoire :

> La nuit furent mout bien ensanble !
> Mais de ce lo tieng a estot
> Que l'andemain lo dist par tot,
> Tant que lo sot Johanz Bodiaus,
> Uns rimoieres de flabliaus;
> Et por ce qu'il li sanbla boens,
> Si l'asanbla avoc les suens.
> Por ce que plus n'i fist alonge,
> Fenist la dame ci son songe.

(*Le Sohait des Vez,* NRCF, VI, 259, v. 206-14).

L'auteur recrée à rebours les étapes de la chaîne orale qui ont fait parvenir à ses oreilles l'anecdote, vante sa capacité mnémotechnique (« Que je sai », v. 1) qui implique également des trous de mémoire (« Ne sai pas de chascun lo non », v. 5). L'oubli du nom est considéré comme une parodie de la technique romanesque de la *retardatio nominis* (Picone, 113). De même, dans *Le Vilain de Bailluel*, le narrateur dit : « Ce ne vous sai je tesmoingnier / S'il l'enfouirent au matin » (NRCF, V, 233, v. 112-13).

Le refus d'une mimesis qui clôt la représentation dans sa totalité, cette faille ouverte dans le savoir plein, auquel prétend la relation mimétique unidirectionnelle, creuse un passage à la fiction : les fragments de la réalité fournis par la mémoire sont recomposés par l'imagination comme dans le rêve (Brusegan, 1988, 100). Le songe des vits, fait par la femme du marchand, est une forme d'oubli.

Même si le jongleur des *Deus Bordeors ribaus* se vante de connaître par cœur un répertoire très vaste d'ouvrages en vogue autour de 1176-77 – romans antiques, romans bretons, chansons de geste, fables et fabliaux –, les jongleurs et les clercs se servaient d'un texte écrit comme support à leur performance.

Il existait des recueils spéciaux compilés pour les jongleurs, appelés « manuscrits de jongleur ». Probablement, la Confrérie des jongleurs et des bourgeois d'Arras, dont Bodel était membre – si c'est son décès qui se trouve enregistré dans le *Nécrologe* de 1209 (Berger, 1963, 95) –, en possédait un. En plus des finalités religieuses de secours mutuel et de sépulture des morts, la confrérie avait pour but de veiller aux intérêts de ses membres à l'égard de la concurrence extérieure. N. Van den Boogaard suppose qu'elle organisa des écoles pour enseigner le métier de jongleur, et ce serait la raison pour laquelle les plus grands recueils de fabliaux remontent à la fin du XIIIe et au début du XIVe siècle, coïncidant avec la floraison de guildes de jongleurs (1985, 67).

L'histoire du *Vilain de Bailluel* a été racontée à Jean Bodel par son « mestre » (v. 2). Le maître apprenait à déclamer ou à composer, fournissait les anecdotes à mettre en rime, qui étaient soumises au jugement des collègues, maîtres et apprentis. Le livre aurait été, non pas un manuscrit de jongleur, mais un répertoire de textes aux règles bien précises, dans lequel puiser, selon les nécessités, à l'occasion de fêtes et de concours poétiques organisés dans la confrérie.

Dans *Berte aus grans piés* (fin XIIIe siècle), on souligne le décalage existant entre la catégorie des « aprentiç jougleour » et celle des « escrivain mari » (v. 13) (Van den Boogaard, 69). Le narrateur du *Sohait des Vez* avait-il besoin de rappeler que Jean Bodel, auteur de huit fabliaux, était « uns rimoieres de fabliaus », au cas où celui-ci n'aurait pas déjà été suffisamment connu (Noomen, 1992, p. 334)? Le récitant s'adressait probablement à un nouveau public loin d'Arras. Dans ce cas, il était vraisemblable qu'un pourvoyeur de textes et d'anecdotes lui avait fourni l'histoire du *Vilain de Bailluel*. Le prologue d'un autre fabliau du poète arrageois nous apporte un élément propre à enrichir les données sur les modes de production et sur la destination du genre. Il s'agit du *Couvoiteus et l'Envieus* :

> Seignor, aprés le fabloier,
> Me vueil a voir dire apoier ;
> Quar qui ne set dire que fables
> N'est mie conterres regnables
> Por a *haute cort* servir,
> S'il ne sait voir dire ou mentir.
> Mais cil qui du mestier est fers
> Doit bien par droit entre deus vers
> Conter de la tierce meüre.
>   (NRCF, VI, 273, v. 1-9).

Dans ce cinquième fabliau de Jean Bodel, d'après la liste qu'il en fait dans les *Deus Chevaus*, l'auteur se fait le porte-parole de polémiques internes à la catégorie des jongleurs et des ménestrels. Il est conscient de la dignité conquise par son métier de poète : un ménestrel doit savoir composer des contes mensongers (*fabloier* et *fables*) et des contes véridiques pour être digne de servir la « noble assemblée » réunie à la confrérie à l'occasion de ses fêtes et du *Grand Siège*. L'adjectif *haute* est fréquemment utilisé en tant que qualificatif de « feste », tant en milieu aristocratique que bourgeois, et est synonyme de « grant cort ». Dans un passage de *Charlot le Juif* de Rutebeuf, écrit avant 1271, *grans cors* (v. 58) se réfère à « genz de bone geste », « aux gens de la bonne société » (Zink, 1990, 266). En effet, Guillaume « le penetier », dont il est question dans le récit, appartient à l'entourage du comte de Poitiers. *Haute cort, grant cort* se réfèrent, dans ces passages, au public de la haute bourgeoisie urbaine qui atteint le sommet de la fortune économique dans la première moitié du XIIIe siècle.

Encore un terme technique dans *Charlot le Juif* : *maître*. Rutebeuf critique l'avarice des maîtres qui se servent des jongleurs sans les récompenser de façon adéquate. Les fêtes de mariage avec les veillées dans les demeures bourgeoises, dans les tavernes, les performances sur les places, les fêtes des confraternités étaient les lieux d'exhibition. La fête terminée, les jongleurs demandent au marié une récompense : des patrons ou des deniers :

> Doneiz nos *maitres* ou deniers,
> Font il, qu'il est droiz et raisons,
> S'ira chacuns en sa maison
> (éd. Zink, 266, v. 64-74).

Un parent, ou un ami, et souvent un ecclésiastique se chargeaient de récompenser le jongleur (Zink, 1990, p. 489 ; Faral-Bastin, II, p. 258). Dans le fabliau de Rutebeuf, en revanche, les deux termes sont en rapport d'exclusion.

Le deuxième sens de « maître » : imprésario, ordonnateur de spectacles nous renvoie au milieu de la confrérie. Le maître tient les notes de frais, le registre des comptes et des recettes pour la préparation des spectacles et les livres de la confrérie.

Dans le manuscrit B de *La Grue* de Garin (NRCF, IV, 183), le narrateur se dit chargé par quelqu'un de composer un récit :

> Puis qu'il m'a esté enchargié,
> Voudré je un fabliau ja fere,
> Dom la matiere oï retrere
> A Vercelai devant les changes.
> (v. 2-5).

Parmi les nombreuses catégories de ménestrels auxquelles fait allusion l'auteur du *Prestre et Alison* (v. 1-3), Jean Bodel se reconnaît compagnon des ménestrels et le réaffirme à deux reprises dans son *Congés* (« He ! Menestrel, douch compaignon », XLIV, éd. Ruelle, 104) et encore dans la *Chanson des Saisnes* (« Cil bastart jougleour, qui vont par ces vilious / A ces longues vïeles a depeciés forriaus », v. 25-28, éd. Brasseur). Ainsi dans *La Housse partie* (NRCF, III, 177) on distingue les *bon menestrel* (v. 19) qui ont du talent et cherchent à s'améliorer en sagesse, des *pereceus* (v. 16), les paresseux, indifférents, vils jongleurs qui font seulement une basse littérature de colportage.

13

Biau dis, biau mot, biau conte remplacent souvent le terme *fabliau* et désignent un *fabliau* de style élevé, écrit par un ménestrel habile et destiné tant à la haute bourgeoisie qu'à l'aristocratie :

> Je tieng le menestrel a sage
> Qui en trouver met son usage
> De faire biaus dis et biaus contes
> C'on dist devant rois et contes
> Flabliaus sont boin a escouter :
> Maint duel, maint mal font oublier,
> Et maint anui et maint meffait
>
> (Courtebarbe, *Les trois Aveugles de Compiegne,*
> NRCF, II, 151, v. 3-9)

Dans ce passage, l'allusion au public aristocratique est amenée par la rime *contes : contes*. Il s'agit d'une formule traditionnelle (Varvaro, 280).

Courtebarbe et Rutebeuf écrivent au milieu du XIIIᵉ siècle. La haute bourgeoisie a assumé les comportements de l'aristocratie, pratique des genres littéraires courtois comme la chanson et la *pastourelle* dans les Puys et les nombreuses confréries apparues dans le nord-est de la France, à Arras, Amiens, Valenciennes. Dans le *Jeu de la Feuillée* d'Adam de la Halle, les grands bourgeois arrivés au sommet de la Roue de la Fortune ne sont peut-être pas appelés, ironiquement, *sire* et *emperere* (v. 783), et qu'en est-il de l'entourage bourgeois du comte d'Artois (« Ils sont bien du conte ; / Et sont de le vile signeur », v. 790-91) ?

Le trouvère amiénois Henri d'Andeli revendique pour son *Lai d'Aristote* (*mon traitié,* v. 38) la dignité littéraire et morale avilie par la multitude de jongleurs qui pratiquent des thèmes plus obscènes (*vilain mot, vilanie*) :

> Quar oevre ou vilanie cort
> Ne doit estre escoutee a cort,
> [...]
> Ne ne quier estre trov[e]eur
> De nule riens en mon vivant
> Ou vilain mot voist arrivant,

Ainz dirai de droit essanplaire
Chose qui puist valoir et plaire
(*Lai d'Aristote*, éd. Reid, 1958, p. 70, v. 45-58).

Le terme *lai*, qui apparaît seulement dans quelques manuscrits, désigne un fabliau de style et de sujet élevés (le pouvoir de l'Amour) composé pour une cour : l'auteur est toutefois conscient que son poème appartient à un genre souvent associé à l'obscénité (Reid, XIII) et veut s'en dissocier. La même préoccupation inspire l'auteur du *Prestre qui fut mis au Lardier (Baillet)* qui entend composer un fabliau de style élevé – la forme lyrique contribue à cet effet – et sans parole obscène, sur un sujet bas typique du fabliau : l'adultère de la femme du savetier :

> Mos sans vilonie
> Vous veil recorder
> Afin qu'en s'en rie
> D'un franc savetier
> (MR, II, 24, v. 1-4).

On a hésité à insérer ce texte dans le corpus des fabliaux auquel il appartient par son thème, mais si l'on tient compte des genres littéraires en vogue dans les confréries et les Puys (chansons, jeux-partis, drames, pastourelles), il n'est pas étonnant que *Baillet, Le Lai d'Aristote, Les trois Aveugles de Compiegne* furent tous composés pour le public plus distingué des académies littéraires où se trouvaient également des *dus et contes*, ducs et comtes souvent appelés en tant que juges dans les *jeux-partis*.

A côté des fabliaux de style et de sujet bas, il existe des fabliaux de sujet bas mais de style élevé comme *Auberee, La Borgoise d'Orliens, Les trois Aveugles de Compiegne* ou *le Lai d'Aristote.*

Le but du fabliau est le divertissement, et le comique est la dominante du genre. Nous pouvons le définir comme une fiction qui vise à divertir un public tant bourgeois qu'aristocratique, à introduire dans les cœurs, sur lesquels pèsent la *gravitas* de la vie et les coercitions du pouvoir et de la morale, l'insouciance, la légèreté, le rire.

Entre les deux extrêmes constitués par le fabliau raffiné et le plus vulgaire s'étend le vaste terrain vague des contes qui s'inspirent du simple désir de faire rire, à raconter après le repas dans un *stylus mediocris* et fondés sur une anecdote, un jeu de mots. Cette esthétique de la légèreté est celle qui résulte du prologue de *La Vieille Truande* :

> Des fables fait on les fabliaus
> Et des notes les sons noviaus
> Et des materes les canchons
> Et des dras cauces et cauchons,
> Por çou vos voel dire et conter
> Un fabelet por deliter,
> D'une fable que jou oï
>   (NRCF, IV, 313, v. 1-7).

Tout le poids du fabliau type repose sur la *fable*, c'est-à-dire sur l'anecdote, la matière. Le rapport entre fable et fabliau justifie la nature de *Trubert*, écrit par Douin de Lavesne vers le milieu du XIIIe siècle :

> En fabliaus doit fables avoir,
> S'il a il ce sachiez de voir :
> Por ce est fabliaus apelez
> Que de faubles est aünez
>   (éd. Raynaud de Lage, v. 1-4).

L'infraction à la règle de la brièveté est justifiée dans ce roman picaresque avant la lettre par le fait que les aventures (*fables*) surviennent à un seul et même héros. Le terme *fable* a perdu ici la connotation de genre dans lequel la morale a une position dominante et il peut donc remplacer le terme *fabliau,* comme dans les *Deus Chevaus* de Bodel : « Mes qui de fablel fet grant fable / N'a pas de trover sens legier » (NRCF, V, 251, v. 20-21).

Jean Bodel insère dans son répertoire de fabliaux une véritable fable ésopique (*Dou lou et de l'oue,* « Le loup et l'oie ») et utilise souvent le terme *fable* pour indiquer le fabliau : *Gombert*, v. 1 : *En iceste fable parolle;* v. 186 : *Ceste fable dit por essample;* qui pourtant est appelé *fablel* au v. 192; *Barat et Haimet*, v. 1 : *A ceste fable di, baron;* les *Deus Chevaus* est appelé *fable* (v. 2). *Le Vilain de Bailluel* porte le nom *fabliau* (v. 1). *Fable* est utilisé à la place de *fabliau* en tant que terme qui signale un récit jouissant d'un certain prestige. Mais un glissement sémantique se produit dans les prologues, où on insiste sur l'aspect véridique de la narration : *fabliau* devient synonyme de vérité et *fable* de mensonge.

Ainsi, que la fonction de véridicité du discours poétique soit attribuée au travail de mise en rime, ou qu'elle résulte uniquement d'une opposition avec le terme fable-mensonge, l'intention des auteurs est de donner dignité littéraire à un nouveau genre vernaculaire. La naissance de nouvelles formes poétiques est marquée par le déplacement de la valeur de véridicité de la forme ancienne à la forme nouvelle. L'émergence de la prose dans la première moitié du XIIIe siècle est, elle aussi, saluée par les auteurs de romans, qui y voient un retour à la vérité après les vains mensonges transmis par la littérature en vers.

Dans la version β du *Roman de Renart*, on peut lire : « Et fables et chançons de geste » qui devient dans la version α, postérieure, de 1170 environ : « Et fabliaus et chançon de geste » (éd. Martin, Br. II, v. 7).

De même, dans un des manuscrits de la version française de la *Disciplina Clericalis,* traduite au milieu du XIIe siècle de l'arabe en latin par le juif espagnol converti au christianisme Petrus Alphonsus, le terme *fabliau* désigne cinq *exempla*, indice que le genre était connu et répandu. Un père raconte à son fils des contes édifiants pour le mettre en garde contre les femmes, mais le fils lui demande de façon explicite des fabliaux. *Exemplum* et fabliau sont perçus, dans une certaine période de leur histoire, comme appartenant à la même ligne de force, tant par les auteurs que par les compilateurs de manuscrits, qui choisissaient les textes par genres semblables. Le manuscrit B.N fr. 19152 nous a, en effet, transmis vingt-huit fabliaux et une version de la *Disciplina Clericalis*. De là l'usage également de *essample* pour indiquer un fabliau porteur d'une vérité morale de type gnomique.

La même interchangeabilité de termes désignant le même genre peut être relevée à propos de *lai* et *fabliau*. *Auberee* est défini *lai* dans le manuscrit J (BN, fr. 1553, *Li lais de Auberee*) parce que le copiste a identifié la recherche formelle du fabliau avec ce genre aristocratique. Ainsi, au croisement de différentes formes de représentation, entre drame et narration, *Courtois d'Arras* est appelé *lai* dans le manuscrit A (*Li lais de Courtois*) à cause de la présence dans le texte dramatique de passages narratifs. Le *Lai du Lecheor* est un fabliau à plein titre, qui porte encore le terme du genre qu'il parodie. Quand le *lai* devient stéréotype et, après un dernier sursaut de vitalité qui donne naissance au *lai burlesque*, disparaît, ce terme en vient à désigner le *fabliau* de style élevé, un conte sérieux et aussi un traité en vers (Foulet, 1906, 263-264).

Il est donc nécessaire de placer dans un cadre historique la notion de genre, et d'observer le jeu des éléments constants et des éléments variables, qui nous transmettent la mentalité et les idées esthétiques d'une certaine époque.

Le didactisme est un élément qui caractérise toute la littérature médiévale, mais devient dans le fabliau le protagoniste d'une des deux instances en conflit représentées par le discours exemplaire et le discours fictif. Ces deux discours peuvent s'intégrer totalement, en considérant la moralité comme élément dominant (*La Bourse pleine de Sens,* par exemple) ou se juxtaposer en faisant triompher, en fin de compte, l'instance morale, reprise par de nombreux commentaires au sein du récit, comme dans les fabliaux de Rutebeuf. Le didactisme peut être accessoire, l'instance pédagogique utilisée de façon ironique comme alibi pour faire passer le discours de la simulation et du mensonge. Dans ce cas, les sentences et proverbes sont utilisés dans le cadre, le prologue et l'épilogue, comme moyens faciles pour commencer et terminer le récit.

Jongleurs et clercs meurent d'envie de donner libre cours à leur imagination, d'entrer dans l'espace du jeu et de la fiction, mais cette liberté créatrice ne peut s'exprimer qu'en faisant un compromis avec l'autorité morale. Nous pouvons donc distinguer quatre lignes de tendance dans les rapports entre ces deux instances :

1) La morale et le thème sont intégrés et forment une unité (Nykrog, 1973, 101). *Le Vilain Asnier* et *Le Testament de l'Asne* de Rutebeuf illustrent bien cette tendance. Le dessein de Rutebeuf est de persuader. Le rire naît de la satire. Ses prologues contiennent de longs développements moraux enrichis de proverbes; ils ne renferment aucune allusion à la mise en forme et le récit est introduit par la formule *je le vos di por ce*, comme glose et illustration de la moralité explicitée dans le prologue. Une morale finale clôt le récit dans une sorte de prison.

2) La moralité est mise au service du discours fictif qui réussit à s'affranchir sans la mettre en question. Jean Bodel veut faire rire en enseignant.

3) Morale non intégrée. Les deux discours entrent en conflit, le récit provoque la morale. Bien que l'incipit de *La Veuve* présente le récit comme un enseignement (*castoier*, v. 1), l'épilogue donne raison à la protagoniste : *Feme fait bien que faire doit* (v. 591). Gautier Le Leu et le public souscrivent à ses caprices, à sa sensualité, à son mauvais caractère.

4) Absence de didactisme pouvant émerger sous une forme squelettique à partir d'une structure profonde, incapable de générer le message moral, et qui se dépose en proverbes et sentences provisoires. Cette prépondérance du récit sur la morale semble due au rôle dominant joué par la tradition folklorique, qui fournit le thème, sur la tradition cléricale. *Le Vilain Mire* est, à mon avis, représentatif de cette tendance.

L'intention édifiante de l'*exemplum* se transforme en intention morale dans le *fabliau,* sans pour autant que le premier précède le second. Les deux genres puisent dans la tradition folklorique et cléricale qui a inspiré histoires et anecdotes constituant deux réservoirs de matériaux prêts à entrer dans des genres différents.

Les recueils d'*exempla* furent compilés au cours du XIIIᵉ siècle à l'usage des prédicateurs, qui s'en servaient dans leurs sermons pour illustrer les préceptes moraux. Le plus connu – les *Sermones Vulgares* de Jacques de Vitry – remonte à 1238-1240, et il est probable qu'il a pour origine la faveur rencontrée par les fabliaux. Van den Boogaard remarque la présence de phrases en français dans quelques *exempla*, preuve que « le récit était connu en français et *connu sous une forme bien déterminée* » (p. 178). Le fait de tirer l'anecdote d'un fabliau assurait plein succès au sermon et en endiguait la force provocatrice.

La tradition cléricale médiolatine avait créé une mentalité fondée sur des stéréotypes destinés à toutes les classes sociales : l'enfer du mariage pour éloigner les clercs du péché de la chair et les inviter à la continence, la femme luxurieuse, intrigante, volage, rusée et querelleuse pour effacer la tentation et les séductions du corps. L'idée de la séparation entre les classes sociales avait produit le cliché du paysan grossier, sale et puant.

Le fabliau part de ces lieux communs pour les démentir ou les confirmer, en fonction de l'élément qui est considéré comme dominant : la moralité ou la fiction, le pouvoir ou la simulation, le jeu. Des thèmes ayant pour origine le milieu clérical voyagent, entrent en compte pour former l'opinion commune.

L'Enfent de noif, par exemple, est l'aboutissement d'une tradition cléricale qui s'est élargie en éventail en pénétrant dans plusieurs genres. Ce *fabliau* puise sa matière dans les disputes théologiques sur le mystère de l'Incarnation et dans les théories médiévales fantaisistes sur la conception virginale de la Vierge, conception buccale, dans ce cas, mais aussi parfois auriculaire.

Nous trouvons ce thème dans les poèmes satiriques lyriques appelés *Carmina Cantabrigensia* (XIV), en prose dans un *exemplum, De puero et nive,* présenté comme

20

exemple de *brevitas* dans la *Poetria nova* de Geoffroy de Vinsauf (Faral, 220), ou enfin en vers élégiaques comme argument d'un *jocus monachorum*, appelé fabliau latin par Faral, le *Mercator,* qui fut composé pour les moines et les clercs des écoles, afin qu'ils se récréent après les exercices scolaires.

L'Enfant, qui appartient au quatrième groupe, la « morale absente », n'a pas de prologue et la morale finale est une conséquence du récit : « Bien li avint qu'avenir, dust, / Qu'elle brasa ce qu'elle bust ! »

Le Vilain Asnier est un exemple du premier type : « morale intégrée au récit », provenant lui-même de la tradition cléricale, repris dans l'exemplum n° 191 des *Sermones Vulgares*, mais il nous est impossible de dire avec certitude si celle-ci en est la source. L'orgueil pousse un vilain à renier sa nature (à *se desennaturer*), c'est-à-dire à « sortir de l'espace du corps animal » représenté dans le texte par l'âne (Rey-Flaud) et à entrer dans le monde des parfums, dans le paradis de la ville de Montpellier, laborieuse, riche et parfumée. Mais ce péché est puni ; le pouvoir reste dans les mains du bourgeois, qui possède l'argent pour payer un médecin, et ramène le paysan à la vie et à l'ordre.

Le Vilain qui conquist Paradis par Plait est, au contraire, un exemple du troisième type : « morale non intégrée ». Le pouvoir, la morale, qui reste implicite, sont renversés par un acte de force contre saint Pierre, qui monte la garde à la porte du paradis afin que l'âme indigne du rustre n'y entre pas, mais la conquête est assurée et justifiée par un acte d'intelligence. Le dernier proverbe : *Mels valt engiens que ne fait force* ouvre une brèche dans la morale officielle, et préfigure une nouvelle problématique de l'existence. La dichotomie *nature / norreture*, nature / culture, qui est à la base de l'idéologie courtoise et de la culture cléricale, est dépassée au nom de la noblesse de *cuer* (« Nus n'est vilains se de cuer non », *Les Chevaliers, les clercs et les vilains*, v. 44 éd. Batany, 208). Les œuvres pies que le vilain a accomplies dans sa vie *nete et pure* sont comme une gifle à la face de saint Thomas et de saint Pierre, traîtres et parjures, qui lui contestent le droit de rester au paradis.

La tradition cléricale avait exploré les formes du comique (*ridiculum*). En même temps que se manifestait cette tradition savante, l'instance comique émerge dans la tradition folklorique orale sous forme de rire rituel (*turpia, obscoena).* Les goliards, artisans de l'échange entre tradition savante et tradition folklorique, empruntèrent les modèles « élevés » pour les détourner et les mettre au service d'une nouvelle culture urbaine (Payen, 1981). Alors que la parodie de la courtoisie reste à l'intérieur du modèle aristocratique, la parodie des goliards se transforme en contestation, qui a une valeur idéologique. L'énormité, le corps sexuel grotesque, l'ambivalence se substituent à la représentation mimétique de la réalité ; un ordre du déplacement, du détournement, de l'excès s'instaure. La ville est le théâtre de nouvelles apparences, de masques et de déguisements, de mésalliances entre riches vilains, bourgeois et filles de la petite noblesse. Le mouvement et l'échange sont les lois qui gouvernent les signes et les actions.

Le fabliau type se fonde sur l'unité d'action. Le récit se développe rapidement avec de rares épisodes secondaires, descriptions ou personnages accessoires. Sa course est arrêtée par un retournement introduit par les circonstances, qui crée un important effet de surprise, car la machine du récit travaille sur des idées, des personnages et des actions stéréotypés. L'action est introduite dans l'horizon d'attente de l'auditoire par la présentation des personnages. L'auteur opère un premier choix d'ordre général : veut-il faire un conte mensonger ou déceptif? Il se décide donc à composer un fabliau. Il choisit ensuite le thème et les personnages, qui orientent la narration dans une direction bien précise. Chaque personnage porte en lui un programme narratif : c'est un agent souvent anonyme qui se présente revêtu d'un petit nombre d'attributs impliquant un jugement moral sur le personnage même et un plan logique. Un prêtre avide d'argent ou luxurieux subira une belle punition (*Estormi)*, un vilain grossier et sot sera bafoué par sa femme, qui se refuse à passer la première nuit de noces avec lui (*La Sorisete des Estopes*). Mais les barrières entre les classes sociales commencent à s'écrouler.

L'attribut permet de prévoir le développement positif ou négatif de l'action dont le personnage est le protagoniste (Brusegan, 1982). Richesse et générosité garantissent le succès. Richesse et avarice et surtout usure engendrent la défaite. Le mari de la *Borgoise d'Orliens* est un marchand riche et usurier décrit avec abondance de détails :

> Et ses sires estoit d'Amiens,
> Riche et menant a desmesure.
> De marchaandise et d'usure
> Savoit touz les tours et les poins
> Et quant que il tenoit as poins
> Estoit mout richement tenu
> (NRCF, III, 337, v. 4-9).

Il finira cocu, battu et content. Mais toute la bourgeoisie n'est pas condamnée, il existe également une bourgeoisie éclairée (Ménard). Les qualificatifs *preuz et cortois,* qui se rapportent à un bourgeois, ne sont pas rares. Ainsi le bourgeois, père du jeune qu'Auberée réussira à faire rencontrer avec l'aimée, mariée à un veuf de la ville :

> Qui mout fu sages et cortois
> Et riche de mout grant afere.
> Ententieus ert a honor fere
> Ausi au povre com au riche,
> Com cil qui n'iert aver ne chiche
> (NRCF, I, 161, v. 8-12).

La largesse et la droiture morale dont il fait preuve en font un personnage digne d'appartenir à l'aristocratie. La valeur positive que revêt la générosité auprès des bourgeois est une preuve, d'après Nykrog, de la destination aristocratique du genre. Le père espère lui faire faire un bon mariage et refuse ce parti trop humble (v. 38-45).

Cette bonne bourgeoisie est décrite dans un style élevé avec tous les moyens rhétoriques destinés à l'éloge et à l'attribution de mérite, la description avant tout. La description de l'habit bordé de longues queues d'écureuil et du *surcot* est un morceau de bravoure, qui amplifie le discours dans le style courtois. Le surcot est un élément essentiel pour l'intrigue, parce qu'il fonctionnera tout d'abord comme objet dévoilant l'adultère au mari de la jeune femme, mais, dans un deuxième temps, il fonctionnera comme preuve d'innocence, cachant l'adultère qui, ainsi mis à l'abri, continuera sans être dérangé. Sa brève description est fonctionnelle; il en est de même des effets du mobilier ou de l'habillement qui servent à cacher ou à révéler tromperies et adultères. La longue description des qualités morales du père du bourgeois et de la *robe d'estanfort* du fils est anormale. La bourgeoisie décrite dans *Auberee* a assumé les modes de comportement et les valeurs morales de l'aristocratie, pourtant cette réhabilitation reste à l'intérieur du système (Belletti, 1982, 173-174).

De même le *vilain* échappe en partie au stéréotype. Une qualité émerge sur toutes les autres et attribue mérite et succès dans les actions aux personnages qui en sont dotés : l'intelligence. L'esprit, qui se manifeste dans la ruse, est capable de rompre la négativité du stéréotype et de promouvoir le succès du personnage. *Le Vilain Mire* est présenté dans le prologue comme riche et avare (« Qui trop avoit, mes trop ert chiche », v. 2); en outre il a le tort d'avoir épousé une fille de petite noblesse déchue, qu'il bat tous les matins; conséquence : sa femme le trompe en le faisant passer pour médecin et appeler à la cour pour guérir la fille du roi.

Dans une deuxième action, la situation se retourne à son avantage grâce à une idée ingénieuse : il réussit à faire rire la princesse en improvisant, nu, une danse grotesque devant le feu. Une nouvelle solution astucieuse face à l'obstacle représenté par le roi, qui veut le garder à la cour, lui vaut le succès et la sympathie définitive du destinataire du fabliau.

Le mari de *La Borgoise d'Orliens*, marchand avare, ne réussira pas à avoir le dessus en se déguisant en clerc et en se substituant à l'amant de sa femme, parce que celle-ci invente un plan qui parvient à retourner à son avantage la ruse du mari et à lui donner une fausse preuve de fidélité.

La ruse réussit à transformer en mérite le démérite qui est inhérent au paradigme du personnage. Ainsi, le *vilain* rusé réussit à se conquérir le paradis, mais le *Vilain de Bailluel* ne parvient pas à se libérer de l'emprise du lieu commun et finit doublement trompé parce que contraint à assister à la scène de l'adultère de sa femme avec le prêtre. Femmes adultères, prostituées, clercs séducteurs, coquins et bons vivants sont les vainqueurs.

L'action est de nature duelle, parce que la réalité est ressentie comme ambivalente : elle peut être regardée de plusieurs points de vue : ce qui est vrai pour l'un est faux pour l'autre.

D'après cette conception carnavalesque du monde, comme la définit Bakhtine, la réalité n'est pas une totalité fermée, saturée de sens, mais plurivoque, communiquant avec l'extérieur, en mouvement. Le paysan qui « conquis paradis par plait » est à l'origine coupable d'après la morale, qui agit en tant que structure profonde du fabliau, mais il est méritant et innocent pour la morale considérée de son point de vue évangélique et supportée par la fiction. Rompu le lien symbolique qui reliait signifiant et signifié, le mode d'articulation syntaxique devient la nouvelle machine productive de sens (Zumthor, 1972, 121).

Les effets sont également pris dans le jeu du masque et du dévoilement : le *surcot* de l'amant caché par Auberée dans le lit du mari est une preuve de la culpabilité de sa femme, mais, grâce à la manipulation de l'entremetteuse, il se transforme en preuve d'innocence. Le surcot se déplace d'un espace à un autre. Du bourgeois il passe à la maison de la dame aimée, est caché dans son lit, est repris ensuite par Auberée qui s'attribue la responsabilité de sa disparition, et retourne finalement au bourgeois en échange de trente sous. Ce signifiant errant métaphorise la solidarité qui se crée entre la syntaxe narrative et l'articulation syntaxique des signifiants. Il en est ainsi pour les nombreuses *braies* (*Les Braies au Cordelier*), *robe* (*Le Chevalier à la Robe vermeille*) qui, échangées par erreur, passent d'un corps à l'autre, le déshabillent et le couvrent.

Poésie et savoir se dissocient et voici alors que prolifèrent apparences, déguisements, déplacements, entrées et sorties entre les deux univers, d'une part la réalité et de l'autre la fiction : la taverne, la chambre à coucher, le bordel. Le monde réel et le monde du jeu, du rêve, de la sexualité. L'économie de l'échange et du cumul et l'économie du don, de la perte, du gaspillage et de la spoliation s'affrontent.

L'auteur est supérieur aux personnages et il exerce cette supériorité en s'érigeant en censeur, en commentant par des jugements moraux leurs actions, dévoilant ses intentions à l'un et les cachant à l'autre. L'effet comique naît souvent de la complicité qui se crée entre narrateur et public, liés par le *nous* : la supériorité de l'auteur sur un des personnages se transfère à l'auditoire qui décharge l'énergie psychique accumulée pendant le récit en un rire de supériorité.

De nombreux fabliaux ont la structure de celle qui, parmi les « formes simples » classifiées par Jolles, est le cas juridique, forme typique de la littérature aristocratique.

Des problèmes de casuistique amoureuse sont soumis à l'arbitrage des nobles dames participant à ce qui est appelé « cour d'amour ». Dans le *De Amore*, André le Chapelain relate des jugements rendus par les dames participant à la cour de la comtesse Marie de Champagne. Des *lais* sont utilisés comme illustration des préceptes amoureux et soumis comme cas à l'assemblée – le chapitre VII du livre II y est entièrement consacré. André le Chapelain rapporte aussi un jugement rendu par Marie de Champagne sur un problème exposé à la cour : un amant qui revient émasculé d'un combat. Les arguments scabreux n'étaient pas étrangers à ces nobles assemblées.

Cette coutume engendre la forme délibérative particulière de nombreux fabliaux, dans lesquels l'évêque, le prévôt, les échevins ou le seigneur exercent la fonction de juge, personnifiant l'instance narrative morale, conférant la victoire à une des parties et provoquant par leur jugement le rire d'un public présent au jugement, illustration de l'auditoire du fabliau.

En temps de paix, les *plais* remplacent les tournois et la guerre (Chênerie, 339). Ils deviennent l'occupation préférée du *Chevalier à la Robe vermeille. Les Trois Chevaliers et le Chainse* est un fabliau de style élevé qui sert à illustrer un cas typique de l'idéologie courtoise : quel est celui des trois prétendants qui aime le plus et le mieux la dame? De même, *Le Lai d'Aristote* se conclut en allocution à l'auditoire (*Or vueil une demande faire*, v. 490), appelé à juger le comportement du sage Aristote gagné par l'amour pour la belle jeune fille qui le chevauche dans le pré.

Le Sentier batu, composé par Jean de Condé dans le premier quart du XIVe siècle, parodie les cours d'amour courtoises (Nykrog, 95) en les transformant en réunions mondaines licencieuses, nées de l'oisiveté dans laquelle vivent désormais les jeunes chevaliers et de la décadence des valeurs morales. Jean de Condé est poète attitré de la cour du comte Guillaume Ier de Haynaut (Ribard, 1974). L'optique sociale change (Manfellotto, 31). Le fabliau parodie le rite courtois, mais la parodie reste marginale, et tout le poids du récit et l'effet comique qui en résulte dépendent de la forme : le discours allusif et métaphorique est mis au service d'un sujet bas. Un tournoi est l'occasion de rencontres mondaines, de séduction et de jeux amoureux (*dosnoi*, v. 20). Au cours du jeu du « roy qui ne ment », la reine élue dirige finement le jeu des questions et réponses, cependant, quand vient le tour d'un chevalier qui l'avait aimée et demandée en mariage mais avait été refusé pour sa faible prestance sexuelle, semble-t-il, le jeu se termine dans l'offense et la médisance. *Mauvés fet juer de voir gas* (v. 6) : « Ce n'est pas bien de plaisanter avec la vérité » conclut Jean de Condé, blâmant la médisance. Ce fabliau illustre le type de genre comique aristocratique appelé *gap* (plaisanterie).

L'auteur de *La Damoisele qui ne pooit oïr parler de foutre* utilise, au contraire, un thème folklorique : un père veuf et jaloux tient enfermée sa fille dans une tour pour lui interdire le contact avec les hommes (voir également le *Lai des deux amants* de Marie de France, jusqu'à *Peau d'âne*) faisant de la plus ou moins naïve pucelle le champ d'un jeu malicieux. La variable, par rapport à Marie de France par exemple, est de type sexuel. On considère ce fabliau comme une parodie de l'*orgueilleuse d'Amour* des romans, en exagérant le rôle de cette technique sur laquelle s'est basé Nykrog pour élaborer sa théorie du fabliau comme genre « burlesque courtois » destiné à l'aristocratie. La parodie peut être appréciée par le même public qui produit le modèle parodié, si elle est intentionnelle, précise, si elle investit des textes et des comportements courtois spécifiques. Si la parodie s'applique, plus généralement, à un lieu commun aristocratique ou à un comportement qui pouvait être devenu propriété de la haute bourgeoisie, il n'y a pas de véritable parodie. Même les grands bourgeois connaissaient et pratiquaient les modèles courtois. En se stéréotypant, ceux-ci étaient tombés dans l'échelle sociale, en devenant également patrimoine bourgeois. Un exemple suffit. Le président (*Prince*) du Puy d'Arras, Robert Sommeillon, participe, nouveau chevalier errant, aux tournois de la Table Ronde comme paladin de la fée Morgane (*jouste amont et aval / Par le païs a tavle ronde, Le Jeu de la Feuillée*, v. 722-23).

Comme Adam de la Halle se moque des parvenus de sa ville, nous pouvons de la même manière inverser les deux pôles sur lesquels se construit la parodie : le topos ou modèle littéraire parodié ne serait pas toujours celui de départ, courtois, mais le second, adopté par la haute bourgeoisie, acritique et stéréotypé. Ce transfert est l'œuvre originale des clercs urbains, médiateurs entre la culture savante et la nouvelle culture bourgeoise en voie de constitution.

Le fabliau-jugement se présente comme la mise en action de l'esprit délibératif médiéval, représentation de l'histoire qui, selon la mentalité médiévale, est un procès continu, une bataille entre le Bien et le Mal. Le jugement clôt le récit sur lui-même et empêche que l'incomplétude du monde fictionnel ne devienne dangereuse. C'est la victoire du censeur. Mais le récit est désormais lancé et échappe à toute emprise. Le fabliau, *Le Jugement des Cons*, parodie cette coutume judiciaire et expose en termes clairs le type de rapport d'interrogation qui, de façon continue, se crée entre le narrateur et son auditoire, comme entre un maître et son élève. Il conclut ainsi son fabliau : « Or vois querant par la contree/ Se le jugemenz est bien fez » (NRCF, IV, 23, v. 162-3).

Cette structure autoritaire est toujours présente dans le fabliau, qu'elle soit explicite ou implicite, et au public on demande toujours un jugement.

La structure du jugement, transférée au niveau d'une querelle domestique, génère le deuxième fabliau connu de Hugues Piaucele, identifié avec quelques doutes avec Huon le Roi de Cambrai : *Sire Hain et Dame Anieuse*. Le vocabulaire juridique y est tellement important et précis que nous sommes portés à croire que l'auteur était un juriste ou un étudiant en droit : « Se vous me volez escouter, /Je vous dirai bon helemot » (NRCF, II, 16, v. 26-27).

Helemot (Du Cange, *halimotum*) est « l'assemblée de justice réunie autour du seigneur ». *Alemite* du vers 175 selon le NRCF (p. 353) est une altération du terme juridique latin *arramita* ou *adchramita,* « engagement solennel d'accomplir en temps et lieu tel acte judiciaire », cf. l'ancien français *aramir*, « promettre solennellement ». Dans *Le Boucher d'Abeville*, Eustache d'Amiens demande à son auditoire : qui doit avoir la peau du mouton ? La culture scolastique de Rutebeuf suffit à elle seule à expliquer les nombreux termes et expressions juridiques présents dans *Le Testament de l'Asne*.

Le nombre non négligeable de fabliaux-jugements à

personnages bourgeois n'est peut-être pas étranger au milieu des avocats, notaires, juges et étudiants en droit, à l'origine également de la tradition théâtrale de la farce. La cour de justice est le lieu de la Loi et de la parole poétique. Entre l'histoire du droit et celle de la poésie, il existe une ressemblance qui n'est pas fortuite (Zumthor, 1987 et Bloch, 1977). Le tribunal, la taverne sont des aires du jeu : le *champ* dans lequel se déroule la bataille entre *Sire Hain et Dame Anieuse* est un terme technique du langage théâtral et désigne la scène.

Les risées du public qui accueillent le jugement rénovent l'acte constitutif de la société, qui est célébré dans la joie, et sanctifient la confiance dans les valeurs collectives. Cet acte constitutif fondateur coïncide avec un acte d'affabulation : raconter signifie établir un pacte social qui est célébré dans un cadre d'emphase et d'excès. Cette union, particularité de la culture primitive (Huizinga), est rénovée par la recherche d'une oralité « seconde » (Zumthor). La parole orale, récupérée par le texte lancé dans les différentes conditions concrètes de performance, se fait « parole-force » en se mettant en scène.

D'un côté la théâtralisation du récit, de l'autre le comique de l'énormité grossière (*Les quatre Sohais saint Martin*) qui dit *vit* au *vit* et *con* au *con*, mais aussi le fait d'insérer le mot dans la répétition à l'infini de l'anaphore crée un nouvel être monstrueux, grotesque. Ce comique de l'excès n'a jamais réussi à se soustraire à un rôle dépendant et à se constituer en genre autonome.

L'univers du fabliau est le monde de la ville (Bianciotto), théâtre du mensonge, de la tromperie, du jeu et de l'intelligence. Une économie de l'échange se substitue à l'économie du don. Le réseau de liens de dépendances que crée le don est brisé par l'économie de marché, comme le remarque Jean de Meun dans *Le Roman de la Rose* :

> Qui achete un destrier cent livres
> Paie les, et en iert delivres;
> Ne doit plus rien au marcheant,
> Ne cis ne l'en redoit neant.

> Je n'apele pas vente don;
> Vente ne doit nul guerredon,
> N'i affiert graces ne merites,
> L'un de l'autre se part touz quites
> (éd. Poirion, 301, v. 10775-82).

Marcheandie, (v. 10774) en effet, rend l'homme libre.
Tout autre est le marché de Vénus :

> Car nus n'i savra ja tant metre
> Qu'il ne perde tout le chaté
> Et tout quan qu'il a acheté
> (v. 10796-8).

L'Eros, pour Jean de Meun, est une économie de la
pure perte, de la privation et de la négativité. Cette
morale pessimiste est l'héritière de la misogynie cléricale
du philosophe Jean de Meun.

Le jongleur participe à cette économie du marché :
« Le conte est terminé payez le compte! » (« Li romans
faut, dréciés le doit ») conclut Gautier Le Leu qui
s'adresse à l'auditoire de *La Veuve* ou ailleurs : « payez
l'*escot*, payez le vin! » Dans *La Bourse pleine de Sens*,
Jehan Le Galois déclare : *Or ai mon fablel tret a fin, / Si
doit hom fere un tour de vin* (NRCF, II, 107, v. 434-5).

Mais l'Eros se soustrait à cette économie de l'échange
et du troc et, comme le jeu, il est un univers réglé par la
loi du plaisir; l'écriture, le rêve de la dame dans *Le Sohait
des Vez*, la ruse des femmes adultères, la séduction des
clercs se payent par la castration, la mort, la perte (Leupin, Huchet).

Estormi doit tout perdre aux dés à la taverne avant
d'être élevé au rang de héros du fabliau; le jongleur,
figure de l'auteur, perd au jeu et laisse en gage ses vêtements dans la taverne avant d'écrire *Le Prestre taint*. Boivin fait semblant de se faire dérober la *bourse*, de se faire
couper les *pendanz* – les testicules! – par Mabile. La
perte et la ruse sont des moyens ludiques pour atteindre
l'objectif et triompher de l'adversaire en le détournant.
Fingere signifie « façonner »; le mensonge et la ruse sont

31

des activités créatrices capables de produire une autre réalité.

Triompher par l'astuce signifie donc utiliser toutes les armes du détour, de la mystification, du retournement, le moyen le plus subtil pour parvenir à ses fins. Dans les fabliaux, la ruse est ressentie comme une qualité, non comme un moyen perfide destiné à tromper l'adversaire; elle est une machine qui économise les efforts pour triompher de l'ennemi. Dans cette acception, elle est héritière de la tradition arabe dans laquelle le terme *hila* désigne une machine qui domestique les lois physiques pour économiser le travail humain (Khawam, 11). Si le fabliau travaille avec le stéréotype misogyne de la femme trompeuse, le récit en fait une valeur positive et il faut souscrire au jugement de Ménard (1983, 131) d'après lequel les fabliaux sont moins misogynes qu'ils n'y paraissent.

La ruse est aussi un moyen de prise de conscience extérieure au savoir, étranger à la vérité (Détienne-Vernant, 10). Ce rôle antidogmatique, créateur d'apparences et de retournements continus, joué par la ruse, s'associe à d'autres techniques et motifs, comme par exemple la fausse vision (*Le Vilain de Bailluel, Les Tresses*), qui mettent en évidence la caducité épistémologique du monde (Segre, 1984, 45).

La réalité est prise dans un jeu qui nie les frontières avec la fiction. Il en résulte un effet d'illusionnisme et d'irréalité, en particulier dans certains fabliaux. La femme du *Vilain de Bailluel* fait croire au mari que tout ce qu'il voit – elle et le prêtre au lit – n'est pas vrai, cela semble vrai, mais ne l'est pas, parce qu'elle le convainc que sa vue est troublée par l'imminence de sa mort. A l'accélération qui caractérise l'action s'oppose une action visuelle ou perceptive dont le rythme se fait plus lent. Dans les fabliaux la focalisation visuelle de l'objet est souvent progressive, entravée par des diaphragmes, barrières, murs, parois (voir aussi *Barat et Haimet*). Le vilain voit tout d'abord le prêtre, puis la paille de la couche, la couverture qui ondule, soulevée par les deux corps, seulement à la fin il comprend et reconnaît le chapelain!

La réalité naturelle est toujours décrite en fonction de l'action. Ainsi, la description de la scène du marchand qui revient de la foire et dîne avec son épouse devant le feu (*Le Sohait des Vez*) qui crépite dans la cheminée, le coussin et le tabouret qui lui sont apportés avec empressement par sa femme, scène digne d'une comédie bourgeoise, sert à créer chez le destinataire une attente qui ne sera pas comblée. Au lit, le marchand s'endort et la femme, insatisfaite, rêve au marché des vits. Cette scène onirique trouble la réalité décrite avant et nous oblige à la voir sous un nouveau point de vue. Pour créer cet effet illusionniste, il est nécessaire que dans l'unité d'action soient éliminées les techniques retardantes, comme la description, et multipliés et fragmentés en revanche les espaces dans lesquels se déroule l'action (Brusegan, 1991). Il faut plus de pièces, de greniers et d'objets qui fonctionnent comme des micro-espaces, cuves, lardiers, huches destinés à cacher et à révéler. Ce sont trois lits dans *Gombert*, trois maisons dans *Auberee,* la sienne, celle de la dame et celle du jeune bourgeois.

La nuit est une puissante machine créatrice d'illusion. Amants, voleurs, clercs séducteurs, assassins, prostituées se meuvent comme ombres dans l'obscurité. De la « nuit des dupes » de *Gombert* à la nuit des voleurs (*Barat et Haimet, Estula*).

La nuit est une ressource narrative et dramatique, centre d'intrigues, source d'erreurs, occasion d'échanges de lits, d'échanges de personnes (dans *Barat*, cela se répète plusieurs fois), moteur d'actions et de gestes qui valorisent la perception sensuelle. Nuit d'intérieurs bourgeois ou nuit peureuse dans la forêt, avec la peur des revenants et de la mort du pauvre Estormi.

Le réalisme se charge souvent de négativité et produit un univers surréel dans lequel la prolifération du matériel est compensée par la soustraction de sens. Dans *Les quatre Sohais saint Martin,* un paysan vit dans un monde de valeurs dont le centre est occupé par le sacré. Sa foi en saint Martin est absolue et le saint le récompense par le don des quatre souhaits. Le dur labeur des champs et la foi sont l'expression de la totalité grave dans laquelle il est obligé de vivre, mais la folle concupiscence de la femme bouleverse cet ordre par un désir hyperbolique. Le bas corporel sexuel devient la matière paradoxale d'un sublime tragique, dégradé dans l'humble langage de l'obscénité. Le vilain couvert de vits et la femme couverte de cons se transforment en êtres fantastiques, inquiétants, comme les *cons* qui se mettent à parler dans *Le Chevalier qui fist parler les Cons.*

Le réalisme des fabliaux n'émane pas de la description de la vie quotidienne, mais du sentiment que cette réalité suscite : un sentiment de peur se dégage de la réalité hostile à laquelle seul le rire parvient à soustraire la pesanteur. Dans le quotidien peut se cacher l'invraisemblable. La sottise d'un vilain peut être si grande qu'elle l'induit à croire que le *con* de sa femme s'échappe dans la forêt (*La Sorisete des Estopes*) et encore, qu'on pense à l'absurde du quatrième prêtre innocent tué par Estormi, parce qu'il passait devant la maison de Jean et Yfemme.

Le hasard joue un rôle fondamental dans la structuration de l'intrigue. *La Coille noire* se trouve au centre d'un procès dans lequel le bas corporel se transforme en une réalité humble et sublime à la fois, objet d'un contentieux : la dame déclare le mari impotent à cause de la couleur noire de ses parties génitales !

Au rire amer suscité par ce comique de l'absurde s'unit le rire tragique qui naît de la faim (*Estula*) ou de la peur (*Estormi*). Deux types de communication sont possibles avec la réalité : par la ruse ou le mensonge ou encore par une communication de type sensuel, de séduction et de sympathie. Au centre, avec une fonction antirationnelle, est placé le corps physiologique, carnavalesque, démembré et ouvert, communiquant avec l'extérieur au travers d'orifices, protubérances, envers du corps mystique conservé en morceaux dans les reliquaires. Le rire est l'expression de ce corps communicant, soustrait au contrôle et à la répression. Le geste en est la parole.

Le rire guérisseur de la princesse (*Le Vilain Mire*) est

l'effet de la danse grotesque du vilain qui se gratte nu devant le feu. Le vilain s'improvise *histrion* et gesticule comme un *scurra* (sur ce personnage cf. Avalle, 67-68). Cette *gesticulatio* négative, contraire aux lois de la mesure et du contrôle qui gouvernaient le comportement des moines (*gestus,* à propos duquel on renvoie à J.-Cl. Schmitt), est associée à des personnages marginaux : le fou, le jongleur, le coquin, la prostituée : Estormi, Boivin et Mabile, les voleurs.

La gestualité du *Vilain Mire* est toutefois plus dans le thème que liée à la performance du texte. Souvent elle résulte de l'association du texte avec des éléments expressifs verbaux typiquement théâtraux : imprécations, interjections, éléments déictiques, appellations qui fonctionnent comme passe-parole dans le dialogue, effets vocaux comme le parler à voix basse, ou le cri.

La partie dialoguée est parfois si forte par rapport à la narration (*Boivin de Provins*) qu'elle fait penser que la destination du texte était dramatique (voir les observations de Rousse à propos du *Dit de Dame Jouenne*).

Boivin est un *bon lechierres*, un *trickster* qui se trouve impliqué dans une véritable farce qui a pour scène le bordel de Mabile. L'effet comique produit par la bagarre finale entre les souteneurs, Boivin et les prostituées est typique du genre. Mais également le monologue initial de Boivin, les gestes des mains qui accompagnent le décompte des sous de sa bourse, les clignements d'yeux que se lancent Mabile, la tenancière du bordel et les souteneurs nous ramènent à la performance.

L'analyse des deux manuscrits faite par Rychner porte à croire que le ms. P est un remaniement du ms. A coïncidant avec une destination sociale nouvelle, pour un milieu social inférieur ; que le texte porte les marques d'une performance et que les effets cités sont produits par la « représentation visuelle » du fabliau (Noomen, 1990).

De même le rôle joué par la *deixis* fait penser à une destination plus ou moins orale et scénique du texte. Les fabliaux de Rutebeuf en sont complètement privés par exemple, à deux exceptions près (Brusegan, 1991, 61) ;

parfois la *deixis* fournit une indication sur la nature plus ou moins orale du texte. Par exemple *Le Munier et les deus Clers* est plus riche en éléments déictiques que *Gombert* dont il se rapproche par le thème.

Sourire léger et moqueur du jeu aristocratique (*Sentier batu*), rire de vengeance (*Estormi*) ou de supériorité (*Le Vilain qui conquist Paradis par Plait*), rire de satisfaction (*Brunain la Vache au Prestre*), gros rire (*Les quatre Sohais saint Martin*), satire (*Le Testament de l'Asne*), parodie, comique de mots (fausse compréhension du langage, calembour, quiproquo, ambiguïté). Il est impossible de porter un jugement homogène sur la nature du fabliau et sur quelques-uns des plus importants éléments constitutifs du genre : morale, comique, sexualité, sans faire de distinctions chronologiques. Environ cent cinquante ans séparent les fabliaux de Jean Bodel de ceux de Jean de Condé. Des considérations qui tiennent compte de la personnalité de chaque auteur et des conditions concrètes de production et de transmission des textes et une analyse attentive de la transformation sociale et des mentalités permettent d'éviter les jugements préconçus. Il existe des genres comiques aristocratiques (le *gap*) et un rire aristocratique qui s'exprime dans la métaphore, dans l'allusion et dans l'euphémisme, mais il est également une forme aristocratique directe (*dire tout outre*, voir *La Damoisele qui ne pooit oïr parler de foutre*, v. 5) d'expression de l'Eros. L'obscénité n'est pas seulement destinée à un public grossier : en témoignent les contre-textes de Bec et de Sansone (l'affaire Cornilh, par exemple, dans laquelle nous voyons Arnaut Daniel, poète de la *fin'amor*, se transformer en véhément scatologue). Il existe une littérature érotique aristocratique privée, qui circule sous le couvert, qui utilise le langage direct, comme il existe un style érotique officiel, métaphorique. Ainsi la haute bourgeoisie peut s'exprimer dans les formes courtoises, désormais devenues le langage naturel à une situation topique − le langage de la séduction par exemple est toujours courtois, quelle que soit la classe sociale du personnage qui le parle : *La Veuve* est appelée

« bele dolce castelainne » par le mari – ou dans un langage bas.

L'union du style comique et de la matière érotique dépend d'une longue tradition. La matière érotique exige un traitement ludique. Le rôle joué par la sexualité dans les fabliaux est justement relié à cette fonction adaptée au comique; c'est la victoire du corps grossier, triomphant du contrôle social. A la conception chrétienne négative du corps comme prison, maison dont les portes et les fenêtres doivent être hermétiquement fermées aux tensions provenant de l'extérieur, corps solide, bloqué, opaque dans lequel ne s'écoule pas de lymphe vitale, la conception païenne barbare du Carnaval opposait un corps qui, par l'intermédiaire du rire, se libérait de la peur, du contrôle, communiquait avec le monde dans un mouvement continu.

Au XIIIe siècle, cette culture intégrée à la culture officielle commence à expérimenter les modes d'une autonomie, en se constituant en culture bourgeoise autonome, dont les fabliaux sont un témoignage essentiel.

NOTE SUR LA TRADUCTION

La traduction suit l'édition du *Nouveau Recueil Complet des Fabliaux* publié par W. NOOMEN et N. VAN DEN BOOGAARD, 6 vol., Assen, 1983-1991. Toutes les citations sont tirées des textes critiques de ce *Recueil*, abrégé en NRCF, sauf indication contraire. Le *Recueil général et complet des fabliaux des XIIIe et XIVe siècles*, 6 vol., éd. A. de Montaiglon et G. Raynaud, Paris, 1877-1890 est abrégé en MR.

Chaque fabliau est accompagné par une courte présentation, l'indication des sources et des manuscrits. Les notes ont été envisagées comme complément explicatif à la traduction.

J'ai suivi un critère souple avec les termes du lexique qui ont subi des transformations sémantiques du fait de leur passage de l'ancien français à la langue moderne. J'ai modernisé le terme *vilain* qui au Moyen Age désignait un « paysan », par opposition aux autres classes sociales, « habitant des campagnes », qui, selon un topos répandu, est un rustre sale et puant, mais en français moderne est utilisé comme adjectif dans le sens « laid », « grossier ». Parfois j'ai gardé le terme pour créer un effet d'archaïsme voulu et éviter les répétitions. De même, *pucelle*, « jeune fille vierge », « femme non mariée » (le sens physiologique est secondaire), a été soit traduit par « jeune fille », soit maintenu. *Valet* désignant un « écuyer au service d'un sei-

gneur », « officier royal », « domestique » a été traduit par
« jeune homme », « servant » ou conservé. *Preudome*, qui
signifie « homme probe, sage », a été traduit par « brave
homme », « bonhomme » ou encore « homme sage ».

Le terme *vile* désigne une « ferme », un « domaine
rural », un « village » (*villa* lat.) et l'agglomération
urbaine qui se développe autour de la *cité,* « citadelle »
enfermant le palais féodal, la cathédrale, le palais de
l'évêque et les annexes réservées aux *ministeriales. Chastel* est un terme qui désigne un « château fortifié » ou un
« ensemble de maisons attenantes à la *vile* ». *Bourg*
désigne en général un « lieu fortifié », un « centre de marché », une « petite bourgade », souvent contigu au *chastel*.
Vile, bourg et *chastel* sont parfois des termes inter-
changeables. *Lecheor* (*leccator* lat.) désigne à l'origine le
« glouton » puis le « débauché », le « galant », celui « qui
mène une vie dissolue ». *Lecherie* signifie « coucherie »,
« paillardise », « luxure ».

J'ai modernisé les termes d'adresse. *Sire* a été remplacé
par « seigneur » (dans les discours directs) ou parfois
« sieur » (dans le récit). Quand c'est une femme qui
s'adresse à son mari, j'ai traduit par « mon ami », « mari »
ou « seigneur » en fonction du contexte. *Sire* a été maintenu pour le roi. *Sœur* est un terme ayant une valeur
affective, utilisé par le mari pour s'adresser à sa femme.
Frère, de même, est utilisé par la femme pour s'adresser à
son mari.

En ancien français, il est courant de passer du vouvoie-
ment au tutoiement tout en s'adressant à la même personne, particularité que j'ai conservée dans la traduction.

L'alternance des temps verbaux est un des aspects les
plus caractéristiques du style narratif médiéval, lié à la
valeur aspectuelle différente qu'ont les temps verbaux. Le
récit passe rapidement du présent au passé composé, au
passé simple. J'ai conservé, dans une moindre mesure,
cette variété temporelle qui rapproche le récit au présent
de la lecture, essayant de mettre en relief, au moyen du
présent historique, les facteurs expressifs particuliers liés
à la performance médiévale du texte.

Au contraire du texte poétique, qui a une perfection intrinsèque et qui se suffit à lui-même, une traduction vise toujours un but à atteindre hors d'elle-même ; elle est toujours imparfaite par rapport au modèle, mais elle peut essayer de recréer à l'intérieur d'elle-même une limite, une qualité propre en se posant comme univers équivalent à celui de départ. Les passages du présent historique au passé composé ou au passé simple, plus ou moins respectés par rapport à l'original, reflètent mon choix personnel.

Le français moderne a horreur de la répétition, utilisée pourtant en ancien français à une fin expressive dans les passages anaphoriques ou dans une versification de type formulaire et dans les jeux verbaux (*annominatio*). Poussée par l'indulgence que ma langue maternelle éprouve à l'égard de la répétition – se complaisant en effet à en faire usage comme moyen pour retarder ou insister sur un concept –, j'ai été parfois encline à céder à son effet d'envoûtement dans le texte médiéval.

Je remercie les éditeurs qui m'ont permis de reproduire l'édition du *Nouveau Recueil Complet des Fabliaux*, ainsi que Emmanuèle Baumgartner, Claire Jequier et Paul Zumthor pour avoir eu la gentillesse de lire mes manuscrits.

FABLIAUX

1. DU VILAIN ASNIER

Il avint ja a Monpellier
c'un vilein estoit costumier
de fiens chargier et amasser
4   a deus asnes terre fumer.
Un jor ot ses asnes chargiez;
maintenant ne s'est atargiez,
el borc entra, ses asnes maine.
8   Devant lui chaçoit a grant paine,
souvent li estuet dire : " Hez ! "
Tant a fait que il est entrez
dedenz la rue as espiciers.
12 Li vallet batent les mortiers.
Et quant il les espices sent,
qui li donast cent mars d'argent,
ne marchast il avant un pas,
16 ainz chiet pasmez isnelepas,
autresi com se il fust morz.
Iluec fu granz li desconforz
des gens qui dient : " Diex, merci !
20 Vez de cest home qu'est morz ci ! "
et ne sevent dire por quoi.
Et li asne esturent tuit quoi
enmi la rue volentiers,
24 quar l'asne n'est pas costumiers
d'aler, se l'en nel semonoit.
Un preudome qu'iluec estoit,

1. LE VILAIN ÂNIER

Il arriva jadis à Montpellier
qu'un paysan avait l'habitude
de ramasser et de charger du fumier
4 avec deux ânes pour fumer sa terre.
Un jour, après avoir chargé ses ânes,
le voilà qui entre sans hésiter
dans le bourg. Il mène ses ânes
8 les poussant devant lui avec peine;
souvent il est obligé de crier : « Hue ! »
Il a tant lutté qu'il est entré
dans la rue des épiciers :
12 les garçons battent les mortiers.
Quand il sentit l'odeur des épices,
lui aurait-on donné cent marcs d'argent
qu'il n'aurait pu avancer d'un seul pas,
16 mais il tombe aussitôt évanoui,
comme s'il était mort.
Les gens qui se trouvèrent là en furent désolés
et s'écrièrent : « Dieu, pitié !
20 Voyez cet homme qui vient de mourir ici ! »
Mais ils en ignoraient la raison.
Les ânes, eux, restèrent tranquilles
bien volontiers au milieu de la rue,
24 car l'âne n'est pas habitué
à avancer sans être poussé.
Un brave homme, qui demeurait là

qui en la rue avoit esté,
28 cele part vient, s'a demandé
as genz que entor lui veoit :
" Seignor, fait il, se nul voloit
a faire garir cest preudom,
32 gel gariroie por du son. "
Maintenant li dit uns borgois :
" Garissiez le tot demenois :
vint sous avrez de mes deniers. "
36 Et cil respont : " Mout volantiers. "
Donc prant la forche qu'il portoit,
a quoi il ses asnes chaçoit ;
du fiens a pris une palee,
40 si li a au nes aportee.
Quant cil sent du fiens la flairor
et perdi des herbes l'odor,
les elz oevre, s'est sus sailliz
44 et dist que il est toz gariz.
Mout en est liez et joie en a
et dit par iluec ne vendra
ja mais, se aillors puet passer.
48 Et por ce vos vueil ge monstrer
que cil fait et sens et mesure
qui d'orgueil se desennature.

52 Ne se doit nus desnaturer

Explicit du vilein asnier

46

et qui s'était trouvé dans la rue,
28 s'approcha et demanda
aux gens qu'il voyait alentour :
« Seigneurs, si quelqu'un
voulait faire guérir ce brave homme,
32 je le guérirais en échange d'une récompense. »
Alors un bourgeois lui dit :
« Guérissez-le-moi tout de suite;
vous aurez vingt sous de mes deniers.
36 – Très volontiers », répondit l'autre.
Alors il prit la fourche, que le vilain portait
et avec laquelle il poussait ses ânes,
puis, ayant pris une pelletée de fumier,
40 il la lui approcha du nez.
Quand le vilain sentit le parfum du fumier
et qu'il oublia l'odeur des épices,
il ouvrit les yeux, se releva
44 et se déclara complètement guéri.
Il en est bien content, il s'en réjouit
et dit qu'il n'ira plus jamais
par là, s'il peut passer ailleurs.
48 Par cet exemple je veux vous montrer
qu'il n'agit pas en homme sage et prudent
celui qui, par orgueil, désavoue ses origines.

52 Personne ne doit renier sa nature.

2. AUBEREE

Qui pres de moi se vodra trere
Un beau conte m'orra retrere
Dont je me sui mout entremis;
4 Por ce l'ai ge en rime mis
Tot einsi com avint a ligne.
Or oez qu'avint a Compigne!
En la vile avoit un borjois
8 Qui mout fu sages et cortois,
Et riche de mout grant afere.
Ententieus ert a honor fere
Ausi au povre com au riche,
12 Com cil qui n'iert aver ne chiche.
Le borgeis ot un mout bel fil,
Qui meint denier mist a essil
Tant com il fu en sa janesce;
16 De sa valour, de sa proeice
Parloit l'en par tot Beauvoisin.
Il avoit un povre voisin
Qui une fille avoit mout cointe;
20 Et li vallez de li s'acointe
Et la pria mout durement.
Cele li dist apertement
Que mieus le vendroit reposer,
24 S'il ne la voleit espouser;
Mes, si li plesoit qu'i l'eüst
A moillier si come il deüst:

48

2. AUBERÉE

Qui voudra s'approcher de moi
m'entendra raconter un beau conte
qui m'a demandé bien du travail,
4 car je l'ai mis en rime
trait pour trait comme il advint.
Ecoutez donc ce qu'il arriva à Compiègne!
Dans la ville vivait un bourgeois
8 qui était très sage et courtois,
et riche et haut placé.
Il ne pensait qu'à faire honneur
aussi bien au pauvre qu'au riche,
12 en homme qui n'est ni avare ni regardant.
Le bourgeois avait un fils très beau,
qui avait gaspillé une fortune
durant sa jeunesse.
16 La nouvelle de sa valeur et de sa prouesse
s'était répandue partout en Beauvaisis.
Il avait un pauvre voisin,
père d'une fille charmante;
20 le garçon en fit la connaissance
et avec insistance la pria d'amour.
Mais elle lui dit ouvertement
qu'il lui faudrait renoncer
24 à moins qu'il ne veuille l'épouser,
mais, s'il voulait la prendre
pour épouse, comme il le devait:

« De ce avroie je grant joie!
28 – M'amie, si aie ge joie,
 Fet le vallet, car mout me plest! »
 A tant plus pres de lié se trest,
 Si ont d'amours asés parlé.
32 Quant une piece i ont esté,
 Si s'en revint en sa meson;
 Son pere en a mis a reson,
 Si li a son afere dit.
36 Et le pere li contredit,
 Et mout l'en blasme et mout l'en chose.
 « Biau fiuz, fet il, de ceste chose
 Te devroies tu mout bien tere!
40 Ele n'est pas de ton afere
 Ne digne de toi deschaucier.
 Je te vodrai plus souhaucier,
 Que que il me doie couster,
44 Que je te vodré ajouster
 As meillors gens de cest païs.
 De ta folie m'esbahis
 Qui tel garce veus espouser!
48 Par foi, l'en te devroit tuer
 Se jamés nul jor en parolles! »
 Le vallet voit que ses parrolles
 A mis ses perres a noient :
52 Son dire ne li vaut nient!
 Le vallet esprent et atise,
 Que Amours le veint et justise.
 Qu'il n'espousast ja la pucele,
56 El cors li met une estencele
 Qui les autres esprent et art :
 Amours l'a feru de son dart!
 Trois jors aprés ice avint
60 Qu'en la vile morir covint
 La fame a un autre bourgeis.
 Mes, enceis que passast le meis
 Puis que la dame ot esté morte,
64 Le bourgeis, qui bel se deporte,
 Par le conseil de ses amis

« J'en aurais grande joie! dit-elle.
28 – Chère amie, votre joie est la mienne!
dit le garçon, cela me plaît fort! »
Alors il s'approcha d'elle
et ils parlèrent beaucoup d'amour.
32 Après qu'ils eurent été longtemps ensemble,
le jeune homme rentra chez lui,
et s'adressa à son père,
lui raconta toute l'affaire.
36 Mais son père s'y oppose,
le désapprouve et le blâme grandement.
« Cher fils, fait-il, de cette chose
tu ferais mieux de ne pas parler!
40 Elle n'est pas de ton rang,
pas même digne de te déchausser.
Je voudrais t'élever plus haut,
quoi qu'il doive m'en coûter,
44 car je voudrais t'apparenter
aux meilleures familles de ce pays.
Je m'ébahis de ta sottise,
quand tu veux épouser une telle fille!
48 Par ma foi, on devrait bien te tuer,
si jamais tu en parlais! »
Le jeune homme s'aperçoit
que son père ne tient pas compte de ses paroles :
52 son discours ne lui sert à rien!
Le garçon s'enflamme et brûle,
car Amour le vainc et le torture.
Qu'il doive ne jamais épouser cette jeune fille,
56 lui met au cœur une étincelle
qui enflamme et brûle tout en lui :
Amour l'a frappé de son dard!
Il arriva trois jours plus tard
60 que dans la ville vint à mourir
la femme d'un autre bourgeois.
Mais, avant que ne passât un mois
après la mort de la dame,
64 le bourgeois, qui s'en était remis,
sur le conseil de ses amis

A a reson le pere mis
A la pucele bele et gente
68 Ou cil avoit mise s'entente
Que j'ai amenteü eu conte.
Et le borgeis dont je vos conte
A tant sa besoigne esploitiee
72 Que la pucele a fianciee,
Et a l'eins qu'il pot l'espousa.
Mes au vallet mout en pesa,
Qui i pensoit et jor et nuit.
76 Ne voit riens qui ne li anuit,
77 Einz het le solaz de la gent;
77.1 Mout het son or et son argent
78 Et le grant avoir que il a,
Et jure que mout s'avila
80 De ce qu'a tant creü son pere :
Sa grant richesce trop compere.
Longuement li convint penser,
Que il ne se set apensser
84 Par quoi eüst nul recomfort.
Il ot robe d'un estanfort
Teint en greine et de vert partie;
Si ot fet chascune partie
88 A longues qeues coer cil.
Le sercoz fu touz a pourfil
Forré de menuz escurel :
Mout seult cil estre gent et bel
92 Qui or a le vis teint et pale!
Un jour de son ostel avale,
Son chief afublé d'un mantel;
Deduiant vet par le chastel
96 Tant que vint devant la meson
S'amie; s'iert en la seson
Que il fet chaut com en aoust.
Que que li griet ne que li coust,
100 Enging li estuet a trover
Qu'a s'amie puisse parler;
Mout l'en tint et mout s'en prist garde.
A tant une meson esgarde

s'adressa au père
de la belle et courtoise jeune fille
68 que désirait ardemment le garçon
dont je vous ai parlé dans mon conte.
Mais le bourgeois, dont je vous conte l'histoire,
a tant hâté l'affaire
72 qu'il se fiança avec la jeune fille
et l'épousa aussitôt qu'il put.
Cela fut très pénible au jeune homme
qui pensait à elle jour et nuit.
76 Tout ce qu'il voit l'afflige,
77 il hait la plaisante compagnie des gens,
77.1 hait son or et son argent
78 et les grands biens qu'il possède,
et jure qu'il s'est bien avili,
80 en suivant le conseil de son père.
Il paie très cher sa grande richesse.
Il resta longtemps dans ces pensées,
car il ne savait imaginer comment
84 il pourrait avoir un peu de réconfort.
Il portait une robe d'estanfort,
écarlate, avec des bandes vertes,
et il avait fait garnir
88 chaque bande de longues queues.
Le surcot avait une bordure
fourrée de fin écureuil.
Il était toujours beau et élégant,
92 maintenant son visage est pâle et sombre!
Un jour il descend de son logis,
la tête affublée d'un manteau.
Il va flânant le long des murs de la ville
96 jusqu'à ce qu'il arrive devant la maison
de son amie; c'était la saison
où il fait chaud comme en août.
Quoi qu'il lui pèse et lui en coûte,
100 il lui faut trouver une ruse
pour pouvoir parler à son amie.
Il y tient beaucoup et y veille.
Sur ce, il voit la maison

104　A une vieille costuriere :
　　　Meintenant passe la chariere,
　　　Si s'est asis sor la fenestre.
　　　Cele li enquiert de son estre,
108　Qui de meint barat mout savoit,
　　　Si li demande qu'il avoit,
　　　Qui si soloit estre envoisié
　　　Et des autres le plus proisié.
112　– La vieille avoit non Auberee ;
　　　Ja si ne fust fame enserree
　　　Qu'a sa corde ne la treïst ! –
　　　Et le vallet les li s'asist,
116　Si li conte tot mot a mot
　　　Comment cele bourjoise amot
　　　Qui si estoit pres sa voisine.
　　　S'ele li puet metre en sesine,
120　Quarante livres li donroit.
　　　Ele respont : ne la savroit
　　　Le vilein si tres bien garder
　　　Que il ne la puist esgarder
124　Par tens entre lui et la terre.
　　　" Alez me tost les deniers qerre
　　　Et je penseré de ceste oevre ! "
　　　Cil s'en va, une huche oevre
128　Ou il avoit deniers assez
　　　Que ses peres ot amassez.
　　　Les deniers prent, puis si s'en torne
　　　Et ches dame Auberee tourne,
132　Si li baille quarante livres.
　　　Mes encore n'est pas delivres,
　　　Encor i metra son escot :
　　　" Or me bailliez vostre sercot ! ",
136　Fet la vieille delivrement.
　　　Et cil, qui son commandement
　　　Vout fere sanz nul contredit,
　　　Fet ce que la vieille li dit :
140　Bien l'a Amours en son destroit !
　　　Et cele plie mout estroit
　　　Le sercot et met sous s'eisele ;

104 d'une vieille couturière.
Il traverse aussitôt la rue
et s'assied sur la fenêtre.
Elle s'enquiert de son état,
108 en femme avisée et fourbe,
et lui demande ce qu'il a,
lui qui d'habitude était si gai
et le plus estimé par les autres.
112 La vieille avait nom Auberée.
Jamais femme ne fut si bien enfermée
qu'elle ne réussît à la mettre en laisse !
Le jeune homme s'assit près d'elle
116 et lui conta tout, mot à mot,
comment il aimait la bourgeoise
qui était sa proche voisine.
Si elle arrive à la lui faire avoir
120 il lui donnerait quarante livres.
Elle répond : le vilain ne saurait
si bien garder la jeune femme
que lui ne pût la voir
124 en secret une fois ou l'autre.
« Allez vite chercher les deniers
et je m'occuperai de cette affaire ! »
Il s'en va, ouvre un coffre
128 où il avait quantité de deniers
que son père avait amassés.
Il prend les deniers et s'en retourne,
il revient chez dame Auberée
132 et lui donne quarante livres.
Mais il n'est pas encore quitte ;
il n'a pas fini de payer.
« Donnez-moi donc votre surcot ! »
136 ordonna avec empressement la vieille.
Et l'autre, voulant obéir à ses ordres
sans opposer aucune objection,
fait ce que la vieille lui dit :
140 Amour l'a bien en son pouvoir !
Elle plie soigneusement
le surcot et le met sous son bras,

Puis est levee de sa sele,
144 Si afubla un mantel court;
Einsi vers cel ostel s'en court.
Ce fu a un jor de marchié :
La vieille ot mout bien espié
148 Que li sire n'iert pas laiens.
" Hé, Dieus, dist ele, soit ceans!
Dieus soit o vos, ma douce dame,
Et il eit hui merci de l'ame
152 De l'autre dame qui est morte,
Dont mes cuers mout se desconforte!
Meint jor m'a ceans honoree!
– Bien veigniez vos, dame Auberee,
156 La dame dist, venez seoir!
– Ma dame, je vos vieig veoir,
Car de vos acointer me voil.
Je ne passé puis vostre sueil
160 Que l'autre dame morte fu,
Qui onques ne me fist refu
De riens que je li demandasse.
Certes, se je li commandasse
164 A fere une chose mout grief,
Sel feïst ele, par mon chief!
Dieus la soille! El me fist meint bien!
– Dame Auberee, faut vos rien?
168 Se riens vos faut, dites le nos!
– Oïl dame! Je vieig a vos...
Une goute a ma fille eu flanc,
Si voil avoir de vos vin blanc
172 Et un soul de vos peins fetiz,
Mes que ce soit le plus petiz...
Dieus, merci! Com j'en sui honteuse!
Mes si m'en angoise la teuse
176 Qu'i le me convient demander.
Je ne soi onques truander,
Einc ne m'en soi aidier, par m'ame!
– Hé, vos en arés! " dist la dame,
180 Qui iert a privee mesnie.

puis se lève de son siège,
144 revêt un manteau court
et se dirige ainsi vers le logis en question.
C'était un jour de marché :
la vieille avait bien guetté
148 et savait que le mari était sorti.
« Dieu soit ici, s'exclama-t-elle!
Dieu soit avec vous, ma douce dame,
et qu'il ait aujourd'hui pitié de l'âme
152 de l'autre dame qui est morte,
ce dont mon cœur se désole fort!
Elle m'a souvent fait honneur ici!
– Bienvenue, dame Auberée,
156 dit la dame, venez vous asseoir!
– Madame, je viens vous voir,
car je veux faire votre connaissance.
Je n'ai plus franchi votre seuil
160 depuis que l'autre dame est morte
qui ne me refusa jamais
rien que je lui demandasse.
Certes, si je l'eusse priée
164 de faire une chose très pénible,
par ma tête, elle l'eût fait!
Que Dieu l'absolve! Elle me fit grand bien!
– Dame Auberée, vous faut-il quelque chose?
168 S'il vous manque quoi que ce soit, dites-le-nous!
– Oui, madame, je viens à vous...
Ma fille a une attaque de goutte au flanc.
Je veux avoir de votre vin blanc
172 et un seul de vos pains maison,
mais que ce soit le plus petit...
Dieu merci! Que je suis honteuse!
Mais la gamine m'inquiète tellement
176 qu'il me faut le demander.
Je n'ai jamais su filouter personne,
je n'ai jamais su me débrouiller, par mon âme!
– Eh bien, vous en aurez! » dit la dame,
180 qui était entourée des siens.

Cele qui bien est enresnie
Delés la bourjoise s'asiet.
" Certes, dist ele, mout me siet
184 Que j'oi de toi si grant bien dire.
Comment se contient or ton sire?
Te fet il point de bele chiere?
Ha! Com il avoit l'autre chiere!
188 El avoit mout de son delit!
Bien vodroie voer ton lit :
Lors savroie certainement
Se tu gis ausi richement
192 Com fesoit la premiere fame. »
Maintenant se lieve la dame
Et puis dame Auberee aprés.
En une chambre iluecques pres
196 Andeus ensemble s'en alerent;
De plusors choses i parlerent,
Mes la vieille la sert de lobes!
La dame li moutre ses robes,
200 Aprés li moutre une grant couche,
Puis dit la dame : " Ci se couche
Mi sire et je les son flanc. "
Li liz fu de haut fuerre blanc,
204 Ou il ot grant coute de plume,
Et, por ce que il ne s'enplume,
A deseure une coute pointe.
La vieille ot une aguille pointe
208 Et un deel en cel sercot
Que desouz s'eissele portot;
Mout le tint pres de son costel,
Que que la dame de l'ostel
212 Li moutre sa besoigne tote.
Et la vieille meintenant boute
Le sercot par desouz la coute,
Et lors dist : " Puis la Pentecouste
216 Ne vi ge mes si riche lit!
Plus as asez de ton delit
C'onques n'ot l'autre, ce me semble! "
A tant s'en issent de la chambre,

La vieille, en bonne bavarde,
s'assied près de la bourgeoise.
« Certes, dit-elle, il me plaît fort
184   d'entendre dire tant de bien de toi.
Comment se porte maintenant ton époux?
N'est-il point aimable envers toi?
Ah! Que l'autre lui était chère!
188   Elle avait tout à son plaisir!
Je voudrais bien voir ton lit :
je saurais alors certainement
si tu couches aussi richement
192   que le faisait sa première femme. »
Aussitôt la dame se lève
et dame Auberée la suit.
Elles entrent toutes deux ensemble
196   dans une chambre là à côté
en parlant de choses et d'autres,
mais la vieille l'abuse de ses flatteries!
La dame lui montre ses robes,
200   puis lui montre une grande couche,
et lui dit : « Ici se couche
mon époux, et moi à son flanc. »
Le lit était haut, de paille blanche,
204   couvert par un grand matelas de plume,
et, pour que l'on ne s'y emplume,
il y avait dessus une courtepointe.
La vieille avait piqué une aiguille
208   et un dé dans ce surcot,
qu'elle portait sous son bras.
Elle le tenait serré contre son flanc
pendant que la maîtresse de la maison
212   lui montrait toutes ses affaires.
Mais soudainement la vieille fourre
le surcot sous le matelas
et lui dit : « Depuis Pentecôte,
216   je n'ai jamais vu un lit aussi riche!
Tu as bien plus de plaisir
que n'eut l'autre, il me semble! »
Alors elles sortent de la chambre,

59

220 Et la vieille tor jors sermonne.
La dame maintenant li done
Plein pot de vin et une miche,
Et une piece de sa fliche

224 Et de pois une grant potee.
Bien a la bourjoise abertee
La vieille, qu'ele ne set pas
Qu'el a bouté desous ses dras!

228 Plus ne s'est la vieille arestee,
En sa meson est retornee.
Du borgeis dire me convient,
Qui a son ostel s'en revient.

232 Toz seus de la vile repere
– Et ot esté en son afere –
Et dist que dormir se voleit,
Por ce que le chief li doleit.

236 En sa chambre entre, si se couche.
Tantost com il fu sus la couche
Si sent le sorcot bochoier.
Lors le commence a enpoignier,

240 Qu'il ne set que c'est qui le grieve.
Maintenant la coute souzlieve,
Si en a tret le sercot fors...
Et qui or li boutast el cors

244 Un coutel par desouz le flanc,
N'en tresist il goute de sanc,
Tant est durement esbahiz!
« Ha! las, dist il, tant sui traïz!

248 Onc ceste fame ne m'ama! »
Lors vint a l'uis, si le ferma.
Maintenant a le sercot pris,
– Car jalosie l'a soupris,

252 Qui est pire que mal de dens –
De fors le remire et dedens,
Qu'il semble c'achater le veille;
N'il n'a membre qui ne se dueille

256 Tant est pleins de corouz et d'ire!
« Hé! Dieus, dist il, que porrai dire?
De cest sercot bien sai, par m'ame,

220   la vieille ne cesse de discourir.
       La dame lui donne aussitôt
       un plein pot de vin et une miche,
       et une tranche de son lard
224   et une grande potée de pois.
       Elle a bien trompé la bourgeoise,
       cette vieille, car l'autre ne sait pas
       ce qu'elle a fourré sous ses draps!
228   Auberée ne s'attarde pas davantage
       mais rentre aussitôt chez elle.
       Il me faut parler du bourgeois,
       qui s'en retourne chez lui.
232   Il revient seul de la ville,
       – il y a réglé ses affaires –
       et dit qu'il veut dormir
       parce que la tête lui fait mal.
236   Il entre dans sa chambre et se couche.
       Mais, aussitôt qu'il est sur le lit,
       il sent la bosse faite par le surcot.
       Alors il commence à tâter,
240   ne sachant pas ce qui le gêne.
       Il soulève aussitôt la couverture
       et en retire le surcot...
       Qui lui enfoncerait dans le corps
244   un couteau à travers le flanc,
       n'en tirerait goutte de sang,
       tant il est bouleversé!
       « Hélas, dit-il, je suis trahi!
248   Cette femme ne m'a jamais aimé! »
       Alors il va à la porte et la ferme.
       Il prend aussitôt le surcot,
       car Jalousie l'a surpris,
252   qui est pire que mal de dents.
       Il l'examine dehors et dedans,
       au point qu'il semble vouloir l'acheter.
       Il n'a membre qui ne lui fasse mal,
256   tant il est plein de dépit et de colère!
       « Hélas! Dieu! dit-il, que pourrai-je dire
       de ce surcot? Je sais bien, par mon âme,

Qu'il est au lecheor ma fame,
260 Qui soulaz ele consenti
260.1 Eins qu'ele m'eüst a mari!"
261 Lors le prist et si l'estoia,
Aprés sor son lit s'apoia
Et penssa que il porra fere.
264 Et com plus pense a son afere
Plus s'est deables en lui mis.
Issi fu tant que i fu nuis,
Que les huis vit clos par la rue.
268 Lors prent sa fame, si la rue
Par mi l'us fors de la meson!
Cele qui ne set l'acheson,
A poi de duel n'est acoree.
272 A tant, es vos dame Auberee,
Qui de li se prenoit regart.
"Ma bele fille, Dieus vos gart!
Fet la vieille, que fetes ci?
276 – Ha! dame Auberee, merci!
Mon sire est corocié a moi,
Mes ne sai a dire por quoi:
Ne sai que l'en li a conté.
280 Car me fetes tant de bonté
Qu'avec moi veigniez ches mon perre!
– Avoi! fet ele, par seint Pere!
Je ne vodroie por grant chose!
284 Veus tu que tes peres te chose?
Il cuideroit qu'aucun meffet
Eüses a ton seignor fet,
Ou qu'il t'eüst prise provee
288 Et o ton lecheor trovee!
Or est espoir le vilein ivres
Et demein en sera delivres.
Mes je te lo en bone foi
292 Que tu t'en vieignes avec moi,
Que desor sont les rues vides.
Mieus enploias que tu ne cuides
Le pein, la char, le vin, les pois!
296 Jel te rendré a double pois,

	qu'il appartient à l'amant de ma femme,
260	à qui elle accorda son plaisir
260.1	avant qu'elle ne m'eût épousé! »
261	Alors il le prit et l'étreignit;
	puis il s'appuya sur son lit
	et réfléchit à ce qu'il pourrait faire.
264	Mais, plus il pense à son affaire,
	plus le diable le possède.
	Il fut en cet état jusqu'à la tombée de la nuit
	et qu'il vit dans la rue les portes closes.
268	Alors il prend sa femme et la pousse
	par la porte hors de la maison!
	N'en sachant pas la raison,
	elle faillit se pâmer de chagrin.
272	A cet instant, voici dame Auberée,
	qui était en train de la guetter.
	« Ma chère fille, que Dieu vous garde!
	fait la vieille, que faites-vous là?
276	– Ah! Dame Auberée, pitié!
	Mon époux est fâché contre moi,
	mais je ne saurais dire pourquoi :
	j'ignore ce qu'on lui a raconté.
280	Ayez donc assez de bonté
	pour m'accompagner chez mon père!
	– Hélas! fait-elle, par saint Pierre!
	Je ne le voudrais pour rien au monde!
284	Veux-tu que ton père te gronde?
	Il croirait que tu auras commis
	quelque méfait envers ton mari
	ou qu'il t'aura prise en flagrant délit
288	et trouvée avec ton amant!
	Peut-être le vilain est ivre maintenant,
	et demain sera de sang-froid.
	Je te conseille donc, de bonne foi,
292	de venir avec moi,
	car à cette heure les rues sont vides.
	Tu as employé mieux que tu ne crois
	le pain, la viande, le vin, les pois!
296	Je te rendrai au double

Le guerredon et le servise.
Et s'iert tot fet a ta devise
Quant que tu savras demander :
300 Il ne te faut fors commander.
Car tu seras mout bien celee
En une chambre a recelee,
Que ja ame ne t'i savra
304 Jusqu'a tant que tes sires avra
Trespassee tote s'ivresce. "
Meintenant la vieille s'adrece
Vers son ostel, la dame en meine.
308 " Dame, dist ele, une semeine
Porriez vos mout bien ci estre,
Que nus ne savra ja vostre estre. "
Lors la proie mout de mengier ;
312 Mes la borjoise en fist dangier
Et dist que ja Deu ne pleüst
Qu'ele menjast jusqu'el seüst
Por quoi ele a tel honte eüe.
316 Dame Auberee s'est teüe
A cest mot de lié plus proier.
Lors l'a menee por couchier
En une chambre iluec de jouste
320 Sor bons dras et sor bone coute.
Puis frema bien l'us a la clef,
De son ostel s'en ist soef.
Lors si s'en va plus que le pas
324 Pour le vallet, qui ne dort pas :
Torne et retorne en son lit.
Mout crient la vieille ne l'oublit
De ce que li a en covent :
328 Du cuer en soupire forment.
Lors saut de son lit trestouz nuz,
Puis se vest, si en est venuz
A une fenestre apoier.
332 Et la vieille, qui son loier
Veut de chief en chief deservir
Et le vallet en gré servir,
Ne guenchist destre ne senestre.

le service que tu m'as valu.
Quoi que tu veuilles demander
ce sera fait à ton souhait :
300 tu n'as qu'à commander.
Car tu seras si bien cachée
dans une chambre secrète
que personne ne te saura là
304 jusqu'à ce que ton mari soit
complètement remis de son ivresse. »
Aussitôt la vieille se dirige
avec la dame vers son logis.
308 « Dame, dit-elle, une semaine
vous pourriez très bien y rester :
personne ne saura où vous êtes. »
Alors elle la presse de manger,
312 mais la bourgeoise fait la difficile
et dit qu'à Dieu ne plaise
qu'elle mange avant de savoir
pourquoi elle a eu cette honte.
316 A ces paroles dame Auberée
cesse de la prier davantage.
Elle l'emmène se coucher
dans une chambre toute proche,
320 sur bons draps et bonne couette.
Puis, ayant fermé la porte à clef,
elle sort doucement de chez elle.
Elle s'en va alors d'un pas vif
324 chercher le garçon qui ne dort pas,
mais se tourne et retourne dans son lit.
Il craint que la vieille n'oublie
la promesse qu'elle lui a faite :
328 il pousse de profonds soupirs.
Il saute tout nu de son lit,
puis s'habille et va
s'appuyer à une fenêtre.
332 Et la vieille, qui veut mériter
de bout en bout son salaire
et servir le jeune homme à son gré,
ne se détourne ni à droite ni à gauche.

336 Le vallet trueve a la fenestre,
    Qui li demande quieus noveles.
    " Jes te dirai, dist ele, beles !
    Car je tieng t'amie en mes laz :
340 Avoir en puez touz tes soulaz
    Jusqu'a demein aprés ceste eure ! "
    Le vallet l'ot, plus ne demeure,
    Que la vieille a servi a gré ;
344 Soef avale le degré.
    A l'ostel s'en vienent ensemble,
    – N'avoit gueres, si com moi semble,
    Que la bourjoise iert endormie –
348 Et cil, qui desiroit s'amie,
    Se deschauce et si se despoille.
    " Dame, fet il, s'ele s'orgeille
    Et el crie, que ferai gié ?
352 Ovrer veil par vostre congié,
    Car bien m'avez rendu mon droit.
    – Je te conseilleré a droit,
    Fet la vieille ; va, si te couche,
356 Et se point vers toi se corouche
    Et ele crie, et tu deus tans !
    Lieve la robe, si entre ens !
    Si tost com el te sentira,
360 Autrement la besoigne ira :
    Meintenant la verras tesir,
    S'en porras fere ton plesir ! "
    Le vallet est au lit alez,
364 Les la bourjoise s'est couchez
    Et mout soef a lui adoise.
    A tant s'esveilla là borjoise
    Qui de paour est tressaillie.
368 Quant celui sent, si est saillie
    Hors du lit ; mes cil l'enbracha
    Et dist : " Bele, treez vos cha !
    Que je sui vostre chier amis,
372 Que vos avez a dolour mis.
    Mes tant ai fet, la Dieu merci,
    Que tote sole vos tieng ci

66

336 Elle trouve le garçon à la fenêtre,
     qui lui demande quelles sont les nouvelles.
     « Je t'en dirai, dit-elle, de bonnes et belles,
     car je tiens ton amie dans mon piège.
340 Tu peux en avoir tout ton plaisir
     dès maintenant jusqu'à demain ! »
     Le garçon l'écoute, ne s'attarde pas,
     car la vieille l'a servi à son gré :
344 il descend doucement l'escalier.
     Ils s'en vont ensemble chez elle.
     Il n'y avait pas longtemps, je crois,
     que la bourgeoise s'était endormie
348 et l'autre, qui désire son amie,
     se déchausse et se déshabille.
     « Dame, fait-il, si elle se révolte
     et crie, que ferai-je ?
352 Je veux agir avec votre accord,
     car vous m'avez bien donné mon dû !
     – Je te donnerai de bons conseils,
     fait la vieille, va et couche-toi
356 et si elle se fâche contre toi
     et crie, toi crie deux fois plus !
     Soulève sa robe et pénètre-la !
     Dès qu'elle te sentira,
360 l'affaire prendra une autre tournure.
     Tu la verras aussitôt se taire
     et tu pourras en faire ton plaisir ! »
     Le jeune homme alla au lit,
364 se coucha près de la bourgeoise
     et commença à la caresser doucement.
     A ce moment la bourgeoise s'éveilla
     en sursautant de peur.
368 Sentant le jeune homme, elle saute
     hors du lit, mais l'autre l'étreint
     et dit : « Belle, approchez-vous !
     car je suis votre cher ami,
372 que vous avez fait souffrir.
     Mais, j'ai tant fait, Dieu merci,
     que je vous tiens toute seule ici

Dedenz ceste chambre enserree,
376 Par le conseil dame Auberee!
— Certes, dist ele, riens ne vaut!
Que je crierai ja si haut
Que ci verrez mout tost venue
380 Tote la gent de ceste rue!
— Par foi, dist il, riens ne vos monte!
Ci ne voi ge fors que vos honte,
Quant la grant gent et la menue
384 Vos verront les moi tote nue.
Il est ja pres de mie nuit :
N'i avra un seul qui ne cuit
Que j'aie fet a grant plenté
388 De vostre cors ma volenté.
Mieus vient asez que soit emblee
A ceus defors nostre asemblee,
Que nus fors que nos trois le sache. "
392 A tant soef vers soi la sache,
Si l'enbrace parmi les flans
Qu'el ot mout tendres et mout blans;
La bouche li bese et la face.
396 La borgeise ne set que face :
Mieus li vendroit estre a repos
Qu'el porroit acuillir tel los
Par ses voisins et tel renon;
400 Jamés n'avroit se honte non.
La bourgeise let son orgeil,
Or est tornee en autre fueil :
Mout s'asouage et mout s'apese!
404 Et le vallet l'acole et bese,
Et cele si fet bel atret;
Li uns pres de l'autre se tret,
Si se joent ensemble et font
408 Le gieu por quoi asemblé sont.
Au matinet, quant l'aube crieve,
Dame Auberee si se lieve,
Si lour atorne au mieus qu'el pot
412 Char de porc et poucins en rost.
A tant sont asis au mengier;

enfermée dans cette chambre,
376 sur le conseil de dame Auberée!
– Certes, dit-elle, c'est peine perdue,
car je crierai si fort
que vous verrez venir ici aussitôt
380 tous les habitants de cette rue.
– Par ma foi, cela ne vous sert à rien! dit-il,
vous vous couvrirez, selon moi, de honte,
quand les bourgeois et les petites gens
384 vous verront toute nue près de moi.
Il est déjà près de minuit :
il n'y aura personne qui ne croie
que j'ai fait abondamment
388 mon plaisir de votre corps.
Il vaut mieux que soit cachée
aux gens du dehors notre rencontre,
et que nul, hormis nous trois, ne le sache. »
392 Alors il l'attire doucement vers lui
et la serre par les flancs
qu'elle avait très fins et blancs,
lui baise la bouche et le visage.
396 La bourgeoise ne sait que faire :
mieux lui vaudrait se tenir tranquille
que de se faire une telle réputation
et un tel renom par ses voisins.
400 Elle n'y gagnerait rien que honte.
La bourgeoise renonce à sa fierté,
la voici qui tourne la page :
elle se calme, et s'apaise!
404 Le jeune homme l'étreint, lui donne des baisers
et elle lui fait bel accueil.
Ils s'approchent l'un de l'autre,
ils se livrent ensemble au plaisir et jouent
408 au jeu pour lequel ils se sont rencontrés.
Au petit matin, quand l'aube crève,
dame Auberée se lève,
et leur prépare de son mieux
412 viande de porc et poussins rôtis.
Ils se mettent alors à table.

N'i a nul qu'en face dangier,
Einz mengerent assez et burent,
416 Et andui en bon gré rechurent
Le servise dame Auberee.
Et quant ce vint a la vespree,
Que le soleil a son droit torne,
420 Dame Auberee lour atourne
Ce qu'ele set que lor fu boen,
Mes ele n'i met riens du soen!
Cele nuit ont asés soulas :
424 Ambedui jurent bras a bras,
C'onques de veillier ne finerent,
Tant que les matines sonerent
De Seint-Cornille a l'abeïe.
428 Tantost que la cloche a oïe,
Dame Auberee si s'esveille,
Si se vest et si s'apareille
Et vient au lit ou cil se gisent
432 Qui lor amors s'entredevisent.
" Or sus, fet ele, bele fille!
Si en irons a Seint-Cornille,
Entre moi et toi, au moustier.
436 Des or aroies tu mestier
Que tes sires a toi s'acordast! "
Le vallet mout se descordast,
Mes il ne l'ose contredire.
440 Et la vieille li prist a dire :
" Lai moi a mon talent ouvrer!
Encor porras bien recovrer
A t'amie et a ton delit. "
444 La vieille prist chandeles uit,
Dont chascune a plus d'une toise.
Entre la vieille et la bourjoise
S'en sont issues de l'ostel.
448 Au moustier vont devant l'autel
Nostre-Dame, devant l'image.
Et la vieille, qui mout fu sage,
La fet couchier jus a la terre
452 Et li dist bien que de sa guerre

Nul ne refusa, au contraire,
ils mangèrent et burent beaucoup,
416   et acceptèrent tous deux volontiers
les bons offices de dame Auberée.
Et quand on arriva au soir,
que le soleil achève sa course,
420   dame Auberée leur prépara
ce qu'elle savait leur plaire,
sans qu'elle ait à payer de sa poche!
Cette nuit-là ils eurent grand plaisir.
424   Ils couchèrent dans les bras l'un de l'autre
et ne fermèrent pas l'œil
jusqu'au moment où les matines sonnèrent
à l'abbaye de Saint-Corneille.
428   Aussitôt qu'elle entend la cloche,
dame Auberée se réveille,
s'habille, se prépare et va
au lit où sont couchés les amants,
432   qui devisent de leur amour.
« Or sus, chère fille! fait-elle,
Allons-nous-en à Saint-Corneille,
nous deux ensemble, à l'église.
436   Maintenant tu aurais besoin
de te réconcilier avec ton mari! »
Le garçon n'était pas de la même opinion,
mais il ne l'osa contredire.
440   Alors la vieille se prit à lui dire :
« Laisse-moi agir à mon gré!
Tu pourras bien avoir de nouveau
ton amie et ton plaisir. »
444   La vieille prit huit chandelles,
dont chacune avait plus d'une toise.
La vieille et la bourgeoise
sortent ensemble du logis.
448   Elles vont à l'église devant l'autel
et devant la statue de Notre-Dame.
La vieille, en femme rouée,
fait coucher la dame par terre
452   et lui dit de ne tenir

Ne li soit pas vaillant trois noiz.
La vieille a fetes quatre croiz
Des chandeles que ele avoit.
456 En une lampe ou feu ardoit,
Les aluma de chief en chief;
L'une des croiz li mist au chief,
Et l'autre as piez et l'autre a destre,
460 Et la quarte mist a senestre.
461 Lors vint a li, si l'aseüre
461.1 Et dist : " Soiez tote seüre
462 Et gardez, comment qu'il aviegne,
Ne vos movez tant que je vieigne :
464 Tenez vos ci endementiers!
– Dame, dist ele, volentiers! "
Einsi la dame se contient.
Et la vieille sa voie tient
468 Vers l'ostel au borjois tot droit,
Qui por sa fame iriez estoit,
Si qu'il ne se set conseillier.
Et cele por lui esveillier
472 Court cele part et hurte et boute.
Le borgeis oreille et escoute,
Qui bien vosist tel chose oïr
Dont il se poïst resjoïr.
476 A tant son huis ovrir commande;
Et dame Auberee demande,
Tantost com el entra dedans :
" Ou est, dist ele, li noiens,
480 Le failliz, le mal enseigniez?
– Dame Auberee, bien veigniez!
Fet il, qui vos meine a tele eure? "
Cele a respondre ne demeure :
484 " Je te vieig dire sans essoigne :
Ennuit sonjai un mout mal songe,
Que de paor m'en esveillai.
Vesti moi et apareillai,
488 Que du songe fui esbahie.
Au mostier ving, a l'abeïe,
Tres devant l'autel Nostre-Dame.

aucun compte de sa dispute.
Après avoir formé quatre croix
avec les chandelles qu'elle avait,
456 elle les alluma l'une après l'autre
au feu d'une lampe,
lui mit une des croix à la tête,
l'autre aux pieds, la troisième à droite,
460 et mit la quatrième à gauche.
461 Puis elle s'approcha d'elle et la rassura
461.1 en disant : « N'ayez pas crainte,
462 et gardez-vous, quoi qu'il arrive,
de bouger jusqu'à mon retour :
464 restez ici pendant mon absence!
– Dame, volontiers! » répondit-elle.
La dame reste ainsi.
Et la vieille poursuit son chemin
468 droit au logis du bourgeois
qui était en colère à cause de sa femme
et ne savait quel parti prendre.
Pour le réveiller, la vieille
472 court chez lui et frappe et cogne.
Le bourgeois tend l'oreille et écoute,
désirant bien ouïr nouvelle
dont il se puisse réjouir.
476 Il fait alors ouvrir la porte
et, sitôt entrée dans la maison,
dame Auberée demande :
« Où est, dit-elle, ce vaurien,
480 ce déloyal, ce malappris?
– Madame Auberée, bienvenue! fait-il,
qu'est-ce qui vous amène à cette heure-ci? »
Elle se hâte de répondre :
484 « Je te le dirai sans difficulté :
cette nuit j'ai fait un songe si horrible
que je me suis réveillée de peur.
Je me suis habillée et préparée,
488 car j'étais effrayée par le songe.
Je m'en fus venue à l'église de l'abbaye,
juste devant l'autel de Notre-Dame.

Iluecques vi gesir ta fame,
492 Devant l'autel, tote estendue!
Tote m'en sui voir esperdue,
Que je ne sai que ce puet estre!
As piez, au chief, destre et senestre,
496 Vi chandeles iluec ardans.
Iluec se gist ta fame adans,
Devant l'autel, a oreison.
Mout par as fet grant mesprison
500 – Si en batras encor ta geule –
D'envoier a tele eure seule
Fame qui si bele fourme a!
De Damle Dieu qui nos forma
504 Soie ge, dist ele, saignie!
Tote m'en sui espoorie
– Et si le tieng a grant merveille –
De cel enfant qui einsi veille,
508 De cel tendron qui ier fu nee,
Qui deüst la grant matinee
Dormir ceanz souz les cortines!
Et vos l'envoiez a matines!
512 A matines! Lasse, coupable!
De Damle Deu l'esperitable
Soie je, dist ele, saignie
Et ennoree et beneïe!
516 Veus en tu fere papelarde?
Mau feu et male flambe l'arde
Qui jane fame issi envoie!"
Isi la vieille le desvoie
520 Du mal pensé qu'en son cuer ot,
Et se ne fust por le seurcot,
Ja n'i pensast mes se bien non!
"Dame, por Deu et por son non,
524 Dist le borgeis, dites vos voir?
– Lieve toi, si porras savoir,
Fet la vieille, se je te ment!"
Cil se lieve delivrement
528 N'il n'ot talent que plus i gise.

Là je vis ta femme qui gisait
492 étendue de tout son long devant l'autel!
J'en suis restée bouleversée,
car je ne sais pas ce que ce peut être!
A ses pieds, à sa tête, à sa droite et à sa gauche,
496 je vis des chandelles allumées.
Ta femme gît là, face contre terre,
devant l'autel, en prière.
Tu as commis une grave faute
500 — et tu t'en frapperas encore la poitrine —
en envoyant seule à cette heure-ci
une femme d'une telle beauté!
Du Seigneur Dieu qui nous forma
504 que je sois bénie! dit-elle.
Je me suis épouvantée
— car je trouve cela extraordinaire —
de voir cette enfant qui veille ainsi,
508 ce tendron qui est né hier,
et devrait faire la grasse matinée
dans son lit, sous les courtines.
Et tu l'envoies aux matines!
512 Aux matines! Malheureuse coupable!
Du Seigneur Dieu du ciel
que je sois marquée du signe de la croix
et honorée et bénie! dit la vieille.
516 Veux-tu en faire une papelarde?
Que le feu et les flammes de l'enfer brûlent
celui qui envoie ainsi dehors une jeune femme! »
Ainsi la vieille le détourne
520 des soupçons qu'il avait en tête
et si ce n'était pour le surcot
il n'aurait pensé de sa femme que du bien!
« Dame, pour Dieu et pour son Nom,
524 dit le bourgeois, dites-vous vrai?
— Lève-toi et tu pourras voir
si je te mens! » répond la vieille.
Il se lève avec empressement : ne veut pas
528 que sa femme y reste plus longtemps couchée.

Errant s'en vienent a l'iglise,
Que du demorer n'i ot point.
Cil trueve sa fame en tel point
532 Com la vieille li ot retret.
Meintenant pres de li se tret,
Par la mein contremont la dresce;
En bas li dist que par ivresce
536 Li avoit fet tel mesprison.
Lors s'en revient en sa meson,
Si se couchierent de rechief.
La bourjoise cuevre son chief,
540 Que de dormir a grant talent;
Mout li est poi du mautalent
Que ses sire a vers li eü,
Einz dort et en pes a geü.
544 Et le borgeis tot por veir quide
Que sa fame eit la teste wide
De geüner et de plorer,
Et que puis ne finast d'orer
548 Devant l'autel por son seignor,
Et que plorast et nuit et jor!
Einsi les sa fame se jut
Le borgeis, tant que jor parut
552 Et li soleil amont se hauce.
Le borgeis se vest et se chauce,
Et let sa fame qui se gist.
De son ostel meintenant ist,
556 Si seigne son vis et son cors.
Et dame Auberee saut fors,
Si s'escria a haute vois :
" Trente sous! Seinte voire crois!
560 Trente sous! Dolente, cheitive!
Or ne me chaut se muire ou vive!
Trente sous! Lasse, doulereuse!
Com je sui or meseüreuse!
564 Trente sous! Lasse, trente sous!
Or vendra ceanz li prevoz
Por prendre cel petit que j'ai!
C'est le songe que je sonjai! "
568 Et le bourgeis, qui vint la rue,

Ils vont de ce pas à l'église,
sans tarder un instant de plus.
Il trouve sa femme dans l'attitude
532 que la vieille lui avait décrite.
Aussitôt il s'approche d'elle,
la relève par la main et lui dit
tout bas que c'était par ivresse
536 qu'il lui avait ainsi fait tort.
Ils reviennent alors à la maison
et se remettent au lit.
La bourgeoise couvre sa tête,
540 car elle a très sommeil.
Peu lui emporte le dépit
qu'a éprouvé son mari à propos d'elle,
mais elle dort et repose en paix.
544 Et le bourgeois croit vraiment
que sa femme a la tête vide
d'avoir jeûné et pleuré
et qu'elle n'a cessé de prier
548 devant l'autel pour son époux
en pleurant nuit et jour!
Ainsi resta-t-il couché à côté de sa femme
jusqu'à ce que le jour parût
552 et que le soleil s'élevât dans le ciel.
Le bourgeois s'habille et se chausse,
et laisse sa femme couchée.
Il sort aussitôt de son logis
556 en signant son visage et son corps.
Et dame Auberée saute dehors
en s'écriant à haute voix :
« Trente sous! Par la sainte croix!
560 Trente sous! Dolente chétive!
Peu m'importe que je meure ou vive!
Trente sous! Pauvre malheureuse!
Suis-je femme misérable!
564 Trente sous! Hélas, trente sous!
Le prévôt ne va pas tarder à venir
me saisir le peu que je possède!
C'est là le rêve que j'ai fait! »
568 Et le bourgeois, qui passait dans la rue,

A dame Auberee entendue,
Errant a demander li prist :
"Dites moi, se Dieus vos aït,
572 Por quoi vos fetes si grant duel ?
Par mon chief, jel savrai mon vuel !
– Sire, fet ele, jel dirai,
Que ja ne vos en mentirai :
576 Un vassal vint ci des l'autrier ;
Por recoudre et pour afetier
M'ot aporté un sien sercot,
Que ronpu ot a un escot
580 Ne sai trois des queues ou quatre.
Je le pris, si m'alai esbatre
A tot le sorcot recousant,
Car un poi me senti pesant.
584 Einsi o tote ma costure
M'en issi par mesaventure
Icel jor hors de mon ostel.
Mescheü m'est de mon chatel,
588 Car j'ai icel sercot perdu,
Dont j'ai mon cuer si esperdu !
Et si ne sai, lasse, ou je fui !
Que ferai ge, se ne m'enfui,
592 Ne je ne truis qui le m'enseigne ?
Se je ne truis qui le me raigne,
Jel ferai le matin noncier
Et diemenche escommenier
596 Certes, par trestouz les moutiers !
Qu'i ne m'en fust ore mestiers
De recevoir si lede perte !
Biau sire, or oiez chose aperte :
600 Si puisse je voer Noel,
G'i lessé pendant mon deel,
Avec m'esguille, en cel seurcot
Dont je sui, lasse, a tel escot !
604 Einsi rendre le me convient !
Et li vallez a moi si vient
Ceanz, sire, et me demande
Trente sous ou le sercot rende.

ayant entendu crier dame Auberée,
lui demanda tout de suite :
« Dites-moi, que Dieu vous aide,
572 pourquoi menez-vous si grand deuil?
Par ma tête, je veux le savoir, et le saurai!
– Seigneur, répondit-elle, je le dirai,
et ne vous mentirai en rien.
576 Un jeune homme vint ici avant-hier.
Il m'apporta un sien surcot
pour le recoudre et l'arranger,
car il avait déchiré à un écot
580 trois ou quatre, je ne sais, des queues.
Je le pris et j'allai m'amuser
tout en cousant le surcot,
car je me sentais un peu lourde.
584 Ainsi avec ma couture
je sortis pour mon malheur
ce jour-là hors de mon logis.
C'est un rude coup pour ma fortune
588 car j'ai perdu ce surcot,
ce dont j'ai le cœur si troublé
que je ne sais plus où je suis, pauvre de moi!
Que ferai-je si je ne m'enfuis
592 ou ne trouve qui me dise où il a passé?
Si je ne trouve personne qui me le rende,
demain matin je ferai annoncer partout cette perte
et dimanche je ferai condamner le vol,
596 c'est sûr, dans toutes les églises!
Je n'ai vraiment pas besoin maintenant
de subir une perte si grave!
Beau seigneur, écoutez une histoire vraie :
600 que je puisse voir Noël,
j'ai laissé attaché mon dé
avec mon aiguille à ce surcot,
voici tout ce que cela me coûte, pauvre de moi!
604 Il me faut le restituer,
et le jeune homme continue à venir
ici, chez moi, seigneur, me demander
trente sous ou que je lui rende le surcot.

608   Or sui de tel chose encombree!
608.1 – Or me dites, dame Auberee,
609   Fustes vos piecha en meson?
      – Oïl, sire, por l'acheson
      D'avoir un petit de relief,
612   Que ma fille avoit mal el chief :
      Ce fu avant ier, or m'amembre.
      La dame trovai en sa chambre,
      Car ilùecques pignoit son chief,
616   Et iluec vi de chief en chief
      Estendue une coute pointe :
      Einz de mes ieus ne vi si cointe.
      Tant i musai qu'iluec de jouste
620   M'en dormi, mon chief sor la coute,
      Tant que la dame m'esveilla,
      Qui mout volentiers m'aporta
      Ce que demandé li avoie;
624   Mes je me mis lors a la voie.
      Einsi celi jor m'en avint.
      Mes ne soi, lasse, que devint
      Le sorcot, fors tant que je souque
628   Que je le lessai sor la couche! "
      Quant li sires ot ces noveles
      Mout li furent gentes et beles;
      Mes s'il i trueve le deel,
632   Einz n'ot tel joie en son ael
      Com il avra, se il l'i trueve!
      Tart li est qu'il voie la prueve!
      A tant vers son ostel se tret :
636   Une huche euvre, si en tret
636.1 Le seurcot que il ot cachié :
636.2 Et quant il i trueve atachié
637   Le deel a tote l'aguille,
      Qui li donast demie Puille
      N'eüst il pas joie greignor!
640   " Par Dieu, dist il, li mien seignor!
      Or sai ge bien certainement
      Que la vieille pas ne me ment,
      Car j'ai trovee la costure! "

608   Je suis dans une bien fâcheuse situation !
608.1 – Dites-moi donc, dame Auberée
609   n'étiez-vous pas chez moi ces jours-ci ?
    – Oui, seigneur, pour ce motif précis :
    je voulais avoir quelques restes,
612   car ma fille avait mal à la tête.
    C'était avant-hier, il m'en souvient.
    Je trouvai la dame dans sa chambre.
    Elle se peignait les cheveux
616   et je vis là, de bout en bout
    étendue une courtepointe :
    jamais je n'en vis de si belle.
    Je m'y attardai tant que je m'endormis
620   là à côté, la tête sur la couette
    jusqu'à ce que la dame me réveillât
    et m'apportât de bon gré
    ce que je lui avais demandé ;
624   alors je me remis en chemin.
    Ainsi m'advint-il ce jour-là.
    Mais je ne sais ce qu'est devenu
    le surcot, sinon, je suppose,
628   que je l'oubliai sur la couche ! »
    Quand le mari entend ces nouvelles,
    elles lui sont agréables et douces.
    Qu'il trouve le dé,
632   et jamais il n'aura eu joie en sa vie
    comme celle qu'il aura, s'il le trouve !
    Il lui tarde de voir la preuve !
    Il se dirige alors vers son logis,
636   ouvre un coffre et en retire
636.1 le surcot qu'il y avait caché
636.2 et quand il y trouve attaché
637   le dé avec l'aiguille,
    lui donnât-on toute la Pouille
    qu'il ne serait pas plus heureux !
640   « Par Dieu, dit-il, mon Seigneur !
    Maintenant je sais avec certitude
    que la vieille ne ment pas,
    car j'ai trouvé sa couture ! »

644 Einsi fu liez de s'aventure
645 Le borgeis et bel se deporte,
645.1 Et dame Auberee en raporte
646 Le sercot et si li livra.
     Einsi la vieille delivra
648 Le borgeis de son mal penser,
     Que puis ne li lut a penser
     Que il fu du seurcot delivres.
     Et la vieille ot quarante livres :
652 Bien a son loier deservi,
653 Quant touz troi sont a gré servi!

644 Ainsi fut heureux de l'aventure
645 le bourgeois, qui s'en fait fête
645.1 et dame Auberée rapporta
646 le surcot et le livra.
   Ainsi la vieille délivra
648 le bourgeois de ses soupçons,
   car il n'eut plus à y penser,
   une fois libéré du surcot.
   Et la vieille reçut quarante livres :
652 elle mérita bien son salaire
653 puisque tous trois sont servis à leur gré!

3. LE VILAIN DE BAILLUEL

Se fabliaus puet veritez estre,
Dont avint il, ce dist mon mestre,
C'uns vilains a Bailluel manoit;
4 Formenz et terres ahanoit,
N'estoit useriers ne changiere.
Un jor, a eure de prangiere,
Vint en meson mout fameilleus.
8 Il estoit granz et merveilleus,
Et maufez et de laide hure.
Sa fame n'avoit de lui cure,
Quar fols ert et de lait pelain.
12 Et cele amoit le chapelain,
S'avoit mis jor d'ensamble a estre
Le jor entre li et le prestre.
Bien avoit fet son appareil:
16 Ja ert li vins enz ou bareil
Et si avoit le chapon cuit,
Et li gastiaus, si com je cuit,
Estoit couvers d'une touaille.
20 Ez vous le vilain, qui baaille
Et de famine et de mesaise.
Cele li va ouvrir la haise;
Contre lui est corant venue,
24 Mes n'eüst soing de sa venue:
Mieus amast autrui recevoir!
Puis li dist por lui decevoir,

3. LE VILAIN DE BAILLEUL
par Jean Bodel

Si un fabliau peut être vrai,
il advint un jour, dit mon maître,
qu'un paysan demeurait à Bailleul.
4   Il n'était ni usurier ni changeur,
mais peinait sur ses blés et ses terres.
Un jour, à l'heure du déjeuner,
il rentra fort affamé.
8   Il était grand et épouvantable à voir,
un vrai diable, avec une vilaine hure.
Sa femme n'avait cure de lui,
car il était sot et d'aspect repoussant
12   et elle aimait le chapelain.
Elle lui avait donné rendez-vous
pour passer ensemble la journée.
Elle avait tout arrangé :
16   le vin était déjà dans le baril,
elle avait cuit le chapon
et le pâté, je pense bien,
était couvert d'une serviette.
20   Vous voilà le paysan qui bâille
de faim et de fatigue.
Elle court à sa rencontre
pour lui ouvrir la barrière,
24   mais n'a pas cure de sa venue :
elle préférerait recevoir l'autre !
Puis elle lui dit pour le tromper,

Si com cele qui sanz ressort
28 L'amast mieus enfoui que mort :
" Sire, fet ele, Dieus me saint!
Com vous voi or desfet et taint :
N'avez que les os et le cuir!
32 – Erme, j'ai tel fain que je muir,
Fet il, sont boilli li maton?
– Morez, certes, ce fetes mon!
Jamés plus voir dire n'orrez :
36 Couchiez vous tost, quar vous morez!
Or m'est il mal, lasse, chetive!
Aprés vous n'ai soing que je vive,
Puis que de moi vous dessamblez.
40 Sire, com vous m'estes amblez :
Vous devierez a cort terme!
– Gabez me vous, fet il, dame Erme?
Je oi si bien no vache muire :
44 Je ne cuit mie que je muire,
Ainz porroie encore bien vivre.
– Sire, la mort qui vous enyvre
Vous taint si le cuer et encombre
48 Qu'il n'a mes en vous fors que l'ombre :
Par tens vous tornera au cuer!
– Couchiez me donques, bele suer,
Fet il, quant je sui si atains. "
52 Cele se haste, ne puet ains,
De lui deçoivre par sa jangle.
D'une part li fist en un angle
Un lit de fuerre et de pesas
56 Et de linceus de chanevas;
Puis le despoille, si le couche;
Les ieus li a clos et la bouche.
Puis se lest cheoir sor le cors :
60 " Frere, dist ele, tu es mors :
Dieus ait merci de la teue ame!
Que fera ta lasse de fame,
Qui por toi s'ocirra de duel? "
64 Li vilains gist souz le linçuel,
Qui entresait cuide mors estre.

en femme qui sans conteste
28 l'eût aimé mieux enterré que mort :
« Seigneur, dit-elle, Dieu me bénisse !
Comme je vous vois défait et pâle :
vous n'avez plus que les os et la peau !
32 — Emma, je meurs de faim, dit-il,
la bouillie de lait est-elle prête ?
— Vous mourez, oui, c'est certain !
Vous n'entendrez jamais dire plus vrai !
36 Couchez-vous vite : vous mourez !
Quel malheur, pauvre misérable !
Après vous peu m'importe de vivre,
puisque vous me quittez.
40 Seigneur, comme vous m'êtes arraché !
Vous trépasserez sous peu !
— Vous moquez-vous de moi, dame Emma ?
J'entends bien notre vache mugir :
44 je ne crois point être en train de mourir,
je pourrais vivre encore longtemps.
— Seigneur, la mort qui vous étourdit,
pâlit et oppresse tant votre cœur
48 que vous n'êtes plus que l'ombre de vous-même :
elle envahira bientôt votre cœur !
— Couchez-moi donc, ma chère,
dit-il, puisque je suis dans un état si grave. »
52 Elle se hâte, de son mieux,
de le leurrer par son caquet.
Dans un coin elle lui fait
un lit de paille et de chaume de pois,
56 avec des draps de chanvre.
Elle le déshabille et le couche
et lui ferme les yeux et la bouche,
puis se laisse tomber sur son corps.
60 « Frère, dit-elle, tu es mort.
Dieu ait merci de ton âme !
Que deviendra ta malheureuse femme
qui se tuera de chagrin pour toi ? »
64 Le paysan gît sous le drap,
se croyant effectivement mort.

Et cele s'en va por le prestre,
Qui mout fu viseuse et repointe;
68 De son vilain tout li acointe
Et entendre fet la folie.
Cil en fu liez et cele lie
De ce qu'ainsi est avenu.
72 Ensamble s'en sont revenu,
Tout conseillant de lor deduis.
Lués que li prestres entre en l'uis,
Commença a lire ses saumes,
76 Et la dame a batre ses paumes.
Mes si se set faindre dame Erme
Qu'ainz de ses ieus ne cheï lerme :
Envis le fet et tost le lesse.
80 Et li prestres fist corte lesse :
N'avoit soing de commander l'ame!
Par le poing a prise la dame,
D'une part vont en une açainte;
84 Desloïe l'a et desçainte :
Sor le fuerre noviau batu
Se sont andui entrabatu,
Cil a denz et cele souvine.
88 Li vilains vit tout le couvine,
Qui du linçuel ert acouvers,
Quar il tenoit ses ieus ouvers.
Si veoit bien l'estrain hocier
92 Et le noir chaperon locier :
Bien sot ce fu li chapelains!
" Ahi, ahi, dist li vilains
Au prestre, filz a putain ors!
96 Certes, se je ne fusse mors,
Mar vous i fussiez embatuz!
Ainz hom ne fu si bien batuz
Com vous seriez ja, sire prestre!
100 – Amis, fet il, ce puet bien estre!
Et sachiez, se vous fussiez vis,
G'i venisse mout a envis,
Tant que l'ame vous fust ou cors;
104 Mes de ce que vous estes mors

Et elle va chercher le prêtre
en femme rouée et fourbe,
68 lui raconte tout de son vilain
et lui fait entendre sa sottise.
Ils se réjouissent, l'un et l'autre,
que la chose se soit ainsi passée
72 et ils s'en reviennent ensemble
en complotant leur plaisir.
A peine franchi le seuil,
le prêtre commence à lire ses psaumes
76 et la dame à se battre les paumes.
Mais dame Emma sait si bien feindre
que ses yeux ne versent pas une seule larme :
elle l'a fait malgré elle, mais y renonce vite.
80 Alors le prêtre abrège l'office.
Il n'a cure de recommander son âme à Dieu !
Il prend la dame par la main
et ils se retirent dans un coin reculé.
84 Il a délacé ses vêtements, l'a dévêtue :
sur le fourrage nouvellement battu
ils se sont renversés tous les deux,
lui dessus et elle dessous.
88 Le paysan qui était recouvert du drap
vit bien tout leur manège,
car il tenait les yeux ouverts.
Il voyait la paille remuer
92 et le noir chaperon osciller :
il savait bien que c'était le chapelain !
« Ahi ! Ahi ! dit le vilain
au prêtre, sale fils de putain !
96 Certes, si je n'étais pas mort
vous regretteriez votre entreprise !
Jamais homme ne fut si bien battu
que vous le seriez, monsieur le curé !
100 – Ami, fait celui-ci, il se peut bien !
Mais, sachez que si vous étiez en vie,
c'est bien malgré moi que je serais venu ici,
tant que vous eussiez l'âme au corps.
104 Mais, puisque vous êtes mort,

Me doit il bien estre de mieus.
Gisiez vous cois, cloez voz ieus,
Nes devez mes tenir ouvers !"
108 Dont a cil ses ieus recouvers,
Si se recommence à tesir.
Et li prestres fist son plesir
Sanz paor et sanz resoingnier.
112 Ce ne vous sai je tesmoingnier
S'il l'enfouirent au matin,
Mes li fabliaus dist en la fin
C'on doit por fol tenir celui
116 Qui mieus croit sa fame que lui !

je dois bien en tirer avantage.
Restez couché et calme, fermez les yeux,
vous ne devez plus les tenir ouverts!»

108 Le paysan referme alors ses yeux,
et recommence à se taire.
Et le prêtre prit son plaisir
sans crainte et sans hésitation.

112 Je ne peux vous assurer
s'ils l'enterrèrent le matin,
mais le fabliau dit à la fin
qu'on doit tenir pour fou

116 celui qui croit sa femme plus que lui-même.

4. GOMBERT ET LES DEUS CLERS

En iceste fable parrolle
De deus clers qui vindrent d'escole;
S'orent despendu lor avoir
4   Et en folie et en savoir.
Ostel pristrent ches un vilein.
De sa fame, dame Gillein,
Fu l'un des clers, des qu'i la vint,
8   Si fous que amer li covint;
Mes ne set comment s'en acointe.
La dame estoit mignote et cointe,
S'ot clers les euz comme cristal.
12   Tote jor l'esgarde a estal
Li clers, si c'autre part ne cille.
Li autres aama sa fille,
Si qu'adés i metoit ses euz.
16   Cil mist encor s'entente mieus,
Car la fille ert et jane et bele :
Et je di c'amor de pucele,
Quant fins cuers i est ententis,
20   Est sor totes amors gentis
Com est li ostour au terçueil!
Un petit enfant el berçueil
Pessoit la prodefame en l'estre.
24   Que qu'ele l'entendoit a pestre,
L'un des clers les li s'acosta,
Fors de la paalete osta

4. GOMBERT ET LES DEUX CLERCS
par Jean Bodel

Dans cette fable je parle
de deux clercs revenant de l'école,
et qui avaient dépensé toute leur fortune
4   et en folies et en savoir.
Ils s'installèrent chez un paysan.
De sa femme, dame Gille,
dès qu'il la vit, l'un des clercs fut
8   si fou qu'il céda à l'amour,
mais il ne savait comment l'aborder.
La dame était mignonne et jolie;
ses yeux étaient clairs comme le cristal.
12   Le clerc la regardait toute la journée
sans porter le regard ailleurs.
L'autre tomba si amoureux de la fille
qu'il ne cessait de la fixer du regard.
16   Il s'était appliqué à un meilleur objet,
car la fille était jeune et belle
et je dis que l'amour d'une pucelle,
quand un cœur loyal s'y adonne,
20   surpasse tous les autres en amour,
comme l'autour surpasse le tiercelet!
La brave femme donnait à manger dans la chambre
à un petit enfant au berceau.
24   Pendant qu'elle s'apprêtait à le nourrir
l'un des clercs s'approcha d'elle,
enleva de la petite poêle

L'anelet ou ele pendoit,
28   Si le bouta enson son doit
Si cointement que nus nel sot.
Tieus biens com frere Gonbers ot
Orent la nuit asez si oste :
32   Let bouli, frommage et composte;
Ce fut asez, comme a vile.
Mout fu tote nuit dame Gille
Regardee de l'un des clers :
36   Les ieus i avoit si aers
Que il nes en poeit retrere.
Li vileins, qui bien cuidoit fere,
Et n'i entendoit el que bien,
40   Fist leur lit fere les le sien,
Ses a couchiez et bien covers.
Dont s'est couchié sire Gonbers,
Quant fu chaufé au feu d'estoule;
44   Et sa fille jut tote sole.
Des que li gent fu endormie,
Li clers ne s'entroublia mie :
Mout li bat le cuer et flaelle,
48   O tot l'anel de la paelle
Au lit la pucele s'en vint.
Or oiez com il li avint :
Les li se couche et les dras euvre.
52   « Qui est ce or qui me descuevre? »
Fet ele, quant ele le sent.
« Sire, por Deu, alés vos ent!
Qu'avez vos quis ci a tele eure?
56   – Bele, se Jhesu me sequeure,
N'ai pooir qu'ensus de vos voise!
Mes tesiez vos, ne fetes noise,
Que vostre perre ne s'esveille!
60   Car il cuideroit ja merveille,
S'il savoit qu'avec vos geüse :
Il quideroit que je eüse
De vos fetes mes volentez.
64   Mes se mon bon me consentez,
Grant bien vos en vendra encor,

l'anneau auquel elle pendait
28 et le passa à son doigt
si habilement que nul ne s'en aperçut.
La nuit ses hôtes mangèrent en quantité
de ce que frère Gombert avait chez lui :
32 lait bouilli, fromage et compote,
en abondance, comme à la ferme.
Dame Gille fut bien dévisagée
toute la soirée par l'un des clercs :
36 il l'avait tellement fixée des yeux
qu'il ne pouvait les détourner.
Le paysan, qui croyait bien faire
et n'y voyait rien de mal,
40 fit faire leur lit auprès du sien,
les a couchés et bien couverts.
Quand la chaleur du feu de chaume
se répandit, sieur Gombert se mit au lit,
44 tandis que sa fille couchait toute seule.
Dès que tout le monde fut endormi,
le clerc ne perdit pas son temps.
Le cœur battant la chamade,
48 avec l'anneau de la poêle au doigt,
il s'en vint au lit de la jeune fille.
Ecoutez maintenant ce qu'il lui advint :
il lève les draps et se couche à côté d'elle.
52 « Qui est-ce qui me découvre ? »
fait-elle quand elle le sent.
« Seigneur, par Dieu, allez-vous-en !
Que cherchez-vous à pareille heure ?
56 – Belle, que Jésus me secoure
je ne puis m'éloigner de vous !
Mais taisez-vous, ne faites aucun bruit,
que votre père ne s'éveille !
60 Car il serait stupéfait
s'il savait que je couche avec vous :
il croirait que j'ai fait
de vous toutes mes volontés.
64 Mais si vous m'accordez mon plaisir,
il vous en viendra grand bien

Et s'avrés ja mon anel d'or,
Qui plus vaut de quatre besanz.
68 Sentez mon com il est pesanz :
Il m'est trop grant au doi manel ! "
A tant li a bouté l'anel
El doi, si li passe la jointe.
72 Et cele s'est envers li jointe,
Et jure que ja nel prendroit.
Toute voies, qu'a tort qu'a droit,
L'un vers l'autre tant s'umelie
76 Que li clers li fist la folie.
Mes com il plus acole et bese,
Plus est ses compains en malese,
C'a la dame ne puet venir ;
80 Car cil li fet resovenir
Que il ot fere ses deliz :
Ce qu'a l'un estoit paradis
Estoit a l'autre droit enfers !
84 Dont s'est drecié sire Gonbers,
Si se leva pissier touz nuz.
Et li clers est au lit venuz,
A l'esponde par dedevant,
88 Si prent le bers atot l'enfant :
Au lit lo met ou ot geü.
Ez vos dant Gonbert deceü,
Car tot a costume tenoit
92 La nuit, quant de pisier venoit,
Qu'il gardoit au berçueil premier.
Si comme il estoit coustumier,
Vint atastant sire Gombers
96 Au lit, mes n'i fu pas li bers.
Quant il n'a le berçuel trové,
Lors se tint por musart prové :
Il cuide avoir voie changie.
100 " Deable, fet il, me charie,
Car en cest lit gisent mi oste ! "
Lors vint a l'autre lit encoste,
Si sent le berz o le mailluel.
104 Et le clerc jouste le paluel

et vous aurez mon anneau d'or,
qui vaut plus de quatre besants.
68 Sentez comme il est pesant :
il est trop grand pour mon petit doigt ! »
Alors il lui passe l'anneau au doigt,
au-delà de la jointure
72 et elle se serre contre lui
et jure qu'elle ne l'acceptera pas.
Pourtant, à tort ou à raison,
l'un se blottit tant contre l'autre
76 que le clerc lui fit la folie.
Mais plus il l'étreint et la baise,
plus son compagnon est mal à l'aise,
car il ne peut rejoindre la dame.
80 En effet l'autre lui rappelle
qu'il aimerait lui aussi prendre son plaisir.
Ce qui est paradis pour l'un
est pour l'autre un véritable enfer !
84 A ce moment sieur Gombert s'est dressé
et s'est levé tout nu pour aller pisser.
Alors le clerc se dirige vers le lit,
s'arrête au bord, par-devant,
88 prend le berceau avec l'enfant.
Il le met près du lit où il a couché.
Voilà maître Gombert berné,
car il avait coutume
92 la nuit, quand il revenait de pisser,
de prendre garde d'abord au berceau.
Sieur Gombert vint au lit à tâtons
comme il était coutumier.
96 Mais le berceau avait disparu.
Ne trouvant pas le berceau,
il se tint pour un vrai sot :
il crut s'être trompé de chemin.
100 « C'est le diable qui me conduit, dit-il :
dans ce lit couchent mes hôtes ! »
Alors il s'approche du bord de l'autre lit,
sent le berceau et le maillot de l'enfant.
104 Et le clerc se recule contre le mur

Se tret, que le vilein nel sente.
Lors fist Gombert chiere dolente,
Quant il n'a sa fame trovee :
108 Cuide qu'ele soit relevee
Pissier et fere ses degras.
Le vilein senti chaus les dras,
Si se muce entre les linceus ;
112 Le someil li fu pres des eus,
Si s'en dormi enelepas.
Et li clers ne s'oublia pas :
Avec la dame ala couchier ;
116 Einz ne li lut son nes mouchier,
S'ot été trois fois asantie.
Or a Gombert bone mesnie,
Mout le mainent de male pile.
120 " Sire Gombert, fet dame Gille,
Si vieus com estes et usez,
Trop estes anuit eschaufez !
Ne sai de quoi il vos sovint :
124 Grant piece a mes ne vos avint.
Cuidiez vos qu'il ne m'en anuit ?
Vos avez fet ausi anuit
Com s'il n'en fust nul recovriers ;
128 Trop estes anuit bons ovriers :
N'avez gueres esté oiseus ! "
Cil ne fu mie trop noiseus,
Einz fist totes voies son bon
132 Et li lesse fere le son :
Ne l'en est pas a une bille !
Li clers qui jut avec la fille,
Quant assez ot fet son delit,
136 Penssa qu'il iroit a son lit,
Ainz que li jours fust esclairiez.
A son lit s'en est reperiez,
Ou Gonbert se gisoit, ses ostes.
140 Et cil le fiert delés les costes
Grant coup du poing a tot le coute.
" Cheitis, bien as gardé la coute,
Fet cil, tu ne vauz une tarte !

pour que le vilain ne le sente pas.
Gombert alors fait triste mine
car il ne trouve pas sa femme.

108 Il croit qu'elle s'est levée
pour pisser et faire ses besoins.
Le paysan sentit les draps chauds
et se fourra entre les draps.

112 Le sommeil lui voila les yeux
et il s'endormit aussitôt.
Le clerc ne perdit pas de temps :
il alla coucher avec la dame.

116 Elle n'eut même pas le temps de se moucher,
qu'elle était pénétrée trois fois.
Que Gombert a donc bonne maisonnée !
Ils le maltraitent vraiment.

120 « Seigneur Gombert, fait dame Gille,
vieux et usé comme vous êtes,
vous êtes bien échauffé cette nuit !
Je ne sais de quoi il vous souvint.

124 Il y a longtemps que cela ne vous advint.
Croyez-vous que cela m'a ennuyée ?
Cette nuit vous avez agi
comme si c'était votre dernier espoir.

128 Vous avez bien œuvré cette nuit :
vous n'avez guère été oisif ! »
Celui-ci ne dit trop rien,
au contraire, il y trouva de l'agrément

132 et la laissa à sa jouissance :
il s'en souciait comme d'une guigne !
Le clerc qui couchait avec la fille,
après avoir pris son plaisir,

136 décida de retourner à son lit,
avant que le jour se fût levé.
Il regagna son lit
où gisait Gombert, son hôte,

140 et le frappa dans les côtes
d'un grand coup de poing et de coude :
« Minable, tu as bien gardé le lit,
fait-il, tu ne vaux pas une tarte !

144 Mes ençois que de ci me parte,
    Te dirai bien fete merveille. "
    A tant sire Gonbert s'esveille,
    Si s'est tantost aperceüz
148 Qu'il est gabez et deceüz
    Par les clers et par lor engiens.
    " Di moi dont, fet il, dont tu viens!
    – Dont? " fet il, si nomma tot outre :
152 " Par le cuer Dieu, je vien de foutre,
    Mes que ce fu la fille a l'oste!
    Sin ai pris deriere et encoste;
    Afeuré li ai son tonnel,
156 Et si li ai donné l'anel
    De la paalete de fer.
    – Ce soit par trestouz ceus d'enfer,
    Fet cil, les cens et les milliers! "
160 A tant l'aert par les iliers,
    Sel fiert du poing delés l'oïe;
    Et cil li rent tele joïe
    Que tuit li oeil li estencelent.
164 Par les cheveus s'entreflocelent
    Si fort, qu'en diroie je el,
    C'on les poïst sor un tinel
    Porter de chief en chief la vile.
168 " Sire Gombert, fet dame Gille,
    Levez tost sus, car il me semble
    Que li clerc combatent ensemble!
    Je ne sai qu'il ont a partir.
172 – Dame, jes irai departir ",
    Fet cil : lors s'en vet cele part.
    Venuz i dut estre trop tart,
    Que ses compainz ert abatuz.
176 Quant cil s'est sor eus enbatuz,
    Dont en ot le peour Gombers,
    Car cil l'ont ambedui aers :
    Li uns le bat, l'autre le fautre.
180 Tant le boute li uns sor l'autre
    Qu'il ot, par le mien encientre,
    Si mol le dos comme le ventre!

144   Mais avant que je parte d'ici,
       je te dirai une chose bien étonnante. »
       A ce moment, sieur Gombert se réveille
       et se rend compte aussitôt
148   qu'il est berné et trompé
       par les clercs et leurs ruses.
       « Dis-moi donc, fait-il, d'où tu viens!
       – D'où? » fait l'autre qui lui dit tout à trac :
152   « Par le cœur Dieu, je viens de foutre,
       mais c'était la fille de notre hôte!
       Je l'ai prise derrière et de côté.
       J'ai mis en perce son tonneau
156   et je lui ai offert l'anneau
       de la petite poêle en fer.
       – Par tous les diables de l'enfer,
       fait Gombert, des mille et des cents! »
160   Alors il saisit le clerc par les flancs
       et le frappe du poing près de l'oreille,
       mais le clerc lui rend une telle gifle
       qu'il lui fait voir trente-six chandelles.
164   Ils se tiennent par les cheveux
       si fort – que dirais-je de plus? –
       qu'on aurait pu les transporter
       sur un bâton d'un bout à l'autre du village.
168   « Seigneur Gombert, fait dame Gille,
       levez-vous vite, car il me semble
       que les clercs se battent ensemble!
       Je ne sais ce qu'ils ont à régler.
172   – Dame, j'irai les séparer »,
       fait-il. Il s'en va donc vers eux.
       Mais il faillit arriver trop tard,
       car son compagnon était à terre.
176   Quand le vilain se jette sur eux,
       Gombert a le dessous
       car les deux clercs le saisissent :
       l'un le frappe, l'autre le roue de coups.
180   L'un le pousse tant contre l'autre
       qu'il en a, à ce que je crois savoir,
       le dos aussi mou que le ventre!

Quant ainsi l'orent atorné,
184 Andui sont en fuie torné
Par l'uis, si le lessent tot ample.
Ceste fable dit por essample
Que nus hons qui bele fame ait
188 Por nule proiere ne lait
Jesir clerc dedenz son ostel,
Qu'il ne li face autretel :
Qui bien lor fet sovent le pert,
192 Ce dit le fablel de Gombert !

Quand ils l'eurent ainsi arrangé,
184   ils prirent la fuite tous les deux
par la porte, qu'ils laissèrent grande ouverte.
La morale de cette fable
est que nul, ayant belle femme,
188   pour nulle prière qu'on lui fasse,
ne laisse coucher un clerc chez lui,
de peine qu'il ne lui fasse pareillement :
qui leur fait du bien souvent y perd.
192   Voilà ce que dit le fabliau de Gombert !

5. LE SOHAIT DES VEZ

D'une avanture que je sai,
Que j'oï conter a Douai,
Vos conterai briement la some;
4   Q'avint d'une fame et d'un home :
Ne sai pas de chascun lo nom
– Preudefame ert et il prodom –,
Mais tant vos os bien afichier
8   Que li uns ot l'autre mout chier.
Un jor ot li prodom afaire
Fors do païs; en son afaire
Fu bien trois mois fors de la terre
12 Por sa marcheandise querre.
Sa besoigne si bien li vint
Que liez et joianz s'an revint
A Douai, un joudi a nuit.
16 Ne cuidiez pas que il anuit
Sa fame, qant ele lo voit;
Tel joie com ele devoit
En a fait com de son seignor :
20 Ainz mais n'en ot joie graignor.
Qant l'ot acolé et baisié,
Un siege bas et aaisié
Por lui aaisier li apreste;
24 Et la viande refu preste,
Si mangerent qant bon lor fu
Sor un coisin, delez lo fu

5. LE SOUHAIT DES VITS
par Jean Bodel

D'une aventure que je connais,
que j'ai entendu conter à Douai,
je vous dirai brièvement l'essentiel.
4   Elle advint à une femme et à un homme
dont je ne connais pas les noms.
Elle était honnête femme et lui honnête homme,
et je puis bien vous assurer
8   qu'ils s'aimaient beaucoup l'un l'autre.
Un jour ce brave homme vaquait à ses affaires
hors du pays; en son commerce
il fut bien trois mois loin de sa terre
12   pour aller chercher ses marchandises.
Son travail marcha si bien
qu'il revint tout joyeux
à Douai un jeudi soir.
16   Ne croyez pas que sa femme
en fut affligée quand elle le vit.
Elle lui montra toute la joie
qui se doit à un époux;
20   jamais elle n'en éprouva plus grande.
Après l'avoir étreint et embrassé,
elle lui prépara un siège bas et confortable
pour qu'il fût plus à l'aise.
24   Le repas était déjà prêt.
Ils mangèrent quand bon leur sembla,
sur un coussin, près du feu

Qui ardoit cler et sans fumiere :
28 Mout i ot clarté et lumiere.
Deus mes orent, char et poissons,
Et vin d'Aucerre et de Soissons,
Blanche nape, saine viande.
32 De servir fu la dame engrande :
Son seignor donoit dou plus bel,
Et lo vin a chascun morsel,
Porce que plus li atalant.
36 Mout ot la dame bon talant
De lui faire auques de ses bons,
Car ele i ratandoit les suens
Et sa bienvenue a avoir.
40 Mais de ce ne fist pas savoir
Que del vin l'a si enpressé
Que li vins l'i a confessé ;
Et qant vint au cochier el lit,
44 Cil oblia l'autre delit.
Mais sa fame bien en sovint,
Qui delez lui cochier se vint :
N'atandi pas qu'i la semoigne,
48 Tote iert preste de la besoigne.
Cil n'ot cure de sa moillier,
Qui lo joer et lo veillier
Soufrist bien encor une piece.
52 Ne cuidiez pas la dame siece
Qant son seignor endormi trove !
" Ha, fait ele, com or se prove
Au fuer de vilain puant ort :
56 Qu'il deüst veillier, et il dort !
Mout me torne or a grant anui :
Trois mois a que je avoc lui
Ne jui, ne il avoques mi !
60 Or l'ont deiable endormi,
A cui je l'otroi sanz desfance ! "
Ne dit mie qan qu'ele panse
La dame, ains se quoise et repont,
64 Car sa pansee la semont.
Mais ne l'esvoille ne ne bote,

qui brûlait clair et sans fumée.

28 Très vives étaient la clarté et la lumière.
Ils eurent deux plats : viande et poisson
et vin d'Auxerre et de Soissons,
blanche nappe, bonne chère.

32 La dame fut empressée à le servir :
elle donnait le meilleur à son époux,
et lui versait du vin à chaque bouchée
pour lui plaire davantage.

36 La dame avait grande envie
de satisfaire tous ses désirs,
car elle s'attendait en retour
à avoir sa bienvenue.

40 Mais elle agit bêtement,
car elle le poussa tant à boire
que le vin l'assomma
et, lorsqu'il alla se coucher,

44 il oublia cet autre plaisir.
Mais sa femme s'en souvint bien
lorsqu'elle vint se coucher près de lui.
Elle n'attendit pas qu'il l'invite :

48 elle était toute prête à la besogne.
Mais lui n'eut cure de son épouse
qui aurait supporté longtemps encore
le jeu d'amour et la veille.

52 Ne croyez pas qu'il plaise à la dame
de trouver son mari endormi !
« Ah ! fait-elle, qu'il se conduit
comme un vilain sale et puant ;

56 il devrait veiller et il dort !
Cela me fait bien de la peine :
il y a trois mois que je n'ai couché
avec lui, ni lui avec moi !

60 Et voici que les diables l'ont endormi
et je leur cède sans défense ! »
La dame ne manifeste pas sa pensée,
mais se tait et dissimule,

64 car son désir l'excite.
Mais elle ne réveille ni ne secoue son mari :

Qu'i la tenist sanpres a glote!
Par cele raison s'est ostee
68 Del voloir et de la pansee
Que la dame avoit envers lui :
S'andort par ire et par anui.
El dormir, vos di sanz mençonge
72 Que la dame sonja un songe,
Q'ele ert a un marchié annel :
Ainz n'oïstes parler de tel!
Ainz n'i ot estal ne bojon,
76 Ne n'i ot loge ne maison,
Changes, ne table ne repair
O l'an vandist ne gris ne vair,
Toile de lin, ne drax de laine,
80 Ne alun, ne bresil, ne graine,
Ne autre avoir, ce li ert vis,
Fors solemant coilles et viz;
Mais de cez i ot sanz raisons :
84 Plaines estoient les maisons
Et les chanbres et li solier,
Et tot jorz venoient colier
Chargiez de viz de totes parz,
88 Et a charretes et a charz.
Jasoit ce c'assez en i vient
N'estoient mie por noiant,
Ainz vandoit bien chascuns lo suen.
92 Por trente saus l'avoit en buen,
Et por vint saus et bel et gent,
Et si ot viz a povre gent :
Un petit avoit en deduit
96 De dis saus, et de nuef et d'uit.
A detail vandent et en gros;
Li meillor erent li plus gros,
Li plus chier et li miauz gardé.
100 La dame a par tot resgardé;
Tant s'est traveilliee et penee
C'a un estal est asenee,
Qu'ele en vit un gros, un lonc,
104 Si s'est apoiee selonc :

108

il la croirait à jamais dévergondée!
C'est pourquoi elle s'est écartée
68 du désir et de l'envie
qu'elle avait de lui.
Par dépit et tristesse elle s'endort.
En dormant, je vous le dis sans mensonge,
72 la dame fit un songe :
elle était à une foire annuelle
jamais on n'entendit parler de telle!
Il n'y avait ni tréteau ni éventaire,
76 il n'y avait ni loge, ni boutique,
ni tables de changeurs, ni étalage, ni lieu
où l'on vendît petit-gris ou vair,
toile de lin, ni étoffes de laine,
80 ni alun, ni brésil, ni cochenille,
ni autre marchandise, lui sembla-t-il :
rien que des couilles et des vits.
Mais de ceux-ci il y en avait à foison.
84 Pleines en étaient les boutiques
et les chambres et les greniers
et tous les jours arrivaient des porteurs
chargés de vits de toutes parts,
88 avec des charrettes et des chars.
Bien qu'ils y arrivassent nombreux,
ils n'y venaient pas pour rien,
mais chacun y vendait bien ce qu'il avait apporté.
92 Pour trente sous on en avait un excellent
et pour vingt sous un bel et élégant,
et il y avait des vits minables :
on pouvait avoir tout son plaisir
96 avec un petit à dix sous, neuf ou huit.
On vendait en détail et en gros;
les meilleurs étaient les plus gros,
les plus chers et les mieux gardés.
100 La dame regarda partout;
elle se donna tant de peine
qu'elle parvint à un étalage
où elle en vit un gros et long.
104 Elle s'y appuya de tout près :

Gros fu darriere et gros par tot,
Lo musel ot gros et estot;
Se lo voir dire vos en voil,
108 L'an li poïst giter en l'oil
Une cerise de plain vol :
N'arestast, si venist au fol
De la coille, que il ot tele
112 Com lo paleron d'une pele,
C'onques nus hom tele ne vit.
La dame bargigna lo vit :
A celui demanda lo fuer :
116 "Se vos estiiez or ma suer,
N'i donriiez mains de deus mars :
Li viz n'est povres ne eschars,
Ainz est li miaudres de Laranie,
120 Et si a coille loreanie,
Qui bien a fait auan d'aumaje.
Prenez lou, si feroiz que saje,
Fait cil, demantres qu'en vos proie!
124 – Amis, que vaudroit longue broie?
Se vos i cuidiez estre saus,
Vos en avroiz cinquante saus :
Jamais n'en avroiz tant nuleu;
128 Et si donrai lo denier Deu,
Que Deus m'an doint joie certaine!
– Vos l'avroiz, fait il, por l'estraine,
Que ver vos ne me voil tenir;
132 Et tot ce m'an puist avenir
Qu'a l'essaier m'an orerez :
Je cuit q'ancor por moi direz
Mainte oreison et mainte salme!"
136 Et la dame hauce la paume,
Si l'a si duremant esmee;
Qant cuide ferir la paumee,
Son seignor fiert : mout bien l'asene
140 De la paume delez la caine
Que li cinq doiz i sont escrit.
La paume li fremie et frit
Del manton deci q'an l'oroille.

il était gros par-derrière et gros tout autour,
il avait le museau gros et gaillard.
Bref, pour vous dire toute la vérité,
108 l'on aurait pu jeter à la volée
une cerise dans son petit œil :
elle serait arrivée tout droit au sac
des couilles qui étaient grandes
112 comme la palette d'une pelle.
Nul homme n'en vit jamais de pareilles.
La dame marchanda le vit;
demanda le prix au vendeur :
116 « Même si vous étiez ma sœur
vous ne l'auriez à moins de deux marcs.
Ce vit n'est ni misérable ni chétif,
mais le meilleur de la Lorraine
120 et il porte des couilles lorraines !
Cette année il a fait bonne percée.
Prenez-le, vous ferez bien,
dit l'autre, je vous en prie !
124 – Ami, à quoi bon marchander davantage ?
Si vous vous estimez acquitté,
je vous donnerai cinquante sous :
jamais nulle part vous n'en aurez autant.
128 Et de plus je vous donnerai le denier à Dieu :
que Dieu m'en accorde joie certaine !
– Soit, vous l'aurez moins cher, répondit-il,
je ne veux pas insister puisque c'est vous.
132 Et qu'il puisse m'arriver tout
ce que vous me souhaiterez en l'essayant.
Je crois que vous direz encore pour moi
mainte oraison et maint psaume ! »
136 Alors la dame lève la main
et l'ajuste pour frapper avec force,
mais, croyant frapper dans sa paume,
elle frappe son mari : elle lui assène
140 une telle baffe sur la joue
qu'elle y laisse inscrits ses cinq doigts.
La paume lui frémit et lui brûle
du menton jusqu'à l'oreille.

144   Et cil s'esbaïst, si s'esvoille
       Et en son esveillier tressaut.
       Et la dame s'esvoille et saut,
       Qui encor se dormist son voil,
148   Car sa joie li torne a duel.
       La joie en veillant li esloigne,
       Don ele estoit dame par çonge :
       Por ce dormist son voil encor!
152   " Suer, fait il, car me dites or
       Que vos songiez a cel cop
       Que vos me donastes tel cop :
       Dormiez o veilliez doncques?
156   – Sire, je ne vos feri onques,
       Fait cele, nel dites ja mais!
       – Tot par amor et tot en pais,
       Par la foi que devez mon cors,
160   Me dites que vos sambla lors :
       Ne lo laissiez por nule rien!"
       Tot maintenant, ce sachiez bien,
       Conmança la dame son conte,
164   Et mout volantiers li reconte
       – O volantiers o a enviz –
       Conmant ele sonja les viz,
       Conmant erent mauvais et buen,
168   Conmant ele acheta lo suen,
       Lo plus grox et lo plus plenier,
       Cinquante saus et un denier.
       " Sire, fait ele, ensin avint :
172   Lo marchié palmoier covint;
       Qant cuidai ferir en la main,
       Vostre joe feri de plain;
       Si fis comme fame endormie.
176   Por Deu, ne vos coreciez mie,
       Que se je ai folie faite,
       Et je m'an rant vers vos mesfaite,
       Si vos en pri merci de cuer!
180   – Par ma foi, fait il, bele suer,
       Jo vos pardoin et Deus si face!"

144 Son mari se réveille, ébahi;
     il s'éveille en sursautant.
     La dame s'éveille alors et fait un bond,
     elle qui dormirait encore volontiers,
148 car sa joie se tourne en chagrin.
     Avec le réveil s'en va la joie
     dont elle était reine en rêve :
     c'est pourquoi elle aurait bien dormi encore.
152 « Ma chère, fait-il, dites-moi donc
     à quoi vous songiez au moment
     où me donnâtes un tel coup.
     Dormiez-vous donc ou étiez-vous éveillée?
156 — Mon époux, je ne vous ai pas du tout frappé,
     fait-elle, ne dites plus jamais cela!
     — Je vous en prie, bien calmement,
     par la foi que vous me devez,
160 dites-moi à quoi vous rêviez alors?
     Ne me le cachez pour rien au monde! »
     Aussitôt, sachez-le bien,
     la dame commença son histoire
164 et lui raconta volontiers
     — volontiers ou à contrecœur —
     comment elle rêva de vits,
     comment ils étaient mauvais ou bons,
168 comment elle acheta le sien,
     le plus gros et le plus vaillant,
     pour cinquante sous et un denier :
     « Seigneur, dit-elle, ainsi advint-il :
172 il fallut conclure le marché.
     Quand je crus frapper dans sa main,
     je vous frappai en plein sur la joue;
     j'ai agi en somnambule.
176 Pour Dieu, ne vous fâchez pas
     si j'ai commis une folie,
     je me reconnais coupable envers vous,
     et vous en demande pardon sincèrement!
180 — Par ma foi, belle sœur, dit-il,
     je vous pardonne et que Dieu en fasse autant! »

Puis l'acole estroit et enbrace,
Et li baise la boche tandre;
184 Et li viz li conmance a tandre,
Que cele l'eschaufe et enchante.
Et cil en la paume li plante
Lo vit, qant un po fu finez.
188 "Suer, fait il, foi que me devez
Ne se Deus d'anor vos reveste,
Que vausist cestui a la feste,
Que vos tenez en vostre main?
192 – Sire, se je voie demain
Qui de teus en aüst plain cofre,
N'i trovast qui i meïst ofre,
Ne qui donast gote d'argent.
196 Nes li vit a la povre gent
Estoient tel que uns toz seus
En vaudroit largement ces deus:
Teus com il est, or eswardez
200 Que la ne fust ja regardez
De demande pres ne de loin!
– Suer, fait il, de ce n'ai je soin:
Mais pran cestui et lai toz çaus,
204 Tant que tu puisses faire miaus!"
Et ele si fist, ce me sanble:
La nuit furent mout bien ensanble!
Mais de ce lo tieng a estot
208 Que l'andemain lo dist par tot,
Tant que lo sot Johanz Bodiaus,
Uns rimoieres de flabliaus;
Et por ce qu'il li sanbla boens,
272 Si l'asanbla avoc les suens.
Porce que plus n'i fist alonge,
214 Fenist la dame ci son songe.

Puis il l'étreint fort et l'embrasse,
et lui baise sa tendre bouche.
184 Le vit lui commence alors à se tendre,
car elle l'échauffe et l'ensorcelle.
Et lui, il lui plante le vit en la paume
et quand la besogne est terminée :
188 « Ma chère, dit-il, par la foi que vous me devez,
et si Dieu vous accorde grâce,
quel eût été le prix à la fête
de celui que vous tenez en main ?
192 – Seigneur, si je voyais demain,
quelqu'un qui en eût un plein coffre de semblables
il ne trouverait de client qui lui fasse une offre
ou lui donnât la moindre piécette d'argent.
196 Même les vits les plus minables
étaient tels qu'un seul
en eût valu largement deux comme le vôtre.
Considérez donc que, tel qu'il est,
200 on ne lui aurait consenti un regard,
ni ne l'aurait demandé, de près comme de loin.
– Ma chère, fait-il, je n'en ai cure,
prends plutôt celui-ci et laisse tous les autres,
204 jusqu'à ce que tu puisses faire mieux. »
Elle fit ainsi, ce me semble :
la nuit ils furent fort bien ensemble,
Mais je tiens le mari pour étourdi,
208 car le lendemain il raconta partout l'histoire,
si bien que l'apprit Jean Bodel,
un rimeur de fabliaux,
qui, la trouvant bonne,
212 la joignit aux siennes.
Pour ne pas allonger davantage,
214 la dame finit ici son conte.

6. BARAT ET HAIMET

A ceste fable di, baron,
Que jadis furent troi larron
D'une compaignie ensanblé;
4 Maint avoir avoient anblé
As genz du siecle et as convers.
Li uns avoit a non Travers;
As autres deus n'apartenoit,
8 Mais lor compaignie tenoit.
Li autre dui estoient frere,
S'avoit esté penduz lor pere :
C'est as larrons li derrains mes!
12 Li uns avoit a non Haimés,
Et Baraz, ses freres germains;
Cil ne resavoit mie mains
Du mestier que li autre doi.
16 Un jor en aloient toz troi
Par mi un bois haut et creü.
Haimez garde, si a veü
Desor un chaine un ni de pie :
20 Va desoz, s'agaite et espie,
Tant que il set tres bien et voit
Que la pie ses oés couvoit.
Travers le mostre et puis son frere.
24 " Seignor, donc ne seroit bon lerre,
Fait il, qui cez oés porroit prandre,
Si coiement atot descendre

6. BARAT ET HAIMET
par Jean Bodel

Dans cette fable, seigneurs, je raconte
qu'il y avait jadis trois larrons
qui s'étaient mis en société.
4 Ils avaient volé bien des choses
aux gens du monde et aux religieux.
L'un s'appelait Travers;
il n'était pas parent des deux autres,
8 mais il faisait bande ensemble.
Les deux autres étaient frères;
leur père avait été pendu :
c'est là le dernier plat qu'on sert aux larrons!
12 L'un s'appelait Haimet
et son frère germain, Barat.
Celui-ci ne savait pas moins
du métier que les deux autres.
16 Un jour ils traversaient tous les trois
un bois haut et épais.
Haimet regarde et le voilà qui aperçoit
un nid de pie sur un chêne.
20 Il va sous l'arbre, guette et épie
jusqu'à ce qu'il est sûr de voir
la pie qui couve ses œufs.
Il le montre à Travers et puis à son frère.
24 « Seigneurs, ne serait-il pas bon voleur,
dit-il, celui qui serait capable de prendre ces œufs
et descendre avec eux si doucement

117

Que la pie mot n'en seüst?
28   — N'est hons qui faire le peüst
En tot le monde, fait Baras.
— Si est certes, ja le verras,
Fait il, se me vueil esprover!
32   Ja si pres nes savra garder
Que ja ne li coviegne perdre. "
A tant s'en vat au chesne aherdre
Plus ferm que lazne ne fait cranpe.
36   Tot coiement amont s'en ranpe,
Com cil qui bien se sot repondre;
Et vint au nit, desoz l'esfondre,
Tot coiement les oés en trait,
40   Et puis descent jus tot a trait.
Ses compaignons les monstra lués :
" Seignor, dit il, or poez oés
Quire, se vos avez du fu.
44   — Certes, ainz tel lerres ne fu,
Fait Baraz, com tu es, Haimet!
Mais or va, si les i remet :
Ge dirai que tot as passé!
48   — Ja voir n'i avra oef quassé,
Fait il, et si reseront mis! "
A tant s'est au chesne repris,
Si s'en vait contremont ranpant.
52   Mais n'en ala gaires avant,
Quant Baraz s'est aers au fust,
Qui plus ert que Haimet ne fust
De cest mestier maistres et saiges.
56   Plus coiement que raz evaiges
Le siut aprés de branche en branche;
Onques cil n'en ot ramembrance,
Quar il ne doutoit home nul.
60   Et cil si li anble du cul
Ses braies, si l'a escharni.
Et cil remist ses oés el ni,
Que la pie nes aperçut.
64   Baraz, qui son frere deçut,
Descendi arroment de l'arbre.

118

que la pie n'en saurait rien?
28   – Il n'est homme au monde capable
de le faire, répond Barat.
– Si, il existe, certes, et tu le verras,
dit-il, je veux me mettre à l'épreuve!
32   Elle ne saura surveiller ses œufs de si près
qu'il ne lui faille les perdre! »
Alors il va s'agripper au chêne
plus ferme qu'une courroie au crampon.
36   Il monte en rampant en parfait silence
en homme qui sait bien se cacher.
Arrivé au nid, il en défonce le fond,
en retire les œufs sans faire de bruit,
40   puis redescend tranquillement.
Il les montre aussitôt à ses compagnons :
« Seigneurs, dit-il, vous pouvez maintenant
cuire les œufs, si vous avez du feu.
44   – Certes, jamais il n'y eut voleur
tel que toi, Haimet! fait Barat.
Mais remonte donc et remets-les en place,
et je dirai que tu es le meilleur!
48   – Il n'y aura pas d'œufs cassés, c'est sûr :
ils seront remis à leur place », dit-il.
Alors il s'accroche de nouveau au chêne
et grimpe vers le haut.
52   Mais il n'avait guère avancé
que Barat s'agrippa au tronc :
il était encore plus habile
en ce métier que ne l'était Haimet.
56   Plus doucement qu'un rat d'eau
il le suivit de branche en branche;
l'autre ne se doutait de rien,
car il ne craignait personne.
60   Et Barat lui retira ses braies
du cul par moquerie.
Haimet remet dans le nid les œufs
sans que la pie s'en aperçoive.
64   Barat, qui avait joué ce tour à son frère,
descendit aussitôt de l'arbre.

Qui donc veïst Travers esmarbre!
Tel duel a, a poi qu'il ne font,

68 Quant ne sait faire ce qu'il font :
Et s'i a toz jorz entendu!
Et Haimez est lors descendu.
" Seignor, fait il, que vos en sanble?

72 Doit bien vivre qui si bien anble!
Ge ne sai qui me puist sanbler! "
Fait Barat : " Trop ses tu anbler;
Mais ge mout poi pris ton savoir,

76 Que braies ne puez tu avoir :
Vers toi mout malement te prueves!
– Si ai, fait il, trestotes nueves,
Dont ge anblai l'autrier la toile;

80 Si me vienent jusqu'a l'orteille
Li tigeu, si en sont il lonc!
– Sire, or les nos montrez donc,
Fait Baraz, et si les verrons! "

84 Et cil sozlieve les girons;
Mais des braies nules ne vit,
Ainz vit ses coilles et son vit,
Tot descovert et nu a nu!

88 " Dieus, dit il, com m'est avenu!
Por le cuer beu, ou sont mes braies?
– Ge ne quit mie que les aies,
Haimez, beaus compainz, fait Travers,

92 N'a tel larron jusqu'a Nevers
Com est Baraz, si com moi sanble :
Bien est lerres qu'a larron enble!
Mais ge n'ai avuec vos mestier,

96 Quar ge n'ai de vostre mestier
Vaillant quatre deniers apris :
Teus cent foiz seroie ge pris,
Que vos eschaperiez par guile.

100 Ge me retrairai a ma vile,
Ou ge ai ma feme espousee.
Folie avoie golousee,
Qui voloie devenir lerres!

104 Ge ne sui fous ne tremelerres;

Vous auriez pu voir Travers pétrifié !
Il en est si mortifié que pour un peu il s'effondrerait
car il ne sait pas faire ce qu'ils font ;
pourtant il s'y est appliqué tous les jours !
Alors Haimet est descendu.
« Seigneurs, dit-il, que vous en semble-t-il ?
Il doit bien vivre qui vole si bien !
Je ne connais personne qui puisse me ressembler !
— Tu sais bien voler, fait Barat,
mais j'estime très peu ton savoir,
car tu es incapable de mettre des braies :
tu fais bien mal tes preuves !
— Si, j'en ai de toutes neuves
dont j'ai volé l'autre jour la toile.
Elles m'arrivent jusqu'à l'orteil ;
tant les jambes en sont longues !
— Montre-les-nous donc, monsieur,
dit Barat, et nous les verrons ! »
Haimet soulève les pans de sa robe,
mais des braies on ne vit trace.
On vit seulement ses couilles et son vit,
tout découverts et tout nus !
« Mon Dieu, dit-il, comment cela m'est-il arrivé ?
Corbleu, où sont mes braies ?
— Je ne crois pas que tu les aies,
Haimet, cher compagnon, fait Travers,
d'ici Nevers il n'y a pas de voleur
pareil à Barat, il me semble :
bon voleur est qui vole un voleur !
Mais je n'ai plus rien à faire avec vous,
car je n'ai pas appris
pour quatre sous de votre métier.
Je me ferai attraper cent fois
tandis que vous vous échapperiez par ruse.
Je retournerai à ma ferme
où vit mon épouse.
J'avais projeté une folie
en voulant devenir voleur !
Je ne suis ni fou ni joueur,

68
72
76
80
84
88
92
96
100
104

Ge me sent tant fort et delivre
Qu'assez gaaignerai mon vivre,
Se Dieus plaist, des or en avant.
108 Ge m'en vois, a Dieu vos comant! "
Ainsi se departi Travers.
Tant va de tort et de travers
Qu'il est venuz en son païs.
112 Travers n'estoit mie haïs
De sa feme, dame Marie,
Qui mout belement s'est garie.
A mout grant joie le reçut,
116 Comme son seignor faire dut.
Or fu Travers entre les soens!
Mout devint saiges hons et boens,
Et mout volentiers gaaigna;
120 Et tant conquist et amassa
Qu'il ot assez et un et el.
Un bacon fist devant Noel,
D'un porc qu'il ot en sa maison
124 Encraissi tote la saison :
Bien ot plaine paume de lart.
Travers l'avoit a une part
Au tref de sa maison pendu.
128 Mielz li venist avoir vendu,
Si fust de grant paine delivres!
Quar, sicom raconte li livres,
Un jor estoit Travers alez
132 Au boschet, ilueques delez,
Por faire amener des garraz.
Ez vos que Haimet et Baraz
Venoient de querre saison,
136 Si asenent a la maison.
Sa feme troverent filant.
Cil qui le siecle vont gabant
Dient : " Dame, ou est vo barons? "
140 Cele ne quenut les larrons :
" Seignor, fist ele, il est el bos
Por faire amener des fagoz.
– De par Dieu, font il, puist ce estre! "

je me sens assez fort et habile
pour bien gagner de quoi vivre,
s'il plaît à Dieu, dorénavant.
108 Je m'en vais, je vous recommande à Dieu! »
Ainsi s'éloigna Travers.
Il marcha tant, de biais et de travers,
qu'il arriva dans son pays.
112 Travers n'était pas haï
de sa femme, dame Marie,
qui s'était fort bien débrouillée.
Elle lui fit un joyeux accueil
116 comme elle devait à son mari.
Maintenant Travers est parmi les siens!
Il devint un homme très sage,
fit de bons profits,
120 et gagna et amassa tant
qu'il eut de tout en abondance.
Avant Noël il tua et sala
un porc qu'il avait engraissé
124 chez lui pendant toute la saison :
le lard avait l'épaisseur d'une pleine paume.
Travers l'avait suspendu à l'écart
à la poutre de sa maison.
128 Il aurait mieux fait de le vendre,
car il aurait évité bien des ennuis!
En effet, comme raconte le livre,
un jour Travers était allé
132 au bois, là tout près,
pour en ramener des fagots.
Voilà Haimet et Barat qui arrivent
en quête de bonne fortune;
136 ils se dirigent vers la maison.
Ils trouvent sa femme en train de filer.
Les deux qui vont dupant le monde
disent : « Dame, où est votre mari? »
140 Elle ne reconnut pas les voleurs :
« Seigneurs, dit-elle, il est au bois
pour en ramasser des fagots.
– De par Dieu! Puisse-t-il en être ainsi! »

144 Lors s'assieent, s'esgardent l'estre,
les anglez et les repotailles :
N'i remaint solier ne fusmailles
A regarder de chief en chief.

148 Baraz dreça amont son chief,
S'a veü qu'antre deus bracons
Que penduz i fu uns bacons.
" Certes, dit Barat a Haimet,

152 Bien voi qu'an grant paine se met
Travers d'avoir amonceler;
Mais il se fait por nos celer
En sa chanbre ou en sa despense.

156 C'est por espargnier sa despanse :
Ne vielt que nos riens li coustons,
Ne que enquenuit en menjons
De son bacon ne de son lart;

160 Mais si ferons, se feu ne l'art,
Font il, mais que bien li ennuit,
Li enbleron nos enquenuit! "
A tant s'en vont, s'ont pris congié.

164 En une haie sont mucié,
S'a chascuns aguisié un pel.
Et Travers repaire a l'ostel,
Qui le jor n'ot gaires conquis.

168 " Sire, dui home vos ont quis,
Fait sa feme, dame Marie,
Qui tote m'ont fait esmarie;
Que g'estoie seule en maison

172 Et il sistrent sor no laiszon,
Si avoient laide veüe.
Çaienz n'a riens n'aient veüe
Qui fors de chanbre soit desclose :

176 Ne le bacon, ne autre chose,
Coutel ne sarpe ne coingniee;
La maison ont bien encligniee,
Que lor oill totes parz voloient.

180 Ainz ne me distrent qu'il voloient,
Ne ge ne lor ai rien enquis.
— Bien sai qui sont et qu'il ont quis,

144 Alors ils s'assoient et inspectent le lieu
dans les coins et les recoins :
il ne reste grenier ni fumoir
qui ne soit exploré de fond en comble.

148 Barat leva la tête
et vit qu'entre deux poutres
était suspendu un porc salé.
« Certes, dit-il à Haimet,

152 je vois bien que Travers se donne
beaucoup de mal pour accumuler des biens,
mais il s'en donne aussi pour les cacher
dans sa chambre ou dans son garde-manger.

156 C'est pour épargner ses provisions.
Il ne veut rien dépenser pour nous,
ni que cette nuit nous mangions
de son cochon ou de son lard.

160 Mais nous le ferons, si le feu ne le brûle,
disent-ils, quoique cela le contrarie ;
nous le lui volerons cette nuit ! »
Alors ils prennent congé et s'en vont.

164 Ils se cachent dans une haie
et chacun aiguise un pieu.
Voilà Travers qui rentre au logis,
ce jour-là sans avoir rien gagné.

168 « Seigneur, deux hommes vous ont cherché,
lui dit sa femme, dame Marie ;
ils m'ont toute troublée,
car j'étais seule à la maison.

172 Ils se sont assis sur notre lit.
Ils avaient une sale mine.
Il n'y a rien ici qu'ils n'aient exploré,
rien même de ce qu'on peut voir en dehors,

176 ni le cochon ni tout le reste,
couteau, serpe ou cognée.
Ils ont bien inspecté la maison :
leurs yeux volaient partout.

180 Mais ils ne m'ont pas dit ce qu'ils voulaient
et moi, je ne leur ai rien demandé.
— Je sais bien qui ils sont et ce qu'ils cherchaient,

Fait Travers, veü m'ont sovent.
184 Li bacons a fait son couvent :
Perdu l'avon, ce vos pramet,
Quar entre Barat et Haimet
Venront encor ennuit porec.
188 Le matin en seron sans huec,
De ce sui ge trestot seürs !
Bien m'avoit ore maus eürs
Fait bacon a lor oés tuer !
192 Certes, l'en me devroit huer,
Quant samedi ne l'alai vendre !
– Sire, quar l'alomes despendre,
Fait sa feme, por esprover
196 Se nos le porrions tenser :
Se li bacons est mis a terre,
Il ne le savront mais ou querre,
Quant ne le troveront pendant. "
200 Tant li fait sa feme entendant
Que Travers monte cele part ;
Si li a coupee la hart,
Et li bacons chaï en l'aire.
204 Or n'en sevent il mais que faire,
Mais que sor son siege le lait,
Si le covrirent d'une met.
A grant doute se vont gesir.
208 Cil, qui du bacon ont desir,
Vinrent quant il fu anuitié ;
S'ont tant a la paroi luitié
C'un treu firent desoz la sole,
212 Dont l'en peüst traire une mole.
N'i demeurent pas longuement,
Enz entrerent mout coiement.
Haimez mout bien le trou recuevre,
216 Qui ot esté sages de l'uevre ;
Si vont tastant par la maison.
Baraz, qui mout fu malvais hom
Et lerres enuieus et fel,
220 Ranpa tant de bauc en astel
Qu'il est venuz droit au bracon

fait Travers, ils me connaissent bien.
184 Ce lard a fait ce qu'on attend de lui :
nous l'avons perdu, je vous en donne ma parole,
car Barat et Haimet ensemble
reviendront le chercher cette nuit.
188 Demain matin nous l'aurons perdu,
je suis tout à fait sûr.
C'est la malchance qui m'a fait
tuer le cochon à leur profit !
192 Certes, on me devrait couvrir de huées
pour ne pas l'avoir vendu samedi !
– Seigneur, allons donc le décrocher,
réplique sa femme, voyons donc
196 si nous pourrions le protéger :
si nous mettons le cochon par terre
ils ne sauront plus où chercher,
lorsqu'ils ne le trouveront plus suspendu.
200 Sa femme l'a si bien convaincu
que Travers monte là-haut.
Il coupe la corde
et le porc tombe par terre.
204 Mais ils ne savent plus quoi faire
si ce n'est que le laisser où il est tombé.
Ils le couvrent d'une auge
et vont se coucher très inquiets.
208 Ceux qui convoitaient le bacon
revinrent quand il fit nuit.
Ils ont tant manœuvré autour du mur
qu'ils creusent un trou au-dessous de la solive
212 par où l'on pourrait faire passer une meule.
Ils ne s'attardent pas longtemps,
mais entrent tout doucement.
Haimet, qui était maître en la besogne,
216 recouvre bien le trou ;
ils vont à tâtons par la maison.
Barat, en mauvais homme
et malfaiteur perfide et cruel,
220 grimpa tant de poutre en poteau
qu'il arriva droit au chevron

127

Ou il vit pendre le bacon.
Tant tasta de chascunne part
224 Qu'il senti coupee la hart
Dont li bacons estoit penduz.
Lors est a terre descenduz,
Soef s'en reva lez son frere;
228 En l'oreille dist li le lerre
Que il n'en a mie trouvé.
" Voiz, fait il, du larron prouvé!
Le cuide il vers nos tensser?
232 Folie li a fait pensser!"
Lors commencent a oreillier
Tant qu'il oïrent esveillier
Travers, qui n'osoit reposer.
236 Sa feme commence a choser,
Qui un poi estoit esclignie.
" Dame, fait il, ne dormez mie!
Dormirs n'est or pas de saison;
240 Et g'irai aval la maison,
Savoir se ge troverai ame.
– Non ferai ge ça!" dit la feme.
Travers, qui mout fu saiges hons,
244 Se lieve et vait par la maison;
Onques n'i ot braies chauciees.
La met a un poi sozhauciee,
S'a desoz son bacon senti :
248 Or cuide bien avoir menti
Quant dit que ce estoient il.
Adonc s'en vait en son cortill,
En sa main porte une grant mace;
252 En s'estable trova sa vache :
Mout fu liez quant il la trouva.
Et Baraz vers le lit s'en va
Tot coiement delez l'esponde.
256 Or est droiz que ge vos esponde
Com li lerres fu de haut cuer.
" Marion, fait il, bele suer,
Ge vos jehiroie une chose,
260 Mais mon cuer dire ne vos ose.

où il avait vu pendre le cochon.
Il tâta tant de chaque côté
224 qu'il senti la corde coupée
à laquelle était suspendu le bacon.
Alors il descend à terre
et s'approche doucement de son frère;
228 le voleur lui dit à l'oreille
qu'il n'a rien trouvé.
« Vois-tu, dit-il, ce fieffé voleur!
Croit-il le protéger contre nous?
232 Il est fou de se l'être imaginé. »
Alors ils commencèrent à dresser l'oreille
jusqu'à ce qu'ils entendirent s'éveiller
Travers qui n'osait pas se reposer.
236 Il commence à réprimander sa femme
qui s'était un peu assoupie.
« Dame, dit-il, ne dormez pas!
Ce n'est pas le moment de dormir.
240 Quant à moi j'irai par la maison
voir s'il y a âme qui vive.
– Je ne dormirai pas », répond sa femme.
Travers, en homme prudent,
244 se lève pour inspecter la maison
sans avoir chaussé ses braies.
Il soulève un peu l'auge
et sent le cochon par-dessous :
248 il croit donc s'être trompé
en pensant que c'étaient eux.
Il s'en va alors dans la cour
tenant en main une grosse massue.
252 Dans l'étable il trouve sa vache :
il est content de la trouver.
Entre-temps Barat s'approche tout
doucement du bord du lit.
256 Maintenant je dois vous raconter
combien le larron fut hardi.
« Marion, dit-il, ma chère,
je vous avouerais une chose,
260 mais je n'ose révéler ma pensée.

Ou ennuit no bacon meïsmes?
Ge ne sai que nos en feïsmes,
Tant par fu mes songes avers.
264 – Dieus aïde, sire Travers,
Fait ele, com ci a mal plait!
– Ou est il? – Desoz cele met,
Sor ce lesson acouvetez.
268 – En non Dieus, suer, c'est veritez,
Fait cil, et ge irai sentir!"
Onques ne l'en daigna mentir:
La met hauce, le bacon prant,
272 Puis vient la ou Haimet l'atent,
Au pié du lit, ou il escoute.
Barat vient a lui, si le boute
Sicomme cil qui mout l'a chier.
276 Et Travers s'est alez couchier,
S'a mout bien les huis refermez.
"Certes, bien estes enivrez,
Fait sa feme, chaitis a droit,
280 Qui me demandiez orendroit
Que no bacon est devenuz!
Onques mais si dessovenuz
Ne fu nus hom en si pou d'eure!
284 – Quant? fait il. – Se Dieus me sequeure,
Orainz sire! – Se Dieus me saut,
Suer, noz bacons a fait un salt!
Fait cil, ja mais ne le verrons
288 Se ge nel ranble a cez larrons,
Qu'il n'a meillors en nule terre!"
Travers saut sus, si les va querre,
Qui mout ot la nuit de torment.
292 Un sentier vait par un forment;
Les suit aprés les granz galos,
Tant qu'il vint entr'aus et le bos.
Haimez ert ja pres de l'oriere,
296 Mais Baraz ert encor arriere,
Que le bacon ne laissoit corre.
Travers, qui le voloit rescorre,
S'en vint a lui plus que le pas.

Où avons-nous mis notre cochon cette nuit?
Je ne sais pas ce que nous en avons fait;
mon songe était bien étrange.
264   – Que Dieu nous aide, monsieur Travers,
dit-elle, quelle mauvaise affaire!
– Où est-il? – Mais sous cette huche,
caché sur ce lit de paille.
268   – Au nom de Dieu, ma chère, c'est vrai,
dit Barat, j'irai le tâter!»
Il ne voulait pas lui mentir!
Il soulève l'auge, prend le bacon,
272   puis rejoint Haimet qui l'attend
au pied du lit où il écoute.
Barat le rejoint et lui donne une tape
en compagnon qui l'aime bien.
276   Quant à Travers, il alla se coucher.
Après avoir bien refermé les portes,
« Certes, vous devez être ivre!
s'exclama sa femme, et vraiment bête,
280   pour m'avoir il y a un moment demandé
ce que notre cochon était devenu!
Jamais homme en si peu de temps
ne perdit ainsi la mémoire!
284   – Quand? demanda-t-il. – Que Dieu me secoure,
tout à l'heure, seigneur! – Que Dieu me sauve!
Ma chère, notre cochon s'est enfui,
dit-il, nous ne le verrons plus,
288   si je ne le vole à mon tour à ces larrons!
Il n'y a pas de meilleurs au monde!»
Travers se lève d'un bond et va les chercher.
Que de tourments il eut cette nuit!
292   Par un sentier traversant un champ de blé
il les poursuit au grand galop
jusqu'à ce qu'il se trouve entre eux et le bois.
Haimet était déjà près de la lisière,
296   mais Barat était encore en arrière,
car le porc l'empêchait de courir.
Travers, qui veut le récupérer,
le rejoint en accélérant le pas.

300 " Done ça, fait il, trop es las;
    Tu l'as ore porté grant pose.
    Or done ça, si te repose! "
    Cil cuide avoir ataint Haimet :
304 Le bacon sor le col li met,
    Puis vait devant une alenee.
    Et Travers fist la retornee
    Au plus tost que il le pot faire :
308 A tot son bacon s'en repaire,
    Qu'il a vassalment secoru!
    Et Barat a ja tant coru
    Que son frere a conseü :
312 S'en a itel paor eü
    Qu'il chaï en une charriere,
    Por ce qu'il le cuidoit arriere.
    Et quant cil l'oï trebuschier,
316 Si le commença a huschier :
    " Laisse moi porter une piece!
    Ge ne cuit mie que ge chiece
    Por un bacon, sicom tu fais;
320 Mout par en as eü grant fais,
320.1 Avoir chargié le me deüsses!
320.2 – Ge cuidoie que tu l'eüsses,
321 Fait cil, se Dieus me doint santé!
    Travers nos a bien enchanté :
    C'est cil qui son bacon enporte.
324 Mais ge l'en ferai une torte,
    Se ge puis, ençois qu'il ajorne! "
    Grant aleüre s'en retorne,
    Onques n'i fist graignor atente.
328 Travers aloit une autre sente,
    Tot belement et tot en pais,
    Comme cil qui ne cuidoit mais
    Avoir garde de nule chose.
332 Baraz i vint a la forclose,
    Qui de corre ot la pel moilliee.
    Sa chemise ot despoilliee,
    Entor son chief la mist mout blanche;
326 Trestot en itele senblance

300	« Donne, dit-il, tu es trop fatigué :
	tu l'as porté un bon moment.
	Donne-moi donc et repose-toi ! »
	Barat croit avoir rejoint Haimet :
304	il lui met le porc sur les épaules,
	puis il continue sans s'arrêter.
	Et Travers fait demi-tour
	le plus vite qu'il peut :
308	il s'en retourne avec tout son cochon
	qu'il a bravement sauvé !
	Et Barat a tant couru
	qu'il a atteint son frère :
312	il en eut une telle peur
	qu'il tomba sur la route
	car il le croyait derrière lui.
	Quand l'autre l'entendit trébucher,
316	il commença à crier :
	« Laisse-moi le porter un peu !
	Je ne crois pas que je tomberai
	pour un bacon, comme tu le fais.
320	C'était un lourd fardeau pour toi,
320.1	tu aurais dû m'en charger !
320.2	– Je croyais que c'était toi qui l'avais,
321	répondit-il, que Dieu me donne santé !
	Travers nous a ensorcelés :
	c'est lui qui emporte son bacon.
324	J'en ferai de la chair à saucisses,
	avant le jour, si je peux ! »
	Il s'en retourne à grande allure,
	sans hésiter plus un instant.
328	Travers avait pris un autre sentier,
	tout bellement et tout tranquille,
	en homme qui ne croit plus
	devoir se soucier de rien.
332	Finalement Barat y parvient,
	la peau humide de sa course.
	Ayant enlevé sa chemise,
	il la mit, très blanche, autour de sa tête.
336	Ainsi déguisé, Barat

Com s'il fust feme se deporte.
" Lasse, fait il, com ge sui morte!
Com Dieus me tient que ge n'enraige!
340 Com si grant perte et tel damaige
Ai eüe par cez larrons!
Dieus, ou est alez mes barons,
Qui receü a si grant perte? "
344 Travers cuida trestot a certes
Ce soit sa feme qui la vient.
" Suer, fait il, droit a droit revient,
Que ge raporte mon bacon!
348 Tosche le trois foiz a ton con,
Si ne le porron ja mes perdre. "
Et cil vait le bacon aerdre,
Qui ja mais nel cuidoit tenir.
352 " Laissiez m'en, dit il, covenir!
Alez vos en, sire Travers,
Car g'i voudrai tot en travers
Et cul et con trois foiz touchier.
356 Vos poez bien aler couchier,
Mais ge ne l'ous faire de honte. "
Travers parmi le sentier monte,
Si s'en revient a son ostel.
360 Et cil, qui ne demandoit el,
Prant lo bacon par le hardel,
Si l'encarche com un fardel;
Vers son frere vient arroment.
364 Et Travers a trové plorant
Sa feme, quant en maison vint.
" Certes Marie, ainz mais n'avint,
Dit il, se ne fu par pechié!
368 Ge vos quidoie avoir chargié
Le bacon enson ce cortil,
Mais or sai bien que ce fu cil
Qui le m'estoit venuz enbler.
372 Dieus, comment si pot resanbler
Feme de fait et de parole!
Entrez sui en mout male escole!
Mar fust il onques por bacons!

se comporte comme une femme.
« Lasse, fait-il, je suis morte !
Que Dieu me garde d'enrager !
340 Quelle grande perte, quel tort
j'ai subi par ces larrons !
Dieu, où est allé mon époux
qui a subi une si grave perte ? »
344 Travers était tout à fait sûr
que c'était sa femme qui venait.
« Sœur, la justice finit par triompher,
dit-il, je rapporte mon cochon !
348 Touche-le trois fois de ton con,
ainsi nous ne pourrons plus jamais le perdre. »
Et Barat qui désespérait de l'avoir,
va pouvoir s'emparer du bacon.
352 « Laissez-moi faire ! dit-il.
Allez-vous-en, monsieur Travers,
car je veux, bien en travers,
toucher trois fois et cul et con.
356 Allez donc vous coucher :
j'ai honte de le faire devant vous. »
Travers monte par le sentier
et s'en revient à son logis.
360 Mais Barat, qui ne demande rien d'autre,
prend le cochon par la corde,
s'en charge comme d'un fardeau
et va vite vers son frère.
364 Arrivé à la maison, Travers
trouve sa femme en larmes.
« Certes, Marie, c'est ma faute !
dit-il, ceci n'est encore jamais arrivé.
368 Je croyais vous avoir chargée
du bacon en haut du cortil ;
mais maintenant je le sais bien :
c'est l'autre qui est venu le voler.
372 Mon Dieu ! Qu'il a pu ressembler
à une femme par ses gestes et ses paroles !
Je suis vraiment malchanceux !
Ce cochon a fait mon malheur !

135

376 Ençois ne remanroit tacons
    Ne semele jusqu'a la plante,
    Que ge encui ne lor sozplante,
    Se Dieus les me laise trover!
380 Or prismes me vueil esprouver,
    Puis que tant me sui entremis!"
    Lez le bos s'est au chemin mis.
    Et quant il enz el bois par fu,
384 Si vit luire clarté de fu,
    Que cil alumé i avoient,
386 Qui mout bien faire le savoient.
386.1 Travers se muce lez un chesne,
386.2 S'escoute comment se desresne
386.3 Baraz et ses freres Haimés :
386.4 Dient que du premerain mes
386.5 Vodront de cel bacon mengier,
386.6 Ainz c'on lor puist les dez cangier.
387 Lors vont concueillir des sechons.
388 Et Travers vint a demuçons
    Au chaine ou li feus alumoit;
    La laigne estoit verz si fumoit,
    Si que issir n'en pooit flambe.
392 Travers le chaine lués enjambe,
    Tant va par branches et par rains
    Qu'il vint en son as deerrains;
    Le bacon enbler ne lor daigne.
396 Et cil aportent de la laigne,
    Si gietent el fu a mainees,
    Dont il cuiront des charbonnees
    Du bacon. Et Travers l'entent;
400 Par un braz au chaine se pent,
    Si ot deslié ses tigeus.
    Haimet gita amont ses elz,
    Si vit desor lui cel pendu,
404 Grant et hideus et estendu :
    Toz li peus li lieve de hide.
    " Baraz, no peres nos revide,
    Fait Haimet, mout vileinement :
408 Voiz le la desus ou il pent!

136

376   J'aimerais mieux rester sans talon
       ni semelle sous la plante des pieds,
       que de ne pas le leur reprendre aujourd'hui,
       si Dieu me les laisse trouver !
380   Je veux m'y essayer tout de suite,
       puisque je me suis donné tant de mal ! »
       Il se mit en chemin le long du bois
       et quand il fut dans la forêt,
384   il vit briller la lumière d'un feu
       que les voleurs avaient allumé :
386   ils savaient très bien s'y prendre.
386.1 Travers se cache derrière un chêne,
386.2 et écoute les propos insensés
386.3 de Barat et de son frère Haimet :
386.4 ils disent que pour premier plat
386.5 ils ont l'intention de manger de ce cochon,
386.6 avant que le sort ne tourne.
387   Ils vont alors ramasser du bois sec.
388   Travers s'approcha à la dérobée
       du chêne, auprès duquel était allumé le feu.
       Le bois était vert et fumait,
       tant que flamme n'en pouvait sortir.
392   Travers étreignit de ses jambes le chêne,
       et grimpa si bien dans les branches et les rameaux
       qu'il finit par arriver au sommet.
       Il ne daigne pas leur voler le cochon.
396   Les autres apportent du bois,
       et le jettent par poignées dans le feu,
       où ils feront cuire des grillades
       de porc. Travers écoute avec attention.
400   Il se pend par un bras au chêne.
       Après avoir détaché ses braies,
       Haimet lève en haut les yeux
       et voit au-dessus de sa tête ce pendu,
404   grand et horrible et tout tendu.
       Tous ses poils se hérissent de frayeur.
       « Barat, notre père nous fait une visite
       bien vilaine, s'écria Haimet.
408   Regarde ce pendu là-haut !

C'est il, ja mar en douteras!
– Dieus, aïde, ce dit Baraz,
Moi sanble qu'il doie avaler! "

412 Le gieu gaaignent par aler :
Endui sont en fuie touchié,
Si qu'il n'ont au bacon touchié,
Quar il n'orent tant de loisir.

416 Quant Travers n'en pot un choisir,
Sor le chaine plus ne sejorne.
A tot son bacon s'en retorne
Isnelement le droit sentier;

420 Si l'en reporte tot entier,
Que nule riens n'en fu a dire.
Sa feme li comence a dire :
" Sire, bien soiez vos trouvez!

424 Bien estes ennuit esprovez :
Ainz mais si hardiz hom ne fu!
– Suer, dit il, alume le fu,
Et de la busche et du charbon :

428 Il covient cuire no bacon,
Se vos volez qu'il nos remaigne. "
El alume le fu de laigne
Et met de l'eve en la chaudiere,

432 Et la pendent a la hardiere
432.1 Tout belement et tot sans tenche.
432.2 Et Travers le bacon detrenche,
433 Qui mout li fist la nuit de paine.
Si fu pres la chaudiere pleine
Quant toz li bacons fut tailliez.

436 " Bele suer, dit il, or veilliez
Lez le fu, si ne vos ennuit.
Et ge, qui ne dormi ennuit,
Me reposerai en mon lit;

440 Mais ge n'i avrai nul delit :
Ne sui pas encor bien seürs.
– Sire, fait ele, maus eürs
Les i aporteroit huimais;

444 Dormez vos or bien et en pais :
Ja mais ne vos en feront tort! "

138

C'est bien lui, tu aurais tort d'en douter!
– Dieu, au secours, s'écria Barat,
il me semble qu'il va descendre! »
412 Ils se tirent d'affaire par la fuite :
ils se sauvèrent tous les deux
sans avoir touché au bacon :
ils n'en avaient plus le loisir!
416 Quand Travers ne les vit plus,
il ne resta plus sur le chêne.
Il se retourne avec son cochon
rapidement par le sentier.
420 Il le remporte tout entier
sans qu'il y manque quoi que ce soit.
Sa femme lui dit aussitôt :
« Seigneur, soyez le bienvenu!
424 Vous avez subi de grandes épreuves cette nuit :
il n'y eut jamais homme aussi hardi!
– Sœur, répondit-il, allume le feu
avec des bûches et du charbon :
428 il vaut mieux cuire notre cochon
si vous voulez qu'il reste à nous. »
Elle allume le feu avec du bois,
met de l'eau dans le chaudron
432 qu'ils suspendent à la corde
432.1 tout bellement et sans contestation.
432.2 Alors Travers coupa le bacon
433 qui lui avait donné tant de mal cette nuit-là.
Le chaudron était presque plein
quand le bacon fut tout découpé.
436 « Ma chère, dit-il, maintenant veillez
auprès du feu, ne vous en déplaise.
Moi, qui n'ai pas dormi cette nuit,
je me reposerai dans mon lit,
440 mais je n'y aurai aucun plaisir :
je ne suis pas encore bien rassuré.
– Seigneur, fait-elle, ce serait la malchance
qui les amènerait ici maintenant.
444 Dormez donc bien et en paix :
ils ne vous feront plus jamais de tort! »

Cele veille et cil se dort,
Qui mout desirroit le repos.
448 Et Baraz se remet el bos;
Bien set Travers l'a escharni,
Qui du bacon l'a desgarni.
" Certes, fait il, par malvés cuer
452 Avons gité no bacon puer,
Et Travers l'a par son barnaige!
Bien en doit faire son carnaige;
Ne quide mais que il le perde.
456 Bien nos porroit tenir por merde,
S'ainsi li laissomes ravoir.
Alons en la maison savoir
Comment il en a esploitié. "
460 Tant se sont de l'aler haitié
Qu'il sont venuz devant son huis.
Barat mist son oeil au pertuis
Et vit la chaudiere qui bout :
464 Sachiez qu'il li ennuia mout!
" Haimet, fait il, li bacons cuit.
Mout m'anuie certes et quit
Que nos ne li poons tolir.
468 – Si laisse, dit Haimet, boulir
La char tant qu'ele soit bien cuite,
Que ge ne li claing mie quite!
Ma peine li covenra soudre! "
472 Une longue verge de coudre
Prant, si l'aguise du coutel.
Puis est montez sor le toitel,
Si le descuevre en cel endroit
476 La ou la chaudiere boloit.
Tant osta de la coverture
Qu'il vit parmi l'entroverture
La feme Travers someillier,
480 Qui lassee fu de veillier;
S'aloit la teste enbrunchant.
Et cil devale le perchant,
Qui plus estoit aguz d'un dart;
484 Par mi une piece de lart

Elle veille et lui dort,
tant il désirait se reposer.
448 Et Barat retourne dans le bois;
il sait bien que Travers l'a bafoué
en lui volant le cochon.
« Certes, dit-il, c'est par notre lâcheté
452 que nous avons gaspillé notre cochon.
C'est Travers qui l'a grâce à son courage!
Il doit en faire son jour gras;
il croit ne plus le perdre.
456 Il pourrait nous tenir pour de la merde
si nous le lui laissons ravoir ainsi.
Allons chez lui pour savoir
ce qu'il en a fait. »
460 Ils se sont tant pressés
qu'ils sont bientôt devant sa porte.
Barat met son œil au trou :
il voit le chaudron qui bout
464 et en est très contrarié, sachez-le.
« Haimet, dit-il, le cochon cuit.
Cela me déplaît, certes, mais je crois
que nous ne pouvons pas le lui enlever.
468 – Laisse bouillir la viande, dit Haimet,
jusqu'à ce qu'elle soit bien cuite :
je ne l'en reconnais pas encore quitte!
Il devra payer chère ma peine! »
472 Il prend un long bâton de noisetier
et l'affûte avec son couteau,
puis il monte sur le petit toit
et le découvre juste à l'endroit
476 où bouillait le chaudron.
Il enleva tant de toiture
qu'à travers l'ouverture il vit
sommeiller la femme de Travers
480 qui était fatiguée de veiller
et tenait la tête penchée vers le sol.
Alors Barat fait descendre sa perche
qui est plus aiguë qu'un dard,
484 il embroche une pièce de lard,

Le fiert, si droit com a sozhait,
Fors de la chaudiere le trait.
En ce qu'il amont le traoit,
488 Travers s'esveille si le voit,
Qui forz lerres ert et rubestes.
" Seignor, dit il, qui lasus estes,
Vos ne faites mie raison
492 Qui me descouvrez ma meson :
Ainsi n'avrion jamais fait !
Partons, si que chascuns en ait
Du bacon, et si descendez !
496 Laissiez en et si en prenez,
Que chascun en ait sa partie ! "
Descendent tost, si ont partie
La char Travers voiant ses elz :
500 Trois monceaus en firent oelz,
N'i laisserent que sozpeser.
Sa feme font les loz giter ;
Li dui frere les deus monz orent,
504 Mais onques Travers, se il porent,
Qui norri avoit le porcel,
N'enporta le meillor morsel.
Por ce fu dit, segnor baron,
508 Male compaigne a en larron !

exactement comme il le souhaite
et la retire du chaudron.
Pendant qu'il le relève,
488 Travers s'éveille et le voit :
le voleur est fort et rude.
« Seigneurs qui êtes là-haut, dit-il,
vous n'agissez pas en hommes raisonnables
492 en découvrant le toit de ma maison.
Ainsi n'en finirons-nous jamais !
Partageons, chacun aura un morceau
de ce porc, descendez donc !
496 Laissez-en et prenez-en,
que chacun en ait sa part ! »
Ils descendent aussitôt et partagent
la viande de Travers sous ses yeux :
500 ils en firent trois tas,
sans en laisser le plus petit morceau.
Ils firent tirer au sort par sa femme :
les deux frères eurent deux tas,
504 mais Travers, qui avait nourri le cochon,
dans la mesure où cela dépendait d'eux,
n'emporta pas le meilleur morceau.
C'est pourquoi, seigneurs barons, l'on dit :
508 mauvaise compagnie que celle d'un voleur.

7. LES QUATRE SOHAIS SAINT MARTIN

Un vilain ot en Normandie,
Don ne lairé que ne vos die
Un fablel merveilleus et cointe.
4   Tot jorz ot li vilains acointe
Saint Martin et tot jorz nomoit
A tote l'uevre qu'il faisoit;
Ja ne fust ne dolanz ne liez,
8   Que saint Martins n'alast premiers:
Tot jorz nomoit il saint Martin.
Li vilains aloit un matin
En son labor; si con il siaut,
12   Saint Martin oblier ne viaut.
" Saint Martin, dist il, hez avant! "
Lors li vint saint Martins devant:
" Vilains, dist il, tu m'as mout chier:
16   Ja ne voras rien conmancier,
Que toz jorz au conmancemant
Ne me nomes premieremant.
Je t'an randrai ja ta deserte:
20   Laisse ton travail et ta herte,
Et si soies joianz et gaiz.
Je te donrai quatre sohaiz:
Ja ne t'estuet mais traveillier,
24   Ne matin lever ne veillier.
Or t'an reva tot lieemant:
Je te di bien veraiemant,

7. LES QUATRE SOUHAITS DE SAINT MARTIN

Il y avait en Normandie un paysan
dont je ne laisserai pas de vous dire
un fabliau merveilleux et charmant.
4   Le vilain était un familier
de saint Martin qu'il invoquait
tous les jours dans sa besogne.
Il n'était jamais ni affligé ni gai,
8   qu'il ne s'adressât d'abord à saint Martin.
Il l'invoquait tous les jours.
Un matin que le paysan allait
dans les champs, comme il se doit,
12   il ne voulut pas oublier saint Martin.
« Saint Martin, dit-il, hé, montrez-vous! »
Et saint Martin lui apparut :
« Vilain, dit-il, tu m'aimes beaucoup :
16   tu ne voudras rien entreprendre
sans m'invoquer d'abord,
tous les jours, pour commencer.
Je t'en accorderai la récompense.
20   Laisse ton labeur et ton troupeau
et sois joyeux et gai.
Je te permettrai de faire quatre souhaits.
Tu n'auras plus à travailler,
24   ni à te lever le matin ni à veiller.
Retourne-t-en donc allégrement :
je te dis en vérité

Ce que tu ja sohaideras
28 Par quatre foiz que tu l'avras.
Garde toi bien au sohaidier,
Tu n'i avras nul recovrier! "
Li vilains l'an a encliné;
32 Arriere s'an est retorné,
A son ostel s'an vient tot liez.
Il i sera mal araisniez :
Sa fame, qui chauçoit les braies,
36 Li a dit : " Vilains, mal jor aies!
As tu ja si tost laisié ovre
Por lo tans qui un po se covre?
Il n'ert disners jusqu'a cinc lives!
40 Est ce por engraissier les gifes?
Vos avez por noiant forraje :
Onques n'anmastes laborraje
43 Vos fetes mout volantiers feste :
43.1 A mal eür aiez vos beste,
43.2 Quant vos n'en fetes vostre esploit!
43.3 Vos en alastes orendroit :
44 Tost avez la jornee faite!
46 – Tais, bele suer, ne te deshaite,
Dit li vilains, que riches somes;
48 Et des or mais charront les somes
Et lo travail, gel te devin!
Huimain encontrai saint Martin :
Quatre sohaiz me dona ore;
52 N'an fu nul soaidié encore,
Devant q'aüsse a toi parlé.
Selonc ce que m'avras loé
Demanderai isnelemant :
56 Terres, richece, or et argent! "
Qant cele l'ot, cort si l'acole;
Mout s'umelie par parole :
" Mes amis, me dites vos voir?
60 – Oïl, ma bele suer, por voir!
– Ahi, fait ele, biaus dolz amis,
Je ai en vos tot mon cuer mis!
Or vos demant, se il vos plaist,

que ce que tu souhaiteras
28 à quatre reprises, tu l'obtiendras.
    Mais prends bien garde en prononçant ton souhait,
    tu n'auras pas d'autre chance ! »
    Le paysan le salua en s'inclinant,
32 il s'en retourna
    et regagna tout joyeux son logis.
    Il sera acueilli par un beau discours !
    Sa femme, qui portait la culotte,
36 lui dit : « Vilain, sois le mal venu !
    As-tu si tôt délaissé ton travail
    pour le temps qui se couvre un peu ?
    Il n'y aura pas de dîner avant longtemps !
40 Est-ce pour engraisser tes joues ?
    Vous recevrez votre pitance à ne rien faire :
    vous n'aimâtes jamais le labourage,
43 vous faites bien volontiers la fête.
43.1 Maudites soient vos bêtes,
43.2 quand vous ne vous en occupez pas !
43.3 Vous êtes parti tout à l'heure :
44 votre journée est bien vite faite.
46 – Tais-toi, ma sœur, ne t'inquiète pas,
    dit le paysan, nous sommes riches !
48 Désormais plus de fardeaux à porter
    ni de travail, je te le prédis !
    Aujourd'hui j'ai rencontré saint Martin :
    il vient de me donner la chance de quatre souhaits.
52 Je n'en ai encore formé aucun
    avant de t'en avoir parlé.
    Selon ce que tu m'auras recommandé,
    j'adresserai ma demande promptement :
56 terres, richesse, or et argent ! »
    A ces mots, elle lui sauta au cou.
    Elle se fit doucereuse en paroles :
    « Mon ami, me dites-vous vrai ?
60 – Oui, ma chère sœur, assurément !
    – Ah ! fait-elle, cher doux ami,
    en vous j'ai mis tout mon cœur !
    Je vous demande, s'il vous plaît,

64 Que vos me doingniez un sohait :
    Vostre soient li autre troi,
    Et vos seroiz mout bien de moi !
    – Taisiez, fait il, ma bele suer,
68 Je ne lo feroie a nul fuer !
    Fames ont mout foles pansees :
    Tost demanderiez fusees
    De chanve o de laine o de lin.
72 Bien me manbre de saint Martin,
    Qui dist que tres bien me gardasse,
    Et que tel chose demandasse
    Qui nos poïst avoir mestier.
76 Je les voldrai toz sohaidier ;
    Car ce sachiez que je crainbroie,
    Se lo sohait vos otroioie,
    Que tel chose ne deïssiez
80 Que vos de moi ne joïssiez.
    Je ne conois pas vostre tor :
    Se disiez que je fusse or
    Une chievre o une jument,
84 Gel seroie tot auramant.
    Por ce redot je vostre otroi !
    – Or soit, fait el, a boene foi !
    Je vos afi de mes deus mains
88 Que vos seroiz toz jours vilains :
    Ja por moi n'avroiz autre forme.
    Ja vos aim je plus que nul ome !
    – Bele suer, fait il, or l'aiez !
92 Por Deu, tel chose sohaidiez
    Ou je et vos aiomes preu !
    – Je di, fait ele, de par Deu,
    Que tot soiez chargiez de viz :
96 Ne remaigne oil ne nariz,
    Ne teste ne braz ne costé,
    Qui ne soient de viz planté.
    Et si ait chascuns viz sa coille,
100 Si ne soient baien ne doille ;
    Toz jorz soient li vit tandu :
    Si sanbleroiz vilain cornu ! "

64 que vous m'accordiez de faire l'un des souhaits.
    Les trois autres seront à vous,
    et vous aurez ma bienveillance!
    – Taisez-vous, fait-il, ma chère sœur,
68 je ne le ferai en aucun cas!
    Les femmes ont de folles pensées.
    Vous demanderiez vite des fuseaux,
    du chanvre, de la laine ou du lin.
72 Je me souviens que saint Martin
    me dit de bien me garder
    de demander tel objet
    dont nous pourrions avoir besoin.
76 Je voudrais les souhaiter tous,
    car je craindrais, sachez-le,
    si je vous accordais de faire ce souhait,
    que vous demandiez une chose
80 qui vous débarrasse de moi.
    Je ne sais pas ce que vous avez dans l'esprit :
    si vous demandiez que je devienne aussitôt
    une chèvre ou une jument,
84 je le deviendrais sur-le-champ.
    C'est pourquoi je redoute de vous donner ce droit!
    – D'accord, fait-elle, sincèrement!
    Je vous promets, par ces deux mains,
88 que vous serez toujours paysan :
    jamais vous n'aurez par moi d'autre forme,
    et je vous aime plus que nul homme!
    – Je vous l'accorde, chère sœur! fait-il.
92 Pour Dieu, souhaitez telle chose
    dont moi et vous aurons profit!
    – Par Dieu, fait-elle, je demande
    que vous soyez tout chargé de vits :
96 qu'il ne vous reste œil ni narine,
    ni tête ni bras ni côté,
    qui ne soient de vits plantés.
    Et que chaque vit ait sa couille
100 et qu'ils ne soient ramollis ni flasques.
    Mais qu'ils restent toujours bandés :
    que vous sembliez vilain cornu! »

Et sitost con ele l'ot dit,
104 Si saillent do vilain li vit,
Li vit li saillent par lo nes,
Et par la boche de delez.
Or poez oïr granz mervoilles :
108 Li vit li saillent des oroilles,
Darriere, aval et amont,
Et par devant en mi lo front;
Tot contreval, desi q'as piez,
112 Fu li vilains de viz chargiez.
Li vilains fu de viz cornuz,
De totes parz mout bien vestuz :
Sor lui avoit maint vit carré,
116 Et grant et grox et rebolé;
Maint noir, maint blanc et maint vermoil.
Bien poïst en giter en l'oil
Une feve, tot de plain vol :
120 N'arestast, si venist au fol
De la coille qui desoz pant!
Mout ot ci bon sohaidemant!
Maint vit i ot et lonc et grox;
124 Sor lo vilain n'ot si dur os
Don vit ne saillent merveillous.
Li vit li saillent des genoz!
Qant li vilains se vit si fait :
128 " Suer, fait il, ci a mout mal plait!
Por quoi m'as tu si conreé?
Assez m'amasse miauz tué
Que sor moi fuissent tant de vit.
132 Onques mais nus hom tant ne vit!
132.1 – Sire, dist el, je vos di bien
132.2 C'un seul vit ne me valoit rien :
133 Sanpres iert mous con uns boiaus;
Mais or sui riche de viz baus!
Et si i avroiz autre preu,
136 Que ja mais n'iroiz en cel leu
O vos doigniez point de paaje.
J'ai esté au sohaidier sage,
Si n'en devez pas estre irous :

Dès que la femme eut fait ce souhait,
104 au paysan poussèrent les vits.
Les vits lui sortent par le nez,
et par la bouche, des deux côtés.
Ecoutez donc grandes merveilles :
108 les vits lui saillent des oreilles,
par-derrière, en haut, en bas
et par-devant au milieu du front.
Du haut en bas, jusques aux pieds,
112 le vilain fut chargé de vits.
Le vilain fut cornu de vits,
il en fut de toutes parts revêtu :
il avait sur lui maint vit épais,
116 et grand et gros et circoncis,
maint noir, maint blanc et maint vermeil.
Lui jetterait-on dans l'œil du vit,
à la volée, une fève
120 qu'elle arriverait directement au sac
de la couille qui pend au-dessous !
Voilà un bien beau souhait !
Il eut maint vit long et gros.
124 Le paysan n'a d'os si dur
d'où ne sortent des vits merveilleux.
Les vits lui saillent des genoux !
Quand le paysan se vit ainsi fait :
128 « Sœur, dit-il, quelle mauvaise affaire !
Pourquoi m'as-tu ainsi arrangé ?
J'aimerais mieux être tué
que d'être ainsi chargé de vits.
132 Jamais nul homme tant n'en vit !
132.1 – Seigneur, répondit-elle, je vous dis bien
132.2 qu'un seul vit ne me valait rien :
133 il était toujours mou comme un boyau,
mais me voici riche de vits gaillards !
Et vous aurez un autre avantage,
136 que quel que soit le lieu où vous irez
vous ne devrez rien payer.
J'ai été sage en faisant ce souhait ;
vous ne devez pas être fâché,

140 Marveillose beste a en vos!"
    Dit li vilains : " Ce poise moi :
    Or sohaiderai, par ma foi!
    Je resohait, fait li bons hons,
144 Que tu raies autretant cons
    Comme je ai de viz sor moi :
    Autretant cons raies sor toi!"
    Lors fu la fame bien connue :
148 Ele ot un con en la veüe,
    Quatre en ot el front, coste a coste,
    Et con detrés et con encoste,
    Et con devant et con darriere.
152 Si ot con de mainte meniere :
    Con droit, con tort et con chenu,
    Et con sanz poil et con velu,
    Et con joene et con bien fait,
156 Et con pucel et con retrait,
    Et con parfont et con a croce,
    Et con bellonc et con sanz boce.
    Con ot au chief, con ot as piez!
160 Adonc fu li vilains mout liez.
    " Sire, fait ele, q'as tu fait?
    Por que m'as doné tel sohait?
    Por coi m'as tu ensi navree?
164 Ja mais jor ne serai senee!
    — Jel te dirai, fait li bons hons,
    Or sui je riches de bons cons,
    Si con tu ies riche de viz.
168 Or est li jeus a droit partiz,
    Car or a chascuns viz sa borse!"
    Cele fu iriee et reborse,
    Et dit : " Male avanture aiez!
172 — Suer, fait il, ne vos esmaiez,
    Que ja mais n'anteroiz en rue
    Que ne soiez bien coneüe!
    — Sire, fait ele, or n'i a plus :
176 Or avon deus sohaiz perduz!
    Soaidiez que plus viz n'aiez
    Ne je cons, et si lo laissiez :

140   car vous faites une bête merveilleuse!
       – Cela m'est pénible, dit le paysan,
       c'est à mon tour de faire un souhait, par ma foi!
       Je souhaite, en revanche, fait le bonhomme,
144   que tu aies autant de cons
       que j'ai de vits sur moi.
       Aie pour ton compte autant de cons sur toi!»
       La femme alors fut bien « connue »!
148   Elle eut un con sur les yeux,
       quatre sur le front, côte à côte,
       et cons derrière et cons sur le côté,
       et cons devant et cons derrière.
152   Elle eut cons de mainte manière :
       con droit, con tordu et con chenu,
       et con sans poil et con velu,
       et con jeune et con bien fait,
156   et con vierge et con rétréci,
       et con profond et con recourbé
       et con de travers et con sans bosse.
       Elle eut con au chef, con aux pieds!
160   Le paysan fut alors bien content.
       « Seigneur, fait-elle, qu'as-tu fait?
       Pourquoi m'as-tu appliqué un tel souhait?
       Pourquoi m'as-tu ainsi affligée?
164   Jamais je ne serai guérie!
       – Je te le dirai, fait le bonhomme,
       maintenant je suis riche de bons cons,
       comme toi tu es riche de vits.
168   Maintenant les chances sont bien réparties,
       car à chaque vit sa bourse!»
       Tremblant de colère et de révolte
       elle lui dit : «Soyez maudit!
172   – Sœur, dit-il, ne vous troublez pas;
       jamais vous n'entrerez dans une rue
       sans être reconnue!
       – Seigneur, fait-elle, cela suffit :
176   maintenant nous avons gaspillé deux souhaits!
       Souhaitez que vous n'ayez plus de vits
       ni moi de cons, puis arrêtez!

Un en avron de remenant,
180 Don riche seron et menant. "
Et li prodom sohaide et dit
Q'ele n'ait con ne il n'ait vit.
Lors fu la jantis dame irie
184 C'on de son con ne trova mie,
Et li prodom, qant il revit
Qu'il n'avoit mie de son vit,
Refu de l'autre part iriez.
188 "Sire, fait ele, sohaidiez
– Lo cart soait encor avon –
Que vos aiez vit et je con :
Puis si seron comme devant,
192 Si n'i avron perdu noiant. "
Et li prodom resohaida;
Si n'i perdi ne gaaigna,
Car ses viz li est revenuz,
196 Mais ses soaiz a il perduz...
Mout duremant s'an repantoit
De ce que sa fame creoit.
Qui plus croit sa fame que lui
200 Sovant en a au cuer anui!

Il nous restera encore un vœu,
180   dont nous pourrons être très riches! »
Alors le brave homme fait un souhait et demande
qu'elle n'ait con et qu'il n'ait vit.
Alors la gente dame rougit de fureur
184   ne trouvant pas trace de son con,
et le bonhomme, voyant de son côté
qu'il n'avait plus son vit,
trembla de colère lui aussi.
188   « Seigneur, fait-elle, souhaitez
– il nous reste le quatrième vœu –
que vous ayez un vit et moi un con :
nous serons ensuite comme avant
192   et nous n'aurons rien perdu. »
Et le prudhomme fit un souhait de nouveau.
Il n'y perdit et n'y gagna non plus,
car le vit lui est revenu,
196   mais il a perdu ses souhaits.
Il se repentit amèrement
d'avoir cru sa femme.
Qui croit sa femme mieux que lui-même
200   souvent en a le cœur marri!

8. LE VILAIN QUI CONQUIST PARADIS PAR PLAIT

Nos trovomes en escriture
Une mervellose aventure,
Qui jadis avint d'un vilain.
4   Mors fu par un venresdi main :
Tels aventure li avint
Q'angles ne deables ne vint
A cele eure que il fu mors.
8   Qant l'ame s'en isci del cors,
Ne trueve qui rien li demant
Ne nule cosse li commant.
Saciés que mout fu eürouse
12   L'ame, qui mout fu paorose :
Garda sor destre vers le ciel
Et vit l'arcangle saint Miciel,
Qui portoit une ame a grant joie :
16   Aprés li a tenu sa voie.
Tant suï l'ange, ce m'est vis,
Que il entra em paradis ;
Aprés lui est laiens entree.
20   Sains Pieres, qui gardoit l'entree,
Reçut l'ame que l'angles porte
Et puis retorna vers la porte.
L'ame encontra, qui seule estoit ;
24   Demanda li quil conduissoit :
" Çaiens n'a nus herbergement
Se n'est par mon commandement.

8. LE VILAIN QUI CONQUIT LE PARADIS EN PLAIDANT

Nous trouvons dans l'Écriture
une merveilleuse aventure
arrivée jadis à un paysan
4 mort un vendredi matin.
Il lui arriva telle aventure
que ni ange ni diable ne vint à lui
au moment de son trépas.
8 Quand l'âme sortit du corps,
elle ne trouva personne qui lui demandât
ni lui recommandât rien.
Elle eut bien de la chance, sachez-le,
12 cette âme qui était très peureuse.
Elle leva les yeux à droite, au ciel
et vit l'archange saint Michel
emportant une âme à grande joie :
16 elle se mit à le suivre.
Elle suivit si bien l'ange, il me semble,
que dans le paradis,
derrière lui, elle est entrée.
20 Saint Pierre, qui gardait l'entrée,
reçut l'âme que l'ange portait,
puis retourna vers la porte.
Il y rencontra l'âme, toute seule,
24 et lui demanda qui la conduisait.
« L'hébergement en ces lieux
n'est accordé que sur mon ordre.

Ensorquetot, par saint Germain,
28   Nos n'avons cure de vilain,
Et vilains n'a rien en cest estre :
Plus vilains de vos n'i puet estre! "
Fait li ame : " Beaus sire Piere,
32   Tostans fustes plus durs que piere!
Fols fu, par sainte Patenostre,
Cil qui fist de vos son apostre!
Petit i conquestas d'onor
36   Quant renoias Nostre Segnor!
Mout fu petite vostre fois,
Quel renoiastes par trois fois
Que n'estiiés de sa compagne.
40   Ceste maisons ne vos adagne,
Ains het vos et vostre manoir :
Ne devés pas les cles avoir.
Alés fors o les desloiaus!
44   Mais je sui prodom et loiaus,
S'i doi bien estre par droit conte! "
Sains Pieres ot estrange honte;
Tornés s'en est taisans et mas.
48   Il a encontré saint Tumas,
Se li a conté a droiture
Trestote sa mesaventure,
Et son contraire et son anui.
52   Fait sains Tumas : " G'irai a lui :
N'i remanra, ja Deu ne place! "
A l'ame s'en vient en la place.
" Vilain, ce li dist li apostres,
56   Icil manoirs est cuites nostres,
Et as martirs et as confés.
En quel liu as tu les biens fes
Par qoi tu dois çaiens manoir?
60   Il n'i doit vilains remanoir :
Ço est la maizons as cortois!
– Tumas, Tumas, plus estes cois
Des responsaus que nus legistes!
64   En estes vos cel qui desistes
As apostres, dont ert seü

Surtout, par saint Germain,
28 nous n'avons cure d'un vilain.
Un vilain n'a pas droit à ce séjour :
plus vilain que vous n'y peut être !
– Beau seigneur Pierre, répondit l'âme,
32 vous fûtes toujours plus dur que pierre !
Fou, par saint Patenôtre, fut
celui qui vous fit son apôtre !
Tu y gagnas peu d'honneur
36 quand tu renias Notre Seigneur !
Ta foi était bien chétive
quand vous le reniâtes par trois fois
disant que vous n'étiez pas de sa compagnie.
40 Cette demeure ne vous convient pas,
mais elle vous hait, vous et le séjour que vous y faites.
Vous ne devez pas en avoir les clefs.
Sortez, impie que vous êtes !
44 Moi, je suis un homme honnête et loyal :
je peux bien y rester à bon droit ! »
Saint Pierre éprouva une honte étrange,
rebroussa chemin muet et humilié
48 et tomba sur saint Thomas
à qui il raconta de but en blanc
toute sa mésaventure,
sa contrariété et sa peine.
52 « J'irai à lui, fait saint Thomas :
il ne restera pas ici, à Dieu ne plaise ! »
Il rejoint l'âme au lieu où elle était.
« Vilain, lui dit l'apôtre,
56 ce domaine nous appartient
ainsi qu'aux martyrs et aux saints.
Où as-tu acquis les mérites
qui te permettraient de rester ici ?
60 Un vilain ne doit pas y demeurer :
c'est la maison des gens courtois !
– Thomas, Thomas, vous êtes plus lent
à rendre des comptes qu'un légiste !
64 N'êtes-vous pas celui qui répondit
aux apôtres, dont on avait su

Que il avoient Deu veü
Emprés le resusitement
68 – Vos fesistes vo sairement! –,
Que vos ja ne le kerriiés,
Se vos les plaies ne veiés
Qu'en crois avoit reçut vo mestre?
72 Çaiens ne devés vos pas estre,
Car faus fustes et mescreans! "
Sains Tumas fu lués recreans
De tenchier et basce le col;
76 Venus en est droit a saint Pol,
Se li conte de cief en cief.
Fait sains Pols : " G'irai, par mon cief,
S'orai qu'il me volra respondre! "
80 L'ame n'ot cure de repondre :
Aval paradis se deduist.
" Vilain, fait il, qui vos conduist?
Çaiens ne doit vilains entrer,
84 Ne herbergier ne habiter.
Ou fesistes vos la deserte
Que la porte vos fu overte?
Wide paradis, vilains faus!
88 – Cui, fait l'ame, dans Pols li caus,
Estes vos? As sains? As tirans?
Tant fustes oribles tirans
Ja mais si crueus ne sera!
92 Sains Estevenes le compara,
Cui vos fesistes lapider.
Bien sai vo vie recorder :
Les commans a Deu desdegniés;
96 En quel liu que vos veniés
Tot estoient mort li saint ome;
Deus vos dona sor cele some
Une bufe a main enflee :
100 Del marcié et de le paumee
Devez vos enqore le vin.
Ha, Deus! Quel saint et quel devin!
Qant çaiens ont li buen confort,

qu'ils avaient vu le Seigneur
après qu'il fut ressuscité
68   – vous l'avez bien juré –
que jamais vous ne le croiriez
si vous ne voyiez les plaies
que votre maître reçut en croix?
72   Vous ne devez pas être ici :
faux vous fûtes et mécréant! »
Saint Thomas renonça aussitôt
à la dispute et baissant la tête
76   se dirigea vers saint Paul
pour lui raconter tout par le menu.
« J'irai, par ma tête, dit saint Paul,
pour voir ce qu'il me répondra! »
80   L'âme ne se soucia pas de se cacher,
mais se promena agréablement dans le paradis.
« Vilain, dit saint Paul, qui vous conduit?
Un vilain ne doit pas pénétrer ici,
84   ni y séjourner ni y habiter.
Où avez-vous acquis vos mérites
que la porte vous fut ouverte?
Videz le paradis, faux vilain! »
88   – Sire Paul le chauve, dit l'âme, de quelle bande
êtes-vous? celle des saints ou des tyrans?
Vous fûtes un si affreux tyran
que jamais si cruel n'y aura!
92   Saint Etienne l'a payé cher,
que vous fîtes lapider.
Je suis capable de raconter votre vie :
vous méprisiez les commandements de Dieu;
96   où que vous alliez,
les saints hommes étaient tués.
Dieu régla ce compte en vous donnant
une gifle d'une main gonflée de colère.
100   De la tape qui conclut le marché
vous devez encore payer le vin.
Ah, Dieu! Quel saint et quel théologien!
Puisqu'ici ils jouissent du bonheur,

104 Par foit, vos i estes a tort !
    Cuidiés que bien ne vos conoisce ? »
    Sains Pols en ot honte et angoisce :
    Tornés s'en est mornes et mas.
108 Revenus est a saint Tumas,
    Qui a saint Piere estroit conselle.
    Il li raconte la mervelle
    Si com le vilains l'ot maté :
112 « Endroit moi a il conquesté :
    Paradis quite li otroi ! »
    A Deu s'en vont clamer tot troi.
    Sains Pieres bonement li conte
116 Del vilain, qui lor a dit honte :
    « Par parole nos a vaincus.
    Je meïsmes sui si conclus
    Que ja mais, voir, n'en parlerai ! »
120 Fait Nostre Sire : « Jo irai
    Por solement ceste novele. »
    Il vient a l'ame, si l'apele ;
    Demande li comment avint
124 Que sans congié la dedens vint.
    « Çaiens n'entra onques mais ame
    Sans conduit, o d'ome o de fame ;
    Mes apostles as blastengiés,
128 Et avilliés et laidengiés :
    Comment cuides ci remanoir ?
    – Sire, ausi bien i doi manoir
    Com il font, se jugement ai,
132 Car onques ne vos renoiai,
    N'onques ne mescreï vo cors,
    Ne par moi ne fu sains om mors ;
    Mais tot ce firent il jadis,
136 Et si sont ore em paradis !
    Tant que mes cors vesqui al monde,
    Nete vie mena et monde :
    As povres dona de son pain,
140 Ausmosniers ert et soir et main ;
    Onques n'ama tençon ne lime ;
    Volentiers dona droite dime ;

162

104 vous y êtes à tort, par ma foi!
Croyez-vous que je ne sais pas qui vous êtes? »
Saint Paul en eut peine et angoisse;
il s'en retourna morne et humilié.

108 Il est revenu à saint Thomas
qui parle à voix basse à saint Pierre.
Il lui raconte cette chose étonnante,
comment le paysan l'a maté :

112 « En ce qui me concerne il a gagné
le Paradis et je le lui accorde! »
Tous trois vont se plaindre auprès de Dieu.
Saint Pierre lui raconte bonnement

116 comment le vilain leur a fait honte :
« Par ses paroles il nous a vaincus.
Moi-même, je suis si confus
que plus jamais je n'en parlerai, c'est sûr!

120 – Moi, j'irai, dit Notre Seigneur,
seulement pour l'étonnant de la chose! »
Il vient à l'âme, l'appelle
et lui demande comment il advint

124 qu'elle entra ici sans autorisation.
« Ici dedans jamais âme n'entra
sans permission, d'homme ou de femme.
Tu as outragé mes apôtres,

128 tu les as avilis et injuriés.
Comment crois-tu pouvoir rester ici?
– Seigneur, j'ai le droit d'y séjourner
comme eux, si j'en juge bien,

132 car je ne vous ai jamais renié,
ni n'ai douté de votre humanité,
jamais un saint homme ne fut tué par moi.
Eux pourtant, qui ont fait tout ceci,

136 maintenant sont en paradis!
Tant que mon corps vécut au monde
il mena vie nette et pure :
il donna son pain aux pauvres,

140 il était charitable, soir et matin,
jamais il n'aima dispute ni querelle.
Il donna volontiers la juste dîme,

Les povres o lui osteloit
144 Et volentiers les herbergoit,
Si les escaufoit a son fu;
Maint en garda tant que mors fu,
Et puis les portoit a l'eglise;
148 Mainte braie, mainte cemisse
Mist sor cels qui erent despris.
Qant la mors ot mon cors sopris,
Si fu confés veraiement
152 Et reçut vo cors netement.
Qui ensi muert, on nos sermone
Que Deus ses peccciés li pardone.
Vos savés bien se j'ai voir dit!
156 Çaiens entrai sans contredit :
Quant çaiens sui, por que en iroie?
Vostre parole desdiroie,
Car otroié avés sans falle
160 Qui çaiens est, puis ne s'en alle.
Vos ne mentirés ja por moi!
– Amis, fait Deus, et je t'otroi
Paradis : si m'as araisnié
164 Que par plaidier l'as desraisnié!
Bien ses avant metre ta verbe! "
Li vilains dist en son proverbe
Que mains om a a tort requis
168 Ce qu'en plaidier a puis conquis.
Noreture vaint mais nature,
Fausetés amorce droiture,
Tors va avant et drois a orce :
172 Mels valt engiens que ne fait force.

abrita les pauvres chez lui,
144 les hébergea bien volontiers,
les chauffait à son feu.
Il en garda plus d'un jusqu'à leur mort,
puis il les porta à l'église.
148 Il revêtit de mainte braie, mainte chemise
ceux qui étaient dépouillés.
Quand la mort prit à l'improviste mon corps,
il se confessa sincèrement
152 et reçut la communion dans la grâce.
A qui meurt ainsi, on nous dit en sermon
que Dieu pardonne tous ses péchés.
Vous savez bien si j'ai dit vrai !
156 J'entrai ici sans opposition :
puisque j'y suis, pourquoi m'en irais-je ?
Je contredirais votre parole,
car vous avez octroyé sans faille
160 que celui qui est ici n'en sorte pas.
Vous ne mentirez pas pour moi !
– Ami, fait Dieu, je t'accorde
le Paradis, tu m'as si bien interpellé
164 que ta plaidoirie te l'acquiert !
Tu sais bien manier ta langue ! »
Le vilain dit en son proverbe
que maint homme a en vain réclamé
168 ce qu'en plaidant il a ensuite obtenu.
L'instruction prime la nature,
l'injustice appâte la justice,
le tort avance et le droit va de travers :
172 mieux vaut ruse que force.

9. LA BORGOISE D'ORLIENS

Plest vos oïr d'une bourjoise
Une aventure asés courtoise?
Nee et norrie estoit d'Orliens,
4   Et ses sires estoit d'Amiens,
Riche et menant a desmesure.
De marchaandise et d'usure
Savoit touz les tours et les poins,
8   Et quant que il tenoit as poins
Estoit mout richement tenu.
De Normendie estoit venu
Quatre clers normant, escolier,
12   Portant lour sas comme colier,
Ou lor livres sunt et lor dras.
Li clerc furent et gros et gras,
Et bien chantant et envoisié,
16   Et en la rue bien proisié
Ou il avoient ostel pris.
Un en i ot, de mout grant pris,
Qui chantoit par ches ces borjois,
20   S'estoit tenuz por trop courtois.
A la bourjoise voirement
Plesoit mout son acointement,
Dont je vos ai avant conté:
24   Quant que cil dist li vint a gré.
Tant vin li clerc et tant ala
Que li bourjois s'en apenssa,

166

9. LA BOURGEOISE D'ORLÉANS

Vous plaît-il d'entendre l'aventure
très agréable arrivée à une bourgeoise ?
Elle naquit et fut élevée à Orléans
4 et son époux était d'Amiens,
un marchand des plus riches :
du commerce et de l'usure
il connaissait tous les tours,
8 et il administrait royalement
ce qu'il tenait en main.
De Normandie un jour arrivèrent
quatre clercs normands, étudiants
12 portant leurs sacs sur l'épaule,
pleins de livres et de vêtements.
Les clercs étaient gros et gras,
et bons chanteurs et enjoués
16 et bien estimés dans la rue
où ils avaient pris logement.
Il y en avait un, d'excellente réputation,
qui fréquentait assidûment les bourgeois,
20 et était considéré comme très courtois.
A la bourgeoise en vérité
plaisait beaucoup la compagnie du clerc
dont je viens de vous parler :
24 tout ce qu'il disait lui plaisait.
Le clerc tant y vint, tant y alla
que le bourgeois se mit dans l'idée

Et par semblant et par parole,
28 Que cil la trera a s'escole,
S'il a tant en poeit venir
Qu'i la peüst seule tenir.
Laienz ot une seue niece,
32 Qu'il avoit norrie grant piece.
Priveement a soi l'apele,
Si li promist une cotele,
Mes que au clerc li soit espie
36 Et que la verité li die.
Cele li a tot otroié.
Et l'escolier a tant proié
Que la bourjoise a mise en voie.
40 Et la meschine tote voie
A tant escouté et oï
Comment il ont lor plet basti.
Au borjois vint demeintenant,
44 Si li conte le convenant :
Que li parlemenz tel estoit
Que la dame au cler manderoit
Quand li bourjois n'i seroit mie,
48 Qu'il seroit en marchaandie
Fors de la vile conquester;
A tant vendroit sanz demorer
Le clerc droit a un huis ferré
52 Qu'ele li avoit devisé,
Qui estoit devers le cortil,
Ou il fesoit bel et gentil;
La bourjoise li afia
56 Qu'ele seroit contre li la.
Li bourjois entent la parrolle :
Entrez est en male riolle,
Quand il entent qu'a l'anuitier
60 Vendroit li clerc sans atargier.
Com ainz puet a la dame vient.
" Dame, fet il, il me convient
Aler en ma marchaandie :
64 Gardez l'ostel, ma douce amie,
Comme preudefame doit fere,

de lui faire la leçon,
28 par exemple et par parole,
s'il pouvait parvenir
à l'avoir en son pouvoir.
A la maison demeurait une sienne nièce,
32 qu'il élevait depuis longtemps.
Il l'appelle à lui en secret
et lui promet une petite robe
pourvu qu'elle épie le clerc
36 et qu'elle lui rapporte la vérité.
Elle consent à exécuter ses ordres.
Quant à l'écolier, il a tant prié
la bourgeoise qu'il l'a séduite.
40 Mais la jeune fille toutefois
tendit si bien l'oreille qu'elle entendit
comment ils montaient leur complot.
Elle alla immédiatement raconter
44 au bourgeois leur intention.
Leur accord était celui-ci :
la dame ferait venir le clerc
quand le bourgeois serait absent
48 et voyagerait pour son commerce
et ses achats hors de la ville.
Le clerc viendrait alors aussitôt
directement à une porte clouée,
52 qu'elle lui avait indiquée,
située du côté du jardin
où le séjour leur était agréable.
La bourgeoise lui promit solennellement
56 qu'elle l'y rejoindrait.
Le bourgeois entend ces paroles
et se fait du mauvais sang,
en apprenant que le clerc viendrait,
60 sans délai, dès la tombée de la nuit.
Au plus tôt qu'il peut il rejoint la dame.
« Dame, dit-il, il me faut
partir en voyage d'affaires :
64 gardez la maison, ma douce amie,
comme doit le faire une femme honnête.

Car rien ne sai de mon repaire.
– Sire, fet ele, volentiers ! "
68 Cil atorne ses charetiers
Et dit qu'il s'ira hebergier,
Pour ses journees avancier,
Dusqu'a trois lieues de la vile.
72 La dame ne sot pas la guile :
Tost fist au clerc l'euvre savoir.
Cil, qui la cuida decevoir,
S'en est tornez sanz atargier ;
76 Ses charetiers fist hebergier
Mout pres d'iluec a un recet,
Si lour a dit tot souavet
Qu'i le convient avant aler :
80 A un riche home veut parler.
Cil otrient sa volenté,
Qui ne se sunt garde doné
Du retour que il devoit fere.
84 Et cil s'en vint vers son repere ;
Tant qu'il fu vespre s'atarja.
Et quant il vit qu'il anuita,
Que la nuit fu au jor merllee,
88 Au vergier vint a recelee.
A l'uis ferré qu'il bien savoit
S'en est venuz li borjois droit ;
A l'uis hurta un petitet.
92 Cele, qui ne sot pas l'abet,
S'en vint a l'uis et si l'ovri,
Entre ses bras le recoilli,
Qu'el cuida que ses amis soit.
96 Mes esperrance la deçoit !
Son mari salue enroment
Et li a dit mout doucement :
" Amis, bien soiez vos venuz ! "
100 Cil s'est de haut parler tenuz,
Si li rent son salu en bas.
Tout meintenant enelepas
Par un destroit de la meson
104 Menoit la dame son baron,

J'ignore la date de mon retour.
– Volontiers, mari ! » répondit-elle.
68   Il alerta les charretiers
     et dit que pour gagner du temps
     il irait passer la nuit
     à trois lieues de la ville.
72   La dame ne soupçonna pas la ruse :
     vite elle fit savoir la chose au clerc.
     Et le mari, qui croyait la tromper,
     rebroussa chemin sans délai.
76   Il fit loger ses charretiers
     dans un lieu secret tout proche,
     et leur dit à voix basse
     qu'il lui fallait poursuivre le voyage,
80   car il voulait parler à un homme riche.
     Ne soupçonnant en aucune façon
     le retour qu'il allait faire,
     ceux-là consentirent à sa volonté.
84   Le bourgeois se dirigea vers sa maison.
     Il attendit jusqu'au soir
     mais quand il vit tomber la nuit,
     que celle-ci s'était mêlée au jour,
88   il vint en cachette vers le verger.
     Le bourgeois se rendit tout droit
     à la porte clouée qu'il connaissait bien.
     Il frappa doucement à la porte.
92   La dame, ignorant la duperie,
     alla à la porte, l'ouvrit
     et le reçut entre ses bras
     croyant que c'était son ami.
96   Mais son espérance la trompe !
     Elle salue promptement son mari
     et lui dit tout doucement :
     « Ami, soyez le bienvenu ! »
100 L'autre se garde de parler à haute voix
     et lui rend le salut tout bas.
     Et voici que, sur-le-champ,
     par un couloir étroit de la maison,
104 la dame emmène son mari

Et vers sa chambre trestout droit.
Quant de celui reson ne voit
– Que cil ne sonne un tot soul mot
108 Qui tel semblant d'amour fet ot –
Ce li tient sa chiere encline;
Un petitet vers li s'acline,
Par desouz le chaperon garde;
112 De traïson se done garde,
Et voit tres bien et aperçoit :
C'est ses mariz qui la deçoit.
Quand ele prist a aperchoivre,
116 Si s'apense de li dechoivre.
Fames ont mout le sens agu,
Eles ont meint homes dechu;
Si fera ceste son vilein :
120 Metre le fera en pelein
Et li fera un mal joel.
" Amis, fet ele, mout m'est bel
Que tenir vos puis et avoir.
124 Je vos donré de mon avoir
Dont vos porrez vos gages trere,
Se vos celez bien cest afere.
O moi vendrez celeement :
128 Je vos metrai priveement
En un perrin dont j'ai la clef.
La si m'atendrez tot soef
Tant que nos gens aront mengié;
132 Et quant il seront tuit couchié,
Lors vos metrai souz la cortine :
Ja nus ne sara la covine!
– Dame, dist il, bien avez dit. "
136 Dieus, com cil savoit or petit
Ce que sa fame li porpose!
Que li uns pensoit une chose
Et li autres penssoit tot el :
140 Encui avra mavés ostel!
Car quant la dame enfermé l'ot,
El perrin dont issir ne pot,
A l'uis du vergier retorna;

droit vers sa chambre.
Constatant qu'il ne lui parle pas
– car celui qui lui avait manifesté
108 son amour ne prononce un seul mot –
et tient la tête baissée,
elle se penche un peu vers lui,
le regarde par-dessous le chaperon.
112 Elle soupçonne une trahison,
et s'aperçoit clairement
que c'est son mari qui la trompe!
Dès qu'elle s'en rendit compte,
116 elle imagina un plan pour le duper.
Les femmes ont l'esprit très subtil;
elles ont trompé maint homme.
Ainsi fera celle-ci de son vilain.
120 Elle le mettra dans une fâcheuse situation :
il va recevoir un beau cadeau!
« Ami, dit-elle, c'est un grand plaisir
que de vous tenir et avoir près de moi.
124 Je vous donnerai de mes biens
dont vous pourrez tirer le bénéfice,
si vous cachez bien cette affaire.
Vous viendrez en cachette avec moi :
128 je vous mettrai en secret
dans une salle dont j'ai la clef.
Vous m'attendrez là en silence,
jusqu'au moment où nos gens auront mangé
132 et, quand tous seront couchés,
je vous mettrai sous ma couverture :
personne ne saura rien de notre rencontre!
– Dame, répondit-il, vous avez bien dit. »
136 Mon Dieu! Comme il n'imagine pas
ce que sa femme projette!
Car l'un pensait une chose
et l'autre en pensait une tout autre.
140 Il aura aujourd'hui triste logis!
Car, après l'avoir enfermé
dans la salle d'où il ne peut sortir,
la dame revint à la porte du verger,

144 Son ami prist qu'el i trova,
    Si l'enbrace et acole et bese.
    Or est, ce quit, asés plus ese
    Li segont douz que le premier!
148 Quant passé fu tot li vergier,
    Droit en la chambre sunt venu,
    Ou li drap furent portendu.
    La dame son ami i meine :
152 Desi en sa chambre le meine,
    Si l'a souz la cortine mis.
    Et il s'est tantost entremis
    Du gieu que amours li commande,
156 Car ne prisast mie une amande
    Tout l'autre gieu se cil ne fust,
    Ne cele gré ne l'en seüst!
    Quant asez se sunt envoisié
160 Et ont acolé et besié :
    « Amis, fet ele, or m'entendez :
    Un petit ici m'atendez,
    Et je m'en irai la dedenz
164 Et si ferai souper nos genz.
    — Dame, a vostre commandement! »
    Cele s'en vet mout lieement;
    En la sale entre ou sa mesnie,
168 A son poeir l'a enhaitie.
    Quant li mengiers fu aprestez,
    Mengerent et burent assez.
    Et quant il orent tuit mengié,
172 Ençois que fusent desrengié,
    La dame apele sa mesnie,
    Si parrolle comme afetie
    As deus neveuz que li sire ot.
176 Autre mesnee assez i ot :
    Il i avoit un grant Breton,
    Qu'eve portoit en la meson,
    Et chamberieres dusqu'a trois,
180 Si i fu la niece au bourjois
    Et deus garchons et un ribaut.
    « Seignor, fet el, se Dieus me saut,

144 y retrouva son ami et l'accueillit.
Elle l'embrasse, l'étreint et le couvre de baisers.
Maintenant, je le crois, est mieux à l'aise
le second que le premier!
148 Une fois traversé le verger,
ils se rendirent droit en la chambre
où les draps étaient mis.
La dame y emmène son ami :
152 jusqu'en sa chambre le conduit
et le prend sous sa couverture.
Le clerc s'est aussitôt adonné
au jeu qu'Amour lui commande,
156 car il tiendrait pour rien
tout autre jeu que celui-ci,
et elle ne lui en saurait gré.
Après qu'ils se furent longtemps
160 amusés et embrassés et baisés :
« Ami, dit-elle, entendez-moi donc :
demeurez quelque peu ici.
Je m'en irai dans l'autre pièce
164 pour faire souper nos gens.
– A votre commandement, dame! »
Elle s'en va toute joyeuse,
rejoint dans la salle ses gens
168 qui l'égaient tant qu'ils peuvent.
Quand le repas fut préparé,
ils mangèrent et burent,
et après qu'ils eurent tous mangé,
172 avant qu'ils ne se séparent,
la dame appelle sa maisonnée
et parle en femme avisée
aux deux neveux de son mari.
176 Bien d'autres gens vivaient là :
il y avait un grand Breton
qui portait l'eau dans la maison,
et même trois chambrières,
180 et encore la nièce du bourgeois,
deux domestiques et un homme de peine.
« Seigneurs, dit-elle, que Dieu me sauve!

Or entendez a ma reson!
184 Vos avez en ceste meson
Veü sovent un clerc venir,
Qui ne me let en pes tenir;
D'amour m'a requise lonc tens,
188 Je l'en ai fet torjors desfens.
Quant vi que je n'i gariroie,
Je li otriai tote voie
Que je feroie tot son gré,
192 Quant mon seignor seroit alé
Quere loinz sa marcheandie :
Or est alé, Dieus le conduie!
Li faus clerc qui tant m'a proïe,
196 De folie fere ennoïe,
A bien de mon seignor seü
Que fors de la vile est issu :
Enbatuz s'est anuit ceanz.
200 Je l'ai enfermé la dedanz,
Lasus amont, en cel perrin.
Je vos donré du meillor vin
Qui ceanz soit une corgie,
204 Mes que je soie bien vengie!
Sus el perrin a mont alez,
O bons batons le me batez
En contre terre et en estant,
208 Et d'orbes cous li donez tant
Que ja mes jor ne li chaille
De preudefame qui riens vaille! "
Quant la mesnee l'uevre entent,
212 Il saillent sus mout vistement.
L'un prent baston, l'autre tinel,
L'autre pesteil, qu'il n'i ot el;
Et la dame la clef lor baille.
216 Qui tous les cous meïst en taille,
A bon conteor le tenisse!
Ne suefrent pas que il s'en isse,
Einz l'acueillent el perrin haut :
220 " Par Deu, clerjastre, ne vos vaut!

Ecoutez donc mes paroles!
184　Vous avez vu venir souvent
　　　dans cette maison un clerc
　　　qui ne me laisse pas en paix.
　　　Il m'a longtemps priée d'amour,
188　mais moi, je l'ai toujours refusé.
　　　Quand j'ai vu ma peine perdue,
　　　j'ai consenti malgré moi
　　　à l'assouvir en tout,
192　dès que mon époux voyagerait
　　　au loin pour ses affaires.
　　　Voici qu'il est parti! Que Dieu l'accompagne!
　　　L'hypocrite clerc, qui m'a tant priée,
196　m'importune et me pousse au péché.
　　　Il a su que mon époux
　　　est parti loin de la ville
　　　et cette nuit il s'est introduit ici.
200　Je l'ai enfermé là-dedans,
　　　là-haut, dans cette salle.
　　　Je vous donnerai deux seaux
　　　du meilleur vin qui soit ici,
204　pourvu que je sois bien vengée!
　　　Montez là-haut dans cette salle
　　　et battez-le avec de gros gourdins,
　　　étendu par terre et debout.
208　Frappez-le comme des sourds,
　　　si bien que plus jamais il ne s'occupe
　　　d'une femme vraiment honnête! »
　　　En apprenant l'affaire, ses gens
212　se lèvent à l'instant même.
　　　L'un prend un bâton, l'autre une massue,
　　　l'autre un pilon – il n'y avait rien d'autre.
　　　Et la dame leur donne la clé.
216　Qui mettrait en compte tous les coups,
　　　je le tiendrais pour un bon comptable!
　　　Ils ne permettent pas qu'il s'en échappe,
　　　ils lui font belle réception dans la salle haute!
220　« Par Dieu, sale clerc! c'est peine perdue!

Ja vos avron decepliné! "
Li uns l'a a l'autre geté
Et par le chaperon saisi;
224 Parmi la gorge l'estreint si
Que il ne puet un mot sonner.
Cil l'en acoillent a doner :
Du batre ne sunt mie eschars.
228 Se il eüst doné cent mars,
N'eüst mieus son hauberc roullé!
Par meintes foiz se sont mollé
Li dui neveu mout fierement :
232 Sor lor oncle fierent sovent,
Primes desus et puis en haut.
Et la dame s'escrie en haut :
" Or du ferir, bone mesnie!
236 Fetes tant a ceste foïe
Le clerjastre, le renoié,
Qui de folie m'a proié,
Que ja mes jor ne soit tant os
240 De tolir dame son bon los.
Mes gardez bien, ne le tuez!
Quant vos en avrés fet assez,
Si le lanciez la fors au vent,
244 Qu'autre foiz n'i vieigne noient! "
Le bourgois voit bien c'on l'afole
Et de sa fame ot la parrolle,
Qui si se fet du clerc vengier :
248 Ce le refet asouagier.
N'ose sonner un tot sol mot,
Einz suefre tot quant que lor plot;
Et cil firent lor volenté.
252 Quant du batre se sunt lassé,
La bourjoise haut lour escrie :
" Or est assez, franche mesnie!
Je ne veil mie qu'il i muire,
256 Bien nos porroit a trestouz nuire! "
Quant il ont lor dame entendue,
Si le pranent sanz atendue :
Chascun de ceus le saisi bien,

178

Vous recevrez bonne discipline! »
L'un le jette contre l'autre
et le saisit par le capuchon;
224 il l'étreint par la gorge si fort
qu'il ne peut sonner mot.
Ils se mettent à frapper :
ils ne marchandent pas les coups!
228 Même s'il eut déboursé cent marcs,
on n'eût mieux fourbi son haubert!
Maintes fois sont revenus à la charge,
farouchement, les deux neveux.
232 Ils frappent leur oncle plusieurs fois,
d'abord dessus et puis dessous.
Et la dame crie bien fort :
« Frappez donc, bonnes gens!
236 Frappez bien, cette fois,
ce clergeâtre, ce renégat,
qui m'a poussée à la luxure,
pour qu'il n'ose plus jamais
240 enlever à une dame sa réputation.
Mais prenez garde, ne le tuez pas!
Quand vous en aurez fait assez,
jetez-le là-dehors en plein vent,
244 qu'il ne revienne plus ici! »
Le bourgeois comprend qu'on l'accable
mais, entendant les mots de sa femme,
qui se fait venger du clerc,
248 il se sent pourtant soulagé.
Il n'ose prononcer un seul mot,
mais supporte tout ce qui leur plaît,
et ceux-là agissent envers lui à leur gré.
252 Quand ils furent las de frapper,
la bourgeoise leur cria bien haut :
« Assez, assez, mes nobles gens!
Je ne veux pas qu'il meure,
256 cela pourrait nous nuire à tous! »
Quand ils entendent la dame,
ils prennent l'homme à l'instant :
chacun d'eux le saisit fortement,

260 Hors le traïnent comme un chien,
Si l'ont en un fumier flati.
Puis sunt ariere resorti
Et si ont bien les huis serrez.

264 Et puis burent a grant plentez
Et des blans et des auchorrois,
Autant com se chascun fust rois.
Et la dame ot pastez et vin,

268 Et blanche toaille de lin,
Et grosse chandele de cire;
A son ami tint son concire,
Quant sa mesnee fu couchie,

272 Qui de boivre fu aesie.
Et cil qui el femier jesoit,
Qu'il ont tenu a grant destroit,
Se traïna au mieus qu'il pot

276 La ou son hernois lessié ot.
Quant sa gent si batu le virent,
Mout durement s'en esbahirent :
Demandent li comment li va.

280 "Mauvesement, fet il, m'esta!
En grand peril ai esté puis,
Mes plus dire ne vos en puis.
En ma chareste me metez,

284 A mon ostel me remenez
Tantost com jor iert aparus,
Et si ne me demandez plus!"
La nuit sejornent duc'au jour,

288 Si apareillent lor atour;
Sus la chareste l'ont chargié,
Vers lor ostel sunt avoié.
Et la bourjoise d'autre part

292 De son ami enviz se part;
Mes quant le jor vit esclairier,
Si le met hors par le vergier,
Et de revenir le proia

296 Quant la dame le mandera.
Et cil li dist : "Mout volentiers!"
A tant li clerc se departi;

260   ils le traînent dehors comme un chien
       et le jettent sur un fumier.
       Puis ils regagnent la maison
       et ferment bien les portes.
264   Ensuite ils burent en quantité
       des vins blancs et des auxerrois,
       comme si chacun d'eux était roi.
       La dame eut pâtés et vin
268   et une blanche nappe de lin
       et une grosse chandelle de cire.
       Elle tint bonne compagnie à son ami
       quand ses gens furent couchés,
272   après s'être réjouis et avoir bu.
       Quant au bourgeois, qui gisait sur le fumier
       et qu'ils avaient bien tourmenté,
       il se traîna du mieux qu'il put
276   là où il avait laissé son équipage.
       Le voyant si meurtri, ses charretiers
       furent frappés de consternation
       et lui demandèrent comment il allait.
280   « Mal! » répondit le marchand.
       « J'ai été en grand danger depuis mon départ,
       mais je ne puis vous en dire plus.
       Mettez-moi sur ma charrette,
284   ramenez-moi à mon logis
       dès que le jour sera levé
       et ne me demandez rien de plus! »
       Ils passent la nuit jusqu'au jour
288   à préparer leur équipement,
       puis le chargent sur la charrette
       et se dirigent vers le logis du maître.
       La bourgeoise de son côté
292   se sépare contre son gré de son ami.
       Mais quand elle voit poindre le jour,
       elle le fait sortir par le verger
       et le prie de revenir de nouveau
296   quand elle lui fera signe.
       « Bien volontiers », répond l'autre.
       Sur ce, le clerc s'en va

Et la bourjoise reverti
300 Droit en sa chambre, si se couche.
Ez vos le bourjois en la couche,
Qui mout a son cuer adoulé,
Mes ce l'a mout reconforté
304 Qu'il sent sa fame si loial
Qu'il n'i set un seul point de mal;
Et pense, se il puet garir,
Mout la voudra tot jors chierir.
308 A son ostel s'en va tot droit,
Et sa fame bel le rechoit :
O bones erbes li fist baing,
Tost le garist de cel mehaig.
312 Demanda li com il avint.
" Dame, dist il, il me covint
Par un peril destroit passer,
Ou l'en me fist les os casser. "
316 Cil de la meson il conterent
Du clerc, comment il l'atraperent,
Comment la dame l'ot bailli.
Par mon chief, el se desfendi
320 Comme dame cortoise et sage :
Onques puis en tot son aage
De nule rien ne la mescrut!
Einsi la bourjoise deçut
324 Son mari, qui la vot deçoivre :
325 Il meïmes brasça son boivre!

et la bourgeoise retourne
300 droit en sa chambre et se couche.
Voilà le bourgeois, étendu dans la charrette,
la mort vraiment dans l'âme,
mais il est bien réconforté
304 en constatant la loyauté de sa femme
à qui il ne peut reprocher la moindre faute.
Il pense que, s'il peut guérir,
il la chérira pour toujours.
308 Il se dirige droit vers son logis.
Sa femme lui fait bon accueil :
lui prépare un bain de bonnes herbes
et a tôt fait de le guérir de ses blessures.
312 Elle s'enquit de son aventure :
« Dame, dit le bourgeois, j'ai dû
traverser un passage périlleux
où on me brisa les os. »
316 Ceux de la maison lui racontèrent
comment ils attrapèrent le clerc
et comment ils le livrèrent à la dame.
Par mon chef, elle se tira d'affaire,
320 en femme courtoise et sage.
Jamais plus de toute sa vie
son mari ne manqua de confiance en elle !
Ainsi la bourgeoise berna
324 son mari qui voulait la berner.
325 Il brassa lui-même sa boisson !

10. L'ENFENT DE NOIF

Jadis estoit uns marcheans
Qui n'estoit mie mescheans,
Ne de gaaingnier esbahis;
4 Souvant aloit par le païs
Pour ses denrees enploier :
De son avoir monteploier
Ne fu pas souvant a sejour.
8 De sa femme se part un jour
Pour aler en marcheandise;
Einsis con li contes devise,
Bien demoura trois ans entiers.
12 La marcheande endementiers
Fist son ami d'un bacheler.
Amours, qui ne se puet celer,
Les a mis en si grant desir
16 Qu'ansanble les a fait gesir.
Mais la chose ne fut pas fainte,
Car la dame remest ensainte :
Un fil en ot, ainsis avint!
20 Et quant li marcheans revint,
Con sages hons bien se prouva :
Dou bel enfant que il trouva
A sa femme raison demande.
24 " Sire, ce dist la marcheande,
Une fois m'estoie apuiee
Lassus, a la haute puiee,

184

10. L'ENFANT DE NEIGE

Il était jadis un marchand,
qui n'était guère malchanceux
mais habile à faire des profits.
4 Il voyageait souvent par le pays
pour placer ses marchandises.
Pour accroître ses biens
il n'était presque jamais chez lui.
8 Un jour il quitta sa femme
et partit en voyage d'affaires.
Ainsi, comme l'histoire le raconte,
il resta absent bien trois ans entiers.
12 Mais la marchande entre-temps
prit pour amant un jeune noble.
Amour, qui ne se peut cacher,
inspira aux amants un tel désir
16 qu'il les fit coucher ensemble.
Mais la chose n'eut pas lieu en vain,
car la dame se trouva enceinte.
Il arriva qu'elle eut un fils
20 et quand le marchand revint,
il réagit en homme sage et avisé.
Du bel enfançon qu'il trouva
il demanda compte à sa femme.
24 « Seigneur, répondit la marchande,
un jour je m'étais appuyée
à ce haut balcon, là-haut,

Mout dolente et mout esplouree
28 Pour la vostre grant demouree,
Dont g'estoie en grant desconfort.
Yvers fu, si negoit mout fort.
Et je, qui pas ne me gardoie,
32 Amont vers le ciel esgardoie :
Par pechié reçui en ma bouche
Un poi de noif, qui tant fu douce
Que ce bel enfant en conçui
36 D'un seul petit que j'en reçui :
Einsis m'avint con je vous di. "
Et li preudons li respondi :
" Dame, ce soit a bon eür !
40 Des or sui je bien aseür
Que Dieus m'ainme, soie merci,
Quant ce bel oir que je voi ci
Nous consent einsis a avoir,
44 Pour ce que nous n'avions nul hoir :
Et cis iert preudons, se Dieus plait ! "
Ains ne dit plus, atant se tait,
Ne son penser pas ne montra.
48 Et l'enfes tous jours amenda,
Car il ot bonne noureson ;
Mais adés fu en soupeson
Li preudons et en pourveance
52 Qu'il en veïst sa delivrance.
Quant l'enfes ot quinze ans passés,
Cil, qui n'iert mie respasés
De son mal que point n'est retrais,
56 A sa femme s'est un jour trais
Et dist : " Dame, ne vous griet pas,
Car demain veil sans nul trespas
En ma marcheandise aler.
60 Faites tost mes dras enmaler
Et moi bien matin esvillier,
E vostre fil aparillier,
Car o moi l'enmenrai demain.
64 Et savés pour quoi je l'enmain ?
Jel vous dirai sans demander :

186

bien dolente et bien éplorée
28 de votre longue absence
    dont j'étais désolée.
    C'était en hiver et il neigeait fort.
    Et moi, sans me soucier de rien,
32 en regardant en haut vers le ciel,
    par malheur je reçu dans la bouche
    un flocon de neige si doux
    que j'en conçus ce bel enfant
36 du petit peu que j'en reçus.
    La chose s'est passée exactement ainsi. »
    Et l'honnête mari lui répondit :
    « Dame, que cela soit de bon augure!
40 Désormais je suis bien persuadé
    que Dieu m'aime, par sa grâce,
    puisqu'il nous accorde d'avoir ainsi
    le bel héritier que je vois ici,
44 alors que nous n'en avions pas.
    Il sera honnête homme, s'il plaît à Dieu! »
    Ce fut son dernier mot : il se tut
    sans révéler sa pensée.
48 L'enfant grandit à la perfection
    car il reçevait une bonne éducation,
    mais notre homme continua
    à se méfier et attendait l'occasion
52 de pouvoir s'en débarrasser.
    Quand l'enfant eut passé les quinze ans,
    le marchand, qui souffrait encore
    de ce mal, en rien atténué,
56 un jour s'approcha de sa femme
    et dit : « Dame, n'ayez pas de chagrin :
    je veux demain, sans délai,
    partir pour mes affaires.
60 Faites vite emballer mes habits,
    réveillez-moi de bon matin
    et faites préparer votre fils
    car demain je l'emmènerai avec moi.
64 Et savez-vous pourquoi je l'emmène?
    Je vous le dirai sans que vous me le demandiez :

187

Pour aprendre a marcheander
Tant comme il est de jone aage.
68 Ja ne verrés home bien sage
De nul metier, sachiés sans doute,
S'il n'i met son sens et aboute
Avant qu'il ait usé son tans.
72 – Sire, bien me sui asentans. "
Dist la dame. " S'il vous pleüst,
Mes fieus si tost ne se meüst.
Et, des que vo plaisirs i est,
76 Au contredist n'a point d'aquest,
Ne desfendre ne le poroie.
Demain vous metés a la voie;
Et Dieus, qui lasus est et maint,
80 Vous conduie et no fil ramaint,
Et doint la bonne destinee! "
A tant a sa raison finee.
Et li preudons matin se lieve,
84 Cui cis afaire point ne grieve,
Car sa chose li vient a point.
Mais la dame n'agree point
Ce qu'elle en voit son fil mener,
88 Qui de li part sans retourner,
Car li preudons o soi l'an guie
Tout le chemin vers Lonbardie.
Ne conterai pas leur journees:
92 Tant vont par estranges contrees
Qu'a Palerne sont descendu.
Illueques a l'enfant vendu
Li preudons et changié a grainne
96 A un marcheant, qui l'enmainne
En Alixandre pour revendre.
Et cil, tantos, san plus atendre,
Qui le fil sa femme vendi,
100 A son autre afaire entandi,
Puis retourna vers sa contree.
Et tant a sa voie hastee
Qu'a son ostel vint et descent.
104 Mais ne diroient pas doi cent

pour apprendre le commerce
tant qu'il est encore jeune.
68 Il n'y a homme bien expert
en nul métier, sachez-le bien,
s'il n'y investit tout son talent
dès son plus jeune âge.
72 – Seigneur, j'y consens volontiers,
répondit la dame, s'il vous avait plu,
mon fils ne serait pas parti si tôt,
mais, puisque c'est votre bon plaisir,
76 rien ne sert de vous contredire,
ni je ne saurais l'empêcher.
Demain vous vous mettrez en voyage
et que Dieu, qui demeure là-haut,
80 vous guide et ramène notre fils
et vous donne bonne chance! »
Sur ce elle cessa de parler.
Et le matin le bonhomme se lève,
84 que cette affaire n'afflige pas
car elle marche selon ses plans.
Mais la dame est désolée
en voyant qu'il emmène son fils
88 qui la quitte sans retour,
car son mari l'entraîne avec lui
sur le long chemin de la Lombardie.
Je ne vous raconterai pas leurs journées.
92 Ils voyagent tant par des contrées étrangères
qu'ils descendent jusqu'à Palerme.
Là le mari vend l'enfant
et l'échange contre de la graine
96 avec un marchand qui l'emmène
pour le revendre à Alexandrie.
Et l'autre, aussitôt, sans plus attendre,
après avoir vendu le fils de sa femme,
100 s'appliqua à ses autres affaires,
puis fit retour en son pays.
Et il voyagea si vite
qu'il arriva bientôt chez lui.
104 Deux cents personnes ne suffiraient pas à décrire

Le duel que sa femme demainne
Pour son fil, que pas ne ramainne :
Souvent se pasme, einsis avint.
108 Et quant de pamoison revint,
A son signeur demande et prie
Que il la verité li die
De son fil, qu'il est devenus.
112 De respondre ne s'est tenus
Cis, qui tant bel parler savoit :
" Dame, selonc ce que on voit
Doit chascuns le siecle passer,
116 Ne en trop grant duel demener
Ne puet on avoir nul conquest.
Savés comment avenu m'est?
En ce païs ou j'ai esté,
120 Par un chaut jour ou tans d'esté
– Ja estoit passés miedis –
Lors erriemes moi et mon fis
Par un haut mont, qui tant fu haut
124 Que li solaus ardent et chaut
Sor nous ardamment descendi.
Sa clarté trop chier nous vendi,
Car vo fil remestre couvint
128 De l'ardeur qui dou solau vint.
Par ce sai bien et m'apersoif
Que nostre fius fu fais de noif,
Et pour ce pas ne me merveil
132 S'il est remés au chaut soleil. "
Bien s'est la dame aperseüe
Que son signeur l'a deceüe,
Qui dist que ses fius est remis :
136 Or li est bien en lieu remis
Ses engiens, et tournés a perte,
Dont folement s'estoit couverte.
Biau s'en est son signour vengiés :
140 De li blasmés et laidengiés
Ot esté par fais et par dis,
Mais or ne sera plus laidis,

190

la douleur que sa femme manifeste
pour le fils que son mari ne ramène pas.
Elle perd plusieurs fois connaissance,
108   et quand elle reprend ses sens,
elle demande et prie son mari
de lui dire en toute vérité
ce que son fils est devenu.
112   L'autre, en discoureur habile,
avait sa réponse toute prête :
« Dame, chacun doit vivre sa vie
selon les faits qu'il observe.
116   De manifester une trop grande douleur
on ne peut tirer aucun avantage.
Savez-vous comment cela m'est arrivé ?
Dans ce pays où j'ai été,
120   par un jour chaud au temps d'été
– il était déjà midi passé –
moi et mon fils nous marchions
sur une haute montagne, si haute
124   que le soleil ardent et chaud
dardait ses rayons de feu sur nous.
Il nous vendit très cher sa clarté,
car votre fils en vint à fondre
128   de la chaleur dégagée par le soleil.
Ainsi suis-je bien persuadé
que notre fils était fait de neige.
C'est pourquoi je ne m'étonne pas
132   s'il a fondu au chaud soleil. »
La dame s'est bien rendu compte
que son mari l'a dupée,
en disant que son fils a fondu.
136   Elle s'est bien retournée contre,
sans lui avoir servi à rien,
la ruse qu'elle a follement ourdie.
Son mari s'en est bien vengé.
140   Il avait été outragé et déshonoré
par ses actes et par ses paroles,
mais maintenant il ne sera plus offensé,

Pour ce qu'elle se sent mesfaite.
144 De ce mesfait fu la pais faite :
Bien li avint qu'avenir dust,
146 Qu'elle brasa ce qu'elle bust !

car sa femme se sent coupable.
144 Son méfait rétablit la paix entre eux.
Il lui arriva ce qui était inévitable :
146 car elle avait brassé ce qu'elle but.

11. ESTULA

Il se furent jadis dui frere,
Sanz solaz de pere et de mere,
Et sanz tote autre compeignie.
4 Povretez ert mout lor amie,
En tot tans ert en lor conpeigne;
Et c'est la rien qui plus meaigne
Cez entor cui ele se tient :
8 Nus si tres grevous maus ne vient.
A escot manjoient endui
Li frere don je dire dui.
Une nuit furent mout destroit
12 De faim et de soif et de froit :
Chascuns de cez maus sovant vient
A cez cui povreté maintient.
Lors se pranent a porpanser
16 Comment se porroient tanser
Vers femine, qui les engoisse :
En famine a mout grant engoisse!
Uns riches hom mout asazez
20 Menoit assez pres de lor mez.
S'il fust povres, il fust des fous :
En son cortil avoit des chos,
Et en son bercil des brebiz.
24 Endui se sont cele part mis :
Povretez fait maint home fol!
Li uns prant un sac a son col,

194

11. ESTULA

Il y avait jadis deux frères,
privés de père et de mère,
et sans nulle autre parenté.
4 Pauvreté était leur grande amie ;
elle leur tenait toujours compagnie.
C'est la chose qui tourmente le plus
ceux autour desquels elle rôde :
8 à personne n'en arrive de pire.
Les deux frères dont je vais parler
partageaient leur pénurie.
Une nuit, ils mouraient presque
12 de faim, de soif et de froid :
tous ces maux souvent arrivent
à ceux que la pauvreté oppresse.
Alors ils se mirent à penser
16 comment ils pourraient se défendre
contre la famine, qui les tourmente :
en famine la souffrance est grande !
Un homme réputé pour sa richesse
20 demeurait assez près de leur maison.
S'il avait été pauvre, ça aurait été sottise :
il avait des choux dans son verger,
et des brebis dans son bercail.
24 Les deux frères se sont rendus chez lui.
Pauvreté rend fou maint homme !
L'un prend un sac à son cou,

195

L'autres un cortel en sa main.
28　Par un santier saillent a plain
El cortil, et li uns s'asiet :
Qui que il poist ne cui il griet,
Des chos tranche par lo cortil.
32　L'autres se trait pres do bercil
Por l'uis ovrir : tant fait qu'il l'ovre.
Lors li sanble que bien vient l'ovre :
Tastant va lo plus grax moston.
36　Mais encor adonc seoit om
En l'ostel, si q'an tresoï
L'uis del bercil qant il l'ovri.
Li vilains apele son fil :
40　" Va, fait il, oïr au bercil,
S'apele Estula a maison ! "
(Estula li chiens avoit non.)
Et li vallez cele part va,
44　S'apele : " Estula ! Estula ! "
Et cil del bercil respondi :
" Oïl, voirement sui je ci ! "
I faisoit mout oscur et noir,
48　Si qu'il nel pot apercevoir,
Celui qui la li responoit,
Mais en son cuer de voir cuidoit
Que li chiens aüst respondu.
52　N'i a plus iluec atandu,
Mais arrieres est retornez :
De peor dut estre pasmez.
" Q'as tu, biaus fiz ? " ce dit li pere.
56　" Sire, foi que je doi ma mere,
Estula parla ore a moi !
– Qui ? Nostre chiens ? – Voire, par foi !
Et se croire ne me volez,
60　Huchiez lo : ja parler l'orez ! "
Li vilains maintenant s'en cort ;
Por la mervoille entre en la cort,
Si apele Estula, son chien.
64　Et cil, qui ne se gardoit rien,
Respont : " Voirement sui je ça ! "

l'autre un couteau dans sa main.
28 Par un sentier ils arrivent directement
dans le verger; l'un s'installe :
s'en offusque qui voudra,
il coupe des choux dans le jardin.
32 L'autre s'approche de la bergerie
pour ouvrir la porte : il y parvient.
Il lui semble alors que tout va bien
et il se met à tâter le plus gras mouton,
36 mais on était encore debout
dans la maison si bien qu'on entendit
la porte de la bergerie quand il l'ouvrit.
Le paysan appelle son fils.
40 « Va voir dans la bergerie,
appelle Estula à la maison! »
(Estula était le nom du chien.)
Le garçon s'y rendit
44 et appela Estula : « Estula! Estula! »
Et l'autre de la bergerie répondit :
« Oui, vraiment, je suis là! »
La nuit était très sombre,
48 de sorte qu'il ne put apercevoir
qui lui répondait là,
mais il était bien convaincu
que le chien lui avait répondu.
52 Sans plus attendre là un instant,
il retourna vite à la maison,
presque évanoui de peur :
« Qu'as-tu, cher fils? demande le père.
56 – Seigneur, par la foi que je dois à ma mère,
Estula vient de me parler!
– Qui? Notre chien? – Oui, lui, par ma foi!
Et si vous ne voulez pas me croire
60 appelez-le : vous l'entendrez parler! »
Le paysan maintenant se précipite
et entre dans la cour pour voir la merveille;
il appelle Estula, son chien.
64 Et l'autre, qui ne se doutait de rien,
répond : « Mais oui, je suis là! »

Li prodons grant mervoille en a :
" Biaus filz, par Esperite sainte,
68 J'ai oï avanture mainte,
Ainz a ceste n'oï paroille !
Va tost, si conte la mervoille
Au preste, si l'amoine o toi !
72 Si li di qu'il aport o soi
L'estole et l'eve beneoite. "
Cil au plus tost qu'il pot esploite
Tant qu'il vint a l'ostel au preste ;
76 Ne demora gaires a estre,
Ainz s'en vient au preste tot droit,
Si li dist : " Venez orandroit
Oïr en maison la mervoille :
80 Onques n'oïstes sa paroille !
Prenez l'estole a vostre col ! "
Li prestes dit : " Je te cuit fol,
Qui or me viaus lafors mener :
84 Deschaus sui, si ne puis aler ! "
Et cil respont tot sanz delai :
" Si feroiz, je vos porterai ! "
Li prestes a prise s'estole
88 Et monte sanz plus de parole
Au col celui ; et cil s'an va
La voie si com il vint la,
Qu'il voloit aler plus briement.
92 Par lo santier tot droit descent
La o cil descendu estoient
Qui lor vitaille querre aloient.
Cil qui aloit les chos coillant
96 Vit lo prevoire blanchoiant,
Si cuida ce fust son conpain
Qui aportast aucun gaain ;
Si li demande par grant joie :
100 " Aportes rien ? – Que je devoie, "
Fait cil, qui cuidoit que ce fust
Ses peres qui parlé aüst.
" Or tost, fait il, gitiez lo jus !
104 Mes costiaux est toz esmoluz,

Le brave homme en fut tout abasourdi :
« Cher fils, par le Saint-Esprit,
68 j'ai déjà entendu maintes aventures,
mais jamais comme celle-ci !
Va vite raconter cette merveille
au curé, et l'amène avec toi,
72 et dis-lui qu'il apporte
son étole et son eau bénite. »
Le garçon s'exécute le plus vite possible.
Il arrive aussitôt au logis du prêtre
76 sans tarder à y parvenir,
mais s'approche directement du curé
et lui dit : « Venez à l'instant
chez nous, ouïr la merveille :
80 vous n'entendîtes jamais de pareille !
Prenez l'étole à votre cou !
– Tu es fou, je crois, dit le prêtre,
de vouloir m'emmener là dehors :
84 je suis pieds nus ; je ne peux pas y aller ! »
Le garçon lui répondit sans hésiter :
« Si, vous viendrez ; je vous porterai ! »
Le prêtre a pris son étole,
88 et sans dire un mot de plus, monte
sur les épaules du garçon qui refait
le chemin qu'il venait de faire,
car il voulait aller au plus vite.
92 Il descend tout droit par le sentier
qu'avaient emprunté les deux frères
partant en quête de nourriture.
Celui qui cueillait les choux
96 vit la tache blanche du prêtre
et crut que c'était son compère
qui lui apportait du butin
et il lui demanda tout joyeux :
100 « Rapportes-tu quelque chose ? – Ce que je devais »,
répondit le garçon, qui croyait que c'était
son père qui lui avait parlé.
« Alors vite, dit-il, posez-le à terre !
104 Mon couteau est bien aiguisé ;

Jel fis ier modre a la forje :
Ja avra copee la gorje ! "
Et qant li prestes l'antandi,
108 Bien cuida q'an l'aüst traï :
Sailliz est jus del col celui
Qui n'en ot mie mains de lui,
Qui tot maintenant s'an foï.
112 Li prestes el santier sailli;
Mais ses sorpeliz atacha
A un pel, si qu'il l'i laissa,
Qu'il n'i osa pas tant ester
116 Qu'il lo poïst del pel oster.
Et cil qui ot les chos coilliz
Ne fu mie mains esbaïz
Que cil qui por lui s'an fuioient,
120 Qu'il ne savoit qui il estoient;
Et ne por qant si ala pandre
Lo blanc que il vit au pel pandre,
Si sant que c'est uns sorpeliz.
124 Et ses freres est fors sailliz
Del bercil o tot un moston,
Si apela son conpoignon,
Qui son sac avoit plains de chos :
128 Bien ont endui chargié les cous !
Iluec n'osent lonc sejor faire.
Ançois se mestent au repaire
Vers l'ostel, qui estoit bien pres.
132 Lors a cil mostré son conquest
Qui gaaigna lo sorpeliz,
S'an ont assez gabé et ris,
Car li rires lor est randuz
136 Qui devant lor ert desfanduz.
En petit d'ore Deus labore :
138 Teus rit au main qui au soir plore !

je l'ai fait affûter hier à la forge ;
il aura vite fait de l'égorger ! »
Quand le prêtre l'entendit,
108   il crut qu'on l'avait trahi :
il sauta à terre du cou du garçon
qui n'avait pas moins peur que lui
et qui prit immédiatement la fuite.
112   Le prêtre s'élança par le sentier,
mais son surplis s'accrocha
à un pieu, de sorte qu'il l'y laissa,
car il n'osa pas s'attarder longtemps
116   pour l'en décrocher.
Celui qui avait cueilli les choux
n'était pas moins étonné
que ceux qui s'enfuyaient à cause de lui :
120   il ne savait pas qui ils étaient.
Néanmoins il alla prendre
l'objet blanc qu'il vit pendre au pieu :
il sent que c'est un surplis.
124   Et voilà que son frère est sorti
de la bergerie avec un mouton
et qu'il appelle son compagnon
qui a son sac plein de choux :
128   ils ont le dos bien chargé, tous les deux !
Ils n'osent pas s'attarder,
mais prennent le chemin de retour,
vers leur logis, qui était tout près.
132   Alors celui qui avait pris le surplis
montra le butin à son frère :
ils ont bien plaisanté et ri,
car le rire leur est rendu
136   qui naguère leur était interdit !
En peu de temps Dieu fait son œuvre.
138   Tel rit le matin qui le soir pleure !

12. LA DAMOISELE QUI NE POOIT OÏR PARLER DE FOUTRE

En iceste fable novele
Vos conte d'une damoisele,
Qui mout par estoit orgoilleuse
4   Et felonesse et desdaigneuse :
Que – par foi, je dirai tot outre –
Elle n'oïst parler de foutre
Ne de lecherie a nul fuer,
8   Que ele n'aüst mal au cuer
Et trop en faisoit male chiere.
Et ses peres l'avoit tant chiere,
Por ce que plus enfanz n'avoit,
12   Q'a son voloir trestot faisoit :
Plus ert a li que ele a lui.
Tuit sol estoient enbedui,
N'orent beasse ne sergent,
16   Et si estoient riche gent.
Et savez por quoi li prodom
N'avoit sergent en sa maison?
La damoisele n'avoit cure,
20   Por ce qu'ele ert de tel nature
Que en nul sen ne sofrist mie
Sergent qui nomast lecherie,
Vit ne coille ne autre chose.
24   Et por ce ses peres ne ose
Avoir sergent un mois entier;
S'an aüst il mout grant mestier

202

12. LA DEMOISELLE QUI NE POUVAIT ENTENDRE PARLER DE FOUTRE

Dans cette nouvelle fable
je vous conte l'histoire d'une demoiselle
qui était fort orgueilleuse
4   et rebelle et dédaigneuse.
Par ma foi, je le dirai sans façon :
eût-elle entendu parler de foutre
ou de paillardise en quelque manière,
8   elle en aurait eu mal au cœur
et en eût pris un air offusqué.
Son père l'aimait tellement,
car il n'avait pas d'autre enfant,
12   qu'il faisait toujours sa volonté :
il lui était soumis plus qu'elle ne l'était à lui.
Ils étaient seuls, tous les deux.
Ils n'avaient servante ni serviteur,
16   pourtant c'étaient des gens riches.
Et savez-vous pourquoi cet homme de bien
n'avait pas de serviteur chez lui?
La demoiselle n'en avait cure,
20   car elle avait tel caractère
qu'en aucune façon elle n'aurait supporté
d'entendre un serviteur parler de paillardise,
de vit, couilles ou chose semblable.
24   Pour cela son père n'ose pas
garder un serviteur un mois entier,
tout en en ayant grand besoin

A ses blez batre et a vener,
28 Et a sa charrue mener,
Et a faire s'autre besoigne.
Mais sergent a prendre resoigne
Por sa fille que trop endure.
32 Tant c'uns vallez par avanture,
Qui mout savoit barat et guile,
Herbergiez fu en cele vile,
Qui aloit gueaignier son pain,
36 Oï parler de ce vilain
Et de sa fille, qui aoit
Les homes et cure n'avoit
Ne de lor faiz ne de lor diz.
40 Icil vallez ot non Daviz,
Si aloit toz seus par la terre,
Comme preuz, avanture querre.
Qant il sot veraie novele
44 De l'orgoilleuse damoisele
Qui estoit de si mal endroit,
A la maison en vint tot droit
O ele estoit avoc son pere;
48 O li n'avoit seror ne frere
Ne clo ne droit ne mu ne sort.
Li vilains estoit en la cort;
Ses bestes atire et atorne
52 Et sa busche au soloil retorne :
De sa besoigne s'antremet.
A tant estes vos Daviet,
Qui lo vilain a salué,
56 Si le a l'ostel demandé
Por Deu et por saint Nicolas.
Li vilains ne l'escondist pas,
Ne otroier ne li par ose,
60 Ainz li demande, au chief de pose,
Qeus hom il est et de coi sert.
Daviez li dist en apert
Que mout volantiers serviroit
64 Un prodome, s'il lo trovoit,
Que bien set arer et semer,

204

pour battre le blé, pour chasser,
28 pour conduire sa charrue,
et pourvoir aux autres tâches.
Mais il craint de prendre un serviteur :
il est trop complaisant envers sa fille.
32 Finalement, il arriva qu'un jeune homme,
trompeur fort habile et rusé,
fut hébergé dans ce village :
il y allait gagner son pain.
36 Il entendit parler de ce paysan
et de sa fille, qui détestait
les hommes et n'avait cure
de ce qu'ils disaient ou faisaient.
40 Ce jeune homme s'appelait David
et errait tout seul par le pays,
comme un preux, en quête d'aventure.
Quand il apprit exactement la situation
44 de l'orgueilleuse demoiselle,
qui avait un si mauvais caractère,
il se rendit directement à la maison
où elle vivait avec son père.
48 Personne n'y demeurait, ni sœur ni frère,
ni boiteux ni ingambe ni muet ni sourd.
Le paysan était dans la cour.
Il pansait et soignait ses bêtes
52 et retournait son bois au soleil :
bref, il vaquait à sa besogne.
Mais voici David,
qui, après avoir salué le vilain,
56 lui demande l'hospitalité,
pour l'amour de Dieu et de saint Nicolas.
Le vilain ne la lui refuse pas,
mais n'ose non plus la lui accorder,
60 et lui demande, après un moment,
qui il est et ce qu'il sait faire.
David lui avoue franchement
qu'il se mettrait bien volontiers au service
64 d'un honnête homme, s'il le trouvait,
car il sait bien labourer et semer,

Et bien batre et bien vaner,
Et tot ce que vallez doit faire.
68 " J'aüsse bien de toi afaire,
Fait li vilains, par saint Alose,
Ne fust sanz plus por une chose :
J'ai une fille donjereuse,
72 Qui vers homes est trop honteuse
Qant parolent de lecherie.
Onques n'oi sergent en ma vie
Qui longue me poïst durer,
76 Que des que ma fille ot nomer
Foutre, si li prant une gote
Qui encontre lo cuer la bote,
Que de morir fait grant sanblant.
80 Et por ce n'os avoir sergent,
Biau frere, qu'i sont lecheor
Et trop sont vilain parleor,
Que ma fille craimbroie perdre. "
84 Daviez prist sa boche a terdre,
Et puis crache autresi et moche
Com s'il aüst mangiee moche.
Au vilain dist : " Ostez, biaus sire !
88 Si vilain mot ne devez dire !
Taisiez, por Deu l'esperitable,
Que ce est li moz au deiable :
N'en parlez mais la o je soie !
92 Por cent livres je ne voldroie
Veoir home qui en parlast
Ne qui lecherie nomast,
Que grant dolor au cuer me prant ! "
96 Qant la fille au vilain antant
Lo vassal qui dist tel raison,
Si issi fors de la maison ;
A son pere maintenant dit :
100 " Sire, fait el, se Deus m'aït,
C'estui vallet retandroiz vos,
Que il sera boens avoc nos.
Cist a trestote ma meniere :
104 Se vos m'amez ne tenez chiere,

et battre le blé et vaner,
et tout ce qu'un valet doit faire.

68 « J'aurais bien besoin de toi,
fait le vilain, par saint Alose,
si ce n'était pour une chose :
j'ai une fille bien difficile,

72 qui a grand'honte des hommes
quand ils parlent de paillardise.
Jamais de ma vie je n'eus un serviteur
que je pus garder longtemps,

76 car, dès que ma fille entend le mot
« foutre », une douleur la prend
qui la frappe au cœur,
si bien qu'elle croit en mourir.

80 Pour cela je n'ose pas avoir de serviteurs,
beau frère, qui soient trop dégourdis
et parleurs trop grivois,
car je craindrais de perdre ma fille. »

84 David se met à tordre la bouche,
puis se racle la gorge et crache,
comme s'il avait avalé une mouche.
Il dit au vilain : « Patron, arrêtez

88 de prononcer des mots si vilains !
Taisez-vous, par le Saint-Esprit :
c'est là discours du diable !
N'en parlez plus en ma présence !

92 Pour cent livres, je ne voudrais pas
voir l'homme qui ainsi parlât
ni qui prononçât des propos grivois,
car une grande douleur me frappe le cœur ! »

96 Quand la fille du paysan entendit
le jeune homme tenir de tels propos,
elle sortit de la maison
et dit aussitôt à son père :

100 « Mon père, dit-elle, au nom de Dieu,
engagez ce jeune homme :
il sera bien à sa place chez nous.
Il partage mes idées en tout :

104 si vous m'aimez bien et me chérissez,

Retenez lo, gel vos commant!
– Doce fille, a vostre talant!"
Fait li vilains, qui mout ert beste.
108 Ensi retindrent a grant feste
Daviet et mout l'orent chier.
Qant il fu ore de couchier,
Li vilains sa fille en apele :
112 "Or me dites, ma damoisele,
O porra Daviez gesir?
– Sire, s'il vos vient a plaisir,
Il puet bien gesir avoc moi :
116 Mout me sanble de boene foi
Et que en bon lou ait esté.
– Ma fille, a vostre volanté
Faites do tot!" fait li prodom.
120 Pres do feu en mi la maison
Se cocha li vilains dormir,
Et Daviez s'ala gesir
En la chanbre o la damoisele,
124 Qui mout ert avenanz et bele;
Blanche ot la char com flor d'espine :
S'ele fust fille de raïne,
Si fust ele bele a devise.
128 Daviez li a sa main mise
Sor les memeletes tot droit,
Et demanda ce que estoit.
Cele dit : "Ce sont mes memeles,
132 Qui mout par sont blanches et beles :
N'en i a nule orde ne sale."
Et Daviez sa main avale
Droit au pertuis desoz lo vantre,
136 Par o li viz el cors li entre,
Si santi les paus qui cressoient :
Soués et coiz encor estoient.
Bien taste tot o la main destre,
140 Puis demande que ce puet estre.
"Par foi, fait ele, c'est mes prez,
Daviet, la ou vos tastez,
Mais il n'est pas encor floriz.

engagez-le, je vous l'ordonne!
– Douce fille, comme vous le désirez! »
fait le vilain, qui était très stupide.
108 Ainsi ils engagèrent avec grande joie
David et l'aimèrent beaucoup.
Le moment de se coucher venu,
le vilain appelle sa fille :
112 « Dites-moi donc, ma demoiselle,
où pourra coucher David?
– Seigneur, si cela vous plaît,
il peut bien coucher avec moi :
116 il me semble honnête et franc
et avoir fréquenté de bonnes maisons.
– Ma fille, agissez
selon votre bon plaisir! » dit le brave homme.
120 Près du feu, au milieu de la maison,
le paysan se coucha pour dormir,
et David alla se coucher
dans la chambre, avec la demoiselle,
124 qui était très charmante et belle.
Elle avait la peau blanche comme fleur d'aubépine,
eût-elle été fille d'une reine,
elle eût été belle à souhait.
128 David mit sa main
tout droit sur ses mamellettes
et demanda ce que c'était :
« Ce sont mes mamelles, dit celle-ci,
132 qui sont très blanches et belles,
sans aucune trace de saleté. »
Et David glisse sa main en bas
droit à ce pertuis sous le ventre,
136 par où le vit entre dans le corps,
et sent les poils qui commençaient à pousser
et étaient encore souples et doux.
Il tâte bien tout de sa main droite,
140 puis demande ce que ce peut être.
« Ma foi, fait-elle, c'est mon pré,
David, là où vous tâtez,
mais il n'est pas encore fleuri.

144   – Par foi, dame, ce dit Daviz,
           N'i a pas d'erbe encor planté.
           Et que est ce en mi cest pré,
           Ceste fosse soeve et plaine?
148   – Ce est, fait ele, ma fontaine,
           Qui ne sort mie tot adés.
           – Et que est ce, ici aprés,
           Fait Daviez, en ceste engarde?
152   – C'est li cornerres qui la garde,
           Fait la pucele, por verté :
           Se beste entroit dedanz mon pré
           Por boivre en la fontaine clere,
156   Tantost cornerroit li cornerre
           Por faire li honte et peor.
           – Ci a deiable corneor,
           Fait Daviez, et de put ordre,
160   Qui ensi vialt les bestes mordre
           Por l'erbe qui ne soit gastee!
           – Tu m'as ore bien portatee,
           Fait la pucele, Daviet! "
164   Tantost sor lui sa main remet,
           Qui n'estoit mal faite ne corte,
           Et dit qu'ele savra qu'il porte.
           Lors li reprist a demander
168   Et ses choses a detaster,
           Tant qu'el l'a par lo vit saisi :
           " Hé, demande, que est ici,
           Daviet, si roide et si dur
172   Que bien devroit percier un mur?
           – Dame, fait cil, c'est mes polains,
           Qui mout est et roides et sains,
           Mais il ne manja des ier main. "
176   Cele remet aval sa main,
           Si trove la coille velue;
           Les deus coillons taste et remue,
           Si redemande : " Daviet,
180   Que est or ce, en ce sachet,
           Fait ele, sont ce deus luisiaus? "
           Daviz fu de respondre isniaus :

144   — Ma foi, dame, dit David,
il n'y a pas encore d'herbe plantée.
Et qu'est-ce, au milieu de ce pré,
que ce fossé doux et plein?
148   — C'est ma fontaine, fait-elle,
qui n'a pas encore jailli.
— Et qu'est-ce, ici, à côté,
fait David, dans cette guérite?
152   — C'est le sonneur du cor qui la garde,
répond la jeune fille, vraiment,
car si une bête entrait dans mon pré
pour boire à ma claire fontaine,
156   le sonneur du cor cornerait aussitôt
pour lui faire honte et peur.
— C'est un diable, ce sonneur,
fait David, d'une bien sale nature,
160   qui veut ainsi mordre les bêtes
pour empêcher que l'herbe y soit foulée!
— Tu m'as vraiment bien tâtée partout,
David! » répond la jeune fille.
164   Elle met aussitôt sur lui sa main
qui n'était ni mal faite ni petite,
et dit qu'elle saura ce qu'il porte.
Elle se met alors à l'interroger à son tour
168   et à palper ses choses,
jusqu'à ce qu'elle le saisît par le vit :
« Hé, demande-t-elle, qu'est-ce ici,
David, si raide et si dur
172   qu'il pourrait bien percer un mur?
— Dame, fait-il, c'est mon poulain,
qui est bien raide et sain,
mais il est à jeûn depuis hier matin. »
176   Celle-ci fait descendre sa main
et trouve la couille velue :
elle tâte et remue les deux couillons,
et demande de nouveau : « David,
180   qu'est-ce, en ce sachet,
fait-elle, sont-ce deux boules? »
David fut prompt à la riposte :

“ Dame, ce sont dui mareschal,
184 Qui ont a garder mon cheval,
Qant pest en autrui compagnie;
Tot jorz sont en sa compeignie :
De mon polain garder sont mestre.
188 – Davi, met lou en mon pré pestre,
Ton biau polain, se Deus te gart. ”
Et cil s'an torne d'autre part,
Sor lo paignil li met lo vit;
192 Puis a a la pucele dit,
Qu'il ot tornee desoz soi :
“ Dame, mes polains muert de soi :
Mout en a aüe grant poine!
196 – Va, si l'aboivre a ma fontaine,
Fait cele, mar avras peor!
– Dame, je dot lo corneor,
Fait Daviz, que il n'en groçast,
200 Se li polains dedanz entrast. ”
Cele respont : “ S'il en dit mal,
Bien lo batent li mereschal! ”
Daviz respont : “ Ce est bien dit! ”
204 A tant li met el con lo vit,
Si fait son boen et son talant,
Si qu'ele nel tient pas a lant,
Que quatre foiz la retorna!
208 Et se li cornierres groça,
Si fu batuz de deus jumaus!
210 A icest mot faut li flabliaus.

« Dame, ce sont deux maréchaux
184 qui doivent garder mon cheval
quand il paît en compagnie d'autrui.
Ils sont toujours en sa compagnie :
ils sont maîtres de mon poulain.
188 – David, mets-le à paître dans mon pré,
ton beau poulain, que Dieu te garde ! »
Et lui, il se tourne vers elle,
lui met son vit sur le pubis
192 puis il dit à la jeune fille
qu'il avait renversée sous lui :
« Dame, mon poulain meurt de soif.
Il a bien travaillé et peiné !
196 – Va l'abreuver à ma fontaine,
fait-elle, tu as tort d'avoir peur !
– Dame, je crains que le sonneur du cor
ne gronde, répond David,
200 si mon poulain entrait dedans. »
Celle-ci répond : « S'il en dit du mal,
les maréchaux le frapperont bien !
– C'est bien dit », répond David.
204 Alors lui mit le vit dans le con,
et il prit tout son plaisir,
si bien qu'elle ne le tint pas pour lent,
car il la renversa quatre fois !
208 Et si le sonneur de cor gronda,
il fut battu par les deux jumeaux !
Sur ce mot finit le fabliau.

13. BOIVIN DE PROVINS

Mout bons lechierres fu Boivins!
Porpenssa soi que a Prouvins
A la foire voudra aler,
4   Et si fera de lui parler!
Ainsi le fet com l'a empris.
Vestuz se fu d'un burel gris,
Cote et sorcot et chape ensamble,
8   Qui tout fu d'un, si com moi samble;
Et si ot coiffe de borras.
Ses sollers ne sont mie a las,
Ainz sont de vache dur et fort.
12   Et cil qui mout de barat sot
– Un mois et plus estoit remese
Sa barbe qu'ele ne fu rese –
Un aguillon prist en sa main,
16   Por ce que mieus samblast vilain.
Une borse grant acheta,
Douze deniers dedenz mis a,
Que il n'avoit ne plus ne mains.
20   Et vint en la rue aus putains,
Tout droit devant l'ostel Mabile,
Qui plus savoit barat et guile
Que fame nule qui i fust.
24   Iluec s'assist desus un fust
Qui estoit delez sa meson;
Delez lui mist son aguillon,

13. BOIVIN DE PROVINS

Boivin était un vrai fripon!
Un jour, il eut l'idée
d'aller à la foire de Provins
4   et de faire parler de lui.
Aussitôt dit, aussitôt fait.
Il s'habille d'une bure grise,
avec cotte, surcot et chape,
8   faits d'une seule pièce, me semble-t-il,
et met une coiffe de bourre.
Ses chausses n'étaient pas à lacets,
mais en cuir de vache, dur et résistant.
12   En trompeur fort rusé
– il avait laissé pousser sa barbe
plus d'un mois sans la raser –
il prit un aiguillon en main
16   pour mieux contrefaire un paysan.
Il acheta une grande bourse,
y fourra dedans douze deniers,
car il n'avait ni plus ni moins,
20   et alla dans la rue aux putains,
juste devant la maison de Mabile,
la plus fourbe et la plus rusée
des femmes qui demeuraient par là.
24   Il s'assit là sur une souche,
qui était près de la maison,
déposa à côté de lui son aiguillon,

Un poi torna son dos vers l'uis.
28 Huimés orrez que il fist puis :
" Par foi, fet il, ce est la voire!
Puis que je sui hors de la foire,
Et en bon leu et loing de gent,
32 Deüsse bien de mon argent
Tout seul par moi savoir la somme :
Ainsi le font tuit li sage homme.
J'oi de Rouget trente et nuef saus;
36 Douze deniers en ot Giraus,
Qui mes deus bués m'aida a vendre.
A males forches puist il pendre
Por ce qu'il retint mes deniers!
40 Douze en retint li pautoniers,
Et si li ai je fet maint bien!
Or est ainsi : ce ne vaut rien.
Il me vendra mes bués requerre,
44 Quant il voudra arer sa terre
Et il devra semer son orge.
Mal dehez ait toute ma gorge
S'il a ja mes de moi nul preu!
48 Je li cuit mout bien metre en leu!
Honiz soit il et toute s'aire!
Or parlerai de mon afaire.
J'oi de Sorin dis et nuef saus;
52 De ceus ne fui je mie faus,
Quar mon compere, dans Gautiers,
Ne m'en donast pas tant deniers
Com j'ai eü de tout le mendre.
56 Por ce fet bon au marchié vendre!
Il vousist ja creance avoir,
Et j'ai assamblé mon avoir :
Dis et nuef sous et trente et nuef,
60 Itant furent vendu mi buef.
Dieus, c'or ne sai que tout ce monte!
S'i meïsse tout en un conte,
Je ne le savroie sommer.
64 Qui me devroit tout assommer,
Ne le savroie je des mois

216

le dos à demi tourné vers la porte.

28 Vous allez entendre ce qu'il fit ensuite :
« Par ma foi, fait-il, c'est donc vrai !
Puisque je suis hors de la foire,
en lieu sûr et loin des indiscrets,

32 je devrais calculer moi-même
combien d'argent j'ai :
ainsi font les gens sages.
De Rouget j'ai tiré trente-neuf sous.

36 J'ai donné douze deniers à Giroud,
qui m'a aidé à vendre mes deux bœufs.
Puisse-t-il pendre à un gibet
pour m'avoir pris mes deniers !

40 Il m'en a volé douze, ce vaurien,
pourtant je lui ai fait du bien, moi !
Mais c'est ainsi : il n'y a rien à faire.
Il viendra me demander mes bœufs,

44 quand il voudra labourer sa terre
et qu'il devra semer son orge.
Malheur à ma gorge,
s'il tire encore profit de moi !

48 Je lui rendrai bien la pareille !
Qu'il soit maudit, et tout son bien !
Mais revenons à mon affaire.
De Sorin j'ai eu dix-neuf sous.

52 Ces sous-là je les ai bien,
car mon compère Gautier,
ne m'aurait pas donné autant de deniers
que j'en ai eu pour le moindre de mes bœufs.

56 C'est pourquoi j'ai bien fait de le vendre au marché !
Il aurait voulu l'avoir à crédit.
Ainsi j'ai compté tout mon avoir :
dix-neuf et trente-neuf sous,

60 tel était en tout le prix de mes bœufs.
Dieu ! Or je ne sais à combien tout cela se monte !
Si je mettais ensemble tous ces chiffres,
je ne saurais en faire le compte.

64 Si on m'en faisait la somme
je passerais des mois pour m'y retrouver,

Se n'avoie feves ou pois,
Que chascuns pois feïst un sout :
68   Ainsi le savroie je tout.
Et neporquant me dist Girous
Que j'oi des bués cinquante sous.
Qui les conta si les reçut...
72   Mes je ne sai s'il m'en deçut
Ne s'il m'en a neant emblé!
Qu'entre deus sestiere de blé,
Et ma jument et mes porciaus,
76   Et la laine de mes aigniaus,
Me rendirent tout autrestant.
Deus foiz cinquante, ce sont cent,
Ce dist uns gars qui fist mon conte;
80   Cinc livres dist que tout ce monte.
Or ne lerai por nule paine
Que ma borse, qu'est toute plaine,
Ne soit vuidie en mon giron! "
84   Et li houlier de la meson
Dient : " Ça vien, Mabile, escoute!
Cil denier sont nostre sanz doute
Se tu mes ceenz ce vilain :
88   Il ne sont mie a son oés sain! "
89   Dist Mabile : " Lessiez le en pes,
92   Qu'il ne me puet eschaper mes!
Toz les deniers, je les vous doi.
Les ieus me crevez, je l'otroi,
Se il en est a dire uns seus! "
96   Mes autrement ira li geus
Qu'ele ne cuide, ce me samble.
Quar li vilains conte et assamble
Douze deniers sanz plus qu'il a.
100 Tant va contant et ça et la
Qu'il dist : " Or est vint sous cinc foiz.
Des ore mes est il bien droiz
Que je les gart, ce sera sens.
104 Mes d'une chose me porpens :
S'or eüsse ma douce niece,
Qui fu fille de ma suer Tiece,

à moins d'avoir des fèves ou des pois,
car chaque pois ferait un sou.
68 C'est ainsi que je saurais le total.
Et pourtant Giroud m'a dit
que j'ai eu cinquante sous pour les bœufs.
Qui les compta, il les reçut.
72 Mais je ne sais s'il m'a trompé,
ni s'il m'a volé en rien.
Car deux setiers de blé
et ma jument et mes pourceaux,
76 avec la laine de mes agneaux,
m'en ont rapporté autant.
Deux fois cinquante, cela fait cent,
me dit un gars qui me fit le calcul;
80 tout cela, dit-il, se monte à cinq livres.
Mais je ne permettrai pour rien au monde
que ma bourse, qui est bien pleine,
me soit volée en mon giron! »
84 Alors les maquereaux de la maison
disent : « Viens ici, Mabile, écoute!
Ces deniers seront à nous, sans doute,
si tu fais entrer ici ce paysan.
88 Il n'en saurait faire bon usage!
89 – Laissez-le en paix, dit Mabile,
92 il ne peut plus m'échapper!
Les deniers, je vous les donne tous.
Crevez-moi les yeux, si vous voulez,
s'il en manque un seul. »
96 Mais le jeu ira autrement
qu'elle ne pense, il me semble,
car le paysan compte et rassemble
les douze deniers, les seuls qu'il a.
100 Il compte et recompte
et finit par dire : « Voilà cent sous.
Désormais il me faut
en prendre soin, ce sera raisonnable.
104 Mais j'ai une bonne idée :
si j'avais maintenant ma douce nièce,
la fille de ma sœur Tièce,

Dame fust or de mon avoir.
108 El s'en ala par fol savoir
Hors du païs, en autre terre,
Et je l'ai fete maint jor querre
En maint païs, en mainte vile.
112 Ahi! douce niece Mabile,
Tant estiiez de bon lingnage!
Dont vous vint ore cel corage?
Or sont tuit troi mort mi enfant
116 Et ma fame, dame Siersant.
Jamés en mon cuer n'avrai joie
Devant cele eure que je voie
Ma douce niece en aucun tans!
120 Lors me rendisse moines blans:
Dame fust or de mon avoir,
Riche mari peüst avoir. "
Ainsi la plaint, ainsi la pleure.
124 Et Mabile saut en cele eure,
Lez lui s'assist et dist : " Preudom,
Dont estes vous? et vostre non?
– Je ai non Fouchier de la Brouce.
128 Mes vous samblez ma niece douce
Plus que nule fame qui fust! "
Cele se pasme sor le fust.
Quant se redrece, si dist tant :
132 " Or ai je ce que je demant! "
Puis si l'acole et si l'embrace,
Et puis li bese bouche et face,
Que ja n'en samble estre saoule.
136 Et celui, qui mout sot de boule,
Estraint les denz et puis souspire :
" Bele niece, ne vous puis dire
La grant joie que j'ai au cuer!
140 Estes vous fille de ma suer?
– Oïl, sire, de dame Tiece.
– Mout ai esté por vous grant piece,
Fet li vilains, sanz avoir aise. "
144 Estroitement l'acole et baise;
Ainsi aus deus mainent grant joie.

elle disposerait de mes biens.
108 Elle fut folle de s'en aller
hors du pays, en autre terre.
Je l'ai fait souvent rechercher
en maint pays, en mainte ville.
112 Ah! Douce nièce Mabile,
vous étiez de si bon lignage!
D'où vous vint-il donc ce désir?
Maintenant mes trois enfants et ma femme,
116 dame Siersant, sont tous morts.
Je n'aurai plus de joie en mon cœur
avant d'avoir revu
ma douce nièce, quand que ce soit!
120 Je me ferais alors moine blanc
et elle hériterait de mes biens,
et pourrait avoir un mari riche!»
Ainsi la plaint-il, ainsi la pleure-t-il.
124 Mabile sort, à ce moment,
s'assied près de lui et dit: «Brave homme,
d'où venez-vous? Quel est votre nom?
– Mon nom est Foucher de la Brouce.
128 Mais vous ressemblez à ma douce nièce,
plus que nulle autre femme au monde!»
L'autre se pâme sur la souche.
Quand elle se redresse, elle dit:
132 «Voici que j'ai ce que je désire!»
Puis elle l'étreint et l'embrasse,
lui baise la bouche et la face,
sans avoir l'air de s'en rassasier.
136 Et l'autre, en homme fort rusé,
serre les dents et puis soupire:
«Belle nièce, je ne puis dire
la grande joie que j'ai au cœur!
140 Etes-vous fille de ma sœur?
– Oui, seigneur, de dame Tièce.
– A cause de vous j'ai été longtemps
en peine», répond le paysan.
144 Il la serre fort et lui donne des baisers.
Tous deux mènent ainsi grande joie,

Et deus houliers en mi la voie
Issirent fors de la meson.
148 Font li houlier : " Icist preudom,
Est il or nez de vostre vile ?
– Voir, c'est mon oncle, dist Mabile,
Dont vous avoie tant bien dit. "
152 Vers aus se retorne un petit,
Et tret la langue et tuert la joe,
Et li houlier refont la moe.
" Est il donc vostre oncle ? – Oïl, voir !
156 Grant honor i poez avoir,
Et il en vous, sanz nul redout.
– Hé, vous, preudom, du tout en tout,
Font li houlier, sommes tuit vostre !
160 Par saint Piere, le bon apostre,
L'ostel avrez saint Julien !
Il n'a homme jusqu'a Gien
Que plus de vous eüssons chier. "
164 Par les braz prenent dant Fouchier,
Si l'ont dedenz lor ostel mis.
" Or tost, ce dist Mabile, amis,
Achatez oes et chapons !·
168 – Dame, font il, venez ça dons ;
Ja n'avons nous goute d'argent.
– Tesiez, fet el, mauvese gent !
Metez houces, metez sorcos,
172 Sor le vilain ert li escos !
Cis escos vous sera bien saus :
Sempres avrez plus de cent saus. "
Que vous iroie je contant ?
176 Li dui houlier demaintenant,
Comment qu'il aient fet chevance,
Deus cras chapons sanz demorance
Ont aporté avoec deus oes.
180 Et Boivin lor a fet les moes
En tant comme il se sont tornez.
Mabile lor dist : " Or soiez
Preus et vistes d'appareiller ! "
184 Qui donc veïst com li houlier

mais deux maquereaux sortent
de la maison au milieu de la rue
148   et font : « Ce brave homme
est-il natif de votre ville ?
– Oui, c'est mon oncle, dit Mabile,
dont je vous ai dit tant de bien. »
152   Elle se tourne un peu vers eux
et sort la langue et tord la joue,
et les souteneurs lui font la moue :
« Est-il votre oncle ? – Oui, vraiment !
156   Vous pouvez en avoir grand honneur,
et lui de vous, sans aucun doute.
– Hé ! brave homme, font les maquereaux,
nous sommes tout à fait vôtres !
160   Par saint Pierre, le bon apôtre,
vous aurez l'hôtel saint Julien !
Il n'est pas d'homme jusqu'à Gien
qui nous soit plus cher ! »
164   Ils prennent par les bras sieur Foucher
et le font entrer dans leur maison.
« Vite, mes amis, dit Mabile,
achetez oies et chapons !
168   – Dame, font-ils, venez donc ici :
nous n'avons pas un sou vaillant.
– Taisez-vous, fait elle, mauvaises gens !
Mettez en gages manteaux et surcots,
172   ce sera le vilain qui paiera !
Votre dépense vous sera bien remboursée :
vous aurez bientôt plus de cent sous. »
Que vous conterai-je encore ?
176   Les deux maquereaux sur-le-champ,
sans façon se sont ravitaillés,
ont rapporté, avec deux oies,
deux gras chapons sans tarder.
180   Boivin leur fait la moue
pendant qu'ils tournent le dos.
Et Mabile leur dit : « Maintenant soyez
vaillants et rapides à les préparer ! »
184   Imaginez-vous les maquereaux

Plument chapons et plument oies!
Et Ysane fist toutes voies
Le feu, et ce qu'ele ot a fere.
188 Et Mabile ne se pot tere
Qu'el ne parlast a son vilain :
" Biaus oncles, sont ore tuit sain
Vostre fame et mi dui neveu?
192 Je cuit qu'il sont ore mout preu. "
Et li vilains si li respont :
" Bele niece, tuit troi mort sont;
Par pou de duel n'ai esté mors.
196 Or serez vous toz mes confors
En mon païs, en nostre vile.
– Ahi, lasse! ce dist Mabile,
Bien deüsse or vive enragier!
200 Lasse, s'il fust aprés mengier
Il n'alast pas si malement!
Lasse, je vi en mon dormant
Ceste aventure en ceste nuit!
204 – Dame, li chapon sont tout cuit
Et les deus oies en un haste,
Ce dist Ysane, qui les haste.
Ma douce dame, alez laver,
208 Et si lessiez vostre plorer! "
Adonc font au vilain le lorgne;
Et cil voit bien, qui n'ert pas borgne,
Qu'i le moquent en la meson.
212 Font li houlier : " Sire preudom,
N'estes pas sages, ce m'est vis!
Lessons les mors, prenons les vis! "
Adonc sont assis a la table,
216 Mes du mengier ne ferai fable,
Assez en orent a plenté.
De bons vins n'orent pas chierté :
Assez en font au vilain boivre
220 Por enyvrer et por deçoivre.
Mes il ne les crient ne ne doute;
Desouz sa chape sa main boute
Et fet samblant de trere argent.

plumant chapons et plumant oies!
Cependant Ysane allume
le feu et prépare le nécessaire.
188 Mais Mabile ne put pas s'empêcher
d'interroger son paysan.
« Bel oncle, sont-ils tous en santé
votre femme et mes deux neveux?
192 Ils doivent être bien portant maintenant. »
Et le paysan lui répond :
« Belle nièce, ils sont morts tous trois;
il s'en fallut de peu que je ne périsse de chagrin.
196 Maintenant vous serez tout mon réconfort
dans mon pays, dans notre ville.
– Ah! malheureuse! s'écrie Mabile,
je devrais devenir folle de rage.
200 Malheureuse, si c'était après dîner
ça n'irait pas si mal!
Malheureuse, j'ai vu cette chose extraordinaire
dans mon sommeil cette nuit!
204 – Dame, les chapons et les oies
sont tous cuits à la broche,
dit Ysane, pour les presser.
Ma douce dame, allez vous laver
208 et cessez de pleurer! »
Sur ce, les maquereaux lorgnent le vilain,
mais Boivin, qui n'est pas borgne, s'aperçoit
qu'ils se moquent de lui dans la maison.
212 « Sieur prudhomme, font les souteneurs,
vous n'êtes pas raisonnable, nous semble-t-il!
Laissons les morts, prenons les vivants! »
Alors ils s'assoient à table,
216 mais je ne vous détaillerai pas le menu,
car ils eurent à manger à satiété.
De bons vins ils ne manquaient pas :
ils font bien boire le paysan
220 pour l'enivrer et l'abuser.
Mais Boivin ne les craint pas.
Il glisse une main sous la chape
et feint de tirer de l'argent.

224　　Dist Mabile : " Qu'alez querant,
　　　　Biaus douz oncles? dites le moi!
　　　　– Bele niece, bien sai et voi
　　　　Que mout vous couste cis mengiers :
228　　Je metrai ci douze deniers. "
　　　　Mabile jure et li houlier
　　　　Que il ja n'i metra denier.
　　　　La table ostent quant ont mengié,
232　　Et Mabile a doné congié
　　　　Aus deus houliers d'aler la hors :
　　　　" Si vous sera bons li essors,
　　　　Que bien avez eü disner.
236　　Or prenez garde du souper! "
　　　　Li dui houlier s'en sont torné;
　　　　Aprés aus sont li huis fermé.
　　　　Mabile prist a demander :
240　　" Biaus douz oncles, ne me celer
　　　　S'eüstes pieça compaignie
　　　　A fame, nel me celez mie,
　　　　Puis que vostre fame fu morte.
244　　Il est mout fols qui trop sorporte
　　　　Talent de fame : c'est folie
　　　　Autressi comme defamie.
　　　　– Niece, il a bien set anz toz plains.
248　　– Tant a il bien? – A tout le mains!
　　　　Ne de ce n'ai je nul talant.
　　　　– Tesiez, oncles, Dieus vous avant!
　　　　Mes regardez ceste meschine! "
252　　Adonc bat trois foiz sa poitrine :
　　　　" Oncles, je ai mout fort pechié
　　　　Qu'a ses parenz la fortreis gié.
　　　　Por seul son pucelage avoir,
256　　Eüsse je mout grant avoir.
　　　　Mes vous l'avrez, que je le vueil! "
　　　　A Ysane cluingne de l'ueil
　　　　Que la borse li soit copee.
260　　Li vilains ot bien en penssee
　　　　De coper la avant qu'Ysane.
　　　　La borse prent et si la trenche

226

224 « Que cherchez-vous là, dit Mabile,
mon cher oncle? Dites-le-moi!
– Belle nièce, je me rends compte
que ce repas vous coûte cher :
228 je vous donnerai douze deniers. »
Mabile et les maquereaux jurent
qu'il ne devra rien payer.
Après avoir mangé, ils ôtent la table,
232 et Mabile invite
les deux maquereaux à sortir :
« Un peu d'air frais vous fera du bien,
car vous avez bien mangé.
236 Mais n'oubliez pas le souper! »
Les maquereaux s'en sont allés,
les portes se ferment sur eux.
Mabile commence à interroger Boivin :
240 « Mon cher oncle, avouez-le-moi,
avez-vous eu des rapports
avec une femme, ne me le cachez pas,
après la mort de votre épouse?
244 Celui-là est bien sot qui trop endure
désir de femme : c'est folie,
comme de souffrir de la faim.
– Nièce, il y a bien sept ans entiers.
248 – Depuis si longtemps? – Tout au moins!
Je n'ai aucun désir de cela.
– Taisez-vous, oncle, que Dieu vous aide! »
Mais regardez donc cette fille!
252 Elle se bat trois fois la poitrine :
« Oncle, j'ai gravement péché
en l'enlevant à ses parents.
En échange de son pucelage
256 je pourrais toucher une fortune,
mais c'est vous qui l'aurez : je le veux! »
Mabile cligne de l'œil à Ysane
pour qu'elle lui coupe la bourse,
260 mais le paysan avait déjà pensé
à la couper avant Ysane.
Sieur Foucher prend la bourse, en coupe

Dans Fouchier, et puis si l'estuie :
264 En son sain pres de sa char nue
La mist, et puis si s'en retorne.
Vers Ysane sa chiere torne,
Et s'en vindrent li uns vers l'autre :
268 Andui se vont couchier el piautre.
Ysane va avant couchier,
Et mout pria a dant Fouchier
Por Dieu que il ne la bleçast.
272 Adonc covint que il ostast
La coiffe au cul por fere l'uevre.
De sa chemise la descuevre,
Puis si commence a arecier,
276 Et cele la borse a cerchier.
Que qu'ele cerche et cil l'estraint,
De la pointe du vit la point,
Et con li met jusqu'a la coille,
280 Dont li bat le cul et rooille
Tant, ce m'est vis, qu'il ot foutu.
Ses braies monte, s'a veü
De sa borse les deus pendanz.
284 " Ha, las! fet il, chetiz dolanz!
Tant ai huit fet male jornee!
Niece, ma borse m'est copee,
Ceste fame le m'a trenchie! "
288 Mabile l'ot, s'en fu mout lie,
Qui bien cuide que ce soit voir,
Qu'ele covoitoit mout l'avoir.
Maintenant a son huis desclos :
292 " Dant vilain, fet ele, alez hors!
– Dont me fetes ma borse rendre!
– Je vous baudrai la hart a pendre!
Alez tost hors de ma meson,
296 Ainçois que je praingne un baston! "
Cele un tison prent a deus mains :
Adonc s'en va hors li vilains,
Qui n'ot cure d'avoir des cops.
300 Aprés lui fu tost li huis clos.
Tout entor lui chascuns assamble,

les cordons et puis la cache :
264   il la met en son sein
      sur sa chair nue, puis se retourne.
      Il tourne le visage vers Ysane,
      ils s'approchent l'un de l'autre
268   et vont se coucher sur la paillasse.
      Ysane se couche d'abord
      et prie sieur Foucher
      de ne pas la blesser, pour l'amour de Dieu !
272   Alors il lui fallut enlever
      la coiffe du cul pour la besogne.
      Boivin lui enlève sa chemise,
      puis commence à bander
276   et elle à chercher la bourse.
      Pendant qu'elle cherche, il l'étreint,
      la pique de la pointe du vit,
      il le lui met dans le con jusqu'aux couilles.
280   Il lui bat et rebat le cul
      tant, il me semble, qu'il l'a foutue.
      Il remonte ses braies, et voit
      les deux pendants de sa bourse.
284   « Hélas ! s'écrie-t-il, pauvre de moi !
      J'ai fait aujourd'hui bien mauvaise journée !
      Nièce, on m'a coupé ma bourse !
      C'est cette femme-là qui me l'a tranchée ! »
288   L'ayant entendu, Mabile s'en réjouit beaucoup
      croyant que c'est vrai,
      car elle convoite fort l'argent.
      Elle ouvre aussitôt la porte :
292   « Sieur vilain, fait-elle, sortez !
      – Et vous rendez-moi d'abord ma bourse !
      – Vous aurez plutôt une corde pour vous pendre !
      Sortez immédiatement de chez moi,
296   avant que je ne prenne un bâton ! »
      Elle empoigne un tison à deux mains
      et le paysan s'en va
      craignant les coups.
300   On lui claque la porte dans le dos.
      Des gens se rassemblent autour de Boivin

Et il lor moustre a toz ensamble
Que sa borse li ont copee.
304 Et Mabile l'a demandee
A Ysane : " Baille ça tost,
Que li vilains va au provost.
— Foi que je doi saint Nicholas,
308 Dist Ysane, je ne l'ai pas;
Si l'ai je mout cerchie et quise.
— Par un poi que je ne te brise,
Pute orde vieus, toutes les danz!
312 Enne vi je les deux pendanz
Que tu copas? Jel sai de voir!
Cuides les tu par toi avoir?
Se tu m'en fez plus dire mot...!
316 Pute vielle, baille ça tost!
— Dame, comment vous baillerai,
Dist Ysane, ce que je n'ai? "
Et Mabile aus cheveus li cort,
320 Qui n'estoient mie trop cort,
Que jusqu'a la terre l'abat;
Aus piez et aus poins la debat,
Qu'ele le fet poirre et chier.
324 " Par Dieu, pute, ce n'a mestier!
— Dame, or lessiez! Je les querrai
Tant, se puis, que les troverai,
Se de ci me lessiez torner.
328 — Va, fet ele, sanz demorer! "
Mes Mabile l'estrain reborse,
Qu'ele cuide trover la borse.
" Dame, or entent, ce dist Ysane,
332 Perdre puisse je cors et ame
S'onques la borse soi ne vi!
Or me poez tuer ici!
— Par Dieu, pute, tu i morras! "
336 Par les cheveus et par les dras
L'a tiree jusqu'a ses piez,
Et ele crie : " Aidiez, aidiez! "
Quant son houlier dehors l'entent,
340 Cele part cort isnelement;

qui leur montre à tous
qu'on lui a coupé la bourse.

304 Cependant Mabile la demande
à Ysane : « Donne-moi ça vite :
le vilain va chez le prevôt.
— Pour la foi que je dois à saint Nicolas,

308 dit Ysane, je ne l'ai pas;
pourtant je l'ai bien cherchée.
— Peu s'en faut que je te brise,
sale pute, toutes les dents!

312 N'ai-je pas vu les deux cordons
que tu as coupés? J'en suis sûre!
Crois-tu la garder pour toi?
Si tu m'obliges à dire un mot de plus...!

316 Vieille pute, donne-moi ça vite!
— Dame, comment vous donnerais-je
ce que je n'ai pas? » répond Ysane.
Alors Mabile lui saute aux cheveux

320 qui étaient très longs,
au point qu'elle la renverse à terre.
Elle la frappe des pieds et des poings
si fort qu'elle la fait péter et chier.

324 « Par Dieu, pute, cela ne te sert à rien!
— Dame, laissez-moi, je vais les chercher
jusqu'à ce que je les trouve,
si vous voulez bien me laisser aller.

328 — Va, fait-elle, sans tarder! »
Mais Mabile fouille et retourne la litière,
car elle croit y trouver la bourse.
« Dame, écoute donc, dit Ysane,

332 puissé-je perdre corps et âme,
si j'ai jamais vu la bourse!
Vous pouvez me tuer ici même!
— Par Dieu, pute, tu en mourras! »

336 Par les cheveux et par la robe
elle l'a traînée à ses pieds.
« Au secours, au secours! » crie Ysane.
Quand son maquereau l'entend dehors,

340 il accourt au plus vite.

L'uis fiert du pié sanz demorer,
Si qu'il le fet des gons voler.
Mabile prist par la chevece,
344 Si qu'il la deront par destrece;
Tant est la robe derompue
Que dusqu'au cul en remest nue.
Puis l'a prise par les chevols;
348 Du poing li done de granz cops
Parmi le vis, en mi les joes,
Si qu'eles sont perses et bloes.
Mes ele avra par tens secors,
352 Que son ami i vient le cors,
Qui au crier l'a entendue.
Tout maintenant, sanz atendue,
S'entreprenent li dui glouton.
356 Lors veïssiez emplir meson
Et de houliers et de putains!
Chascuns i mist adonc les mains.
Lors veïssiez cheveus tirer,
360 Tisons voler, dras deschirer,
Et l'un desouz l'autre cheïr!
Li marcheant corent veïr
Ceus qui orent rouge testee,
364 Que mout i ot dure meslee;
Et si s'i mistrent de tel gent
Qui ne s'en partirent pas gent:
Teus i entra a robe vaire
368 Qui la trest rouge et a refaire.
Boivin s'en vint droit au provost,
Se li a conté mot a mot,
De chief en chief, la vérité;
372 Et li provos l'a escouté,
Qui mout ama la lecherie.
Sovent li fist conter sa vie
A ses parens, a ses amis,
376 Qui mout s'en sont joué et ris.
Boivin remest trois jors entiers,
Se li dona de ses deniers
Li provos dis sous à Boivins,
380 Qui cest fablel fist a Provins.

232

Il enfonce la porte du pied sans attendre,
si bien qu'il la fait sortir des gonds.
Il saisit Mabile par le col
344 si fort qu'il l'arrache rudement.
La robe est si déchirée
que Mabile en reste nue jusqu'au cul.
Puis il la prend par les cheveux
348 et lui donne de si grands coups de poing
sur le visage et sur les joues
qu'elles en deviennent bleuâtres.
Mais elle aura bientôt du secours :
352 son ami accourt à toute vitesse,
l'ayant entendue crier.
Aussitôt, sans délai,
les deux canailles en viennent aux mains.
356 Vous auriez pu voir alors la maison
s'emplir de maquereaux et de putains!
Chacun s'engage dans la mêlée.
Vous auriez pu les voir s'arracher les cheveux,
360 faire voler les bûches, déchirer les draps,
et choir l'un sur l'autre.
Les marchands accourent pour voir
ces gens, la tête rouge de sang,
364 car la mêlée est très rude.
Tels s'en mêlèrent
qui ne s'en tirèrent pas à bon compte!
Tel y entra avec robe de fourrure,
368 qui sortit avec robe rouge et à refaire.
Boivin alla droit chez le prévôt
et lui raconta mot à mot,
d'un bout à l'autre, la vérité.
372 Le prévôt l'écouta,
car il aimait beaucoup les bons tours.
Il lui fit plusieurs fois conter sa vie
à ses parents et à ses amis,
376 qui s'en sont bien réjouis.
Boivin resta trois jours entiers
et le prévôt, de ses deniers,
donna dix sous à Boivin
380 qui fit ce fabliau à Provins.

14. ESTORMI

Por ce que je vous ai mout chier,
Vous vueil un fablel commencier
D'une aventure qui avint.
4 C'est d'un preudomme qui devint
Povres, entre lui et sa fame.
Non ot Jehans et ele Yfame;
Riches genz avoient esté,
8 Puis revindrent en povreté.
Mes je ne sai par quoi ce fu,
Quar onques conté ne me fu:
Por ce ne le doi pas savoir.
12 Troi prestre, par lor mal savoir,
Covoitierent dame Yfamain.
Bien la cuidierent a la main
Avoir prise por la poverte
16 Qui la feroit a descouverte.
De folie se porpensserent,
Quar par mi la mort en passerent,
Issi com vous m'orrez conter
20 Se vous me volez escouter.
Et la matere le devine,
Qui nous raconte la couvine
De la dame et des trois prelaz:
24 Chascuns desirre le solaz
De dame Yfamain a avoir;
Por ce li promistrent avoir,

14. ESTORMI
par Hugues Piaucele

En témoignage de ma bienveillance
je veux vous dire un fabliau
à propos d'une aventure qui s'est produite.
4   C'est l'histoire d'un brave homme
qui devint pauvre, ainsi que sa femme.
Il s'appelait Jean, et elle Yfemme ;
ils avaient été des gens riches,
8   puis tombèrent en pauvreté.
Mais j'ignore pour quelle raison,
car on me l'a jamais contée :
je ne suis donc pas tenu à la savoir.
12   Trois prêtres eurent la folle idée
de convoiter dame Yfemme.
Ils croyaient l'avoir réduite
en leur pouvoir par la pauvreté
16   qui l'avait rudement frappée.
Ils conçurent un fol projet,
car ils passèrent par la mort,
comme vous m'entendrez raconter,
20   si vous voulez bien m'écouter.
L'histoire même l'enseigne,
qui nous raconte l'accord secret
de la dame et des trois prélats.
24   Chacun désirait jouir
des faveurs de dame Yfemme ;
pour cela ils lui promirent,

Je cuit, plus de quatre vinz livres :
28 Ainsi le tesmoingne li livres.
Et la matere le raconte
Si com cil furent a grant honte
Livré par lor maleürtez;
32 Mes ce fist lor desleautez
De lor crupes et de lor rains :
Bien l'orrez dire au daarrains,
Por que vous vueilliez tant atendre!
36 Ainz Yfame ne vout entendre
Lor parole ne lor reson,
Ainz a tout conté son baron
L'afere, tout si comme il va.
40 Jehans li respondi : " Di va,
Bele suer, me contes tu voir?
Te prometent il tant d'avoir
Com tu me vas ci acontant?
44 – Oïl, biaus frere, plus que tant,
Mes que je vueille lor bons fere.
– Dehez ait qui en a que fere,
Fet Jehans, en itel maniere!
48 Mieus ameroie en une biere
Estre mors et ensevelis,
Que ja eüssent lor delis
De vous a nul jor de ma vie!
52 – Sire, ne vous esmaiez mie!
Fet Yfame qui mout fu sage.
Povretez, qui mout est sauvage,
Nous a mis en mout mal trepeil.
56 Or feroit bon croire conseil
Par qoi nous en fussons geté!
Li prestre sont riche renté,
S'ont trop dont nous avons petit.
60 Se vous volez croire mon dit,
De proveté vous geterai
Et a grant honte meterai
Ceux qui me cuident engingnier.
64 – Va donc, pensse du hamoingnier,
Fet Jehans, bele douce suer!

je crois, plus de quatre-vingts livres.
28 Ainsi en témoigne le livre;
et l'histoire raconte
comment ils se couvrirent de honte
outrageusement par leur malchance,
32 ou plutôt par la déloyauté
de leurs croupes et de leurs reins:
vous l'entendrez raconter à la fin
pourvu que vous veuillez attendre longtemps!
36 Mais Yfemme ne voulut entendre
leur propos ni leurs arguments,
mais raconta à son mari
tout ce qu'ils avaient combiné.
40 Jean lui répondit: « Allons,
ma chère, me dis-tu la vérité?
Te promettent-ils autant d'argent
que tu me racontes ici?
44 – Oui, cher frère, plus que cela,
pourvu que je fasse selon leur désir.
– Malheur à celui qui se comporte
de telle manière! s'écria Jean.
48 J'aimerais mieux être mort
et enseveli en une bière,
plutôt qu'ils aient leur plaisir
avec vous, de mon vivant!
52 – Sire, ne vous inquiétez pas!
dit Yfemme, qui était fort sage.
C'est Pauvreté, l'impitoyable,
qui nous a mis en si grave trouble.
56 On ferait bien d'imaginer une ruse
pour pouvoir nous en sortir!
Les prêtres ont de riches rentes:
ils ont assez de ce dont nous avons peu.
60 Si vous voulez suivre mon conseil,
je vous sortirai de cette misère
et je ferai subir grand outrage
à ceux qui croient me tromper.
64 – Va, donc, songe à les prendre à l'hameçon,
chère, douce sœur, fait Jean.

Mes je ne voudroie a nul fuer
Qu'il fussent de vous au desus!
68 – Tesiez! Vous monterez lasus
En cel solier, tout coiement,
Si garderez apertement
M'onor et la vostre et mon cors;
72 Les prestres meterons la fors
Et li avoirs nous remaindra.
Tout issi la chose avendra,
Se vous le volez otrier.
76 – Alez tantost sanz detrier,
Fet Jehans, bele douce amie,
Mes, por Dieu, ne demorez mie!"
Au moustier s'en ala Yfame,
80 Qui mout par estoit bone fame.
Ainz que la messe fust chantee,
Fu assez tost amonestee
De ceus qui quierent lor anui.
84 Yfame chascun a par lui,
Tout belement, l'un aprés l'autre,
Qu'ainc n'en sot mot li uns de l'autre,
Mist lieu de venir a son estre.
88 Tout avant au premerain prestre
A mis la bone dame leu
Que il viengne entre chien et leu,
Et si aport toz ses deniers.
92 "Dame, fet cil, mout volentiers!"
Qui mout est pres de son torment...
Neporquant va s'en liement.
Estes vous venu le secon
96 Qui voloit avoir du bacon:
Mout par avoit chaude la croupe!
Devant dame Yfame s'acroupe,
Puis li descuevre sa penssee.
100 Et cele, qui s'est porpenssee
De sa grande male aventure,
Li a mis leu par couverture
Qu'il venist quant la cloche sone.
104 "Dame, ja n'avrai tant d'essoine,

238

Mais je ne voudrais à aucun prix
qu'ils aient le dessus sur vous!

68 — Taisez-vous! Vous monterez là-haut
dans ce grenier, en grand silence,
et vous serez gardien vigilant
de mon honneur, du vôtre et de ma personne.

72 Les prêtres, nous les mettrons à la porte;
quant à l'argent, il restera à nous.
La chose se passera ainsi,
si vous êtes d'accord.

76 — Allez vite, sans tarder,
fait Jean, ma douce amie,
mais, pour Dieu, depêchez-vous! »
Yfemme alla à l'église,

80 en femme honnête qu'elle était.
Avant que la messe ne fût chantée,
elle fut bien vite sollicitée
par ceux qui cherchaient leur malheur.

84 Yfemme à chacun, seul à seul,
discrètement, l'un après l'autre,
et à l'insu l'un de l'autre,
ordonna de venir chez elle.

88 D'abord au premier prêtre
la bonne dame donna
rendez-vous entre chien et loup
et lui dit d'apporter tous ses deniers.

92 « Dame, bien volontiers! »
fait l'autre, proche de son tourment.
Cependant il s'en va content.
Mais voilà venu le second,

96 désireux d'avoir sa part de bacon:
il avait la croupe bien chaude!
Il s'accroupit devant dame Yfemme,
puis il dévoile son intention.

100 Mais elle, après avoir bien réfléchi
à sa grande malchance,
lui ordonna en secret
de venir au son de la cloche.

104 « Dame, rien ne m'empêchera,

Fet li prestres, par saint Amant,
Que je ne viegne a vo commant,
Que pieç'a que je vous couvoite!
108   – Aportez moi donc la queilloite
Que vous me devez aporter!
– Volentiers, je les vois conter",
Fet cil, qui de joie tressaut.
112   Et li autres prestres resaut,
Puis li demande derechief:
" Dame, vendrai je ja a chief
De ce dont je vous ai requise? "
116   Et la dame, qui fu porquise
De sa grant honte et de son mal,
Li dist: " Biaus sire, il n'i a al!
Vostre parole m'a atainte,
120   Et povretez qui m'a destrainte
Me font otroier vo voloir.
Or venez sempres a prinsoir
Trestout belement a mon huis.
124   Et si ne venez mie vuis,
Que vous n'aportez ma promesse!
– Ja ne puisse je chanter messe,
Dame, se vous n'avez vostre offre!
128   Je les vois metre hors du coffre,
Et les deniers et le cuiret. "
A tant a la voie se met
Cil qui est mout liez de l'otroi.
132   Or se gardent bien de lor roi,
Qu'il ont porchacié laidement
Lor mort et lor definement!
Oublié avoie une chose :
136   Qu'a chascun prestre, a la parclose,
Fist Yfame entendre par guile
Que Jehans n'ert pas en la vile;
Si s'en refist chascuns plus joins.
140   Mes cele nuit a grains conjoins
Jurent, ce sachiez vraiement!
Et dame Yfame isnelement
Est revenue a sa meson,

fait le prêtre, par saint Amand,
de venir à l'heure fixée :
cela fait un moment que je vous convoite !
108   – Apportez-moi donc le produit de la quête
que vous me devez !
  – Volontiers, je vais le conter »,
fait l'autre en tressautant de joie.
112   Mais voici le troisième prêtre qui apparaît,
puis lui demande à son tour :
« Dame, obtiendrai-je finalement
ce que je vous ai demandé ? »
116   Et la dame que le prêtre avait requise
de faire sa honte et son malheur,
lui dit : « Beau seigneur, forcément !
Vos paroles m'ont touchée,
120   elles et la pauvreté qui m'angoisse,
me font céder à votre volonté.
Venez donc aussitôt à la nuit tombante
tout bellement à ma porte.
124   Mais ne venez pas les mains vides,
sans m'apporter ce que vous m'avez promis !
  – Que je ne puisse plus chanter messe,
dame, si vous n'avez votre offrande !
128   Je vais les sortir du coffre,
les deniers et la bourse. »
Alors le prêtre se met en route
tout content de ce consentement.
132   Qu'ils prennent bien garde au piège,
car ils ont poursuivi honteusement
leur mort et leur fin !
J'avais oublié une chose :
136   qu'à la fin à chaque prêtre,
dame Yfemme fit entendre par ruse
que Jean ne serait pas en ville ;
chaque prêtre s'en réjouit plus encore.
140   Cette nuit-là, ils dormirent
avec grande joie, sachez-le bien !
Sur ce, dame Yfemme rentra
rapidement à la maison

144 Son baron conte la reson.
    Jehans l'oï, mout liez en fu;
    A sa niecete a fet le fu
    Alumer et la table metre.
148 Cele, qui ne se vout demetre
    Qu'ele ne face son commant,
    A mis la table maintenant,
    Qu'ele savoit bien son usage.
152 Et Yfame, qui mout fu sage,
    Li dist : " Biaus sire, la nuit vient;
    Or sai je bien qu'il vous covient
    Repondre, qu'il en est bien poins. "
156 Et Jehans, qui ot deus porpoins,
    En avoit le meillor vestu :
    Biaus hom fu et de grant vertu.
    En sa main a pris sa coingnie :
160 Une maçue a empoingnie
    Qui mout ert grosse, de pommier.
    Estes vous venu le premier,
    Tout carchié de deniers qu'il porte.
164 Tout belement hurte a la porte :
    Il ne veut mie c'on l'i sache.
    Et dame Yfame arriere sache
    Le veroil, et l'uis li desfarme.
168 Quant cil a veü dame Yfame,
    Si la cuide avoir deceüe.
    Et Jehans, qui tint la maçue
    Qui mout ot grosse la cibole,
172 Felonessement le rebole,
    Si que li prestres n'en sot mot.
    Tout coiement, sanz dire mot,
    Avala Jehans le degré.
176 Et cil, qui cuide avoir son gré
    De la dame, tout a estor
    Vint a li, se li fet un tor,
    Si qu'en mi la meson l'abat.
180 Et Jehans, qui sor eus s'embat
    Tout belement et sanz moleste,
    Le fiert a deus mains en la teste

242

144 et raconta l'affaire à son mari.
Jean l'écouta et en fut bien content;
il ordonna à sa petite nièce
d'allumer le feu et de mettre la table.

148 Ne voulant pas désobéir
à ses ordres, sa nièce
dressa aussitôt la table :
elle savait bien le faire.

152 Alors Yfemme, qui était très sage,
lui dit : « Beau seigneur, la nuit vient;
or je sais bien qu'il vous convient
de vous cacher, car il est temps. »

156 Jean, qui avait deux pourpoints,
avait revêtu le meilleur :
c'était un bel homme courageux.
Il prit en main sa cognée,

160 empoigna une massue
très grosse, en pommier.
Voici le premier prêtre venu,
tout chargé des deniers qu'il porte.

164 Il frappe doucement à la porte :
il ne veut pas qu'on le sache là.
Alors dame Yfemme retire
le verrou et lui ouvre la porte.

168 Quand l'autre voit dame Yfemme,
il croit que sa tromperie a réussi.
Mais Jean, qui tient en main
la massue à grosse tête,

172 repousse la porte par ruse
sans que l'autre ne s'aperçoive de rien.
Tout en silence, sans mot dire,
Jean descendit l'escalier.

176 Le prêtre, croyant prendre son plaisir
de la dame, de vive force
s'approche à elle, la saisit par-derrière,
et la renverse au milieu de la maison.

180 Mais Jean, s'étant jeté sur eux
tranquillement et sans fracas,
le frappe à deux mains avec la cognée

               Si durement de la coingnie,
184   La teste li a si coingnie
       Li sans et la cervele en vole.
       Cil chiet mors si pert la parole.
       Yfame en fu mout esmarie;
188   Jehans jure sainte Marie,
       Se sa fame noise fesoit,
       De sa maçue la ferroit.
       Cele se test. Et cil embrace
192   Celui qui gist mors en la place,
       En sa cort l'en porta errant,
       Si l'a drecié tout maintenant
       A la paroi de son bercil;
196   Et puis repere du cortil,
       Dame Yfame reconforta.
       Et li autres prestres hurta,
       Qui queroit son mal et sa honte,
200   Et Jehanz el solier remonte.
       Et dame Yfame l'uis li oevre,
       Qui mout fu dolente de l'uevre,
       Mes fere li estuet par force.
204   Et cil entre, carchiez, el porce,
       Les deniers mist jus qu'il portoit.
       Et Jehans, qui lasus estoit,
       Par la treillie le porlingne,
208   Felonessement le rechingne;
       Aval descent tout coiement.
       Et cil embraça esraument
       Celi por avoir son delit,
212   Si l'abati en un biau lit.
       Jehans le vit, mout l'en pesa;
       De la maçue qui pesa
       Le fiert tel cop en la caboce
216   Ce ne fu pas por lever boce,
       Ainz esmie quanqu'il ataint.
       Cil fu mors, la face li taint,
       Quar la mort l'angoisse et sousprent.
220   Et sire Jehans le reprent,
       Si le va porter avoec l'autre.

244

violemment sur le crâne :

184 il le lui fend si bien
que le sang et la cervelle giclent.
Le prêtre perd la parole et tombe mort.
Yfemme en est fort effrayée ;

188 Jean jure par sainte Marie
que si sa femme faisait du bruit,
il la frapperait avec sa massue.
Elle se tait. Il prend dans ses bras

192 le prêtre qui gît mort par terre,
l'emporte rapidement dans la cour
et le dresse sur-le-champ
contre la paroi de sa bergerie ;

196 puis rentre de la cour
et réconforte dame Yfemme.
Sur ce, l'autre prêtre frappe à la porte,
qui cherche son malheur et sa honte.

200 Jean remonte alors au grenier.
Dame Yfemme ouvre la porte
contre son gré, le cœur gros,
mais elle est obligée de le faire.

204 L'autre entre chargé sous l'auvent,
dépose les deniers qu'il porte.
Jean, qui est là-haut,
l'épie par la claire-voie,

208 en grinçant des dents méchamment ;
il descend les marches en silence.
Le prêtre étreint vite
la dame pour avoir son plaisir

212 et la renversa sur un beau lit.
Jean le vit, en éprouva un violent chagrin ;
avec sa pesante massue
lui assena un tel coup sur la tête,

216 que ce n'est pas une bosse qu'il lui fait,
mais il réduit en miettes tout ce qu'il atteint.
L'autre meurt, la face pâle,
car la mort l'angoisse et le surprend.

220 Alors sieur Jean le prend à son tour
et va le porter avec l'autre.

Puis a dit : " Or estes vous autre !
Je ne sai s'il vous apartient,
224 Mes mieus vaut compaignon que nient. "
Quant ot ce fet, si s'en retorne.
Son afere mout bien atorne :
Les deniers a mis en la huche.
228 Ez vous le tiers prestre qui huche
Tout belement et tout souef.
Et Yfame reprent la clef,
Maintenant l'uis li desferma.
232 Et cil, qui folement ama,
Entra en la meson, carchiez.
Et sire Jehans est muciez
Souz le degré et esconssez.
236 Et cil qui cuide avoir son sez
De la dame, l'a embrachie
Et sus un biau lit l'a couchie.
Jehans le vit, mout s'en corece,
240 La maçue qu'il tint adrece,
Tel cop li done lez la temple
Que toute la bouche li emple
De sanc et de cervele ensamble.
244 Cil cheï mors, li cors li tramble,
Quar mort l'angoisse et destraint.
Et sire Jehans le restraint,
Maintenant le prestre remporte,
248 Si le dreça delez la porte.
Quant ce ot fet, si s'en revient.
Or sai je bien qu'il me covient
Dire par quel reson Jehans,
252 Qui mout ot cele nuit d'ahans,
Remist les deus prestres ensamble.
Se ne le vous di, ce me samble,
Li fabliaus seroit corrompus.
256 Jehans fust a mal cul apus,
Ne fust uns siens niez, Estormis,
Qui adonc li fu bons amis,
Si com vous orrez el fablel.
260 Yfame ne fut mie bel

246

Puis il dit : « Eh bien, vous êtes le second ! »
Je ne sais pas s'il est votre parent,
224 mais un compagnon vaut mieux que rien. »
Cela fait, il s'en retourne.
Il arrange bien son affaire
et met les deniers dans la huche.
228 Et voilà le troisième prêtre
qui appelle à voix basse, doucement.
Dame Yfemme reprend la clé
et lui ouvre aussitôt la porte.
232 Et l'autre, qui aimait d'amour fou,
entre chargé dans la maison.
Sieur Jean est caché
et dissimulé sous l'escalier.
236 Et le prêtre, croyant jouir
de la dame, l'étreint
et la couche sur un beau lit.
Jean le voit, en est fort courroucé,
240 brandit la massue qu'il empoigne
et lui assène un tel coup près de la tempe
qu'il lui remplit toute la bouche
de sang et de cervelle ensemble.
244 L'autre tombe mort, le corps sursaute,
car la mort l'angoisse et l'oppresse.
Alors sieur Jean le saisit ;
il emporte aussitôt le prêtre
248 et le dresse à côté de la porte.
Cela fait, il s'en retourne.
Maintenant je sais bien que je dois
dire pour quelle raison Jean,
252 qui cette nuit eut grande peine,
avait placé les deux prêtres ensemble.
Si je ne vous le disais, il me semble
que ce fabliau serait altéré.
256 Jean aurait été en situation difficile
sans Estormi, un de ses neveux,
qui alors lui fut bon ami,
comme vous l'entendrez dans ce fabliau.
260 L'affaire ne plut pas à Yfemme,

De l'afere, mes mout dolante.
" Se je savoie ou mes niez hante,
Fet Jehans, je l'iroie querre :
264 Il m'aideroit bien a conquerre,
A delivrer de cest fardel.
Mes je cuit qu'il est au bordel.
— Non est, biaus sire, fet sa niece,
268 Encor n'a mie mout grant piece
que je le vi en la taverne,
La devant, chiés dame Hodierne.
— Ha, fet Jehans, por saint Grigore!
272 Va savoir s'il i est encore. "
Cele s'en torne, mout corcie;
Por mieus corre s'est escorcie.
A l'ostel vient, si escoutoit
276 Se son frere leenz estoit.
Quant el l'ot, les degrez monta;
Delez son frere s'acosta,
Qui getoit les dez desouz main.
280 Ne li vint mie bien a main
La cheance, quar il perdi;
A poi que tout ne porfendi
De son poing trestoute la table!
284 Voirs est, c'est chose veritable,
— Qui ne m'en croit demant autrui! —
Que cil a sovent grant anui
Qui jeu de dez veut maintenir.
288 Mes ne vueil mie plus tenir
Ceste parole, ainçois vueil dire
De celi qui son frere tire,
Qui de li ne se donoit garde.
292 Estormis sa seror regarde,
Puis li demande dont el vient.
" Frere, fet ele, il vous covient
Parler a moi par ça desouz.
296 — Par foi, je n'irai mie sous,
Que je doi ja ceenz cinc saus!
— Tesiez vous, que bien seront saus,
Que je les paierai mout bien.

mais elle en fut bien affligée.
« Si je savais quels lieux fréquente mon neveu,
fait Jean, j'irais le chercher :
264   il m'aiderait à trouver le moyen
de me débarrasser de ce fardeau.
Mais je crois qu'il est au bordel.
– Non, beau seigneur, fait sa nièce,
268   Il n'y a pas bien longtemps
que je l'ai vu à la taverne,
là devant, chez dame Hodierne.
– Ha ! fait Jean, par saint Grégoire !
272   Va voir s'il y est encore. »
Elle s'en va tout inquiète,
pour mieux courir retrousse sa jupe.
Arrivée à l'auberge, elle écoute
276   si son frère se trouve à l'intérieur.
L'ayant entendu, elle monte l'escalier,
s'approche de son frère
qui cache les dés sous la main.
280   La chance ne lui vint pas
en main, car il perdit.
Peu s'en fallut qu'il ne fendît
toute la table de son poing !
284   C'est vrai, cela est bien arrivé
– qui ne me croit demande à d'autres ! –
car en a souvent grand chagrin
celui qui persévère dans le jeu de dés.
288   Mais je ne veux plus continuer
ce discours, je veux parler plutôt
de celle qui tire par le bras son frère,
qui ne lui prête aucune attention.
292   Estormi regarde sa sœur,
puis lui demande d'où elle vient.
« Frère, fait-elle, il vous convient
de venir me parler là en bas.
296   – Par foi, je n'y descendrai pas :
j'ai ici une dette de cinq sous !
– Taisez-vous : ils seront bien payés,
je les payerai sans difficulté.

300	Biaus ostes, dites moi combien
	Mes freres doit ceenz, par tout.
	– Cinc sous! – Vez ci gage por tout :
	Je vous en lerai mon sorcot.
304	A il bien paié son escot?
	– Oïl, bien avez dit reson!"
	A tant issent de la meson.
	Li vallés – a non Estormis –
308	A tant s'est a la voie mis.
	Estormis sa seror demande
	Se c'est ses oncles qui le mande.
	"Oïl, biaus frere, a grant besoing."
312	Li osteus ne fu mie loing;
	A l'uis vienent, enz sont entré,
	Et quant Jehans a encontré
	Son neveu, mout grant joie en fet.
316	"Dites moi qui vous a mesfet,
	Por le cul Dieu!" fet Estormis.
	"Je te conterai, biaus amis,
	Fet sire Jehans, tout le voir.
320	Uns prestres, par son mal savoir,
	Vint dame Yfamain engingnier;
	Et je le cuidai mehaingnier,
	Si l'ai ocis; ce poise mi :
324	Se cil le sevent d'entor mi,
	Je serai mors isnel le pas.
	– Ja ne me mandiiez vous pas,
	Fet Estormis, en vo richece!
328	Mes ja ne lerai por perece,
	Par le cul Dieu! fet Estormis,
	Puis que tant m'en sui entremis,
	Que vous n'en soiez delivrez!
332	Fetes tost, un sac m'aportez,
	Quar il en est huimés bien eure!"
	Et sire Jehans ne demeure,
	Ainz li a le sac aporté.
336	Au prestre qu'il ot acosté
	D'une part son neveu en maine.
	Mes ainçois orent mout grant paine

300 Bel hôte, dites-moi donc
     combien en tout mon frère doit ici.
     – Cinq sous! – Voilà : en gage, pour tout,
     je vous laisserai mon surcot.
304 A-t-il bien ainsi payé sa dette?
     – Oui, vous avez parlé sagement! »
     Alors ils sortent de la maison.
     Le jeune homme s'appelle Estormi,
308 il s'est mis en route aussitôt.
     Estormi demande à sa sœur
     si c'est son oncle qui l'appelle.
     « Oui, cher frère, il a besoin de vous. »
312 La maison n'était pas loin;
     arrivés à la porte, ils entrent.
     Voyant venir son neveu,
     Jean s'en réjouit beaucoup.
316 « Dites-moi qui vous a fait tort,
     culdieu! » s'écrie Estormi.
     « Je te raconterai, cher ami,
     fait sieur Jean, toute la vérité.
320 Un prêtre eut la folle idée
     de venir séduire dame Yfemme.
     J'ai cru le maltraiter un peu,
     mais je l'ai tué, cela m'ennuie :
324 si mes voisins le savent,
     je serai mis à mort sur-le-champ.
     – Vous ne m'appeliez pas
     quand vous étiez riche! fait Estormi.
328 Mais je ne renoncerai pas par paresse,
     culdieu! répond le neveu,
     puisque j'ai accepté de m'en mêler,
     à vous aider à vous tirer d'affaire!
332 Vite, apportez-moi un sac :
     il est bien temps désormais! »
     Sieur Jean ne s'attarde pas,
     mais lui apporte vite le sac.
336 Il accompagne son neveu là où était
     le prêtre qu'il avait appuyé au mur.
     Mais ils eurent beaucoup de mal,

Qu'il li fust levez sor le col;
340 Estormis en jure saint Pol
Qu'ainz ne tint si pesant fardel.
Ses oncles li baille un hauel
Et une pele por couvrir.
344 Cil s'en vait, s'a fet l'uis ouvrir,
Qui ne demanda pas lanterne.
Par mi une fausse posterne
Vait Estormis, qui le fais porte :
348 Ne veut pas aler par la porte.
Et quant il est aus chans venus
Si a le prestre geté jus.
El fons d'un fossé fet la fosse;
352 Celui, qui ot la pance grosse,
Enfuet, et puis si l'a couvert.
Son pic et sa pele rahert
Et son sac; atant s'en repere.
356 Et Jehans ot si son afere
Atiré qu'il ot l'autre prestre
Remis et el lieu et en l'estre
Dont cil avoit esté getez
360 Qui enfouir estoit portez :
Bien fu parfont en terre mis!
A tant est venuz Estormis
A l'uis et il li est ouvers.
364 " Bien est enfouiz et couvers,
Fet Estormis, li dans prelas!
– Biaus niez, ainz me puis clamer las,
Fet Jehans, qu'il est revenuz!
368 Jamés ne serai secoruz
Que je ne soie pris et mors.
– Dont a il le deable el cors,
Qu'i l'ont raporté ça dedenz!
372 Et s'il en i avoit deus cenz
Si les enforrai je ainz le jor!"
A cest mot a pris sanz retor
Son pic et son sac et sa pele,
376 Puis a dit : " Ainz mes n'avint tele
Aventure en trestout cest monde!

avant qu'il ne fût chargé sur son dos,
340 Estormi jure par saint Paul
qu'il n'a jamais porté fardeau si lourd.
Son oncle lui passe une pioche
et une pelle pour boucher le trou.
344 Estormi se fait ouvrir la porte et sort
sans demander de lanterne.
Par une fausse poterne
Estormi sort portant son fardeau :
348 il ne veut pas passer par la porte.
Une fois arrivé aux champs,
il jette le prêtre par terre,
fait la fosse au fond d'un fossé.
352 Il ensevelit et puis recouvre
celui qui a la panse grosse,
reprend son pic, sa pelle
et son sac et rentre à la maison.
356 Mais Jean avait arrangé l'affaire
de telle sorte qu'il mit le second prêtre
à la place et dans la même posture
où avait été placé le premier
360 qu'on avait emporté pour l'enfouir,
et était bien enfoncé dans la terre!
En ce moment Estormi arrive
à la porte qu'on lui ouvre.
364 « Il est bien enseveli et couvert
le dom prélat! fait Estormi.
— Mais non, cher neveu, je puis me dire malheureux,
fait Jean, car il est revenu!
368 Jamais on ne me préservera
d'être pris et tué!
— A-t-il donc au corps des diables
qui l'ont ramené ici?
372 Mais même s'il y en avait deux cents,
je les enfouirai avant le jour! »
A ces mots il prend résolument
son pic, son sac et sa pelle,
376 puis dit : « Il n'est jamais arrivé,
telle aventure dans le monde entier!

A foi, Dame, Dieus me confonde
Se j'enfouir ne le revois!
380 Je seroie coars revois,
Se mon oncle honir lessoie!"
A tant vers le prestre s'avoie,
Qui mout estoit lais et hideus.
384 Et cil, qui n'ert pas peüreus,
Nient plus que s'il ert toz de fer,
Li dist : " De par toz ceus d'enfer
Soiez vous ore revenuz!
388 Bien estes en enfer connuz,
Quant il vous ont ci raporté!"
A tant a le prestre acosté,
Si l'en porte, a tout lui s'en cort
392 Par mi le sentier de la cort :
Ne le veut mie metre el sac.
Estormis sovent en somac
Le regarde, si le ramposne :
396 " Restiiez ore por la dosne
Revenuz si novelement?
Ja por nul espoentement
Ne lerai que ne vous enfueche!"
400 A tant de la haie s'aprueche,
Celui qu'il portoit i apuie;
Sovent garde qu'il ne s'en fuie.
La fosse a fete mout parfonde,
404 Le prestre prent, dedenz l'afonde,
Si lons comme il estoit le couche;
Puis li a les ieus et la bouche
Et le cors tout couvert de terre.
408 Puis jure les sainz d'Engleterre,
Ceus de France et ceus de Bretaingne,
Que mout avera grant engaingne
Se li prestres revient huimés.
412 Mes de cestui est il bien pes,
Que il ne porra revenir!
Mes du tiers soit au couvenir,
Que il trovera ja tout prest;
416 Mestier li est qu'il se raprest,

Ma foi, dame, Dieu me confonde
si je ne vais l'enterrer de nouveau!
380 Je serais un infâme couard,
si je laissais déshonorer mon oncle! »
Alors il se dirige vers le prêtre,
qui était d'une laideur hideuse,
384 et lui, qui n'était pas peureux,
pas plus que s'il était en fer,
lui dit : « Par tous les diables de l'Enfer,
vous voici donc revenu!
388 On vous connaît bien en Enfer,
puisqu'ils vous ont rapporté ici! »
Alors il s'approche du prêtre
et l'emporte en courant
392 par le sentier de la cour :
il ne veut point le mettre dans le sac.
Estormi n'arrête de le regarder
de biais et de l'insulter :
396 « Seriez-vous donc revenu
si promptement pour la dame?
Pour nulle épouvante
je renoncerai à vous enfouir! »
400 Alors il s'approche de la haie,
y appuie celui qu'il porte,
continue à veiller qu'il ne s'enfuie.
Il creuse une fosse très profonde,
404 prend le prêtre, l'enfonce dedans
et le couche de tout son long,
puis lui couvre entièrement de terre
les yeux, la bouche et le corps.
408 Puis jure par les saints d'Angleterre,
ceux de France et ceux de Bretagne
qu'il aura grand dépit
si le prêtre revient désormais.
412 Pour celui-ci, il est tranquille,
il ne pourra pas revenir!
Mais qu'il s'occupe plutôt du troisième,
qu'il trouvera déjà tout prêt.
416 Il faut qu'il s'y remette,

Quar on li jue de bondie...
Or est resons que je vous die
De Jehan, qui mist, c'est la voire,
420 El lieu le daarrain provoire
Ou li autre dui furent pris,
Qui ja erent fors du porpris
Enfoui par lor grant mesfet.
424 Et tantost qu'Estormis ot fet,
A son ostel est reperiez.
" Hé, las! com je sui traveilliez,
Fet Estormis, et eschaufez!
428 Mout estoit cras et esfossez
Li prestres que j'ai enfoui.
Mout longuement i ai foui
Por lui metre plus en parfont :
432 Se deable ne le refont
Revenir, ja ne revendra! "
Et Jehans dist ja ne verra
L'eure qu'il en soit delivrez :
436 " J'en serai a honte livrez
Ainz demain a l'avesprement. "
Estormis li respont : " Comment
Serez-vous livrez a tel honte?
440 — Ha, biaus douz niez! ci n'a nul conte
Que je ne soie en grant peril :
Revenuz est en no cortil
Li prestres que vous en portastes.
444 — Par foi, onques puis ne parlastes,
Fet Estormis, que vous mentistes!
Quar orainz a vos ieus veïstes
Que je l'en portai a mon col :
448 Je n'en croiroie pas saint Pol,
Oncles, que vous deïssiez voir!
— Ha, biaus douz niez! Venez veoir
Le prestre qui revenuz est.
452 — Par foi, tierce foie droiz est!
Ne m'i leront anuit mengier?
Par foi, bien se cuide vengier
Li deables qui le raporte.

car on lui joue un beau tour.
Maintenant il est bien que je vous parle
de Jean, qui, c'est la vérité,
420   mit le dernier prêtre à l'endroit
où furent pris les deux autres,
qui étaient déjà enterrés
hors de l'enclos pour leur grand méfait.
424   Aussitôt qu'Estormi eut fini,
il retourna à son logis.
« Hélas ! Que je suis épuisé
et échauffé ! s'écria Estormi.
428   Il était gras et gros
le prêtre que je viens d'ensevelir !
J'ai creusé longuement
pour le mettre au plus profond.
432   Si les diables ne le font
revenir, il ne reviendra plus ! »
Et Jean dit qu'il lui tardait
d'en être enfin délivré :
436   « Je serai livré au déshonneur
demain, avant la tombée du jour. »
Estormi lui répond : « Comment
serez-vous livré à une telle honte ?
440   – Ha, beau doux neveu, il est hors de doute
que je suis en grand danger :
le prêtre que vous emportâtes
est revenu dans notre cour !
444   – Par ma foi, vous n'avez fait
que dire des mensonges ! dit Estormi,
car tout à l'heure vous avez vu
de vos yeux que je l'emportai sur mon dos.
448   Je ne croirais pas, même sur la foi de saint Paul,
mon oncle, que vous disiez la vérité !
– Ha ! beau doux neveu, venez voir
le prêtre qui est revenu.
452   – Ma foi ! Jamais deux sans trois !
Me laisseront-ils manger cette nuit ?
Ma foi, il croit bien se venger
le diable qui le rapporte ici.

456 Mes de rien ne me desconforte :
    Ne pris deus oés lor granz merveilles ! "
    Au prestre vint, par les oreilles
    L'aert, et puis par le goitron ;
460 Puis en a juré le poistron
    Que le provoire renforra :
    Ne ja por ce ne remaindra
    S'il a les deables el ventre !
464 A cest mot en grant paine rentre
    Estormis, qui le prestre encarche ;
    Sovent va maudissant sa carche :
    N'en puet mes, quar forment li grieve.
468 " Par le cuer Dieu, cis fais me crieve,
    Fet Estormis, je m'en demet ! "
    A tant a la terre le met,
    Que plus avant ne le porta.
472 Delez une saus acosta
    Le prestre, qui ert cras et gros.
    Mes ainçois li sua li cors
    Que il eüst sa fosse fete.
476 Et quant il l'ot mout bien parfete,
    Au prestre vint, et si l'embrace.
    Cil fut granz, et Estormis glace :
    En la fosse chieent anduit.
480 " Par foi, or ai je mon pain cuit ! "
    Fet Estormis, qui fu desous.
    " Las ! or morrai je ci toz sous,
    Quar je suis ci en grant destrece. "
484 Et la mains au prestre radrece,
    Qui del bort de la fosse eschape,
    Puis li a doné tel soupape
    Por poi les denz ne li esmie.
488 « Vois, por le cul sainte Marie,
    Fet Estormis, je suis matez !
    Cist prestres est resuscitez !
    Com m'a ore doné bon frap !
492 Je ne cuit que mes li eschap,
    Que trop me foule et trop me mate. "
    A tant l'aert par la gargate,

456 Mais je ne me désole de rien :
    je méprise leurs miracles ! »
    Il s'approche du prêtre et le saisit
    par les oreilles, puis par la gorge,
460 puis jure par son postérieur
    qu'il renfouira le prêtre :
    cela ne manquera pas de se passer,
    même s'il a les diables au ventre !
464 Sur ce, Estormi rentre en grande peine,
    le prêtre chargé sur son dos.
    Il continue à maudire sa charge :
    il n'en peut plus, car il pèse lourd.
468 « Cœurdieu ! Ce fardeau me fait crever,
    fait Estormi, je m'en décharge ! »
    Alors il le pose par terre,
    sans le porter davantage.
472 Il appuya contre un saule
    le prêtre qui était gros et gras.
    Mais avant de creuser la fosse
    il était déjà trempé de sueur.
476 Lorsqu'il l'eut achevée,
    il vint au prêtre, le prit dans ses bras.
    Celui-là était grand, et Estormi glissa :
    ils tombèrent tous les deux dans la fosse.
480 « Ma foi, me voilà dans de beaux draps ! »
    fait Estormi, qui était en dessous.
    « Las ! Maintenant je mourrai ici tout seul,
    car je suis bien à l'étroit. »
484 Mais la main du prêtre se redresse,
    glisse du bord de la fosse
    et lui flanque un tel coup sur le menton
    qu'elle lui casse presque les dents.
488 « Vois, par le cul de sainte Marie,
    fait Estormi, je suis maté !
    Ce prêtre est ressuscité !
    Quelle baffe il vient de me donner !
492 Je ne pense pas lui échapper,
    car il me foule et m'achève. »
    Alors il le saisit par le gosier,

Si le torne et li prestres chiet.
496 " Par foi, fet il, il vous meschiet
Quant je sui deseure tornez :
Malement serez atornez! »
A tant est saillis a sa pele,
500 Au prestre en a donee tele
Qu'aussi la teste li esmie
Com fust une pomme porrie.
A tant est de la fosse issus.
504 Celui, qui cras ert et fessus,
A tout de terre acouveté;
Assez a sailli et hurté
Por la terre sor lui couchier.
508 Puis jure le cors saint Richier
Que il ne set que ce puet estre
Se li prestres revient en l'estre;
Ja n'ert mes enfouiz par lui,
512 Quar trop li a fet grant anui!
Ce dist, puis s'en vait a cest mot.
N'ot gueres alé, quant il ot
Un prestre devant lui aler,
516 Qui de ses matines chanter
Venoit, par sa male aventure.
Par devant une devanture
D'une meson est trespassez.
520 Estormis, qui mout fut lassez,
Le regarda a la grant chape.
" Vois, fet il, cil prestres m'eschape!
Par le cul Dieu, il s'en reva!
524 Qu'est ce, sire prestres? Di va,
Me volez vous plus traveillier?
Longuement m'avez fet veillier,
Mes certes noient ne vous vaut! "
528 Dont hauce le hauel en haut,
Le prestre fiert si lez l'oreille
Que ce fust une grant merveille
Se li prestres fust eschapez,
532 Quar il fu du hauel frapez
Que la cervele en cheï jus.

le retourne et le prêtre tombe.

496 « Par ma foi, ça tourne mal pour vous,
fait Estormi, puisque j'ai le dessus :
vous allez être mal arrangé! »
Alors, s'étant relevé, avec sa pelle

500 il donne un tel coup au prêtre
qu'il lui écrase la tête,
comme si c'était une pomme pourrie.
Puis il sort de la fosse

504 et recouvre de terre
le prêtre qui était gras et fessu.
Il a bien sauté et piétiné
pour tasser la terre sur lui.

508 Puis jure par le corps de saint Riquer
qu'il ignore ce que ce pourra être
si jamais le prêtre ressuscite.
Il ne l'enterrera plus :

512 il lui a causé trop de peine!
Cela dit, il s'en va.
Il n'eut guère avancé d'un pas
qu'il entendit marcher devant lui

516 un prêtre qui venait de chanter
ses matines, pour son malheur.
Il passa devant la façade
d'une maison.

520 Estormi, qui était très fatigué,
regarda cet individu à grande chape.
« Vois, fait-il, ce prêtre m'échappe!
Culdieu, il s'en va de nouveau!

524 Qu'est-ce à dire, seigneur prêtre?
Voulez-vous me tourmenter encore?
Vous m'avez fait veiller longtemps,
mais cela ne vous sert à rien! »

528 Alors il lève sa pioche
et frappe le prêtre à l'oreille si fort
qu'il aurait été bien étonnant
que le prêtre en fût réchappé,

532 car il fut frappé si fort par la pioche
que sa cervelle tomba par terre.

       " Ha! fet il, trahitres parjurs,
       Com m'avez fet anuit de honte! "
536 Que vous feroie plus lonc conte?
       Estormis le prestre reporte
       Par une bresche lez la porte,
       Si l'enfuet en une marliere.
540 Trestout en si fete maniere
       Fist Estormis com j'ai conté.
       Et quant il ot acouveté
       Le prestre, si repere atant;
544 Du revenir se va hastant,
       Por ce que li jors apparoit.
       Jehans estoit a la paroit
       Dedenz sa meson apuiez.
548 " Dieus, fet il, quant vendra mes niez?
       Mout sui engranz que je le voie! "
       Estes vous celui par la voie
       Qui mout ot eü de torment.
552 A l'uis vient et cil esraument
       Li ouvri l'uis et si le baise.
       Puis li dist : " Mout dout la malaise
       Que vous avez eü por mi.
556 Mout vous ai trové bon ami
       Anuit, foi que doi saint Amant!
       Or pués bien fere ton commant
       De mon cors et de mon chatel. "
560 Dist Estormis : " Ainz n'oï tel!
       N'ai soing de deniers ne d'avoir!
       Mes, biaus oncles, dites moi voir,
       Se li prestres est revenuz.
564 – Nenil; bien i fui secoruz :
       Jamés aperçuz n'en serai.
       – Ha, biaus oncles! je vous dirai
       Une bone chetiveté :
568 Quant j'oi le prestre acouveté,
       Or escoutez que il m'avint :
       Li prestres devant moi revint.
       Quant je dui entrer en la vile,
572 Eschaper me cuida par guile;

« Ha ! fait-il, traître parjure,
quel affront vous m'avez fait cette nuit ! »
536 Mais pourquoi continuer cette histoire ?
Estormi emporte de nouveau le prêtre
par une brèche près de la porte
et l'enterre dans une marnière.
540 Estormi agit exactement
comme je vous l'ai conté.
Après avoir couvert
le prêtre, il rentra.
544 Il se pressa de revenir,
car le jour allait paraître.
Jean était appuyé contre la paroi
à l'intérieur de la maison.
548 « Dieu ! dit-il, quand viendra mon neveu ?
Il me tarde de le voir ! »
Mais voilà venir par la route
celui qui avait eu tout ce mal.
552 Il vient à la porte, Jean la lui ouvre
sur-le-champ et l'embrasse,
puis lui dit : « Je suis désolé
du mal que vous avez eu pour moi.
556 Vous avez été cette nuit un très bon ami,
par la foi que je dois à saint Amand !
Maintenant tu peux disposer librement
de ma personne et de mes biens.
560 Estormi dit : « Je n'entendis jamais rien de tel.
Je n'ai cure ni d'argent ni de richesse !
Mais, mon cher oncle, dites-moi en vérité
si le prêtre est revenu.
564 — Non, j'ai été bien secouru :
je ne serai jamais soupçonné.
— Ha ! cher oncle, je vous raconterai
une plaisante mésaventure.
568 Quand j'eus recouvert le prêtre,
écoutez donc ce qui m'arriva :
au moment où je rentrais en ville
le prêtre revint devant moi.
572 Il crut m'échapper par sa ruse,

Et je li donai du hauel
Si durement que le cervel
Li fis espandre par la voie.
576 A tant le pris, si me ravoie
Par la posterne la aval;
Si l'ai geté en contreval,
En une rasque l'ai bouté. "
580 Et quant Jehanz ot escouté
La reson que li dist ses niez,
Si dist : " Bien en estes vengiez! "
Aprés dist bas, tout coiement :
584 " Par foi, or va plus malement,
Que cil n'i avoit riens mesfet! "
Mes teus compere le forfet
Qui n'i a pas mort deservie.
588 A mout grant tort perdi la vie
Li prestres qu'Estormis tua,
Mes deables grant vertu a
De genz engingnier et souprendre. "
592 Par les prestres vous vueil aprendre
Que folie est de covoitier
Autrui fame ne acointier;
Ceste resons est bien aperte.
596 Cuidiez vous por nule poverte
Que preude fame se descorge?
Nenil! Ainz se leroit la gorge
Soier a un trenchant rasoir,
600 Qu'ele feïst ja, por avoir,
Chose dont ses sire eüst blasme.
Cil ne furent mie de basme
Embaussemé a l'enfouir
604 Qui Yfame voudrent honir,
Ainz furent paié a lor droit.
Cis fabliaus moustre en bon endroit,
Qui enseigne a chascun provoire,
608 Que il se gardent bien de boire
A tel hanap comme cil burent
Qui par lor fol sens ocis furent
Et par lor grant maleürté:

264

mais je lui donnai de la pioche
si fort que je lui répandis
toute la cervelle par terre.

576 Alors je le pris et me rendis
vers la poterne là en bas ;
je l'ai jeté de là,
dans un bourbier l'ai bouté. »

580 Après avoir écouté le récit
de son neveu, sieur Jean
lui dit : « Vous en êtes bien vengé ! »
Ensuite, tout bas, tranquillement il se dit :

584 « Par ma foi, maintenant c'est pire ;
car celui-là n'avait rien fait de mal. »
Mais il arrive que tel paie pour un crime
qui n'a pas mérité la mort.

588 Ce fut une injustice que perdît la vie
le prêtre qu'Estormi tua,
mais le diable a le grand pouvoir
de tromper et de surprendre les gens. »

592 Par l'histoire de ces prêtres je veux vous apprendre
que c'est une folie de convoiter
et de fréquenter la femme d'autrui.
Cette leçon est évidente.

596 Croyez-vous qu'une femme honnête
manque à ses devoirs à cause de sa pauvreté ?
Non, au contraire, elle se laisserait plutôt
couper la gorge par un tranchant rasoir

600 que de faire, pour de l'argent,
chose dont son mari serait blâmé.
Ils ne furent guère embaumés
d'aromates pour l'enterrement

604 ceux qui voulurent déshonorer Yfemme,
mais ils furent récompensés selon leur mérite.
Ce fabliau montre fort à propos
et enseigne à tout prêtre

608 de se garder de boire
à telle coupe où burent ceux-là
qui furent tués pour leur folie
et pour leur plus grand malheur.

```
612   Vous avez mout bien escouté
      Comme il furent en terre mis.
      Au mengier s'assist Estormis,
      Assez but et assez menja.
616   Aprés mengier l'acompaingna
      Jehans, ses oncles, a son bien;
      Mes je ne sai mie combien
      Il furent puisse di ensamble.
620   Mes on ne doit pas, ce me samble,
      Avoir por nule povreté
      Son petit parent en viuté,
      S'il n'est ou trahitres ou lerres,
624   Que s'il est fols ou tremeleres,
      Il s'en retret au chief de foiz.
      Vous avez oï mainte foiz
      En cest fablel que Jehans fust,
628   Se ses niez Estormis ne fust,
      Honiz, entre lui et s'ancele.
630   Cest fablel fist Hues Piaucele.
```

612 Vous avez bien écouté
comment ils furent enterrés.
Estormi s'assit à table,
but et mangea beaucoup.
616 Après le repas, son oncle Jean
partagea avec lui ses biens,
mais je ne sais pas combien
de temps ils restèrent depuis ensemble.
620 Mais on ne doit pas, il me semble,
pour pauvre qu'il soit,
mépriser son petit parent,
s'il n'est traître ou voleur,
624 car, s'il est dissolu ou joueur,
de temps à autre il s'en sort.
Vous avez souvent entendu dire
dans ce fabliau que Jean et son épouse,
628 sans l'aide de son neveu Estormi,
auraient été déshonorés.
630 Hugues Piaucele fit ce fabliau.

15. LE VILAIN MIRE

Jadis avint d'un vilein riche,
Qui trop avoit, mes trop ert chiche.
Trois charues ot de uit bués,
4   Qui totes erent a son oés,
Et deus jumenz et deus roncins;
Asez ot blé et char et vins,
Et quant que mestier li estoit.
8   Mes por fame que il n'avoit
Le blamoient touz ses amis
Et tote la gent du païs,
Tant qu'i leur dist qu'il en prendroit
12   Une bone, s'i la trovoit.
Et cil dient qu'i li querront
La meillor que il troveront.
El païs ot un chevalier,
16   Qui estoit vieus et sanz moillier,
Qui une fille avoit, mout bele
Et mout courtoise damoisele.
Les amis au vilein parlerent,
20   Et au chevalier demanderent
Sa fille a oés le païsant,
Qui mout estoit riche et menant :
Asez avoit joiaus et dras.
24   Que vos diroie? Enelepas
Fu otroié le mariage.
La pucele, qui mout fu sage,

15. LE PAYSAN MÉDECIN

Il était jadis un paysan riche,
bien pourvu, mais très avare.
Il avait trois charrues de huit bœufs,
4   qui étaient à la mesure de ses besoins,
et deux juments et deux roncins.
Il avait blé, viande et vin en quantité
et tout ce qui lui était nécessaire.
8   Mais il n'avait pas de femme
et tous ses amis l'en blâmaient,
ainsi que tous les gens du pays,
si bien qu'il leur dit qu'il en prendrait
12   volontiers une bonne s'il la trouvait.
On lui promit de lui chercher
la meilleure qu'on pût trouver.
Dans le pays vivait un chevalier
16   qui était vieux et sans femme
et avait une fille très belle
et fort courtoise demoiselle.
Ses amis en parlèrent au paysan
20   et demandèrent au chevalier
la main de sa fille pour lui
qui était homme opulent,
possédant quantité d'objets précieux et d'étoffes.
24   Que vous dirais-je? Aussitôt
le mariage fut approuvé.
La pucelle, en fille sage,

Ne vot escondire son pere,
28 Car orfeline estoit de mere,
    Einz otria quant qu'i li plot.
    Et li vileins a l'eins qu'il pot
    Fist ses noces, et espousa
32 Cele qui forment en pesa :
    Se autre chose en osast fere..
    Quant trespassé fu son afere,
    Et des noces et autre chose,
36 Ne demora mie grant pose
    Que le vilein se porpensa,
    Et dist que mal esploitié a :
    N'aferist pas a son mestier
40 Avoir fille de chevalier.
    " Quant je serai à ma charue,
    Le chapelein iert en la rue,
    A qui toz les jours sunt feriez ;
44 Et quant me serai esloigniez
    De ma meson, li sougrestein
    Ira tant et hui et demein
    Que ma fame me fortrera,
48 Si que jamés ne m'amera
    Ne ne me prisera un pein.
    Hé, las! cheitif! dist le vilein,
    Or ne me sai ge conseillier,
52 Que repentir n'i a mestier ! "
    Forment se prist a porpenser
    Com la porra de ce garder.
    " Dieu fet il, se je la batoie
56 Chascun matin quant leveroie
    Por aler fere mon labour,
    Ele plorroit au lonc du jour.
    Bien sai, tant com ele plorroit,
60 Que nul ne la dornoieroit ;
    Et au soir, quant je revendré,
    Por Dieu merci li crierai :
    Je la ferai au soir haitie
64 Et au matin iert corocie ! "
    Quant le vilein ot ce pensé,

ne voulut pas contredire son père,
28 car elle était orpheline de mère,
mais consentit à faire sa volonté,
et le paysan, le plus tôt qu'il put,
célébra ses noces et épousa
32 la demoiselle à qui cela fut très pénible!
Ah! si elle avait osé refuser...!
Quand cette affaire fut réglée,
la noce et tout le reste,
36 il suffit de peu de temps
pour que le paysan se ravisât
et reconnût avoir mal agi :
il ne convient pas à ses besoins
40 d'avoir pour femme la fille d'un chevalier.
« Dès que je serai à ma charrue,
le chapelain se montrera dans la rue,
– pour lui tous les jours sont fériés –
44 Et quand je me serai éloigné
de ma maison, le sacristain
n'aura de cesse d'y venir
tant et si bien qu'il foutra ma femme,
48 et qu'elle ne m'aimera jamais
et me tiendra pour quantité négligeable.
Hélas, malheureux! s'écria le vilain,
je ne sais quelle décision prendre :
52 se repentir ne sert à rien! »
Il commence alors à imaginer
comment il pourra la préserver de cela.
« Dieu, dit-il, si je la battais
56 le matin, quand je me lève
pour aller à mon labeur,
elle pleurerait tout le jour.
Tant qu'elle pleurerait, j'en suis certain,
60 nul ne la courtiserait
et le soir, quand je reviendrai,
par Dieu, je lui crierai pardon.
Le soir je la rendrai heureuse
64 et elle serait affligée le matin! »
Après avoir imaginé cette ruse,

271

Si a a mengier demandé.
N'orent pas poison ne perdriz,
68 Mes bons frommages et oés friz,
Et pein et vin a grant plenté,
Que le vilein ot amassé.
Et quant la nape fu ostee,
72 De sa paume, qu'ot grant et lee,
Fiert si sa fame les la face
Que de ses doiz i pert la trace;
Puis l'a prise par les cheveus
76 Le vilein, tant par fu il feus,
Si l'a batue tot ausi
Com s'el l'eüst bien deservi
Puis s'en revet as chans arer,
80 Et cele commence a plorer :
83 " Lase, fet el, mal euree!
84 Lasse, por quoi fui onques nee?
Dieus, com sui ore mal baillie!
Dieus, com m'a mes perres traïe
Qui m'a donee a cest vilein!
88 Cuidoie ge morir de fein?
Certes, j'oi bien el cuer la rage
Quan j'ostriai le mariage!
Dieus, por quoi fu ma mere morte? "
92 Einsi cele se desconforte;
92.1 Toutes les genz qui i venoient
92.2 Por li veoir s'en retornoient.
92.3 Ainsi a dolor demené
92.4 Tant que soleil fu esconssé,
94 Que le vilein est reperiez.
95 A sa fame cheï aus piez
96 Et li pria : " Por Dieu, merci!
97 Sachiez, ce me fist anemi,
97.1 Qui me fist fere tel desroi.
97.2 Tenez, je vous plevis ma foi
97.3 Que ja mes ne vous toucherai!
99 De tant com batue vos ai
101 Sui je dolenz et repentans. "
Tant li dist le vilein puans

le paysan demanda à manger.
Ils n'eurent poissons ni perdrix,
68 mais bons fromages et œufs frits,
et pain et vin en abondance,
que le vilain avait amassés.
Quand la nappe fut ôtée,
72 de sa main, qu'il avait grande et large,
il frappa sa femme au visage
y marquant la trace des doigts.
Puis l'attrapa par les cheveux,
76 en vilain impitoyable,
et la battit tout à fait
comme si elle l'avait bien mérité.
Puis il s'en retourna labourer aux champs.
80 Alors elle commença à pleurer :
83 « Hélas ! dit-elle, malheureuse !
84 Hélas ! pourquoi donc suis-je née ?
Dieu, en quelle fâcheuse situation je suis !
Dieu, comme mon père m'a trahie
en me donnant à ce vilain !
88 Allais-je donc mourir de faim ?
J'ai bien été folle enragée
quand je consentis à ce mariage !
Dieu, pourquoi ma mère est-elle morte ? »
92 Ainsi la dame se désole ;
92.1 et tous les gens qui venaient
92.2 la voir s'en retournaient.
92.3 Ainsi elle manifesta sa peine
92.4 jusqu'à ce que le soleil fut couché
94 et que le mari fut de retour.
95 Il se jeta aux pieds de sa femme
96 et la pria : « Par Dieu, pardon !
97 C'est le malin, c'est sûr,
97.1 qui me poussa à telle folie.
97.2 Tenez, je vous fait serment
97.3 de ne plus jamais vous toucher !
99 De vous avoir ainsi battue
101 je suis navré et m'en repens. »
Ce paysan puant lui en a tant dit

Que cela li a pardonné.
104 Puis li a a mengier doné
106 De quant qu'el a apareillié.
106.1 Quant il orent assez mengié,
107 Couchier alerent tot en pes.
108 Au matin le vilein purnés
Ra si sa fame apareillie
Par poi qu'il ne l'a mehaignie.
Puis s'en ala as chans arer,
112 Et cele commence a plorer.
" Lasse, fet ele, que ferai?
Et comment me conseillerai?
Bien sai que mau m'est avenu!
116 Dieus, fu onc mon mari batu?
117 Certes, il ne set que cous sunt;
117.1 S'il le seüst, por tout le mont
118 Il ne m'en donast mie tant ! "
Et quand el s'aloit dementant,
120 Estes vos deus serjanz le roi,
Chascun sor un grant palefroi,
Qui dedenz la meson entrerent
Et a disner li demanderent.
124 Cele lor dona volentiers.
Puis leur a dit : " Beaus amis chiers,
Dont estes vos, ne que querez?
Ce me dites, se vos voulés ";
128 Li uns respont : " Dame, par foi,
Nos sommes mesagier le roi,
Qui nos envoie mire querre;
Passer devon en Engleterre.
132 Par foi, ma damoisele sade,
La fille au roi est si malade :
Il a passé uit jor entier
Que ne pot boivre ne mengier,
136 Que une areste de poison
Li aresta eul gavion.
Li rois en iert forment iré
Se il la pert, ja mes n'iert lié.
140 – Seignors, fet el, or m'entendez :

que la dame lui pardonne
104 et puis lui donne à manger
106 de tout ce qu'elle a préparé.
106.1 Après avoir bien mangé,
107 ils allèrent se coucher paisiblement.
108 Le matin, ce sale vilain
maltraita de nouveau sa femme ;
peu s'en fallut qu'il ne la blesse.
Puis il s'en alla labourer aux champs.
112 Et elle commença à pleurer.
« Hélas, fait-elle, que ferai-je ?
Et quel parti prendrai-je ?
J'en suis sûre, c'est ma malchance !
116 Dieu, mon mari fut-il jamais frappé ?
117 Ce que sont les coups, certes, il l'ignore ;
117.1 s'il le savait, pour rien au monde
118 il ne m'en donnerai autant ! »
Pendant qu'elle se lamentait ainsi,
120 voici deux serviteurs du roi,
chacun sur un grand palefroi,
qui entrèrent dans la maison
et lui demandèrent à dîner.
124 Elle leur donna volontiers à manger,
puis leur dit : « Bien chers amis,
d'où êtes-vous, que cherchez-vous ?
Dites-le-moi, si vous voulez bien. »
128 L'un répond : « Dame, par ma foi,
nous sommes messagers du roi
qui nous envoie chercher un médecin ;
nous devons passer en Angleterre.
132 Par ma foi, gracieuse mademoiselle,
la fille du roi est gravement malade :
il y a huit jours entiers
qu'elle ne peut boire ni manger,
136 car une arête de poisson
s'est bloquée dans son gosier.
Le roi en est bien affligé,
s'il la perd, il n'aura plus jamais de joie.
140 – Seigneurs, fait-elle, écoutez-moi donc :

Plus pres irez que ne quidez.
Je vos di bien que mon mari
Est bon mire, jel vos afi;
144 Certes, il set plus de mecine,
Ne de fisique ne d'orine,
Que ne sot onques Ipocras.
– Dame, le dites vos a gas?
148 – De vos gaber, fet el, n'ai cure!
Mes il est de tele nature
Qu'il ne veut fere nule rien
S'il n'est enceis batu mout bien. "
152 Cil responnent : " Or i parra,
Ja pour batre ne demorra!
Dame, ou le troveron nos?
– Vos le troverez a estrous
156 Quant vos istrez de ceste court :
A un rivail qui la jus court,
De jouste ceste vieille rue,
Tote la premiere charue
160 Que vos troverez est la nostre.
Alez a seint Pere l'apostre,
Fet ele, ou je vos commant! "
Et cil s'en vont esperronnant
164 Tant que le vilein ont trové.
De par le roi l'ont salué,
Puis li dient sanz demorer
Qu'il vieigne au roi sans atarger.
168 " A que fere? " dist le vileins.
" Port le sens dont vos estes pleins :
N'a si bon mire en nule terre!
De loing vos sommes venu qerre. "
172 Quant le vilein s'ot clamer mire,
Si enbroncha un poi la chire,
Et dit n'en set ne tant ne quant.
" Hé, qu'alon donques atendant?
176 Dist l'un a l'autre, bien ses tu
Qu'il veust avant estre batu
Qu'il die ne bien ne voisdie. "
Li uns le fiert delés l'oïe

276

vous irez moins loin que vous ne le pensez.
Je vous assure que mon mari
est bon médecin, croyez-moi.
144 Certes, il sait plus de médecine
et de physique et d'analyse d'urine
que jamais n'en sut Hippocrate.
— Dame, plaisantez-vous?
148 — De vous railler je n'ai cure! dit-elle,
mais il a tel caractère
qu'il ne veut rien entreprendre
s'il n'est d'abord bien battu. »
152 Ils répondirent : « On le verra bien,
il n'échappera aux coups!
Dame, où pourrons-nous le trouver?
— Vous le trouverez à coup sûr,
156 quand vous sortirez de cette cour :
en suivant le cours d'eau qui coule là-bas,
à côté de cette vieille chaussée,
la toute première terre labourée
160 que vous trouverez, c'est la nôtre.
Allez, par saint Pierre l'apôtre,
fait-elle, où je vous l'ordonne! »
Ils s'en vont en piquant leurs chevaux,
164 jusqu'à ce qu'ils trouvent le paysan.
Ils le saluent de par le roi,
puis ils se hâtent de lui dire
qu'il vienne au roi sans retard.
168 « Pour quoi faire? » dit le vilain.
« A cause de la science dont vous êtes plein :
il n'y a pas si bon médecin nulle part!
De loin nous sommes venus vous chercher. »
172 Quand il s'entendit nommer médecin,
le paysan hocha la tête
et dit qu'il ne savait rien du tout.
« Eh, qu'attendons-nous donc?
176 dit l'un à l'autre, tu sais bien
qu'il veut être battu avant
de faire entendre tout ce qu'il sait. »
L'un le frappe près de l'oreille

180 Et li autre parmi le dos,
D'un baston qu'il ot grant et gros.
Tant l'ont entr'eus deus debatu
Qu'a la terre l'ont abatu.

184 Quant le vilein senti les cous
Et es espaulles et eul dos,
Bien voit le mieusdre n'est pas son,
Ençois a dit : " Mire sui bon :

188 Por Deu merci, lessiez m'ester!
– Or n'i a donc fors du monter,
Font il, si en venez au roi! "
Ne quitrent autre palefroi,

192 Einz monterent tuit enroment
Le vilein sor une jument.
Et quant furent venu a court,
Li rois encontre li acourt,

196 Com cil qui estoit desirant
De la santé a son enfant;
Demanda lor qu'il ont trové.
L'un des serjanz li a conté :

200 " Nos vos amenon un bon mire,
Mes il est mout de pute orine. "
Lors li ont conté du vilein,
De queus teiches il estoit plein,

204 Que il riens fere ne voleit
Se il enceis batu n'estoit.
Li rois respont : " Mau mire a ci,
Onc mes de tel parler n'oï!

208 Bien soit batu quant issi est. "
Cil responnent : « Vez nos tot prest :
Ja si tost ne commanderez
Que li paieron bien ses droiz. "

212 Li rois le vilein apela :
" Mestre, dist il, seez vos cha,
Si ferai ma fille venir,
Que grant mestier a de garir.

216 - Certes sire, je vos di bien,
De fisique ne sai ge rien,
Ne en ma vie rien n'en soi.

180   et l'autre au milieu du dos
      d'un bâton grand et gros.
      Les deux ensemble l'ont tant rossé de coups
      qu'ils l'ont jeté à terre.
184   Quand le vilain sent les coups
      sur les épaules et sur son dos,
      il s'aperçoit qu'il n'aura pas le dessus.
      Il leur déclare : « Je suis bon médecin :
188   mais par Dieu, pitié, laissez-moi !
      – Vous n'avez qu'à monter à cheval,
      font-ils, et venez chez le roi ! »
      Ils ne cherchèrent pas d'autre palefroi,
192   mais hissèrent sur-le-champ
      le paysan sur une jument.
      Quand ils arrivèrent à la cour
      le roi accourut à leur rencontre,
196   en homme qui désire ardemment
      la santé de son enfant,
      et leur demanda ce qu'ils avaient trouvé.
      L'un des serviteurs lui dit :
200   « Nous vous amenons un bon médecin,
      mais il est d'une sale race. »
      Ils lui parlèrent du vilain,
      du talent dont il était plein,
204   et qu'il ne voulait rien faire
      sans être d'abord battu.
      Le roi répond : « Voici un bien mauvais médecin !
      Jamais je n'entendis parler de médecin pareil !
208   Qu'il soit bien battu, puisqu'il en est ainsi. »
      Ils répondent : « Nous voilà tout prêts :
      vous n'aurez qu'à le commander
      et nous lui payerons bien ses droits. »
212   Le roi appela le paysan :
      « Maître, dit-il, asseyez-vous ici,
      je ferai venir ma fille,
      qui a grand besoin de guérir.
216   – Certes, sire, je vous l'assure,
      j'ignore tout de la médecine,
      jamais de ma vie je n'en ai rien su.

<pre>
        — Hé, dist li rois, merveilles oi!
220   Batez le moi!" Et cil saillirent,
        Qui asez volentiers le firent.
        Quant le vilein senti les cous
        Sus les espaulles et el dos,
224   Au roi a dit : "Sire, merci!
        Je la guerrai, jel vos afi!"
        Li rois respont : "Or le lessiez,
        Mar i sera imés touchiez!"
228   La pucele fu en la sale,
        Qui mout estoit et teinte et pale,
        Que por l'areste d'un poisson
        Avoit enflé le gavion.
232   Lors le vilein se pourpensa
        Comment garir i la pourra,
        Car or set il bien que garir
        Li convendra ou a mourir :
236   "Je sai de voir, s'ele riot,
        A tot l'esforz qu'el i metroit,
        L'areste s'en voleroit fors,
        Car el n'est pas dedenz le cors.
240   Tel chose m'estuet fere et dire
        Dont je la puise fere rire."
        Au roi a dit : "Sire, merci!
        Or escoutez, que vos otri
244   Que vos me faciez un grant fu
        Alumer en un privé leu;
        Si n'i covendra nule gent
        Que moi et lié tot soulement.
248   Puis si verrez que je ferai,
        Car, se Deus plest, je la guerrai."
250   Li rois respont : "Mout volentiers!»
250.1   Vallet saillent et escuiers;
251   Errant ont le feu alumé
252   La ou li rois a commandé.
        En la sale sont, ce me semble,
        Le mire et la pucele ensemble.
        La damoisele au feu s'asist
256   Sor un siege que l'en li mist;
</pre>

– Hé, dit le roi, j'entends des merveilles!
220 Battez-le-moi! » Ils s'élancèrent,
et s'exécutèrent volontiers.
Quand le paysan sentit les coups
sur les épaules et sur son dos,
224 il dit au roi : « Sire, pitié!
Je vous la guérirai, je vous le promets! »
Le roi répond : « Maintenant laissez-le,
il est désormais interdit de le toucher. »
228 La jeune fille entra dans la salle,
toute pâle, la mine blême,
car elle avait le gosier enflé
à cause de l'arête d'un poisson.
232 Le paysan commença alors à penser
comment il pourra la guérir,
car il savait bien qu'il devait
la guérir sous peine de mort.
236 « Je sais assurément que si elle riait,
avec l'effort qu'elle ferait,
l'arête s'échapperait
car elle n'est pas à l'intérieur du corps.
240 Il me faut faire et dire quelque chose
qui me permette de la faire rire. »
Il dit au roi : « Sire, pardon!
Ecoutez donc : je vous autorise
244 à me faire allumer un grand feu
dans une chambre reculée.
Personne ne s'y trouvera
que moi et elle, seul à seul.
248 Vous verrez ensuite ce que je ferai :
s'il plaît à Dieu, je la guérirai. »
250 Le roi répond : « Bien volontiers! »
250.1 Les valets et les écuyers sortent;
251 ils s'empressent d'allumer le feu
252 là où le roi l'a commandé.
Dans cette salle sont, il me semble,
le médecin et la jeune fille ensemble.
La demoiselle s'assit près du feu
256 sur un siège qu'on y apporta;

Et li vilein se despoilla
– Onques ses braies n'i lessa –
Si s'est delés le feu assis,
260 Et s'est gratez et bien rostiz.
Ongles ot lons et le cuir dur :
Il n'a home jusqu'a Saumur,
S'il fust gratez en itel point,
264 Qu'il ne fust mout bien mis a point.
Et quant la pucele le voit,
A tot le grant mal qu'el avoit
Volt rire : si s'en esforça
268 Que de la bouche li vola
L'areste delés le foier.
Et le vilein sans detrier
Se vesti, puis a pris l'areste,
272 De la sale ist fesant grant feste ;
Ou voit le roi si li escrie :
" Sire, vostre fille est garie !
Vez ci l'areste, Deus merci ! "
276 Le roi forment s'en esjoï :
" Certes mestre, je vos di bien
Que je vos aim sor tote rien :
Vos m'avez ma fille rendue.
280 Benoeste soit vostre venue,
Asez arez joiaus et dras !
– Merci sire, je n'en veil pas ;
Je ne puis o vos demorer,
284 En mon païs m'estuet aler.
– Par Dieus, dist li rois, non ferois,
Mon mestre et ovreor serés !
– Merci, sire, dist le vilein,
288 En ma meson n'a point de pein :
Quant je m'en parti ier matin,
L'en devoit aler au molin. "
Li rois respont : " Or i parra !
292 Batez le moi, si demorra ! "
Cil saillirent tot enroment,
Si le batirent vistement,
Et le vilein prist a crier :

282

et le paysan se déshabilla
— mais sans ôter ses braies —
et s'assit près du feu,
260 se gratta et se laissa rôtir.
Il avait les ongles longs et la peau dure :
il n'y a personne jusqu'à Saumur,
qui, s'il se fût autant gratté,
264 ne fût aussi bien arrangé.
Le voyant ainsi, la jeune fille,
malgré le grand mal qu'elle ressentait,
voulut rire : elle fit un tel effort
268 que l'arête lui vola
hors de la bouche près du foyer.
Et le paysan sans tarder
se rhabilla, puis prit l'arête,
272 sortit de la salle triomphant.
Voyant le roi il lui cria :
« Sire, votre fille est guérie !
Voici l'arête, Dieu merci ! »
276 Le roi s'en réjouit fort :
« Certes, maître, sachez bien
que je vous aime plus que toute chose au monde :
vous m'avez rendu ma fille.
280 Que votre venue soit bénie,
vous aurez joyaux et étoffes précieuses !
— Merci, sire, je n'en veux pas.
Je ne peux pas rester auprès de vous,
284 il me faut retourner dans mon pays.
— Non, par Dieu ! dit le roi.
Vous serez mon maître chirurgien !
— Merci, sire, dit le paysan,
288 il n'y a point de pain chez moi :
quand j'en partis hier matin,
on devait aller au moulin. »
Le roi répond : « On verra bien !
292 Battez-le-moi et il restera ! »
Ils s'élancèrent sur-le-champ
et le battirent promptement,
le paysan se mit alors à crier :

296 " Je remeindré, lessiez m'ester! "
     Le vilein est a court remés,
     Si l'a on bien roognié et res,
     Et si ot robe d'escarlate.
300 Fors cuidoit estre de barate,
     Quant li malade du païs
     – Dont il i ot, ce m'est avis,
     Trente ou quarante, ce me semble –
304 Vindrent au roi trestuit ensemble;
306 Chascun li a conté son estre.
     Li rois a dit au vilein : " Mestre,
308 De ceste gent prenez conroi!
     Fetes tost, garisiez les moi! "
     Dist le vilein : " Por Dieus, merci!
     Trop en i a, jel vos afi! "
312 Li rois ses serjans en apele;
     Chascun a sesi une astele,
     Car chascun d'eus mout bien savoit
     Por quoi li rois les apeloit.
316 Quant le vilein venir les vit,
     Grant paour ot, au roi a dit :
     " Sire, merci! Je les garré!
     – Hé, dist li rois, ja le verré! "
320 Le vilein fist demander laigne
     – Asez en ot, comment qu'il praigne –,
     En la sale alume un grant feu :
     Il meïmes fu mestre queu.
324 Les malades fist arengier;
     Au roi dist : " Je vos voil proier
     Que vos descendez la aval,
     Vos et tuit cil qui n'aront mal. "
328 Li rois l'otroie bonement;
     Aval s'en vet, il et sa gent.
     Le vilein as malades dist :
     " Seignors, por le Deu qui me fist,
332 Mout a grant peine en vos garir!
     Je n'en porroie a chief venir
     Fors issi com je vos dirai :
     Tot le plus malade eslirai

296 « Je resterai, laissez-moi tranquille. »
Le paysan est resté à la cour,
on l'a bien tondu et rasé
et il porta robe d'écarlate.
300 Il se croyait hors d'embarras,
lorsque les malades du pays
– dont il y avait, à mon avis,
trente ou quarante, il me semble –
304 vinrent au roi tous ensemble;
306 chacun lui exposa son cas.
Le roi dit au paysan : « Maître,
308 prenez en charge ces gens!
Hâtez-vous, guérissez-les-moi!
– Par Dieu, pitié, dit le paysan,
il y en a, ma foi, trop! »
312 Le roi appela ses serviteurs;
chacun saisit un bâton,
car chacun d'eux savait bien
pourquoi le roi les appelait.
316 Les voyant venir, le paysan
eut grand-peur et dit au roi :
« Sire, pitié! Je les guérirai!
– Hé, répondit le roi, je verrai bien! »
320 Le paysan demanda du bois
– il en reçoit autant qu'il en prend –,
il allume un grand feu dans la salle,
jouant lui-même le rôle de maître queux.
324 Il fait mettre en rang les malades
et dit au roi : « Je vous prie
de bien vouloir descendre par là
vous et tous ceux qui sont en bonne santé. »
328 Le roi consentit bonnement
et s'en alla avec ses gens.
Le paysan dit aux malades :
« Seigneurs, par ce Dieu qui me fit,
332 il est bien difficile de vous guérir!
Je n'en saurais venir à bout
que comme je vous le dirai :
je choisirai le plus malade

336 Et l'ardré tot dedenz cel feu;
    Vos autres i arez grant preu,
    Car tuit de la poudre bevrez
    Et enroment gari serez. »
340 Lors a l'un l'autre regardé;
    N'i ot si contret ni enflé
    Qui ostriast por Normendie
    Qu'il eüst greignor maladie.
344 Le vilein a dit au premier :
    « Je te voi mout afeblier :
    De trestouz es tu le plus vein.
    — Mestre, fet il, einz sui tot sein!
348 — Va donc aval! Qu'as tu ça quis? »
    Et celui saut, si a l'uis pris.
    Li rois demande : « Es tu gari?
    — Oïl sire, la Deu merci;
352 Je sui plus sein que nule pome!
    Mout est li mestre gentil home. »
    Que vos iroie plus contant?
    Onques n'i ot petit ne grant
356 Qui por nule rien otriast
    Que le mestre el feu le jetast,
    Einz s'en alerent autresi
    Com s'il fusent trestuit gari.
360 Et quant li rois a ce veü,
    De joie fu tot esperdu;
    En la sale entre et dit : « Beau mestre,
    Je me merveil que ce puet estre
364 Que si tost gari les avez.
    — Sire, dist il, jes ai charnez;
    Je sai un charne qui mieus vaut
    Que gengibre ne citouaut.
368 — Mestre, dist il, or en irez
    A vostre ostel quant vos vodrez!
    Asez arez dras et deniers,
    Et palefroiz et bons destriers;
372 Et ne vos ferez plus ferir,
    Car grant honte ai de vos laidir.

286

336 et je le brûlerai tout entier dans ce feu.
Vous autres en tirerez grand profit,
car vous en boirez la cendre
et vous serez aussitôt guéris. »
340 Alors ils se regardent l'un l'autre.
Il n'y a paralytique ni hydropique
qui admettrait – lui donnât-on toute la Normandie –
avoir la plus grave maladie.
344 Le paysan dit au premier :
« Je te trouve bien affaibli :
tu es de tous le plus chétif.
– Non, maître, fait-il, je suis en parfaite santé !
348 – Sors donc ! Qu'as-tu cherché ici ? »
L'autre se précipite à la porte.
« Es-tu guéri ? demande le roi.
– Oui, sire, Dieu merci ;
352 je suis plus sain qu'une pomme !
Votre médecin est un savant homme. »
Que vous dirais-je encore ?
Jamais il n'y eut petit ni grand
356 qui pour rien au monde consentît
à ce que le maître le jetât dans le feu,
mais ils s'en allèrent ainsi
comme s'ils étaient tous guéris.
360 Quand le roi a vu ce spectacle,
il en fut éperdu de joie,
entra dans la salle et dit : « Cher maître,
je suis émerveillé de la manière
364 dont vous les avez si vite guéris.
– Sire, dit-il, je les ai enchantés ;
je connais un charme qui vaut mieux
que gingembre ou que zédoaire.
368 – Maître, dit le roi, vous pourrez retourner
à votre logis quand vous le désirerez !
Je vous donnerai étoffes et deniers,
et palefrois et bons destriers
372 et ne vous ferai plus frapper :
j'ai grand-honte de vous maltraiter.

        – Merci, sire, dist li vileins,
        Je sui vostre lige de meins,
376   Tot a vostre commandement!"
        De la sale ist inelement;
        Puis est a son ostel venu
        Et richement el païs fu;
380   N'onques puis ne fu a charue,
        Ne puis ne fu par lui batue
        Sa fame, ainz l'ama et chieri.
        Einsi ala com je vos di :
384   Par sa fame et par sa boidie
385   Fu puis bon mire sanz clergie!

— Merci, sire, répondit le paysan,
je suis votre homme lige,
376 à vous entièrement dévoué! »
Il sortit rapidement de la salle,
puis retourna à son logis
et mena riche vie en son pays.
380 Plus jamais il ne poussa la charrue,
ni sa femme ne fut par lui battue,
mais il l'aima et la chérit.
Tout se passa comme je vous dis :
384 par sa femme et sa fourberie
385 il fut bon médecin sans science.

16. LA SORISETE DES ESTOPES

Après vos cont d'un vilain sot,
Qui fame prist et rien ne sot
De nul deduit q'apartenist
4   A fame se il la tenist,
C'onques entremis ne s'en fu.
Mais sa fame avoit ja seü
Tot ce que home sevent faire,
8   Que, a la verité retraire,
Li prestes son boen en faisoit,
Qant il voloit et li plaisoit.
Et qant tant vint a icel jor
12   Q'ele asenbla a son seignor,
Lors dist li prestes : " Doce amie,
Je voil a vos, ne vos poist mie,
Avoir afaire s'il vos loist,
16   Ainz que li vilains vos adoist. "
Et cele dit : " Volantiers, sire,
Que je ne vos os escondire;
Mais venez tost et sanz demore,
20   Qant vos savroiz qu'il sera ore,
Ainz que mes sires lo me face,
Que perdre ne voil vostre grace. "
Ensi fu enpris li afaire.
24   Aprés ice ne tarda gaire
Que li vilains s'ala cochier;
Mais ele ne l'ot gaires chier,

16. LA SOURIS D'ÉTOUPE

Je vous conte maintenant l'histoire d'un paysan stupide,
  qui prit femme mais ignorait
  tous les plaisirs qu'il aurait éprouvés
4 avec sa femme, s'il l'avait possédée,
  car il ne s'y était jamais essayé.
  Mais sa femme avait bien appris
  tout ce que les hommes savent faire,
8 car, à vous dire la vérité,
  le prêtre en faisait sa volonté
  quand il voulait et en avait envie,
  jusqu'à ce qu'arriva le jour
12 où elle prit mari.
  « Douce amie, lui dit alors le prêtre,
  ne vous en déplaise, je veux
  coucher avec vous, si cela vous est possible,
16 avant que le vilain ne vous touche.
  – Volontiers, seigneur, lui dit-elle,
  car je ne veux vous congédier.
  Venez donc aussitôt, sans tarder,
20 quand vous saurez qu'il sera l'heure,
  avant que mon mari ne fasse l'homme :
  je ne veux pas perdre votre faveur. »
  Ainsi fut réglée l'affaire.
24 Peu de temps s'écoula avant
  que le paysan n'allât se coucher.
  Elle ne l'aimait guère, lui,

Ne son deduit ne son solaz.
28 Et il la prant entre ses braz,
Si l'anbraça mout duremant
– Que il nel sot faire autremant –
Et l'a mout soz lui estandue;
32 Et cele s'est mout desfandue
Et dist : " Qu'est ce que volez faire ?
– je voil, fait il, vit avant traire,
Si vos fotrai se j'onques puis,
36 Se vostre con delivre truis.
– Mon con, fait ele enneslopas,
Mon con ne troveroiz vos pas.
– O est il donc, nel me celez !
40 – Sire, qant savoir lo volez,
Jel vos dirai o est, par m'ame :
Muciez as piez do lit ma dame,
O je hui matin lo laissai.
44 – Par saint Martin, et je irai,
Fait il, ançois que je ne l'aie ! "
De l'aler plus ne se delaie,
Ainz va querre lo con lo cors.
48 Mais la vile o estoit li bors
O sa fame avoit esté nee
Loin d'iluec fu plus d'une lee.
En demantres que li vilains
52 Fu por lo con, li chapelains
S'ala couchier dedanz son lit
A grant joie et a grant delit,
Et fist qan que li plot a faire.
56 Mais ne fait pas tot a retraire
Com li vilains fu deceüz :
Onques plus fous ne fu veüz !
Quant vint chiés la mere sa fame,
60 Si li a dit : " Ma chiere dame,
Vostre fille m'anvoie ça
Por son con, que ele muça,
Ce dit, as piez de vostre lit. "
64 La dame pansa un petit,
Et en pansant s'apercevoit

292

ni les plaisirs qu'il lui donnerait.
28 Il la prit dans ses bras
et la serra avec force,
car il ne savait faire autrement,
et la tint étendue sous lui.
32 Elle s'est bien défendue
et lui dit : « Que voulez-vous faire?
– Je veux, dit-il, dresser mon vit,
puis je foutrai, si je peux,
36 et je trouve votre con libre.
– Mon con, fait-elle aussitôt,
mon con vous ne le trouverez pas!
– Où est-il donc? Ne me le cachez pas!
40 – Seigneur, puisque vous voulez le savoir,
je vous dirai où il est, par mon âme.
Il est caché au pied du lit de ma mère
où je l'ai laissé ce matin.
44 – J'irai donc, par saint Martin,
dit-il, plutôt que le perdre. »
Il se met donc aussitôt en chemin
et va à toute allure chercher le con.
48 Mais la ville où se trouvait le bourg
où sa femme était née
était à plus d'une lieue de là.
Pendant que le paysan
52 allait chercher le con, le chapelain
alla se coucher dans son lit
avec grande joie et grand plaisir
et fit tout ce qu'il lui plut de faire.
56 Mais je n'ai pas à conter dans le détail
comment le vilain fut trompé :
on ne vit jamais homme plus sot.
Une fois arrivé chez la mère de sa femme,
60 le paysan lui dit : « Ma chère dame,
votre fille m'envoie ici,
chercher son con qu'elle a caché,
à ce qu'elle dit, au pied de votre lit. »
64 La dame réfléchit un peu
et en réfléchissant elle se rendit compte

Que sa fille lo decevoit
Por faire aucune chose male.
68 A cest mot en la chambre avale
Et trove un penier plain d'estopes :
" Qui q'an ait, fait ele, les copes,
Cest panier li bailleroiz ci. "
72 Lors a cil lo panier saisi.
Mais es estopes ot tornee,
Et bien s'i fu envelopee,
Une soriz sanz nule dote
76 Cele li baille, et il lo bote
Tot maintenant desoz sa chape
Et au plus tost qu'il puet s'eschape
De li por revenir arriere.
80 Et qant il vint en la bruiere,
Et dist une mout grant marvoille :
" Ne sai, fait il, se dort o voille
Li cons ma fame, par saint Pol :
84 Mais mout volantiers, par mon vol,
Lo fotisse ainz que je venisse
A l'ostel, se je ne cremisse
Qu'i m'eschapast a mi dez voies...
88 Et sel fotrai je tote voies
Por savoir se c'est voirs o non
Que l'an dit, que il a en con
Mout doce et mout soef beste. "
92 Maintenant de son vit la teste
Li lieve et fu droiz comme lance,
Et enz es estopes s'elance,
Si commance a parpillier.
96 Et la soriz saut del penier,
Si s'an torne parmi les prez.
Aprés est li vilains alez
Grant aleüre et grant pas,
100 Si cuide qu'ele face en gas,
Et si dit : " Deus, si bele beste !
Je cuit certes que de la teste
Ne soit pas encor sevree :
104 Si n'a gaires qu'ele fu nee,

que sa fille trompait son mari
pour faire quelque mauvaise action.
68 Elle descend donc à la chambre
où elle trouve un panier plein d'étoupe.
A quoi qu'elle puisse servir, elle la coupe.
« Je lui donnerai ce panier », se dit-elle.
72 Alors elle saisit le panier,
mais dans l'étoupe s'était enroulée
et bien enveloppée
une souris. Sans se méfier.
76 Elle lui donne le panier et il le fourre
aussitôt sous sa cape ;
au plus vite qu'il peut il prend congé
et revient chez lui.
80 Quand il arriva dans la lande,
il dit une bien grande merveille :
« J'ignore, dit-il, s'il dort ou veille,
par saint Paul, le con de ma femme,
84 mais, selon mon désir, je le foutrais
bien volontiers, avant d'arriver
au logis, si je ne craignais pas
qu'il m'échappe dans ce chemin.
88 Pourtant je le foutrai,
pour savoir si c'est vrai ou non
ce que l'on dit, que dans le con
il y a une très douce et suave petite bête. »
92 Maintenant la tête de son vit
se redresse droite comme une lance,
s'élance dans l'étoupe
et commence à fouiller,
96 mais la souris saute du panier
et s'enfuit parmi les prés.
Le vilain l'a poursuivie,
à bonne allure et à grands pas ;
100 il croit qu'elle se moque de lui
et dit : « Dieu, quelle belle bête !
Je crois, certes, qu'elle
n'est pas encore sevrée du téton
104 il n'y a guère longtemps qu'elle est née.

Je voi bien que mout est petite.
A Deu et a saint Esperite
La commant et au Sauveor !

108 Je cuit certes qu'ele ait peor
De mon vit : si ot el por voir,
Par les iauz Deu, qu'ele vit noir
Et roige lo musel devant.

112 Las, or me vois apercevant
Que ele en ot peor a certes !
Lasse, com recevré granz pertes
Se ele muert, sainte Marie !

116 Ele iert ja noiee et perie
En la fosse se ele i antre :
Ele en a moillié tot lo vantre,
Et tot lo dox et les costez !

120 Ostez, biau sire Deus, ostez !
Que ferai je se ele muert ? "
Li vilains ses deus poinz detuert
Por la sorriz, qui brait et pipe :

124 Qui li veïst faire la lipe
Au vilain et tordre la joe,
Manbrer li poïst de la moe
Que li singes fait qant il rit.

128 Li vilains tot belemant dit :
" Biaus cons, doz cons, tost revenez !
Tote ma fiance tenez
Que mais ne vos adeserai

132 Devant que a l'ostel serai
Et tant que vos avrai livré
A ma fame, si delivré
Vos puis avoir de la rosee,

136 Faite en sera mout grant risee,
S'an set qu'eschapez me soiez !
Ahi, vos seroiz ja noiez,
Biaus cons, en la rosee grant !

140 Venez, si entrez en mon gant :
Je vos metrai dedanz mon sain ! "
Tot ensi se travaille en vain,
Que il ne set tant apeler

Je vois bien qu'elle est toute petite.
A Dieu et au Saint-Esprit
je la recommande, et au Sauveur!

108   Je crois, certes, qu'elle a peur
de mon vit. Mais oui, bien sûr,
par les yeux de Dieu, car elle le vit
noir et tout rouge du museau.

112   Las! Je comprends bien maintenant
qu'elle a eu peur, assurément.
Las! Quelle perte je subirai,
si elle meurt, sainte Marie!

116   Elle sera noyée et périra
dans le fossé, si elle y entre.
Elle a tout le ventre mouillé
et tout le dos et les flancs!

120   Arrêtez! Seigneur Dieu, arrêtez!
Que ferai-je si elle meurt? »
Le vilain se tord les poings,
pour la souris qui pousse de petits cris.

124   Qui l'aurait vue faire la lippe
au vilain et tordre sa joue,
pourrait se rappeler la moue
que fait le singe quand il rit.

128   Le paysan bien gentiment lui dit :
« Beau con, cher con, revenez vite!
Je vous donne ma parole
que je ne vous toucherai pas

132   avant d'être arrivé à la maison
et de vous avoir rendu
à ma femme, si j'arrive
à vous libérer de la rosée.

136   Tout le monde se moquera de moi
si on sait que vous m'avez échappé.
Aïe, vous allez être noyé,
cher con, dans la grande rosée!

140   Venez, entrez dans mon gant :
je vous mettrai sur mon sein! »
Ainsi se tourmente-t-il en vain,
car il a beau l'appeler

144 Que ele voille retorner,
    Ainz se pert en l'erbe menue.
    Qant il voit que il l'a perdue,
    Si devient mornes et pansis.

148 A tant s'est a la voie mis :
    N'aresta jusq'an sa maison.
    Tot sanz parole et sanz raison
    S'estoit sor un banc deschauciez :

152 Sachiez qu'il n'estoit mie liez !
    Et sa fame li dist : " Biau sire,
    Qu'est ce ? Je ne vos oi mot dire !
    Don n'iestes vos haitiez et sains ?

156 — Je non, dame, " fait li vilains,
    Qui tote voies se deschauce
    Et despoille. Et elle li hauce
    La coverture et lieve en haut,

160 Et li vilains joste li saut,
    Si se coche trestoz envers ;
    Ne ne dist ne que uns convers
    Cui li parlers est desfanduz,

164 Ençois se gist toz estanduz.
    Cele lo vit mu et taisant,
    Si li a dit demaintenant :
    " Sire, don n'avez vos mon con ?

168 — Je non, dame, je non, je non !
    Mar l'alasse je onques querre :
    Qu'i m'est la hors cheoiz a terre,
    Si est ja noiez en cez prez.

172 — Ha, fait ele, vos me gabez !
    — Certes, dame, fait il, non faz ! "
    Ele lo prant entre ses braz :
    " Sire, fait ele, ne vos chaille :

176 Il ot de vos peor, sanz faille,
    Por ce qu'il ne vos conoissoit,
    Et chose qui li desplaisoit,
    Au mien cuidier, li faisiez.

180 Et se vos or lo teniiez,
    Q'an feriiez, dites lo moi ?
    — Je lo foutroie, par ma foi !

298

144 pour qu'elle revienne,
elle se perd dans l'herbe menue.
Quand il voit qu'il l'a perdue,
il devient triste et pensif.

148 Alors il se remet en route,
et ne s'arrête pas jusqu'au logis.
Sans dire un traître mot,
il s'était déchaussé sur un banc.

152 Il n'était pas gai, sachez-le !
Et sa femme lui dit : « Cher seigneur,
qu'est-ce ? Je ne vous entends souffler mot,
n'êtes-vous pas donc content ou souffrez-vous ?

156 — Non, dame », répond le vilain,
en continuant à se déchausser
et à se déshabiller. Et elle soulève
la couverture et la lève bien.

160 Le paysan saute à côté d'elle,
se couche sur le dos
et se tait comme un convers
auquel la parole est défendue,

164 mais il gît tout raide et allongé.
Quand elle le vit muet et silencieux,
elle lui dit aussitôt :
« Seigneur, vous n'avez donc pas mon con ?

168 — Non, dame, non, vraiment non !
C'est pour mon malheur que je suis allé le chercher,
car il est tombé là dehors à terre
et s'est noyé dans ces prés.

172 — Ah ! fait-elle, vous vous moquez de moi !
— Certes non, dame, je ne me moque pas. »
Elle le prend alors dans ses bras :
« Seigneur, dit-elle, n'y faites pas attention.

176 Il a eu peur de vous, sans doute,
parce qu'il ne vous connaissait pas,
et craignait que vous ne lui fassiez quelque chose
qui lui déplairait, je crois.

180 Et si maintenant vous l'aviez,
qu'en feriez-vous, dites-le-moi ?
— Je le foutrais, par ma foi,

        Et voir en l'oil li boteroie,
184   Ensi que je lo creveroie
        Por lo coroz que il m'a fait! "
        Et ele li dist entresait :
        " Sire, il est ja entre mes james.
188   Mais ne vosisse por Estanpes
        Que il fust si mal atornez,
  -     Com il est en voz mains tornez
        Tot soavet et belemant! "
192   Et li vilains sa main i tant,
        Sel prant et dit : " Gel tain as mains.
        — Or l'aplaigniez don tot au mains,
        Fait ele, qu'il ne vos estorde,
196   Et n'aiez peor qu'il vos morde :
        Tenez lo qu'il ne vos eschap!
        — Voire, fait il, por nostre chat,
        Fait li vilain, s'il l'ancontroit,
200   Ja Deus a merci nel m'otroit
        Qu'il nel manjast, au mien cuidier! "
        Lors lo commance a aplaignier,
        Si sant mout bien qu'il est moilliez.
204   " Ha, las, encor est il soilliez
        De la rosee o il chaï! "
        Li vilains dit : " Ahi, ahi,
        Com vos m'avez hui corecié!
208   — Mais ja par moi n'en iert grocié
        De ce que il est arosez —
        Or vos dormez et reposez,
        Que ne vos voil hui mais grever :
212   Las estes de core et d'aler. "
        Enseignier voil por ceste fable
        Que fame set plus que deiable.
        Et certeinemant lo sachiez :
216   Les iauz enbedeus me sachiez
        Se n'é a esciant dit voir!
        Qant ele viaut om decevoir,
        Plus l'en deçoit et plus l'afole
220   Tot solemant par sa parole

300

vraiment, je le frapperai dans l'œil,
184 jusqu'à le faire crever
pour le chagrin qu'il m'a donné. »
Elle lui dit tout aussitôt :
« Seigneur, il est là, entre mes jambes,
188 mais je ne voudrais pas par Etampes
qu'il fût maltraité
puisqu'il est retourné en vos mains
tout gentiment et doucement. »
192 Le vilain tend la main,
le prend et s'exclame : « Je l'ai attrapé !
– Caressez-le donc de vos mains,
dit-elle, afin qu'il ne vous échappe pas,
196 et n'ayez pas peur qu'il vous morde :
tenez-le bien qu'il ne vous échappe pas !
– Oui, certes, dit-il, à cause de notre chat,
car, s'il le rencontrait, dit le vilain,
200 il le mangerait bien, je crois,
que Dieu par pitié m'en garde ! »
Alors il commence à le caresser,
et sent très bien qu'il est mouillé.
204 « Hélas, dit-il, il est encore humide
de la rosée où il est tombé.
Aïe, Aïe ! s'exclame le vilain.
Comme vous m'avez agacé aujourd'hui !
208 Mais je ne le gronderai jamais,
pour s'être ainsi fait tremper.
Dormez et reposez-vous maintenant :
aujourd'hui je ne veux plus vous fatiguer.
212 Vous êtes las de courir et de marcher. »
Je veux enseigner par cette fable
que femme sait plus que le diable,
sachez-le bien certainement.
216 Arrachez-lui les deux yeux
si je n'ai pas dit la vérité !
Quand elle veut tromper un homme,
elle le trompe et l'affole
220 par sa seule parole

Que om ne feroit par angin.
De ma fable faz tel defin
Que chascuns se gart de la soe
224 Q'ele ne li face la coe!

plus que ne ferait l'homme par astuce.
A ma fable je donne telle fin :
que chacun prenne garde que son amie
ne lui mène pareille vie.

17. LE PRESTRE CRUCEFIÉ

Un essample voil coumencier
Qu'apris de monseignor Rogier,
Le franc mestre, le debonaire,
4   Qui bien savoit images fere
Et bien entaillier crucefis :
Il n'en estoit mie aprentis,
Ainz entailloit et bel et bien.
8   Et sa fame sor toute rien
Avoit aamé un prevoire.
Ses sires li a fait a croire
Que au marchié voloit aler,
12   Et un ymage ou lui porter
Dont il avra asez deniers.
Et la dame mout volentiers
Li otroie, s'en fu mout liee.
16   Et il vit sa chiere haitiee,
Si se prist a apercevoir
Qu'elle le vouloit decevoir,
Sicomme ele a acoutumé.
20   A tant a sor son col levé
Un crucefiz par achoison,
Si se depart de la maison ;
En la vile va, s'i demoure
24   Et atendi jusque a cele ore
Qu'il sot que il furent ensemble.
De mautalent et d'ire tremble.

17. LE PRÊTRE CRUCIFIÉ

Je veux commencer une histoire exemplaire
que j'ai apprise de monsieur Rogier,
un maître artisan habile en son métier,
4 qui savait bien sculpter les statues
et bien tailler les crucifix.
Ce n'était pas un apprenti;
au contraire, il les faisait très bien.
8 Or sa femme s'était
éperdument éprise d'un prêtre.
Son mari lui fit croire
qu'il devait aller au marché
12 avec une de ses statues,
dont il tirera, dit-il, pas mal de deniers.
Et la dame bien volontiers
l'approuva et s'en réjouit.
16 Quand il vit son visage tout souriant,
il put bien s'apercevoir
qu'elle n'attendait que de le tromper,
comme elle en avait l'habitude.
20 Alors il jeta sur son dos
un crucifix pour faire bonne contenance
et s'éloigna de sa maison.
Il va en ville et y reste
24 attendant jusqu'au moment où il croit
que sa femme et un galant sont ensemble.
En son cœur, il frémit de colère.

A son ostel est revenuz;
28 Par un pertuis les a veüz
Que il seoient au mengier.
Il apela, mes a dangier
Li ala l'en son huis ouvrir.
32 Li prestres n'ot par ou fuir.
" Deus, dist li prestres, que ferai? "
Dist la dame : " Je vous dirai :
Despoilliez vous et si alez
36 Laiens, et si vous estendez
Avec ces autres crucefis. "
Ou volentiers ou en envis
Le fist li prestres, ce sachiez :
40 Trestouz nus s'est lués despoilliez,
Emmi les ymages s'estut,
Comme s'il fust dolez de fust.
Quant li preudom ne l'a veü,
44 Si a tantost aperceü
Que il est entre ses ymages.
De ce fist que cortois et sages :
Primes a mengié et beü
48 Tant comme bon et bel li fu.
Quant il fut levé du mengier,
Si coumença a aguisier
Ung sien coutel a une cueuz.
52 Li preudom, qui fu fort et preuz,
A dit : " Dame, tost m'alumez
Une chandelle, et si venez
Laienz o moi ou ge ai afaire ! "
56 La dame ne l'osa retraire :
Une chandoille a alumee;
O son seignor en est alee
En l'ouvreor inelement.
60 Et li sires tout aroument
Le prevoire tout estendu
Vit, si l'a bien reconeü
A la coille et au vit qui pent.
64 "Dame, fait il, vilainement
Ay en cest ymage mespris :

Ayant regagné son logis,
28 il les voit par un trou :
ils sont assis à table.
Bon gré mal gré
on alla lui ouvrir la porte.

32 Le prêtre n'avait pas d'issue :
« Dieu, s'écria-t-il, que ferai-je ?
– Je vous le dirai, dit la dame :
déshabillez-vous, allez
36 là-dedans et étendez-vous
parmi les autres crucifix. »
Bon gré mal gré
le prêtre le fit, sachez-le.

40 Il se déshabille sur-le-champ
et s'étend parmi les statues,
comme s'il était en bois.
En ne le voyant pas, le brave homme
44 comprend tout de suite
que le prêtre est parmi les statues,
mais il agit en homme avisé :
d'abord il mange et boit
48 autant qu'il en a envie.
Puis, quand il se lève de table,
il commence à affûter
son couteau avec une grande pierre.

52 Le brave homme était fort et vaillant.
« Dame, dit-il, allumez vite
une chandelle et venez avec moi
là-dedans où j'ai quelque chose à faire. »
56 La dame n'osa pas refuser :
elle alluma une chandelle
et suivit rapidement
son mari dans l'atelier.
60 Le mari vit immédiatement
le prêtre étendu :
il l'a bien reconnu
à ses couilles et son vit qui pendent.
64 « Dame, dit-il, j'ai fait chose vile
en faisant tort à cette image :

J'estoie yvres, ce vous plevis,
Quant telz menbres je y laissé.
68 Alumez, si l'amenderé!"
Le prestre ne s'osa mouvoir :
Et ge vous di tretout por voir
Que vit et coilles li trencha,
72 Que onques riens ne li laissa
Que tretout n'ait outre trenchié!
Quant li prestre se sent blecié,
Si s'en est tost tornés fuiant.
76 Et li preudom tout maintenant
S'est escrié a mout hauz cris :
" Seignor, prenez mon croucefis
Qui orendroit m'est eschapé!"
80 A tant a deus garçons trouvé
Li prestre, portant une jarle :
Mout li venist mieus estre a Arle,
Car il i ot un pautonier
84 Qui en sa main tint un levier,
Si l'en feri parmi le col
Qu'il l'abati en un tai mol.
Et quant i l'ot jus abatu,
88 Es lor le preudomme venu,
Si le remaine en sa maison :
Quinze livres de reançon
Li fist inel les pas paier,
92 Que onques n'en failli denier!
Cest essample vous moutre bien
Que nul prestre, por nule rien,
Ne devroit autrui fame amer,
96 N'a cele venir ni aler
Qui onques fust en chalengage,
Qu'i n'i laissast la coille en gage :
Si comme fist prestres Coustanz,
100 Qui i laissa les trois pendanz.

j'étais ivre, il me semble,
quand j'y laissai ces membres.
68 Allumez, je vais y remédier!»
Le prêtre n'osa pas bouger
et je vous affirme
qu'il lui trancha vit et couilles
72 sans rien lui laisser:
il trancha tout, complètement!
Quand le prêtre se sentit blessé,
il prit ses jambes à son cou
76 et le brave homme aussitôt
s'écrie à tue-tête:
«Seigneurs, attrapez mon crucifix,
il vient de m'échapper!»
80 En ce moment le prêtre croise
deux garçons qui portaient un panier.
Il eût mieux aimé être à Arles,
car l'un était un ribaud
84 qui tenait à la main un levier
et qui lui donna un tel coup sur la nuque
qu'il l'abattit dans un bourbier.
Quand il l'eut ainsi abattu,
88 voilà que arrive notre homme
qui le ramène dans sa maison.
Quinze livres de rançon,
voilà ce qu'il lui fit verser sur-le-champ,
92 sans en rebattre un seul denier.
Cet exemple nous montre bien
que nul prêtre, pour rien au monde,
ne devrait aimer la femme d'autrui,
96 ni aller lui rôder autour,
sans courir le risque
d'y laisser ses couilles en gages,
comme il arriva à prêtre Constant
100 qui y laissa ses trois breloques.

18. C'EST LI TESTAMENT DE L'ASNE

Qui vuet au siecle a honeur viure
Et la vie de seux ensuyre
Qui beent a avoir chevance
4   Mout trueve au siecle de nuisance,
Qu'il at mesdizans d'avantage
Qui de ligier li font damage,
Et si est touz plains d'envieux,
8   Ja n'iert tant biaus ne gracieux.
Se dix en sunt chiez lui assis,
Des mesdizans i avra six
Et d'envieux i avra nuef.
12   Par derrier nel prisent un oef
Et par devant li font teil feste :
Chacuns l'encline de la teste.
Coument n'avront de lui envie
16   Cil qui n'amandent de sa vie,
Quant cil l'ont qui sont de sa table,
Qui ne li sont ferm ne metable ?
Ce ne puet estre, c'est la voire.
20   Je le vos di por un prouvoire
Qui avoit une bone esglise,
si ot toute s'entente mise
A lui chevir et faire avoir :
24   A ce ot tornei son savoir.
Asseiz ot robes et deniers,
Et de bleif toz plains ces greniers,

18. LE TESTAMENT DE L'ANE
par Rutebeuf

Qui veut vivre estimé en ce monde
et suivre l'exemple de ceux
qui ne pensent qu'à faire fortune,
4 rencontre, en ce monde, beaucoup d'ennuis,
car il y a bien des médisants
qui facilement lui font du tort
et on trouve partout plein d'envieux,
8 si beau et si gentil soit-il.
s'il y a dix personnes assises chez lui,
il y aura six médisants,
et des envieux, il y en aura neuf.
12 Par-derrière ils l'estiment moins qu'un œuf,
mais, par-devant, ils lui font fête :
chacun le salue en inclinant la tête.
Comment ne pourraient-ils pas l'envier
16 ceux qui ne tirent avantage de lui,
quand ceux qui mangent à sa table l'envient
et ne lui sont ni loyaux ni fidèles ?
C'est impossible : telle est la pure vérité.
20 Je vous le montre par l'histoire d'un prêtre
qui était curé d'une bonne église
et avait concentré tous ses efforts
à s'enrichir et à accumuler des biens :
24 à cela il avait voué son savoir.
Il avait quantité de robes et de deniers
et de greniers tout pleins de blé,

Que li prestres savoit bien vendre
28 Et pour la venduë atendre
De Paques a la Saint Remi.
Et si n'eüst si boen ami
Qui en peüst riens nee traire,
32 S'om ne li fait a force faire.
Un asne avoit en sa maison,
Mais teil asne ne vit mais hom,
Qui vint ans entiers le servi.
36 Mais ne sai s'onques tel serf vi.
Li asnes morut de viellesce,
Qui mout aida à la richesce.
Tant tint li prestres son cors chier
40 C'onques nou laissat acorchier
Et l'enfoÿ ou semetiere :
Ici lairai ceste matiere.
L'evesques ert d'autre maniere,
44 Que covoiteux ne eschars n'iere,
Mais cortois et bien afaitiez,
Que, c'il fust jai bien deshaitiez
Et veïst preudome venir,
48 Nuns nel peüst el list tenir :
Compeigne de boens crestiens
Estoit ces droiz fisiciens.
Touz jors estoit plainne sa sale.
52 Sa maignie n'estoit pas male,
Mais quanque li sires voloit,
Nuns de ces sers ne s'en doloit.
C'il ot mueble, ce fut de dete,
56 Car qui trop despent, il s'endete.
Un jour, grant compaignie avoit
Li preudons qui toz biens savoit.
Si parla l'en de ces clers riches
60 Et des prestres avers et chiches
Qui ne font bontei ne honour
A evesque ne a seignour.
Cil prestres i fut emputeiz
64 Qui tant fut riches et monteiz.
Ausi bien fut sa vie dite

que le prêtre savait bien vendre
28   sachant pour la vente attendre
de Pâques à la Saint-Rémi.
Et même son meilleur ami
n'aurait pu tirer quelque chose de lui
32   sans avoir recours à la force.
Il avait un âne à la maison,
comme on n'en vit jamais de tel,
qui le servit vingt ans entiers.
36   Mais je ne sais si j'ai jamais vu tel serviteur.
L'âne, qui avait fait sa richesse,
mourut un jour de vieillesse.
Le prêtre tenait tellement à lui
40   qu'il ne le laissa pas écorcher
et le fit enterrer au cimetière.
Mais laissons là cette matière.
L'évêque était d'autre nature,
44   car il n'était ni avide ni avare,
mais courtois et bien appris.
Même s'il était gravement malade
et il voyait venir un homme de bien,
48   nul ne pouvait le tenir au lit.
La compagnie des bons chrétiens
était son véritable médecin.
Sa salle était toujours pleine.
52   Ses serviteurs étaient de braves gens
et, quoi que le maître demandât,
aucun d'eux ne se plaignait.
S'il avait quelque chose, c'étaient des dettes,
56   car qui trop dépense s'endette.
Un jour cet homme vertueux et plein de qualités
avait chez lui grande compagnie.
On parla de ces clercs riches
60   et des prêtres avares et chiches
qui n'honorent pas de leurs offrandes
leur évêque ou leur seigneur.
Cette accusation fut portée contre le curé
64   qui était si riche et si bien pourvu.
Sa vie fut aussi bien racontée

Con c'il la veïssent escrite,
Et li dona l'en plus d'avoir
68 Que trois n'em peüssent avoir,
Car hom dit trop plus de la choze
Que hom n'i trueve a la parcloze.
"Ancor at il teil choze faite
72 Dont granz monoie seroit traite,
S'estoit qui la meïst avant,
Fait cil qui wet servir devant,
Et c'en devroit grant guerredon.
76 – Et qu'a il fait? dit li preudom.
– Il at pis fait c'un Beduÿn,
Qu'il at son asne Bauduÿn
Mis en la terre beneoite.
80 – Sa vie soit la maleoite,
Fait l'esvesques, se ce est voirs!
Honiz soit il et ces avoirs!
Gautiers, faites le nos semondre,
84 Si orrons le prestre respondre
A ce que Robers li mest seure.
Et je di, se Dex me secoure,
Se c'est voirs, j'en avrai l'amende.
88 – Je vos otroi que l'an me pande
Se ce n'est voirs que j'ai contei.
Si ne vos fist onques bontei. "
Il fut semons. Li prestres vient.
92 Venuz est, respondre couvient
A son evesque de cest quas,
Dont li prestres doit estre quas.
"Faus desleaus, Deu anemis,
96 Ou aveiz vos vostre asne mis?
Dist l'esvesques. Mout aveiz fait
A sainte Esglise grant meffait,
Onques mais nuns si grant n'oÿ,
100 Qui aveiz votre asne enfoÿ
La ou on met gent crestienne.
Par Marie l'Egyptienne,
C'il puet estre choze provee
104 Ne par la bone gent trovee,

314

que si elle était écrite en un livre,
et on lui prêta plus d'avoir
68 que trois hommes n'auraient pu avoir,
car on en dit beaucoup plus
qu'on ne trouve en fin de compte.
« Mais il vient de faire quelque chose
72 dont on pourrait tirer beaucoup d'argent,
si quelqu'un dénonçait le cas,
dit l'un des hôtes pour se faire remarquer,
et il en devrait payer grande amende.
76 – Qu'a-t-il fait? demande le brave homme.
– Il a fait pire qu'un bédouin,
car il a mis son âne Baudouin
en terre bénite.
80 – Que sa vie soit maudite!
s'exclama l'évêque, si cela est vrai!
Honnis soient lui et ses biens!
Gautier, faites-le comparaître.
84 Nous entendrons le prêtre se défendre
contre les accusations de Robert
et je dis, que Dieu me secoure,
que si c'est vrai, j'en aurai réparation.
88 – Je me ferai pendre, j'y suis prêt,
si mon conte n'est pas vrai.
Il ne vous a jamais accordé le moindre don. »
Le prêtre fut convoqué : le voilà, il vient.
92 Il doit maintenant répondre
à son évêque sur cette affaire
pour laquelle il doit être puni.
« Traître, perfide, ennemi de Dieu,
96 où avez-vous mis votre âne?
demanda l'évêque. Vous avez commis
grand outrage contre Sainte Église.
Jamais personne n'entendit sa pareille :
100 vous avez enterré votre âne
là où on ensevelit les chrétiens.
Par sainte Marie l'Égyptienne,
si cela peut être prouvé
104 et confirmé par d'honnêtes gens,

Je vos ferai metre en prison,
C'onques n'oÿ teil mesprison. "
Dist li prestres : " Biax tres dolz sire,
108 Toute parole se lait dire.
Mais je demant jor de conseil,
Qu'il est droit que je me conseil
De ceste choze, c'il vos plait
112 (Non pas que je i bee en plait).
– Je wel bien le conseil aiez,
Mais ne me tieng pas apaiez
De ceste choze, c'ele est voire.
116 – Sire, ce ne fait pas a croire. »
Lors se part li vesques dou prestre,
Qui ne tient pas le fait a feste.
Li prestres ne s'esmaie mie,
120 Qu'il seit bien qu'il at bone amie :
C'est sa borce, qui ne li faut
Por amende ne por defaut.
Que que foz dort, et termes vient.
124 Li termes vient, et cil revient.
Vint livres en une corroie,
Touz sés et de bone monoie,
Aporta li prestres o soi.
128 N'a garde qu'il ait fain ne soi.
Quant l'esvesque le voit venir
De parleir ne se pot tenir :
" Prestres, consoil aveiz eü,
132 Qui aveiz votre senz beü.
– Sire, consoil oi ge cens faille,
Mais a consoil n'afiert bataille.
Ne vos en deveiz mervillier,
136 Qu'a consoil doit on concillier.
Dire vos vueul ma conscience,
Et, c'il i afiert penitance,
Ou soit d'avoir ou soit de cors,
140 Adons si me corrigiez lors. "
L'evesques si de li s'aprouche
Que parleir i pout bouche a bouche.

je vous ferai mettre en prison,
car jamais je n'appris tel sacrilège.
— Mon très doux seigneur, dit le prêtre,
108 c'est vite dit, tous les propos se laissent dire
mais je demande un jour de réflexion.
C'est mon droit de prendre conseil
en cette affaire, si vous le permettez,
112 non pour faire traîner le procès en longueur.
— Je veux bien que vous preniez conseil,
mais je ne vous tiens pas quitte,
si cette chose est vraie.
116 — Monseigneur, je n'en doute pas. »
Alors l'évêque quitte le prêtre
sans plaisanter sur l'affaire.
Le prêtre n'est point troublé,
120 car il sait bien qu'il a une bonne amie
et sa bourse ne lui fait pas défaut
pour payer amende ou au besoin.
Pendant que le sot dort, le terme arrive.
124 Le terme arrive et le prêtre revient.
Il apporte avec lui
vingt livres dans une ceinture,
en argent comptant et de bon aloi.
128 Il ne craint ni faim ni soif.
Quand l'évêque le voit venir
il l'apostrophe ainsi aussitôt :
« Vous avez pris conseil, prêtre,
132 qui avez perdu votre bon sens.
— Monseigneur, j'ai pris conseil sans faille,
mais à conseil ne convient pas querelle.
Vous ne devez pas vous étonner,
136 c'est par la réflexion qu'on doit s'accorder.
Je veux vous révéler mon intention
et si je mérite une pénitence
soit pécuniaire soit corporelle,
140 alors infligez-la-moi. »
L'évêque s'approche du prêtre
afin qu'il puisse parler de bouche à oreille

Et li prestres lieve la chiere,
144 Qui lors n'out pas monoie chiere.
Desoz sa chape tint l'argent :
Ne l'ozat montreir pour la gent.
En concillant conta son conte :
148 « Sire, ci n'afiert plus lonc conte.
Mes asnes at lonc tans vescu,
Mout avoie en li boen escu.
Il m'at servi, et volentiers,
152 Moult loiaument vint ans entiers.
Se je soie de Dieu assoux,
Chacun an gaaingnoit vint soux,
Tant qu'il at espairgnié vint livres.
156 Pour ce qu'il soit d'enfers delivres
Les vos laisse en son testament. "
Et dist l'esvesques : " Diex l'ament,
Et si li pardoint ses meffais
160 Et toz les pechiez qu'il at fais ! "
Ensi con vos aveiz oÿ,
Dou riche prestre s'esjoÿ
L'evesques por ce qu'il mesprit :
164 A bontei faire li aprist.
Rutebués nos dist et enseigne,
Qui deniers porte a sa besoingne
Ne doit douteir mauvais lyens.
168 Li asnes remest crestiens,
A tant la rime vos en lais,
Qu'il paiat bien et bel son lais.

Explicit.

et le prêtre lève la tête;
144 maintenant il ne plaint pas son argent.
Il le tenait sous sa cape,
n'osant le montrer à cause des gens.
En discutant il conta son conte :
148 « Monseigneur, il n'est pas besoin de s'étendre.
Mon âne a longtemps vécu,
c'était pour moi une source de profit.
Il m'a servi de bon gré
152 très loyalement vingt ans entiers,
que Dieu m'absolve!
Chaque année il gagnait vingt sous,
si bien qu'il a épargné vingt livres.
156 Pour qu'il soit délivré de l'enfer
il vous les lègue par testament.
– Dieu le récompense et lui pardonne
ses méfaits, s'exclama l'évêque,
160 et tous les péchés qu'il a commis! »
Ainsi, comme vous avez entendu,
du riche prêtre fut bien content
l'évêque : coupable,
164 il lui apprit à être vertueux.
Rutebeuf nous dit et enseigne
que celui qui a de l'argent, en affaires
ne doit pas craindre les inconvénients.
168 L'âne resta chrétien.
Maintenant je cesse de rimer,
car il paya bel et bien son legs.

19. LA VEUVE

Segnor, je vos vuel castoier.
Tuit devons aler ostoier
En l'ost dont nus om ne retorne.
4   Savés conment on les atorne
Çaus qui en cele ost sont semons?
On les lieve sor deus limons,
Puis l'en porte on barbe sovine
8   Vers le mostier de grant ravine,
Et sa molliers le siut aprés.
Cil qui a li montent plus pres,
Le tienent par bras et par mains.
12   Des paumes battres, c'est del mains,
Car ele crie a haute vois :
" C'est mervelle conment je vois!
Bele dame Sainte Marie,
16   Con sui dolante et esmarie!
Ce poise moi que je tant dure.
Molt est ceste vie aspre et dure.
Ne place Deu que je tant voie
20   Que je repair par ceste voie,
Si soie avuec mon segnor mise
Cui j'avoie ma foi promise. "
Ensi va acontant ses fables
24   Qui ne sont mie veritables.
Devant l'entree del mostier
Dont reconmence son mestier

19. LA VEUVE
par Gautier Le Leu

Seigneurs, je veux vous donner une leçon.
Nous devons tous aller combattre
dans l'armée dont nul ne revient.
4 Savez-vous comment on les équipe
ceux qui sont engagés dans cette armée?
On les soulève sur deux brancards,
puis à toute vitesse on porte le corps
8 vers l'église, la barbe à plat,
et l'épouse le suit derrière.
Ses plus proches parents
de bras et de mains la retiennent
12 de se battre les paumes, c'est le moins,
car elle s'écrie à haute voix :
« C'est un miracle si je marche!
Bonne sainte Vierge Marie,
16 que je suis dolente et troublée!
Il m'est insupportable de vivre.
Cette vie m'est âpre et dure.
A Dieu ne plaise que je vive assez longtemps
20 pour repasser par ce chemin,
mais que plutôt je sois enterrée avec mon époux
à qui j'avais promis fidélité. »
Ainsi va-t-elle contant ses fables
24 qui ne sont point véritables.
Devant l'entrée de l'église
elle recommence sa ritournelle :

De crïer haut et durement.
28 Et li prestres isnelement,
    Qui l'ofrande desire a prendre,
    Rueve les candelles esprendre.
    Qant il li a fait le pardon,
32 Dont cante de molt grant randon.
    Qant li services est finés
    Et li cors et si atornés
    Qu'il est colciés trestos envers
36 En tere noire avuec les vers,
    Dont velt li dame aprés salir.
    Qui dont le verroit tressalir
    Et les iels ovrir et clugnier
40 Et les poins ensanle cuignier,
    Il diroit bien selonc men sens :
    " Ceste puet bien perdre le sens. "
    Ensi le resacent ariere;
44 Il doi le tienent par deriere,
    Qui dusqu'en maison le remainnent.
    Si voisin qui pres de li mainnent,
    Li font boire de l'eve froide
48 Por ce que li diels li refroide.
    A l'entree de la maison
    Dont reconmence sa raison :
    " Sire, qu'estes vos devenus?
52 Vous n'estes mie revenus.
    Por Diu, con vos m'estes emblés!
    Com estoit vos avoirs doublés!
    Dix, con vo cose vos venoit,
56 Et combien il vous avenoit
    Aler contreval de le cort!
    Con vous seoient vo drap cort!
    Car aussi fasoient li nuef
60 Ki furent fait a l'anrenuef!
    Agace, bien le m'avés dit.
    Hairons, con je vous ai maudit,
    Ki tant avés awan crïé!
64 Kien, con avés sovent ullé!
    Geline, bien le me cantastes!

elle crie fort et se plaint durement.
28 Et le prêtre en grande hâte,
désirant empocher l'offrande,
fait allumer les cierges.
Après avoir donné l'absolution,
32 il chante la messe à toute vitesse.
Quand le service est terminé
et que le corps est disposé
couché tout de son long
36 dans la terre noire avec les vers,
la dame veut sauter auprès de lui.
Qui la verrait alors tressaillir,
rouler et cligner les yeux
40 et se frapper les poings,
pourrait bien dire selon moi :
« Elle risque de perdre la raison ! »
Il l'attire en arrière ;
44 à deux, on la soutient par-derrière,
on la ramène jusqu'à la maison.
Les voisins qui restent auprès d'elle
lui font boire de l'eau froide
48 pour apaiser sa douleur.
Mais à l'entrée de la maison
elle recommence sa plainte :
« Seigneur, qu'êtes-vous devenu ?
52 Vous, vous n'êtes pas revenu !
Par Dieu, on vous a dérobé à moi !
Votre fortune avait doublé !
Dieu, comme prospéraient vos affaires,
56 et comme vous étiez beau à voir
quand vous descendiez par la cour !
Comme vous allaient bien vos habits courts !
Ne vous seyaient pas moins les neufs
60 qui furent faits au nouvel an !
Agasse, vous me l'avez bien dit.
Hérons, comme je vous ai maudits
qui tant avez crié cette année !
64 Chien, comme vous avez souvent hurlé !
Poule, vous me l'avez bien chanté !

Anemis, con vos m'encantastes
Ke ne conjurai mon ami,
68   Por Diu, k'i revenist a mi!
Se nus mors hon le pooit faire,
Je li ferai son treu tel faire.
Dix, con jou ai awan songié,
72   Encor ne l'aie je noncié,
Songes et vilains et hontex!
A bien le m'avertise Dex!
Sire, je songoie avant ier
76   Ke vos estiés en ce mostier,
S'estoient andoi li huis clos.
Or estes en la terre enclos
Puis resongoie aprés en oire,
80   Vos aviés une cape noire
Et unes grans botes de plont;
En cele eve faisiés un plonc,
Ains puis ne reveniés deseure.
84   Or estes mors en molt peu d'eure.
Cis songes est bien avertis.
Je songai vos estiés vestis
D'une grant cote a caperon;
88   En vo main teniés un peron,
Si abatiés tout cel assié.
Sire, quel treu m'avés laissié!
Ja mais n'ert pas nul home plains.
92   Biens est drois que vos sovens plains.
Puis me revint en mon avis,
Mais je le conte molt envis,
Çaiens venoit uns coulombiax
96   Ki molt estoit et blans et biax,
Si m'avaloit ens en mon sain,
Si refaisoit cel aisié sain.
Jou ne sai que ce senefie
100 A ceste daeraine fie. "
Dont conmence li runemens,
Li consaus, et li parlemens
Des parentes et des voisines
104 Et des nieces et des cosines.

Diable, comme vous m'avez ensorcelée,
que je n'ai pas conjuré mon ami
68 de revenir à moi, pour Dieu!
Si un mort pouvait revenir à la vie
c'est ainsi que je lui ferais payer son tribut.
Dieu, que de rêves j'ai faits cette année
72 bien que je ne l'aie pas raconté,
rêves horribles et outrageux!
Que Dieu les tourne à mon profit!
Seigneur, je rêvai avant-hier
76 que vous étiez dans cette église
et les deux portes étaient closes.
Maintenant vous êtes enclos en terre.
Puis, aussitôt après, je rêvai de nouveau :
80 vous aviez une cape noire
et deux grandes bottes de plomb.
Vous faisiez un plongeon dans cette eau
et ne reveniez plus à la surface.
84 Vous voilà mort en peu de temps.
Ce songe s'est bien réalisé.
Je rêvai que vous étiez habillé
d'une grande cotte à capuchon;
88 vous teniez une grosse pierre en main
et vous abattiez tout ce mur.
Seigneur, quel vide vous m'avez laissé!
Jamais personne ne pourra le combler!
92 Il est juste que je continue à vous regretter.
Puis je fis un nouveau songe,
mais je le raconte malgré moi :
ici venait un petit pigeon,
96 qui était tout blanc et beau.
Il se posait sur mon sein
et refaisait à neuf ce mur.
Je ne sais pas ce que signifie
100 ce dernier songe. »
Alors commencent les murmures,
les conseils et les papotages
des parentes et des voisines,
104 des nièces et des cousines.

« En carité, ma bele dome,
Vos reprenderés un prodome
Qui ceste maison maintenra
108 Et en cest avoir enterra,
Qui ne sera fols ne lecieres. »
Qui li veroit faire les cieres
Et respondre par maltalent :
112 « Dames, je n'ai de ce talent ;
De Damerdeu soit cil maudis
Qui ja mais maintenra ces dis,
Car il ne me vient mie a bel. »
116 Dont maudist ele se lembel.
Or le lairomes de le dame
Qui conte son duel et son dame,
Si vos diromes de celui
120 Qui ne volt bien faire por lui.
Il est menés a le grant cort ;
La le velt on tenir molt cort,
S'il ne velt bien rendre raison ;
124 On le prent a poi d'oquisson.
Il huce et crie se maisnie
Qu'il avoit molt soef norie,
Et ses parens et ses amis
128 U il avoit sen avoir mis,
Por Deu qu'il li vignent aidier.
Mais ce ne puet nus sohaidier.
Puis apele, a dolante ciere,
132 Sa mollier qu'il avoit molt ciere,
Mais li dame est en altre point.
Une dolçors al cuer li point,
Qui le soslieve contremont ;
136 Et li doiens le resomont,
Qui desire a mangier car crue
Qui n'est de paon ne de grue,
Ains est de l'andolle pendant
140 U les plusors sont atendant.
Li dame n'a mais de mort cure,
Ains se retifete et escure,
Si fait gausnir se muelequin,

« Pour l'amour de Dieu, ma chère dame,
vous reprendrez un brave homme
qui protégera cette maison,
108 prendra possession de ces biens
et ne sera sot ni libertin. »
On pouvait voir ses mines
et écouter ses réponses colériques :
112 « Mes dames, je n'en ai pas envie ;
maudit soit par le seigneur Dieu
celui qui continuera à me tenir ces discours
car j'en ai horreur. »
116 Alors elle maudit ses rubans.
Maintenant laissons la dame
manifester son deuil et conter la perte subie
et parlons plutôt de celui
120 qui ne peut pas lui porter secours.
Il est mené devant la grande Cour.
Là on expédie vite l'affaire :
s'il ne veut pas bien se confesser,
124 on l'appréhende pour le moindre motif.
Il crie et appelle ses gens,
qu'il avait entretenus avec amour,
ses parents et ses amis
128 qui étaient tout son trésor,
qu'ils viennent lui porter secours, pour Dieu.
Mais aucun d'eux ne peut le souhaiter.
Puis, le visage souffrant, il appelle
132 son épouse qu'il avait tant aimée,
mais la dame a l'esprit ailleurs...
Une douceur la pique au cœur,
qui la soulève et la ranime.
136 C'est la vulve qui l'aiguillonne :
elle désire manger de la chair crue,
qui ne soit ni de paon ni de grue,
mais de cette andouille pendante
140 dont toutes les femmes sont désireuses.
La dame ne pense plus à la mort,
mais se rattife et se soigne
et fait jaunir son voile

144 Et relieve sen roëkin,
    Si refait musiaus et torés,
    Et reconmence les tifés,
    Si vest ses dras a remuiers.
148 Ausi con li ostoirs muiers
    Qui se va a l'air esbatant,
    Se va li dame deportant
    Et demostrant de rue en rue.
152 Molt sinplement le gent salue
    Et encline de jusqu'en terre.
    Molt sovent clot le boce et serre;
    Dont n'est ele pas pereceuse,
156 Aspre ne sure ne tenceuse,
    Ains est plus dolce que canele
    Et plus tornans et plus isnele
    Que ne soit rute ne vensvole.
160 Avuec les iels li cuers li vole.
    Ele n'a talent de corcier
    Ne de plaindre ne de groucier,
    Ains se fait molt et sage et simple.
164 Souvent remet avant se guimple
    Por les joës cretes couvrir,
    Ki s'asanlent as oes ouvrir.
    Or vos ai dit de sa matire
168 Confaitement ele s'atire;
    Or vos aconterai briement
    Un petit de son errement,
    Confaitement ele se mainne
172 Le dïemence et le semainne.
    Le deluns commence son oire,
    Puis n'encontre blonde ne noire
    K'ele ne face a li entendre,
176 Por çou qu'ele le veuille entendre.
    Ensi toute jor va et vient,
    De mainte cose li souvient,
    Et quand ele est la nuit coucie
180 Dont commence sa cevaucie.
    Molt est ses corages alius;
    Ele l'envoie en tant mains lius

328

144 et relève sa collerette
et refait parures et bandeaux
et recommence les coiffures,
et change et rechange de robe.
148 Comme l'autour qui a mué
va s'ébattant dans l'air,
la dame s'en va joyeuse
se montrant de rue en rue.
152 Elle salue bien affable les gens
en s'inclinant jusqu'à terre.
Elle tient souvent la bouche close,
mais n'est pas paresseuse,
156 âpre ni aigre ni querelleuse,
mais est plus douce que cannelle
et plus voltigeante et plus légère
que crécelle ou girouette.
160 Par ses yeux s'envole son cœur.
Elle n'a pas envie d'être triste
ni de se plaindre ni de grogner,
mais se fait bien sage et simple.
164 Souvent elle tire sa guimpe sur le visage
pour cacher les rides de ses joues
qui se crispent en ouvrant les yeux.
Je viens de vous dire de sa manière,
168 comment la dame se pare.
Maintenant je vous raconterai brièvement
un peu de sa conduite,
comment elle se comporte
172 le dimanche et pendant la semaine.
Le lundi elle se met en route,
puis elle ne rencontre blonde ni brune
à laquelle elle ne se fasse entendre,
176 pourvu que l'autre veuille bien l'écouter.
Ainsi elle va et vient tout le jour,
se souvenant de mainte chose,
et la nuit, quand elle est couchée,
180 elle commence sa chevauchée.
Son cœur est prodigue de désirs;
elle l'envoie en maint lieu,

U on n'a gaires de li cure.
184 Ja la nuis n'estra tant oscure
Ke ses cuers ne voist en nuiere,
Puis dist souvent : " Ce m'est aviere,
J'avenroie bien a celui;
188 Il a molt bel vallet en lui;
Et cil n'aroit cure de mi,
Se en parloient mi ami;
Et cil autres ne m'aroit oeus,
192 Il n'a mie vaillant deus oeus. "
Ensi toute nuit estudie,
Car il n'est qui le contredie,
Et quant ce vient la matinee,
196 Si dist : " De bone eure fui nee,
Car je n'ai mais qui me destragne.
Je ne criem privé ni estraigne,
Nului ne bis ne blanc ne rox.
200 Or est mes cavestres derox. "
Dont n'a ele soing de reponre.
Il ne l'estuet mie semonre,
S'on fait nueces, qu'ele n'i soit.
204 Ele n'a mais ne fain ne soit;
Or ne li faut plus que li rains
Qui le mal li cache des rains.
Celui porquiert bien et porcace,
208 Ses enfans en sus de li cace
Et beke ausi con li geline
Qui dalés le coc s'ageline.
Nuituns devint, sis escaucire;
212 Sovent fait candelles de cire
Qu'ele ofre par us et par nonbre
Que Dex des enfans le descombre,
Et que li male mors les prenge.
216 " Je ne truis qui por aus me prenge;
Nus ne s'i oseroit embatre."
Puis se reva a els conbatre ",
Ses hurte et fiert et grate et mort
220 Et maudist de le male mort.
Adont faut li amors del pere,

là où on ne se soucie pas d'elle.

184 Jamais la nuit ne sera si obscure
que son cœur ne s'envole aux nues.
Puis souvent elle dit : « Je conviendrais
bien à celui-ci, je crois ;
188 c'est un fort beau garçon.
Celui-là ne me verrait même pas
si mes amis lui parlaient de moi ;
de cet autre je n'aurais avantage,
192 il ne possède à peu près rien. »
Ainsi médite-t-elle toute la nuit,
car personne ne la contredit
et quand le matin est arrivé,
196 « Je suis née sous une bonne étoile,
dit-elle, je n'ai plus personne qui m'opprime.
Je ne crains ni familier ni étranger ;
personne, ni gris, ni blanc, ni roux.
200 Maintenant mon licou est rompu. »
Elle n'a donc garde de se cacher.
Aucun besoin de l'inviter,
si on célèbre une noce, elle y est.
204 Elle n'a plus ni faim ni soif ;
maintenant il ne lui manque que la verge
qui lui chasse le mal des reins.
C'est ce qu'elle cherche et poursuit.
208 Elle envoie promener ses enfants
et les frappe du bec comme la poule
qui se blottit près du coq.
Elle se fait esprit malin et les repousse.
212 Souvent elle fabrique des cierges
qu'elle prend l'habitude d'offrir en quantité
pour que Dieu la débarrasse de ses enfants
et que la malemort les emporte.
216 « A cause d'eux je ne trouve qui m'épouse ;
nul n'oserait s'en charger. »
Puis la lutte avec eux recommence :
elle les bat et frappe et griffe et mord
220 et les maudit de malemort.
Il manque alors l'amour d'un père,

Puis que li enfes le conpere.
Ce fait li dame et plus assés,
224   Et s'ele a deniers amassés,
Volentiers avuec li les porte,
Puis dist c'uns hon devers le porte
Li vint paier des hui matin.
228   Puis nome Robert o Martin
Qui encor l'en doivent sept tans
Qu'il li volront paier par tans,
Mien ensiant, ains quinze dis.
232   Molt se fait rice par ses dis,
Et s'ele encontre une parliere
Qui de redire est noveliere,
Si s'acoste de joste li,
236   Puis se li dist : " Ce poise mi,
Ge ne suis auques vostre acointe,
Car vos n'estes fole ne cointe,
Si vos ai grant pieça amee,
240   Et si sui maintes fois esmee
D'aler a vos esbanoier.
Il ne vos doit mie anoier
Se je parol un poi a vos,
244   Car vos devés monter a nos.
Ce me soloit ma dame dire ;
Mais je ai molt le cuer plain d'ire
De mon segnor que j'ai perdu,
248   Mais mi ami m'ont desfendu
Que je laisce le duel ester,
Que je n'i puis preu conquester.
Certes mes sire m'ert molt boens,
252   Si me faisoit molt de mes boens
Et en cauchier et en vestir.
Il m'avoit faite ravestir
De se maison et de son estre,
256   Il avoit molt le cuer onestre,
Mais il n'avoit point del delit
Que li prodome font el lit.
Tantost con il estoit colciés,
260   M'ert ses cus en l'escorç ficiés ;

et l'enfant le paye cher.
Ainsi fait la dame, et bien plus.
224 Et si elle a amassé de l'argent,
elle aime le porter sur elle,
puis elle dit que quelqu'un est venu
à sa porte le lui payer le matin même.
228 Puis elle assure que Robert ou Martin
qui lui en doivent encore sept fois autant,
la payeront bientôt,
sous quinzaine, je crois.
232 Elle se fait très riche en paroles
et si elle rencontre une commère,
qui aime bien cancaner,
elle s'approche d'elle
236 et lui dit : « Cela m'ennuie
de ne pas être un peu votre intime :
vous n'êtes ni sotte ni malicieuse.
Depuis longtemps j'ai de l'amitié pour vous
240 et souvent je me suis proposé
d'aller faire un tour en votre compagnie.
Vous ne devez pas vous fâcher
si je vous parle un peu :
244 vous devez être notre alliée.
Ma mère me le disait souvent;
mais j'ai un grand chagrin en cœur
pour la perte de mon époux,
248 mais mes amis m'ont ordonné
d'en finir avec le deuil,
car cela ne m'avance à rien.
Certes, mon époux était très bon
252 et m'accordait toutes ses faveurs,
et en chaussures et en vêtements.
Il avait mis à mon nom
sa maison et sa fortune.
256 C'était une âme honnête,
mais il ignorait ce plaisir
que les hommes procurent au lit.
Aussitôt qu'il était couché,
260 il plantait son cul dans mon giron

Ensi dormoit tote la nuit,
Si n'en avoie autre deduit;
Si me pooit molt anoier.
264 Certes jo nel quier a noier,
Mes sire ert molt d'avoir sopris
Ançois que je l'eüsce pris,
Mais il ert ja trestos kenus,
268 Ançois qu'il fust a moi venus,
Et j'estoie une bascelete
A une crasse mascelete,
Et vos estiés uns enfeçons
272 Autretele con uns pinçons,
S'aliés corant aprés vo mere
Qui a ma dame estoit commere
Et si estoit pres no parente.
276 Je suis de se mort molt dolente,
Foit que je doi Nostre Segnor!
Or vos dirai de mon segnor :
Il savoit molt bien gaegnier
280 Et asanler et espargnier.
Sen arme soit en grant repos!
J'ai assés caudieres et pos
Et blanques quieltes et bons lis,
284 Huges, sieges et caelis,
Et bons manteals et peliçons
Qui furent fait a esliçons,
S'ai asés dras lignes et lagnes,
288 Et s'ai encore de deus lagnes,
De le grosse et de le menue.
Ma maisons n'est mie trop nue,
Ains i a certes bials harnas,
292 Car j'ai encore deus hanas :
Li uns en est fais al viés tor,
A l'eur reverset tot entor;
Mes sire l'avoit forment cier.
296 Mais ne n'ai cure d'anoncier
Se j'ai ce que Dex m'a donet.
Vos coonisciés bien Deudonet,
Et si coonisciés bien Herbert

et dormait ainsi toute la nuit,
sans que j'aie d'autre plaisir.
Vous imaginez ma peine!
264 Certes, je ne cherche pas à le nier,
mon seigneur avait de la fortune
avant que je ne l'eusse épousé,
mais il était déjà tout chenu
268 avant de me rencontrer
et j'étais une fillette
aux joues grassouillettes
et vous étiez une enfançon,
272 toute pareille à un pinçon,
trottinant derrière votre mère
qui était commère de la mienne
et donc notre proche parente.
276 Je suis bien affligée par sa mort,
pour la foi que je dois à notre Seigneur!
Je vous parlerai maintenant de mon époux :
il savait très bien gagner
280 et accumuler et épargner.
Que son âme soit en repos!
J'ai, en quantité, chaudrons et pots
et blanches couettes et bons lits,
284 huches, sièges et châlits,
et bons manteaux et pelisses,
faits en grand nombre à mon choix,
et quantité d'habits en lin et en laine
288 et j'ai aussi deux sortes de bois :
du bois gros et du bois menu.
Ma maison n'est guère nue,
elle contient de bien beaux équipements,
292 car j'ai aussi deux hanaps :
l'un fait à l'ancienne,
avec le bord roulé tout autour.
Mon époux l'aimait beaucoup.
296 Mais ce n'est pas mon intention
de crier sur les toits ce que Dieu m'a donné.
Vous connaissez bien Dieudonné
et vous connaissez bien aussi Herbert

300   Et Bauduïn le fil Gobert,
       Savees rien de lor afaire?
       On m'i velt mariage faire;
       Mais c'est mervelle de le gent :
304   On cuide en tel liu de l'argent
       U il n'a gaires de plentet.
       Li plusor sont molt endetet,
       Et je sui rique feme a force.
308   On puet del fust veïr l'escorce,
       Mais on ne set qu'il a dedens.
       Mains avoirs est ausi con vens,
       Mais li miens est bien aparans.
312   Je faç asés de dras par ans,
       Et si sui prodefeme et sage,
       Si ai eüt sovent mesage
       Des mellors qui sont ci par ent.
316   Tex i a qui sont vo parent,
       Mais je n'ai cure del nomer.
       En' apartenees Gomer?
       Mais por Gomer nel di je mie.
320   Or vos dirai, ma dolce amie :
       Antan me dist une devine
       Qui me fist estendre sovine
       Si m'esgarda en un cercel,
324   J'arai encor un jovencel.
       Savees nient en vo visnage
       U il ait auques de barnage?
       Cil me sanle de grant raison
328   Qui maint d'autre part vo maison.
       Il m'a ioan molt esgardee,
       Mais je m'en sui molt bien gardee,
       C'onques vers lui ne retornai.
332   Il maint uns prodon a Tornai
       Qui m'apartient de par mon pere.
       Cil parole d'un sien conpere
       Qui molt est rices et manans,
336   Et s'est molt pres de lui manans,
       Mais il est viels, ce m'a on dit,
       Je l'ai ioan asés maudit.

300	et Baudoin, le fils de Gobert.
	Savez-vous rien de leurs affaires?
	On veut me marier à eux,
	mais les gens sont incroyables!
304	Ils imaginent que l'argent est là
	où il n'y en a guère.
	La plupart sont criblés de dettes,
	mais moi, je suis une femme très riche.
308	On voit bien l'écorce de l'arbre,
	mais on ne sait jamais ce qu'elle cache.
	La fortune est comme le vent,
	mais la mienne est bien évidente.
312	Chaque année je fais quantité d'habits
	et je suis femme de bien et sage;
	j'ai reçu souvent les déclarations d'amour
	des meilleurs partis de la région.
316	Il en est qui sont vos parents,
	mais je ne veux pas en révéler les noms.
	Etes-vous parente de Gomer?
	Mais ce n'est pas pour Gomer que je parle.
320	Ma douce amie, je vous le dirai :
	l'an passé une devineresse, qui me fit
	étendre sur le dos dans un cercle,
	après m'avoir regardée, me dit
324	que j'aurai encore un jeune prétendant.
	Savez-vous si dans votre voisinage
	il y a quelque bon parti?
	Celui qui habite de l'autre côté de chez vous
328	me semble un homme très raisonnable.
	Dernièrement il m'a dévisagée,
	mais je me suis bien gardée
	de jamais lui retourner ses regards.
332	A Tournai habite un brave homme,
	mon parent du côté de mon père.
	Il me parle d'un sien compère,
	homme très riche et qui a du bien.
336	Il habite bien près de chez lui,
	mais il est vieux, m'a-t-on dit.
	Je n'ai pas attendu pour le maudire.

Foit que je doi Saint Lïenart,
340 Je n'en averai ja viellart!
Puis que ce vient a le bescosse,
Je n'ai cure de garbe escosse.
Jo ai certes molt bel avoir
344 Por un bel vallet a avoir.
Bele amie, pensés de mi.
Se vos avés nul vostre ami
Qui auques soit preus et senés,
348 Il iert en mi bien asenés.
Et vos soiés preus et senee.
Se je sui par vos asenee,
Vos en arés buen guerredon,
352 Se Dex me face vrai pardon;
Mais je n'ai cure de promettre,
N'onques ne m'en vol entremetre,
Mais saciés bien trestot de fit,
356 Se li cosse torne a porfit,
Vos en serés molt bien caucie.
Esgardés en cele Caucie
U en Anzaing o el Nuefborc
360 Quels est li fils dame Wiborc,
Et li fils segnor Godefroit.
Il se fist avant ier molt froit,
Quant on l'aparla d'Isabel.
364 S'il vos devoit venir a bel,
S'i parlisciés covertement.
J'ai ci esté molt longuement;
Je ne m'en departisse anuit,
368 Mais je criem qu'il ne vos anuit.
Je vos meç jor a dïemence,
Si sera avuec nos Climence,
S'averomes pumes et nois
372 Et de cel vin de Laenois,
Si vos dirai d'un mien parent
Qui ne maint mie ci par ent,
Qui me voloit faire converse – "
376 Lors le fiert de le main enverse,
Si s'en torne, si s'en depart.

338

Par la foi que je dois à saint Léonard,
340 je n'aurais plus de vieillard!
Puisque vient la saison du battage,
je n'ai cure d'une gerbe sans grain.
Certes, j'ai une assez belle fortune
344 pour mériter un beau garçon.
Chère amie, pensez à moi.
Si vous avez quelque ami
qui soit prud'homme et sensé,
348 avec moi il sera bien casé.
Et vous, soyez sage et prudente.
Si vous arrivez à me marier,
vous en aurez bonne récompense,
352 que Dieu me soit favorable!
Mais je n'ai cure de promettre,
– je n'ai jamais voulu le faire –
mais sachez bien assurément
356 que, si la chose tourne à mon avantage,
vous en serez fort bien chaussée.
Voyez donc du côté de La Chaussée,
ou à Anzin ou à Neufbourg,
360 comment est le fils de dame Guibourg,
et le fils de monsieur Godefroy.
Il était bien froid avant-hier,
quand on lui parla d'Isabelle.
364 Si cela ne vous déplaisait pas,
parlez-lui-en par allusions.
Je suis restée ici bien longtemps;
je ne m'en irais pas ce soir
368 si je ne craignais de vous importuner.
Je vous donne rendez-vous pour dimanche,
avec nous il y aura Clémence
et nous aurons pommes et noix
372 et de ce vin du Laonnais
et je vous parlerai d'un parent à moi
qui n'habite pas par ici,
qui voulait me faire sœur converse. »
376 Alors elle lui tape sur la paume,
rebrousse chemin et s'en va.

Cele s'en va de l'autre part.
Qui en maint liu le dist et conte.
380 Hui mais porés oïr le conte
Confaitement li dame esploite.
Golïas tant l'argüe et coite,
Et li fus dont ele est esprisse,
384 Qu'ele en a un saciet a prisse.
Qant ele le tient en ses las,
Il puet bien dire qu'il est las.
S'il auques ne set des aniaus,
388 Qu'il soit remuans et isniaus,
Et qu'il sace bien cotener
Et herdiier et creponer,
Il est au matin mal venus.
392 De ce ne li puet aidier nus
Qu'il n'ait mal se loce lavee.
Tantost con li dame est levee,
Dont est batus li cas en l'aistre,
396 Lors conmencent li mal a naistre,
Et li noise et li reprovier :
" Nos avons çaiens un bruhier,
Un durfeüt, un hebohet.
400 Ahi ! con Damerdex me het
Qui fui des bons vallés aquius,
Et des cortois et des gentius,
Si pris cest caitif par nature.
404 Tot cil aient male aventure,
Qui en fisent le plaquement,
Qant il m'ont mis en tel torment.
Il ne demande autre dangier
408 Que de dormir et de mangier.
Tote nuit ronque con uns pors.
C'est ses delis et ses depors.
Enne sui ge dont mal venue ?
412 Qant je m'estenc joste li nue
Et il se torne d'autre part,
Por poi que li cuers ne me part.
Sire, ce ne fasiés vos mie,
416 Ains m'apeliés vo dolce amie,

L'autre s'en va de l'autre côté
et potine en maint endroit.
380 Maintenant vous pourrez entendre la suite,
comment la dame se comporte.
Goliath l'aiguillonne et l'excite tant,
attisant le feu dont elle brûle,
384 qu'elle a fini par saisir un homme.
Quand elle le tient dans ses lacs,
il peut bien se dire à bout.
S'il ne s'y connaît un peu en anneaux,
388 qu'il soit remuant et agile,
qu'il sache bien bouger ses flancs
et brouter et secouer la croupe,
le matin il est le malvenu.
392 Nul ne peut l'empêcher
d'avoir sa louche mal lavée.
Aussitôt que la dame est levée,
on bat le chat dans l'âtre
396 et les maux commencent à naître,
et le tapage et les reproches :
« C'est un impuissant que nous avons ici,
un vaurien, un eunuque.
400 Ah! Que le Seigneur Dieu me hait,
moi qui ai refusé de bons garçons,
courtois et aimables,
pour prendre cet avorton.
404 Malheur soit à tous ceux
qui m'ont tendu ce piège
en me mettant en tel tourment.
Il ne demande d'autre plaisir
408 que de dormir et de manger.
Il ronfle toute la nuit comme un porc.
C'est son seul plaisir et sa joie.
Ne suis-je donc pas malheureuse?
412 Quand je m'allonge près de lui nue,
lui, il se tourne de l'autre côté;
peu s'en faut que mon cœur ne se brise.
Seigneur, vous ne vous comportiez pas ainsi,
416 mais vous m'appeliez votre douce amie,

Et je vos apeloie ami,
Puis vos torniés par devers mi,
Si me baisiés molt dolcement,
420 Et disiés au conmencement :
‘ Ma bele dolce castelainne,
Con vos avés soef alainne! ’
Sire, c’estoit tos tans vos dis.
424 Vostre ame soit em paradis!
Et cis ribaus me tient plus vil
Que le femier de son cortil,
Mais je sai bien, par Saint Eloi,
428 Qu’il n’est mie de bone loi,
Ains est de çaus del Mont Wimer :
Il n’a soing de dames amer. ”
Dont respont cil a cele fois :
432 “ Dame, vos estes en defois,
Tant par avés torblé le vis,
Je vos adoise molt envis.
Je ne vos puis tenir covent.
436 Golïas bee trop sovent.
Jo ne le puis asasiier,
Tos i morrai de desiier. ”
Dont dist li dame : “ Faus cuvers,
440 Vos deüsciés estre convers
Et entrer en une abeïe;
Malement m’avés obéïe.
Or puet on bien de fit savoir
444 Que je n’euc gaires de savoir
Qant je laisçai por vos Jehan
Qui sa terre a et son ahan,
Et Godefroit et Bauduïn,
448 Et Gilibert et Foucuïn,
Si pris trestot le plus malvais
Qui soit dementres a Belvais.
Sire, mal estes restorés;
452 Vos devés bien estre plorés,
Car onques plus preudon ne fu.
Vos sens et vos savoirs mar fu,
Vo cortesie et vo bontés;

et je vous appelais mon ami,
puis vous vous tourniez vers moi,
et me baisiez très doucement,
420 et vous disiez pour commencer :
« Ma belle et douce châtelaine,
comme vous avez douce haleine ! »
Seigneur, telles étaient toujours vos paroles.
424 Que votre âme repose en Paradis !
Et ce ribaud me tient plus vile
que le fumier de sa basse-cour,
mais je sais bien, par saint Eloi,
428 qu'il n'est pas de bonnes mœurs,
mais est de la bande de ceux du mont Wimer :
il ne se soucie pas d'aimer les dames. »
Alors le garçon lui répond :
432 « Dame, vous êtes dans votre tort,
vous m'avez tant manié le vit
que je vous touche à contrecœur.
Je ne peux pas tenir ma promesse.
436 Goliath a trop souvent la bouche béante.
Je n'arrive pas à le satisfaire ;
je vais crever de désir. »
Alors la dame dit : « Vil menteur,
440 vous auriez dû être frère convers
et entrer dans une abbaye ;
vous m'avez bien mal servie.
On peut maintenant savoir avec certitude
444 que je n'ai pas été sage
quand pour vous j'ai quitté Jean
qui possède terres et champs labourés,
et Godefroy et Baudouin
448 et Gilbert et Fouquelin,
et que j'ai pris le pire des pires,
qu'il y ait d'ici à Beauvais.
Seigneur, vous êtes mal remplacé ;
452 vous devez être bien pleuré,
car jamais il n'y eut meilleur homme.
A quoi bon votre sagesse,
votre courtoisie et votre bonté ?

456   Molt estiés sages et dontés;
       Onques par vos ne fui maudite
       Ne adesee ne laidite;
       Et cis damisiaus me manace.
460   Il est bien drois que je le hace. "
       Don li respont cil a haut ton :
       " Dame, vos avés un gloton
       Qui trop sovent velt alaitier;
464   Il a fait Bauçant dehaitier.
       Je l'ai ioan de lui retrait
       Tot hasqueret et tot contrait.
       On ne puet pas faire tos tans
468   C'on ne soit lasset et estans.
       Li vilain ont beax bués par eures,
       Mais tos tans ne sont mie meures.
       Vos poés tant estraindre l'ive
472   Qu'il n'i a seve ne salive.
       Tant m'avés estrait et suciet
       Que vos m'avés a mort juciet,
       Si que vos tresbien le verés :
476   Hon dist ja je sui enverés.
       Je nel lairai que nel vos die :
       Molt a li hom le car hardie,
       Cui li diables tant soprent
480   Qu'i veve feme a enfans prent,
       Car ja n'iert un seul jor sans lime.
       Venés avant, me dame grime,
       Si me donés les trente mars
484   Que me promesistes demars,
       Entrués que je faisoie l'uevre
       U il covient les rains a muevre.
       Se je nes ai, par Saint Richier,
488   Vos le conparrés ja molt cier. "
       Li dame l'ot, molt li anoie
       Qant ele entent a le monoie
       Que li bacelers li demande.
492   A cent deables le conmande.
       Ele aimme mels estre batue,
       Que il l'ocie o qu'il le tue,

456 Vous étiez très sage et docile;
    jamais vous ne m'avez maudite
    ni touchée ni maltraitée,
    et ce damoiseau me menace!
460 Il est bien juste que je le haïsse! »
    Alors il lui répond à haute voix :
    « Dame, vous avez là un glouton
    qui trop souvent veut téter :
464 il a rendu Baucent malade.
    Je l'ai retiré tout à l'heure
    tout douloureux et tout contracté.
    On ne peut pas faire ça sans arrêt,
468 sans être las et épuisé.
    Les vilains ont parfois de beaux bœufs,
    mais ils ne sont pas toujours prêts à la besogne.
    Vous pouvez tant presser la jument
472 qu'il n'y reste ni sève ni salive.
    Vous m'avez tant pressé et sucé
    que vous m'avez condamné à mort,
    comme vous le verrez bien vous-même :
476 on dit déjà que je suis impuissant.
    Je ne manquerai pas de vous dire ceci :
    il est bien courageux cet homme
    que le diable trompe à tel point
480 qu'il épouse une veuve avec des enfants,
    car il ne sera pas un jour sans chagrin.
    Avancez donc, madame hargneuse,
    et donnez-moi les trente marcs
484 que vous m'avez promis mardi,
    pendant que je faisais l'œuvre
    où il convient bouger des reins.
    Si je ne les ai pas, par saint Riquier,
488 vous le payerez fort cher. »
    La dame l'écoute; elle est très irritée
    en entendant parler de l'argent
    que le jeune homme lui demande.
492 Elle l'envoie au diable.
    Elle préfère qu'il la frappe,
    qu'il l'assomme, qu'il la tue

Qu'ele cel avoir li delivre
496 Ne qu'il en ait ne marc ne livre.
Lors le reconmence a maudire
Et a tencier et a lait dire :
" Ahi! fait ele, despendus,
500 Or est mes avoirs despendus.
Tant m'avés tolut et emblet,
je n'ai mais ne lagne ne blet;
Bien est me maisons escovee.
504 Vos estes de lorde covee.
Nos conisçons bien vos parentes,
Les caitives et les pullentes,
Et vos serors et vos antains
508 Qui totes sont ordes putains. "
A icest mot li vallés saut.
Il ne dist mie : Dex vos saut,
Ains le saisist par les lubars,
512 Se li done des esclabars.
Tant li promet et tant li done
Que tot ce dit li gueredone;
Puis li resaut sor le jovente,
516 Tant le fiert del puing et avente
Qu'il en est sullens et lassés.
Qant il l'en a donet assés,
Li dame ens en sa canbre muce,
520 Tot sans capel et sans aumuce.
Tant a soferte la mellee
Que la teste en a conmellee;
Puis se fait colcier et covrir,
524 Si desfent le canbre a ovrir,
Si suce ses cols et repose;
Mais ele dist a cief de pose :
" Lere, con m'avés martirie!
528 Or m'ait Dex le mort otroïe,
Et si me mece en tele voie
Que je l'ame mon segnor voie,
Et que la moie le porsiue,
532 Et qu'ele soit avuec le siue;
Car c'est la riens que plus desire :

346

que de lui donner cet argent,
496 et qu'il en ait ni marc ni livre.
Elle recommence alors à le maudire,
à chercher querelle et à l'injurier :
« Ahi ! s'écrie-t-elle, parasite,
500 maintenant ma fortune est dépensée.
Vous m'avez tellement volée
que je n'ai plus ni bois ni blé ;
ma maison est bien dépouillée.
504 Vous sortez d'une mauvaise couvée !
Nous connaissons bien vos parentes,
ces misérables et ces puantes,
et vos sœurs et vos tantes,
508 qui sont toutes de sales putains. »
A ces mots le jeune homme bondit.
Il ne dit pas : « Que Dieu vous sauve ! »
mais il la saisit par les hanches
512 et lui flanque une rossée.
Il lui en promet et lui en donne tant
qu'il la paie de ses paroles.
Puis il remonte sur la jeune femme
516 et la bat et la frappe du poing,
tant qu'il en est las et en sueur.
Quand il lui en a donné assez,
la dame se cache dans sa chambre,
520 sans chapeau et sans aumusse.
Elle a tant souffert de la mêlée
qu'elle en a la tête ébouriffée,
puis se fait coucher et couvrir,
524 interdit d'ouvrir la porte de sa chambre,
se repose et suce ses plaies,
mais, après un bon moment, elle dit :
« Brigand ! Vous m'avez martyrisée !
528 Que Dieu me permette de mourir ainsi
et me mette en telle voie
que je voie l'âme de mon époux
et que la mienne la suive
532 et qu'elle soit avec lui.
Tel est mon plus grand désir,

Que je soie avuec vos, bels sire. »
Puis parole bas a fauset,
536 Molt set bien faire le qauset
Tot autresi con ele muire;
Puis reconmence un poi a muire,
Si fait faire des caudelés,
540 Des rastons et des gastelés,
Si se bagne tant et atenpre,
Et main et soir et tart et tenpre,
Qu'ele est garie et respassee.
544 Qant cele cosse est trespassee,
Puis revienent andoi ensanle.
Mais je sai bien, si con moi sanle,
Se cil puet bien ferir des maus,
548 Dont est abasciés tos li maus,
Dont est li cas a Deu voquiés,
Dont n'est il ferus ne toquiés,
Dont est li cosins retornés,
552 Et li escamiaus destornés
Por ce que il ne s'i abusce,
Dont ne remaint en l'aistre busce,
Dont est il amés et servis,
556 Dont a il tot a son devis
Et les poisçons et les oiseaus,
Dont est il sire et damoiseaus,
Dont est il piniés et lavés
560 Et molt soventes fois gravés;
Car je vos di bien de recief :
Pités de cul trait lent de cief.
Vos qui les dames despités,
564 Sovigne vos de ces pités
Que vos sentés a icele eure
Qu'ele est desos et vos deseure.
Qui cele dolcor vielt sentir,
568 Bien doit s'amie consentir
Grant partie de son voloir,
Conment qu'il li doive doloir;
Car cil n'est pas gentius ne frans,
572 Qui a cief de fois n'est sofrans;

être avec vous, mon cher époux. »
Puis elle parle bas, en fausset,
536 elle sait bien faire la doucereuse!
comme si elle était à l'article de la mort.
Puis elle recommence un peu à crier,
elle fait faire des gâteaux secs,
540 des ratons et de petits pâtés,
elle se baigne et se rafraîchit,
matin et soir, tôt et tard,
si bien qu'elle est guérie et rétablie.
544 Quand tout est fini,
puis ils reviennent ensemble.
Mais je sais bien, c'est mon avis,
que s'il peut frapper des maillets,
548 alors tout son mal disparaît,
alors le chat est voué à Dieu,
alors il n'est pas frappé ni touché,
alors le coussin est retourné,
552 et l'escabeau est mis de côté,
pour qu'il ne trébuche pas dessus,
alors la bûche est retirée de l'âtre,
alors il est aimé et servi,
556 alors il a tout à son gré,
et les poissons et les oiseaux,
alors il est mari et amant,
alors il est peigné et lavé,
560 et bien souvent avec une raie,
car je vous le répète,
amour du cul fait tirer lentes de la tête.
Vous qui méprisez les femmes,
564 souvenez-vous de la tendresse
que vous éprouvez au moment
où elle est dessous et vous dessus.
Qui veut sentir cette douceur,
568 doit bien accorder à son amie
grande part de ce qu'elle désire,
quoi qu'il en doive souffrir;
car il n'est pas noble et élégant
572 celui qui n'est pas toujours indulgent :

Car se me feme me dist lait,
Se je m'en vois, ele le lait.
Et qui dont le volroit respondre,
576 Il feroit folie despondre.
Encor vient mels que je m'en voise
Que je le fiere d'une boisse.
Segnor qui estes auduïn
580 Et gilleeur et herluïn,
Ne soiés de rien en esmai :
Li auduïn ont mellor mai
Q'aient li felon conbatant
584 Qui les noisses vont esbatant.
Gautiers Li Leus dist en la fin
Que cil n'a mie le cuer fin
Qui sa mollier destraint ne cosse,
588 Ne qui li demande autre cosse
Que ses bones voisines font.
Je n'i vuel parler plus parfont.
Feme fait bien que faire doit.
592 Li romans faut, dreciés le doit.

si ma femme m'injurie :
et que je m'en vais, elle se tait.
Qui donc voudrait lui répondre
576 lui ferait dire des folies.
Il vaut bien mieux que je m'en aille,
plutôt que de la frapper d'une bûche.
Seigneurs, qui êtes maris soumis
580 et trompeurs et querelleurs,
ne vous inquiétez pas pour rien :
les maris dociles ont plus de plaisir
que ces méchants querelleurs
584 qui vont faisant du tapage.
Gautier le Leu dit pour finir
qu'il n'a pas l'esprit subtil
celui qui opprime et gronde sa femme
588 et lui demande autre chose
que ce que ses bonnes voisines font.
Je ne veux pas en dire davantage.
La femme fait bien ce qu'elle doit faire.
592 Ici se termine le conte, payez le compte.

20. LI DIS DU SENTIER BATU

Folie est d'autrui ramprosner,
Ne gens de chose araisouner
Dont il ont anuy et vergoigne;
4 On porroit de ceste besoigne
Souvent moustrer prueve en maint quas.
Mauvés fet juer de voir gas,
Car on dist, et c'est chose vraie,
8 Que bonne atent qui bonne paie :
Cui on ramposne ou on ledenge,
Quant il en voit lieu il s'en venge
Et tel d'autrui moquier s'atourne,
12 Que sus lui meïsme retourne.
Un example vous en dirai
Si vrai que ja n'en mentirai,
Ainsi c'on me conta pour voir.
16 Il devoit .i. tournoi avoir
Droit entre Perronne et Aties,
Et chevaliers en ces parties
Sejournoient pour le tournoi.
20 Une fois ierent en dosnoi
Entre dames et damoiseles,
De cointes y ot et de beles
De pluiseurs deduis s'entremistrent,
24 Et tant c'une roÿne fistrent
Pour jouer au roy qui ne ment.
Ele s'en savoit finement

20. LE SENTIER BATTU
par Jean de Condé

C'est une folie que de railler autrui
et d'adresser aux gens des questions
qui leur causent peine et honte.
4 On pourrait, de cette maxime,
prouver la vérité en bien des cas.
Il est impoli de plaisanter sur des faits vrais,
car l'on dit, et c'est la vérité,
8 œil pour œil, dent pour dent :
celui qu'on raille ou qu'on outrage,
le moment venu, il s'en venge
et tel se mêle de se moquer d'autrui,
12 qui attire la raillerie sur lui-même.
Je vous en citerai un exemple
si vrai que je n'en mentirai de rien
et qu'on me raconta comme véritable.
16 Juste entre Péronne et Athies
devait avoir lieu un tournoi.
À cause de ce tournoi des chevaliers
séjournaient dans la région.
20 Un jour ils badinaient
au milieu des dames et demoiselles
– il y en avaient des jolies et des belles.
Ils s'amusaient à divers jeux,
24 si bien qu'ils élurent une reine
pour jouer au « roi qui ne ment ».
Celle-ci s'y connaissait dans l'art

Entremetre de commander
28 Et de demandes demander,
   Qu'ele iert bien parlant et faitice,
   De maniere estoit bele et rice.
   Pluseurs demandes demanda
32 Et sa volenté commanda,
   Tant que vint a un chevalier,
   Assez courtois et biau parlier,
   Qui l'ot amee et qui l'eüst
36 Prise a fame s'il li pleüst;
   Mes bien tailliez ne sambloit mie
   Pour fere ce que plest amie
   Quant on la tient en ses bras nue,
40 Car n'ot pas la barbe crenue :
   Poi de barbe ot, s'en ert eschieus,
   En tant qu'as fames, en maint lieus.
   "Sire, ce li dist la roÿne,
44 Dites moi tant de vo couvine,
   S'onques eüstes nul enfant".
   "Dame, dist il, point ne m'en vant,
   Car onques n'en oï nul, ge croy".
48 "Sire, point ne vous en mescroy
   Et si croy que ne sui pas seule,
   Car il pert assez a l'esteule
   Que bon n'est mie li espis".
52 Aprés n'en fu point pris respis,
   Tantost a un autre rala
   Et d'autre matiere parla.
   Li pluiseur qui ce escouterent
56 En sourriant les mos noterent :
   Le chevalier, qui ce oÿ,
   De ces mos point ne s'esjoÿ,
   Esbahis fu et ne dist mot.
60 Et quant le geu tant duré ot
   Que demandé ot tout entour
   La roÿne, chascuns au tour
   Li redemanda, c'est usages.
64 Son cuer estoit soultis et sages :
   Chascun respondi sagement

de donner des commandements
28 et de formuler de fines demandes,
car elle savait bien parler, avec grâce,
et son maintien était noble et gracieux.
Elle adressa plusieurs demandes
32 et fit exécuter ses commandements
jusqu'à ce qu'elle arriva à un chevalier
très courtois et beau parleur
qui l'avait aimée et qui l'aurait
36 prise en mariage si elle avait voulu.
Mais il ne semblait pas bien taillé
pour faire ce qui plaît à une amie
quand on la tient nue dans ses bras,
40 car il n'avait pas la barbe touffue.
Il était presque dépourvu de poils
comme les femmes presque partout.
« Seigneur, lui dit la reine,
44 révélez-moi votre secret :
avez-vous jamais eu d'enfants ?
– Madame, répondit-il, je ne m'en vante pas,
car je n'en ai jamais eu, je crois.
48 – Seigneur, je ne mets pas en doute votre parole,
et je pense ne pas être la seule à vous croire :
à ses barbes on voit bien
si l'épi n'est pas mûr. »
52 Ensuite, sans plus attendre,
elle passa aussitôt à un autre
et changea de sujet.
La plupart de ceux qui avaient écouté cela
56 notèrent ces propos en souriant,
mais en les entendant le chevalier
ne se réjouit pas de ces propos :
il en fut ébahi et se tut.
60 Et quand le jeu eut tant duré
que la reine eut fait le tour
avec ses demandes, chacun à son tour
lui reposa des question, selon l'usage.
64 Elle était subtile et sage :
à chacun elle révéla sagement

Son pensser, sans atargement.
Quant le tour au chevalier vint,
68   De la ramprosne li souvint;
Volenté ot de revengier,
Si li a dit sans atargier :
" Dame, respondez moi sanz guille :
72   A point de poil en vo poinille? "
" Par foy, ce dist la damoisiele,
Vez ci une demande bele
Et qui bien est assise a point :
76   Sachiez que il n'en y a point ".
Cil li dist de vouloir entier :
" Bien vous en croy, quar en sentier
Qui est batus ne croist point d'erbe ".
80   Cilz qui oïrent cest proverbe
Commencierent si grant risee
Pour la demande desguisee,
Que cele en fu forment honteuse,
84   Qui devant estoit couvoiteuse
De chose demander et dire
De quoi les autres feïst rire.
Or fu son cuer si esperdus
88   Que tout son deduit fu perdus
Et li fu sa joie faillie,
Car devant estoit baude et lie
Et mout plaine d'envoisement.
92   Ne se sot plus courtoisement
Le chevalier de li vengier;
Ne la volt mie ledengier,
Mes grossement la rencontra
96   Et sa penssee li moustra,
Si com a lui ot fet la sienne,
Car il n'est femme terrïenne
Qui ja peüst un homme amer,
100   Mes qu'ele l'oïst diffamer
D'estre mauvés ouvrier en lit
En fere l'amoureus delit.
Et sus ce point fu ramposnez.
104   Bien savez, le cox chaponnez

356

sa pensée, sans hésitation.
Quand ce fut le tour du chevalier,
68 il se souvint de la raillerie
et eut envie de se venger.
Il lui répondit donc aussitôt :
« Madame, répondez-moi sans ruse :
72 y a-t-il des poils sur votre motte?
– Par ma foi, répondit la demoiselle,
voilà une belle question
qui tombe bien à propos :
76 il n'y en a point, sachez-le. »
Le chevalier lui répondit avec franchise :
« Je vous en crois bien, car en sentier
battu ne pousse point d'herbe. »
80 Ceux qui entendirent ce proverbe
commencèrent à rire de bon cœur
de cette question piégée,
qu'elle en fut toute honteuse,
84 elle qui, auparavant, avait toujours envie
de dire et de demander quelque chose
qui fît rire les autres.
Son cœur en fut alors si troublé
88 que tout son plaisir s'évanouit
et sa joie la quitta :
auparavant elle était effrontée et joyeuse
et pleine d'envie de plaisanter.
92 Le chevalier ne pouvait se venger
plus courtoisement d'elle.
Il ne voulut pas injurier la dame,
mais rabaissa rudement son orgueil
96 et lui dévoila sa pensée
ainsi qu'elle lui avait révélé la sienne,
car il n'existe femme en ce monde
capable d'aimer un homme
100 qu'elle a entendu accuser
d'être mauvais ouvrier au lit
quand il fait le jeu d'amour.
Sur ce point on se moqua de lui.
104 Vous le savez bien : coq châtré

Est as gelines mal venus.
Aussi homme qui est tenus
A mal ouvrier est dechaciez
108 Entre fames, bien le saciez,
Ce seront nonnains ou begines,
Si com chapons entre gelines.
Le chevalier, qui bien savoit
112 Que le cri de tel chose avoit,
Pour la ramposne ot cuer dolent,
Si ot de soi vengier talent.
Il counoissoit, ce puet bien estre,
116 De cele la maniere et l'estre,
Ou aucune mescreandise
Courue en la marcheandise
Que voult fere du mariage.
120 Si li descouvri son courage,
Et se cele se fust teüe
Ja ne li fust ramenteüe
Ceste chose. Vous qui oëz
124 Cestui conte entendre poëz
Que li voir gas ne valent rien;
Poi en voit on avenir bien,
Aventure est quant bien en chiet,
128 On voit souvent qu'il en meschiet,
Du bien cheoir sai poi nouvele.
Rimé ai de rime nouvele
L'aventure que j'ai contee.
132 Dieus gart ceulz qui l'ont escoutee,
Amen. Ci prent mon conte fin.
Dieus nous doinst a tous bonne fin.

est mal venu parmi les poules.
Ainsi un homme, qui est estimé
mauvais ouvrier, est méprisé
108 parmi les femmes, vous le savez bien,
soient-elles nonnes ou béguines,
comme le chapon parmi les poules.
Le chevalier, qui savait bien
112 que telle était sa réputation,
fut affligé par cette raillerie
et eut envie de se venger.
Il connaissait, chose bien probable,
116 la nature et la conduite de la dame,
ou bien il était au courant de certaines allusions
entendues pendant les pourparlers
pour le mariage qu'il voulait faire.
120 Aussi lui dévoila-t-il sa pensée :
si la dame s'était tue,
jamais on ne lui aurait rappelé
cette affaire. Vous qui entendez
124 ce conte, vous pouvez bien comprendre
que plaisanterie fondée sur le vrai ne vaut rien.
On en voit résulter peu de profit;
c'est un hasard s'il en sort du bien,
128 et on voit souvent que cela tombe mal,
de bons effets, j'ai peu entendu parler.
C'est en nouvelle rime que j'ai rimé
l'aventure que je vous ai contée.
132 Dieu protège ceux qui l'ont écoutée.
Amen! Ici prend fin mon conte.
Que Dieu nous accorde à tous bonne fin.

NOTES

1. *Du Vilain Asnier*

Ms. D.
Éditions : MR, V, 40 ; Johnston-Owen, 4 ; Reid, 1 ;
Ménard, 1979, 129 ;
Édition Ménard.

Nombreuses versions orientales et latines de ce conte
sont signalées par Bédier (474). Voir l'*exemplum* de
Jacques de Vitry n 191 (Crane, 80) : « Audivi de quodam
rustico qui nutritus erat in fumo et in stercoribus anima-
lium, et cum transisset prope apothecarium, ubi species
aromatice terebantur, non valens ferre odorem corruit
quasi semivivus nec potuit convalescere aut confortari,
donec portatus ad domum suam ad fetorem fumi et ster-
corum reverteretur. Ita quidam sic assueti sunt fetore et
immundiciis peccatorum quod bonum odorem verbi Dei
sustinere non possunt ».

Le *vilain asnins*, « conducteur d'ânes », est une figure
proche de l'*homo silvaticus* (cf. Borghi-Cedrini, 101-105).

11-12. Au Moyen Age, Montpellier était célèbre pour
ses épices. Voir *Le Roman de Flamenca* qui décrit la ville
inondée par les aromates pilés dans les mortiers à Noël.

18. *Marc*, unité de poids pour les métaux précieux et
monnaie de compte.

36. *Sous,* monnaie valant douze deniers. La pièce de
monnaie valant un sou (le *gros*) ne date pas d'avant 1266.
Denier, douzième partie du sou.

40-50. *Soi dennaturer*, hapax. Voir Morawski, n. 361 *(Chacun se doit porter selon son estat).*

2. *Auberee*

Mss. ABCDEFJf.
Éditions : MR, V, 1; Ebeling; Reid, 54; Christmann, 20; Levy, 28; Lee 1983; Raynaud de Lage, 15, NRCF, I, 161 (C).

Le nombre considérable de manuscrits témoigne du succès que connut ce fabliau raffiné du début du XIIIᵉ siècle composé dans le Beauvaisis. Sur les nombreuses versions orientales de ce récit dérivées du *Roman des sept sages*, cf. Ebeling, 5-77, Bédier, 443 et *Historia septem sapientium*, I, éd. Hilka, 15. Nykrog le considère comme une parodie courtoise.

Les rapports avec la littérature médiolatine sont attestés par le personnage de la vieille entremetteuse, dont les fabliaux connaissent trois seuls exemples (*Auberee, Le Prestre taint* de Gautier Le Leu et *Richeut*, nom que le ms. F attribue à Auberée : *richiaus* v. 203), en particulier avec la comédie élégiaque *Pamphilus* (éd. E. Evesque, dans *La « Comédie » latine*, II, 169), le poème pseudo-ovidien *De Vetula* (éd. P. Klopsch, Leiden-Köln, 1967) et *La Vieille et la lisette* de la *Disciplina Clericalis*. L'identification de l'auteur avec Jean Renart a été proposée par R. Lejeune (*L'Œuvre de Jean Renart*, Liège-Paris, 1953, 341 et G. Charlier, « Jean Renart et le fabliau d'Auberee », dans *Romance Philology*, 1, 1947, 243-50) sur la base du v. 606 du ms. A qui, à l'explicit, donne le nom de Jean : *Jehans cest fablel ci define* et d'analogies stylistiques. T. Sato (« Sur l'attribution du fabliau *Auberee* à l'auteur du *Lai de l'ombre* », dans *Études de littérature européenne*, 4, 1963, 119-55) n'apporte pas d'arguments décisifs en faveur de cette attribution.

74-84. Description des effets de l'amour de dérivation ovidienne.

85-94. La *descriptio* est rare dans les fabliaux. Cette longue description en style courtois du vêtement du jeune homme convient au statut social de ce personnage. *Estanfort*, tissu précieux fabriqué en Angleterre, à Stamford. *Greine*, cochenille. Voir la robe vert et rouge portée par un autre grand bourgeois : Robert Sommeillon dans *Le Jeu de la Feuillée*, v. 730-31 : Crokepos : « *Est che nient uns a uns vers dras, / Roiiés d'une vermeille roie?* » *Sercoz*, vêtement sans manches porté sur la cotte. Le *mantel* est plus élégant que la *chape*.

113-4. Voir *Richeut*, v. 7-8.

123-4. *Entre l'uis et la terre*, NRCF, 1, 363 « à l'intérieur de la maison » (?) Levy, 102 : « I'll be able to let you have a " down-to-earth " chat with her soon enough, on the right side of that locked door ! »

180. *Qui iert a privee mesnie*, « Qui était seule à la maison ». L'idée de vie privée est bien présente dans les fabliaux. Voir dans *Le Sacristain* (NRCF, VII, 174) le petit tableau de vie familiale, résumé dans l'adverbe *privoement*, décrit après que le couple a repoussé les menaces du moine séducteur (cf. Brusegan, 1990, 62 et dans Ph. Ariès et G. Duby, *Histoire de la vie privée. II. De l'Europe féodale à la Renaissance*, Paris 1985, l'Introduction de G. Duby et l'essai de D. Regnier-Bohler).

230. *Digressio ad materiam* fréquente dans les fabliaux.

427. Les cloches de l'abbaye de Saint-Corneille, patron des maris cocus, célèbrent l'adultère.

3. *Le Vilain de Bailluel*

Mss. ABCFT.
Éditions : MR, IV, 212 ; Nardin, 77 ; NRCF, V, 223 (A) ; Rossi, 1992, 107.

L'auteur, Jean Bodel, exerce son activité poétique dans l'Artois et meurt dans une léproserie d'Arras en 1209. Son décès est inscrit dans le *Nécrologe* de la Confrérie des jongleurs et des bourgeois d'Arras (cf. Berger, 1963, 95). Il compose des pastourelles, un poème épique, la *Chanson des Saisnes*, « des Saxons », *Le Jeu de saint*

Nicolas pour l'auditoire de la confrérie, semble-t-il, et un *Congés*, dans lequel, malade, il prend congé de sa ville, de ses confrères et de ses mécènes.

Il compose une fable ésopique, et huit fabliaux qui dans *Les deus Chevaus* sont cités dans cet ordre : *Le Vilain de Farbu, Le Vilain de Bailluel, Brunain, La Vache au Prestre, Le Sohait des Vez, Le Couvoiteus et l'Envieus, Barat et Haimet, Les deus Chevaus.* Voir Rossi, 1983, Legros, 1983 ; Riccadonna, *Prospettive sui fabliaux*, 1976.

1. Sur la vérité du récit, voir Introduction, p. 9.

2. *Mon mestre*, voir Introduction, p. 11.

8-11. Le portrait traditionnel du vilain en fait un être sauvage et presque diabolique *(maufez)*, voir *Le Sohait des Vez*, v. 55.

33. *Matons*, bouillie de lait et de fromage, voir *Gombert et les deus Clers* v. 31-32 : *Orent la nuit asez si oste :/Let bouli, frommage et composte* (ms C) *Lait boilli, matons et composte* (ms A) ; NRCF, IV, 286-87.

77-8. Dans *Les deux Bordeors ribaus*, v. 115-16, ce fabliau est cité sous le titre *De Dame Emme, qui ainz des els ne plora lerme.*

83. *Açainte*, voir *Le Jeu de saint Nicolas*, v. 261 *(achinte).*

4. *Gombert et les deus Clers*

Mss. ABCH.
Éditions : Montaiglon, I, 283 ; Nardin, 85 ; Ménard, 1979, 73 ; Raynaud de Lage, 47 ; NRCF, IV, 281 (C) ; Rossi, 1992, 119.

Sur le même motif du berceau, voir *Le Munier et les deus Clers* (éd. Ménard, 73) et *Le Meunier d'Arleux* (MR, II, 31). Rychner (I, 103-9) soutient que *Gombert* est postérieur au *Munier*. D'avis contraire Ménard, 1979, 148 et Brusegan, 1984, 164-65. Dans *Gombert* c'est le vilain qui se rend dans la cour la nuit en accord avec le caractère stupide traditionnel du paysan. Dans *Le Munier*, personnage rusé, c'est la femme qui sort dans la cour. La cohérence de l'intrigue du premier ne permet pas de penser que *Gombert* soit le résultat d'une affabulation mémorielle fautive comme le soutient Rychner, mais d'un changement de schéma imposé par le choix d'un autre héros : le vilain à la place du meunier.

Cf. *Décaméron*, IX, 6 ; Chaucer, *The Reeve's Tale*, La Fontaine, *Le Berceau*. La diffusion dans le folklore du motif du berceau est attestée par Aarne-Thompson, n° 1363.

6. *Gillein*, cas régime de Gille, jeu de mots avec *gille*, « ruse ».

10-11. La description de la phase d'énamourement précédant l'adultère est rare dans les fabliaux et typique des genres courtois. L'auteur y fait une allusion ironique par la description courtoise de la dame *(S'ot clers les euz comme cristal*, v. 11).

48. *Anel*, métaphore du sexe féminin, interprétation justifiée par *boter* (v. 28 et 70), « frapper », « donner des coups » avec une connotation érotique.

67. *Besanz*, monnaie d'or de Byzance.

69. *Doi manel*, « petit doigt », Berger 1987, 252.

75-6. Sur la signification érotique de ce passage, voir *La Veuve*, v. 209-10 : *Et beke ausi con li geline / Qui dalés le coc s'ageline*.

82-3. Cf. Morawski n. 331 *(Ce que n'est bon a l'ung est bon a l'autre)*.

128. *Bons ovriers*, expression désignant l'habileté érotique de l'amant, ici ironique, voir *Le Sentier batu*, v. 101 : *mauvés ouvrier en lit*.

166. *Tinel*, voir *La Borgoise d'Orliens*, v. 177.

5. *Le Sohait des Vez*

Ms. B.
Éditions : MR, V, 184 ; Nardin, 99 ; NRCF, VI, 259 ; Rossi, 1992, 137.

Dans *Les deus Chevaus* ce fabliau est mentionné sous le titre : *Le Songe des Vis*, voir ici, v. 166 : « *ele sonja les viz* ». La lecture : « des *vez* » revient à Rossi, 1983.

Sur le même thème du marché érotique, voir *Le Rêve du moine*, éd. A. Langfors, *Romania*, XCIV, 1914-15, 15-17, 253-94, et « le fabliau latin » de Guillaume de Blois, *Alda*, écrit avant 1170 (éd. Wintzweiller, in La « *Comédie* » latine, 111).

Interrogé par Alda sur la nature de la « chose » qui lui a procuré tant de plaisir, Pyrrhus lui raconte la fable plaisante (*ludicra fictaque*) du marché des vits (v. 489-97) :

> « Accipe, fida comes, quid cauda sit ista uel unde.
> Quid sit et unde tumor inguinis iste mei.
> Cum tales multas uenales exposuisset
> Caudas nuper in hac institor urbe nouus,
> In fora colligitur urbs tota, locumque puelle
> Stipant, prima noue mercis amore trahor.
> Impar erat precium pro ponderis imparitate;
> Magni magna, minor cauda minoris erat.
> Est minor empta michi, quoniam minus eris habebam,
> Sedula seruiciis institit illa tuis. »

Voir aussi Bédier, 484; Foulon, 54-56; Merl, 140-61.

55. Voir le portrait du vilain dans *Le Vilain de Bailluel*, v. 8-9 et *Le Vilain Mire*, v. 101, 108.

65. *Bote* est ambigu : *boter* signifie souvent « donner des coups » au sens érotique.

108-11. Voir *Les quatre Sohais saint Martin*, v. 118-21 et *Le Fevre de Creil*, v. 34-8 (NRCF, V, 75).

121. MR lisent *Qui bien a fait auan d'ouvrage;* Nardin : *Qui bien a fait auan d'aumaje;* NRCF : *Qui bien fait a vandre au maje;* Rossi : *Qui bien fait a uan d'aumaje.* Nardin, 168, traduit « *aumaje* » par « pertuisage », « afforage », « droit de mise en perce », « droit sur les vins » (God., I, 498b). La traduction du NRCF, VI, 270 : « qui est certainement digne d'être vendue au maire » me semble moins probable. La traduction « pertuisage », « afforage », est confirmée par *Gombert et les deus Clers,* v. 155 *(afeuré li ai son tonnel).*

187. Selon Nardin, 182, « *finer* » signifie « atteindre son plein développement »; du même avis Rossi : « atteindre sa complète érection »; selon NRCF, VI, 382 : « cesser d'être en érection ». La première interprétation rend invraisemblable le dialogue qui suit.

6. *Barat et Haimet*

Mss. ABCD.
Éditions : MR, IV, 93 ; Nardin, 289 ; Walters-Gehrig, 135 ; NRCF, II, 27 (D).

Sur les versions orientales et occidentales de la première partie du fabliau (le vol des œufs), cf. Bédier, 448 et Walters-Gehrig, 98-115. Sur le deuxième motif du cochon volé et récupéré, cf. Walters-Gehrig, 115-31. Voir l'*exemplum* de la Bibliothèque universitaire de Bâle, cod. lat. D.IV.4 appelé *Liber furum* et J. Werner, « *Liber furum* ovvero il fabliau *De Barat et de Haimet* », dans *Studi medievali*, III, 1910, 509-13.

1. *Baron* n'indique pas un public aristocratique mais désigne l'auditoire des assemblées solennelles de la Confrérie des jongleurs et des bourgeois d'Arras. Selon le contexte, le terme désigne un homme noble et/ou preu, le vassal, le mari d'une femme ou le titre honorifique accompagnant le nom d'un saint.

6. *Travers* est « celui qui va de travers », Haimet « celui qui prend à l'hameçon » et Baraz, un artiste en tromperies *(barat)*.

130. L'allusion à une source écrite d'habitude a valeur auctoriale, mais ici il pourrait s'agir aussi d'un « livre » de la Confrérie, voir Introduction, p. 11.

149. *Bracons*, pièce de charpente servant de support au toit (NRCF, II, 442).

172. *Laiszon*, et v. 267 : *lesson*, Nardin, 189 : « lit de paille », Walters-Gehrig, 160 note : « espèce de siège », NRCF, II, 453 : « banquette ».

324. La locution *faire une estorte de* (A), *une torte de* (DC), *une entorte* (B) Walters-Gehrig, 174 et Nardin, 206 : « jouer un mauvais tour », NRCF, II, 365 « en faire les frais ».

335. Le même effet d'illuminisme est produit par le surplus blanc du prêtre dans *Estula*, v. 96.

348 et 354-355. Variante du serment *sub femore*, c'est-à-dire avec la main sur le sexe (J.-Cl. Schmitt, 1980, 61).

Travers invite sa femme à toucher son sexe avec le bacon pour conjurer le mauvais sort.

7. Les quatre Sohais saint Martin

Mss. ABFZ.
Éditions : MR, V, 201 ; Rychner, II, 173 ; Levy, 6 ; NRCF, IV, 189 (B).

Bédier a relevé plus de vingt variantes de ce conte (212-28). Voir *Les Sohais* de Gautier Le Leu (Livingston, 141) ; *Les Sohaiz que sainz Martins dona Anvieus et Couveitos* (NRCF, VI, 273) ; *Le Roman des sept Sages*, *Romulus* (Hervieux, 1894, II, 532, n. XLVII) ; Phèdre, *Mercurius et duae mulieres* ; la fable de Marie de France *De rustico et nano* ; les *Cent Nouvelles nouvelles*, n° 87 ; *Les Fables* de La Fontaine, II, 6 ; *Les Souhaits ridicules* de Perrault ; Aarne-Thompson, n. 555, le *Conte* de Grimm n° 87 ; Delarue-Tenèze, 376-85 ; Rychner, I, 119.

Le fabliau est anonyme et est à situer dans le domaine picard (NRCF, IV, 193).

3. Le surnaturel chrétien (*merveilleus*, cf. *Le Vilain qui conquist le Paradis par Plait*, v. 2 : *mervellose aventure*) sera ensuite dégradé : les *granz mervoilles* concernent les vits qui poussent aux oreilles et aux genoux (v. 107 et 125) et qui transforment le paysan en une *marveillose beste* (v. 140).

5. Saint Martin est l'un des saints les plus populaires au Moyen Age, patron des hôteliers.

44. *Jornée*, service d'une journée de travail que le journalier prêtait à son seigneur.

87. Formule certifiant l'affirmation (NRCF, IV, 406), voir le geste de serment dans *Le Vilain Mire*, v. 375.

100. *Baien* se dit des fèves et des pois ramollis dans l'eau et qui, au Moyen Age, étaient souvent associés à la folie.

102. *Cornu* signifie « pourvu de cornes », symbole de la nature animale et diabolique du vilain (voir Borghi-Cedrini, 123-30). Dans *Les XXIII manières de vilains*, « *vilain cornu* » est synonyme de vilain sot (Faral, 1922,

243-64 : 255 note 3). Les oreilles d'âne des sots et des *cornards* se rattachent à cette symbolique. Le sens « cocu » serait postérieur au XVIIe siècle (FEW, II, 1207b), voir pourtant la pastourelle de Guillelm d'Autpolh *L'autrier, a l'intrada d'abril*, v. 65-6, où la pastourelle se refuse de faire porter des cornes à son mari *(S'ay marit, no m'autreya·l sens / Qu'ieu ja·l fassa per vos cornut)*, éd. J. Audiau, *La Pastourelle dans la poésie occitane, Paris* 1923, 121.

118-21. Voir *Le Sohait des Vez*, v. 108-9.

169. *Borse*, métaphore érotique, voir le geste de castration de Mabile qui essaie de couper les *pendanz* de la *borse* de Boivin (v. 283).

174. Jeu de mots : *con-neüe.*

199. Proverbe, voir Morawski, n. 1112 *(Li roge matin et li consail feminin ne sunt pas a croire).*

8. *Le Vilain qui conquist Paradis par Plait*

Mss. ABCDG.
Éditions : MR, III, 209; Rohlfs, 29; Reid, 19; Rychner, II, 179; Levy, 13; NRCF, V, 1 (G).

Fabliau anonyme de la première moitié du XIIIe siècle. Nombreuses versions germaniques et folkloriques de ce conte sont citées par Bédier, 476, Rohlfs, IX, Delarue-Tenèze, IV, Appendice B. Voir *Le Pet au Vilain* de Rutebeuf qui semble une source de ce fabliau (Borghi-Cedrini, 47). Sur le motif du voyage au paradis, cf. Aarne-Thompson, n° 470 et G. Gatto, « Le voyage au paradis : la christianisation des traditions folkloriques au Moyen Age », dans *Annales E.S.C.*, 5, 1979, 29-42.

1. Allusion ironique aux Saintes Écritures, mais aussi à une source écrite, voir Le *Pet au Vilain*, v. 16 : *Ce trovons nos en escriture*; *Estormi*, v. 28 et *Barat et Haimet*, v. 130.

2. *Mervellose*, ici synonyme de « surnaturelle », qui concerne l'au-delà, voir *Les quatre Sohais saint Martin*, v. 3.

4. *Venresdi*. Cette précision chronologique est inspirée

par la croyance populaire que le jour de la mort peut avoir une influence sur le sort de l'âme (NRCF, V, 373 d'après Van Gennep, *Manuel de folklore français contemporain*, II, Paris 1946).

5-6. Voir Le *Pet au Vilain* de Rutebeuf, v. 27, où le diable se rend auprès du paysan décédé pour en emporter l'âme.

8-10. Cette anomalie par rapport au schéma traditionnel permet à l'âme du vilain de monter au paradis.

56. *Manoirs*, « domaine », saint Thomas utilise le langage féodal du pouvoir aristocratique (et v. 61).

88-99. Dans l'iconographie médiévale, saint Paul est représenté avec la tête chauve. Avant de se convertir, Paul persécutait les chrétiens et aurait participé à la lapidation de saint Étienne *(Actes des Apôtres)*.

163-64. Vocabulaire juridique : *araisnier*, « interpeller », « appeler en justice; *desraisnier*, « justifier du droit qu'on a sur quelqu'un ». (NRCF, V, 462); *plaidier,* voir *Le Testament de l'Asne* de Rutebeuf, v. 122, 138-39.

169. Cf. Morawski, n° 1399 *(Noureture passe Nature)*.

172. Cf. Morawski, n° 1287 *(Meauz vaut sens que force)*.

9. *La Borgoise d'Orliens.*

Mss. ABC.
Éditions Montaiglon, I, 117; MR, IV, 133; Ebeling, 327; Rohlfs, 18; Johnston-Owen, 21; Rychner, II, 80; Levy, 19; Ménard, 1979, 21; NRCF, III, 337 (C).

Fabliau anonyme de la première moitié du XIIIe siècle dont le lieu d'origine est probablement la Normandie.

Sur le même thème, voir Nykrog, 209; Ménard, 1993, 147; *Le Chevalier, la Dame et un Clerc* (MR, II, 215); le *Décaméron*, VII, 7; *Le Cocu battu et content* de La Fontaine; les *Cent Nouvelles nouvelles*, n° 88.

En Italie ce thème a inspiré Ser Giovanni Fiorentino, *Il Pecorone*, III, 2; Poggio Bracciolini, *Facetiae*, I, 28; Bandello, n° 25. Cf. Bédier, 29-31 et W.H. Schöfield, *The Source and History of the Seventh Novel of the Seventh*

Day in the Decameron, Studies and Notes in Philology and Literature, 2, 1893, p. 185-212.

3. Orléans, siège d'une université célèbre au Moyen Age pour l'étude des auteurs de l'antiquité classique et de la rhétorique.

117-18. Le motif des sages trompés par la ruse féminine est un *topos* de la littérature misogyne.

203. *Corgie*, contenu de deux seaux portés sur l'épaule au moyen d'une palanche en bois.

216-17. Les détaillants utilisaient une barre de bois pour calculer. Les entailles qu'on y creusait indiquaient la quantité des marchandises.

221. Discipline, fouet à lanières de cuir ou de corde utilisé par les moines pour se mortifier.

325. Voir *L'Enfent de noif*, v. 146 et Morawski n° 1966 *(Qui le braça si le boive)*

10. *L'Enfant de neige*

Mss. AT.
Éditions MR, I, 162; NRCF, V, 209 (T).

Le titre sous lequel le fabliau est connu est *L'Enfant qui fu remis au Soleil*, titre de A.

L'histoire de l'*Enfant de neige* est citée comme exemple de *brevitas* dans la *Poetria nova* de Geoffroi de Vinsauf (1210 ca.), 713-17 (Faral, 1971, 219) :

« Rebus in augendis longe distante marito,
Uxor moecha parit puerum. Post multa reverso
De nive conceptum fingit. Fraus mutua. Caute
Sustinet. Asportat, vendit matrique reportans
Ridiculum simile liquefactum sole refingit ».

Voir Introduction, p. 20, Bédier, 460-61, et *Cent Nouvelles nouvelles*, n° 19.

Le succès de ce conte en Italie fut considérable (Firenzuola, Sansovino, Doni, Sercambi, Malespini s'en sont inspirés).

90. *Lombardie,* territoire qui, au Moyen Age, correspond à l'Italie du Nord et à la Toscane d'aujourd'hui.

146. Proverbe, voir Morawski n° 1966 *(Qui le braça si le boive).*

11. *Estula*

Mss. ABD.
Éditions : MR, IV, 87; Johnston-Owen, 6; Walters-Gehrig, 177; NRCF, IV, 345 (B).

Fabliau anonyme de la première moitié du XIIIe siècle, qui se fonde sur le quiproquo *Es-tu-là/Estula*, nom du chien.

21. Proverbe, voir Morawski, n° 781 *(Fous et avoir ne se peuent entravoir).*

25. Proverbe, voir Morawski, n° 1718 *(Povre home n'a ley).*

96. A noter l'effet d'illuminisme : la tache blanche du surplis du prêtre (et v. 122) dans l'obscurité ressemble à celle que fait la chemise blanche de Barat enroulée autour de sa tête pour contrefaire la femme de Travers *(Barat et Haimet,* v. 334-35).

137-8. Proverbe, voir Morawski, n° 679 *(En pou d'eure Deus labeure)* et 2369 *(Tel rit et fait bonne chiere qui est courcé et dolent en cuer).*

12. *La Damoisele qui ne pooit oïr parler de foutre*

Mss. ABCDE.
Éditions : MR, V, 24; Rychner, II, 120; NRCF, IV, 57 (B); Rossi, 1992, 89.

Des différences de contenu et de forme permettent de distinguer trois versions : I (mss. ACE) : la jeune fille est fille d'un baron, le valet finit par l'épouser et c'est elle qui prend l'initiative d'explorer le corps du séducteur; II (ms. B) : la pucelle est fille d'un vilain riche, le mariage n'a pas lieu et c'est le garçon qui explore le premier le corps de la jeune fille ; III (ms. D) qui partage les mêmes éléments de contenu de II mais s'en éloigne par « une grande supériorité dans le maniement de la langue » (Rychner, I, 87). Une scène de séduction proche de celle de la *Damoisele* se trouve dans *L'Esquiriel*, mais l'intrigue change. La technique de séduction utilisée exploite un procédé de distanciation de l'objet érotique – dont l'effet est augmenté par la naïveté de la pucelle – fréquent soit dans la littérature savante (voir *Alda*), soit dans le folklore. Un exemple d'exploration du corps par questions-réponses se trouve dans le conte de Gogol *La nuit de Noël*, dans *Veillées d'Ukraine*, 1928, 36-7 (voir Brusegan, 1983).

19-23. Sur le *topos* de la *casta virgo*, voir E.R. Curtius, *Europäische Literatur und lateinische Mittelalter*, Bern 1954, 108-15.

27-9. Les allusions érotiques parsemées dans le texte *(batre, vener, charrue, mener, besoigne)* et v. 65 : *arer, semer*, métaphores du labourage, de l'acte sexuel et de l'insémination, préparent le dévoilement final.

32. *Valet et sergent* (v. 15) sont synonymes. *Valet* (*vaslittus, diminutif de *vassallus*), « écuyer au service d'un seigneur », « officier royal », « domestique ». *Sergent (servientem)*, « serviteur », « homme d'armes », « officier de justice ».

41-42. Formule chevaleresque désignant le chevalier errant en quête d'aventure.

44. Allusion ironique au personnage de l'Orgueilleuse d'amour des romans courtois. Selon Nykrog, la délicatesse moquée de la jeune fille est celle des non-nobles.

84. Voir le geste de la *Sorisete* qui se pince la joue (v. 125).

135. Sur l'imagerie érotique qui suit, voir *Du Con* de Gautier Le Leu, v. 232-47, et *La Sorisete des Estopes*, v. 80-119.

172. Voir le mur abattu par le mari dans le rêve de *La Veuve*, v. 89-90 : *En vo main teniés un peron / Si abatiés tout cel assié*.

173. *Polains*. Les métaphores équestres en fonction érotique sont fréquentes dans les fabliaux, voir *Bauçant, La Veuve*, v. 464.

181. *Luisiaus*, NRCF, IV, 463, et Rossi, 102, interprètent « pelotes » *(luissel)*. Le sens « tombeaux » *(luisel* du lat. *locellum,* diminutif de *loculum*) y est présent aussi. Il s'agirait du parallélisme, fréquent dans le folklore, des fèves avec le tombeau (cf. P. Camporesi, *La maschera di Bertoldo. G.C. Croce e la letteratura carnevalesca*, Torino 1976, 18-21). Il est question de fèves lancées dans « l'œil » dans *Les quatre Sohais saint Martin*, v. 118-21 et dans *Le Sohaiz des Vez,* v. 108-9.

202. Cf. *Du con*, v. 383-86 : *Et se Rodoains li praiers, / Qui tant est orgueilleus et fiers, / Viel contredire le cheval, / Si le batent li mareschal* » (Livingston, 249).

13. *Boivin de Provins*

Mss. AP.
Éditions : MR, V, 52; Rychner, II, 110; Ménard, 1979, 47; NRCF, II, 77 (A).

Selon Rychner (I, 67-84), A est une version destinée à un public cultivé capable d'apprécier la parodie, P est un texte remanié caractérisé par un style plus vivant se prêtant mieux à la récitation et adressé à un public moins cultivé que celui auquel A adressait son récit. Voir aussi Ménard, 1983, 99-100 qui considère P comme une « transcription hâtive et incorrecte » et Zink, 1982.

1. Boivin est l'auteur (v. 1), le créateur de bons tours *(lechierres)* et le récitant du fabliau, celui qui à la fin raconte sa vie au prévôt et ensuite aux parents et aux amis, peut-être un sobriquet de jongleur (NRCF, II, 369).

3. Trois foires avaient lieu à Provins au XIIIe siècle : en mai, septembre et novembre.

10. *Sollers a las*, souliers élégants qui se laçaient autour de la jambe.

35. Rouget est le nom du bœuf dans *Aucassin et Nicolette.* (XXIV, 54).

35-70. La fonction incantatoire de ces longs comptes fictifs n'est pas étrangère au caractère théâtral de ce fabliau.

58-80. Les comptes sont faux dans P; la version A semble originelle (Rychner, I, 69).

101-22. Aparté et plainte qui ont une fonction théâtrale.

153-4. Gestes de moquerie, cf. *La Sorisete des Estopes*, v. 124-25.

161. *Avoir l'ostel Saint Julien*, expression qui désigne « avoir bon gîte ».

184. *Qui donc veïst com...*, formule épique.

212. Proverbe. Cf. Morawski, n° 1098 *(Li mort aus morz, li vif aus vis)*.

246. *Defamie* (ms. *de famie*). Selon le NRCF, II, 377, néologisme du XIIIe siècle, variante graphique de *diffamie*, « chose qui déshonore » (God., II, 711c et FEW, III, 73a). MR, V, 328 : *famie*, « faim »; Ménard, 181 : « faim dévorante » (?).

261. NRCF, II, 102. *Qu'i l'anche*; le ms. *auant qu'i sane*, Isane (Rychner, Ménard) serait une « faute de transcription ». Le NRCF II, 102 corrige : *qu'i l'anche*. *Anchier*, var. de *enchier*, « avoir des rapports avec qq'un », NRCF, II, 378.

283. *Borse*, heaumonière au sens littéral, et métaphore érotique (v. 276), cf. *La Coille noire*, v. 64, éd. Belletti, Genova 1978, désignée comme *borse d'userier*. *Pendanz*, « testicules » (Di Stefano, 665) et *Le Prestre Crucefié*, v. 100.

356 et 359. *Lors veïssiez*, formule épique qui dans les chansons de geste décrit une mêlée.

374. *Vie* est ironique, allusion aux *Vies* des saints.

14. *Estormi*

Ms. A.
Éditions : Montaiglon, I, 198; Ménard, 1979, 29; Raynaud de Lage, 63; NRCF, I, l.

L'auteur Hugues Piaucele (*Cest fablel fist Hues Piaucele*, v. 630) signe aussi le fabliau *Sire Hain et Dame Anieuse*.

Peut-être la même personne que Huon le Roi de Cambrai, auteur d'une version de la *Male Honte* et de poèmes didactiques et religieux (A. Henry, *Automne*, Paris-Gembloux 1977, 56 et NRCF, I, 3). Le fabliau se rattache au Cambrésis (Henry, *ib.*), à la Picardie (Ménard, 1979, 139; NRCF, I, 3). Sur les nombreuses versions de ce conte cf. Bédier, 236-50 et Frosch-Freiburg, 199-209. En particulier : le fabliau des *Trois Boçus* (NRCF, V, 191), *Les quatre Prestres* de Haiseau (MR, IV, 42), *Le Prestre qu'on porte* (MR, IV, I), *Constant du Hamel* (éd. C. Rostaing, Aix-en-Provence 1953), l'*Historia septem sapientium* (éd. Hilka, 28) et Aarne-Thompson, n° 1537.

28. Cf. *Barat et Haimet*, v. 130 *(Sicom raconte li livres)*.

33. *Crupes*, « derrières », « croupes », cf. *La Veuve*, v. 390 *(creponer)*; *rains*, « reins », et aussi *La Veuve*, v. 206.

64. *Hamoingnier*, hapax, Ménard (1979, 182) « accomplir »; God, IV, 405 « venir à bout d'une entreprise », TL, IV, 864, *ausführen, vollziehen*; NRCF, I, 315, dérivé de *hamon* « entrave, carcan en bois qu'on mettait au cou des animaux domestiques », « mettre le joug ».

69. *Solier*, « grenier, pièce à l'étage », fonctionnelle à l'intrigue; dans les fabliaux elle sert souvent pour se cacher, voir *La Borgoise d'Orliens*, v. 95.

104. *Essoine*, terme juridique (lat. pop. **exonia*), « excuse invoquée pour ne pas se présenter devant le juge », « délai légal ».

139-40. Ms. *iois : conios*, Ménard, (1979, 177), *conjois*, « joie », « réjouissance »; NRCF, I, 315-16 explique la perte de la nasalisation comme un accident paléographique, *joins* signifierait « alerte », « fougueux » et *conjoins* serait le participe passé de *conjoindre* « accoupler ».

156. *Porpoints*, partie rembourrée du vêtement d'homme qui couvrait le torse et destinée à amortir les coups.

172. NRCF, I, 314 rejette l'interprétation de Ménard « repousser » (la porte ou le verrou) et interprète *rebouler* « faire la grimace » : « Jean regarde méchamment le prêtre. »

182-6. A remarquer l'effet comique produit par la description des quatre meurtres en parfait style épique.

380. *Revois* (lat. *revictus* « convaincu d'une faute ») « infâme » (NRCF, I, 403); Ménard (1979, 138) maintient la forme *renois* du ms.

394. *En somac*, « obliquement » (Ménard, 1979, 138).

417. *Jouer de bondie*, « tromper », selon Ruelle, 135; *Congés* de Jean Bodel, v. 7 signifie « donner le signal du combat ».

428. La lecture *enossez*, « ossu » de TL III, 482 et de NRCF, me semble en contradiction avec *cras*, « gras ». Ménard lit *esfossez, esforcez*, variante de *esforciez*, « fort », « lourd ».

452. Cf. Morawski, n° 2378. (*Tierce foiz c'est droiz*).

480. *Or ai je mon pain cuit*, cf. Villon, *Testament*, 1621.

579. *Rasque*, « bourbier », « étang », est propre aux parlers du Nord, preuve que le fabliau a été écrit en Picardie (Ménard, 1979, 138).

586-7. Proverbe, cf. Morawski, n° 2034 *(Qui ne peiche si encort)*.

608-9. Cf. *L'Enfent de noif*, v. 147-8.

624. *Tremeleres*, « joueur de *tremerel* », sorte de jeu de hasard qui se jouait aux trois dés, probablement une variante du tric-trac (*merel*, probablement d'un radical prélatin *marr*- « pierre », « petit caillou », « gallet », « pion au jeu de la merele ».

629. *Ancele*, NRCF, I, 388, « servante ». Pourtant le contexte indique le sens « épouse » (Ménard, 1979, 140).

15. *Le Vilain Mire*

Mss. ABC.
Éditions : MR, III, 74; Zipperling, 34; Christmann, 44; Johnston-Owen, 56; Ménard, 1979, 83; NRCF, II, 309 (C).

Fabliau anonyme de la moitié du XIIIᵉ siècle. Zipperling propose de le situer au nord de l'Ile-de-France.

Les deux motifs du fabliau (le médecin malgré lui et les malades guéris par la ruse) se trouvent dans deux *exempla* de Jacques de Vitry (n° CCXXXVII, Crane, 99 et

Zipperling, 209 et n° CCLIV, Crane, 107 et Zipperling, 209-10). Le premier motif a été repris par Molière dans *Le médecin malgré lui*. Sa diffusion dans la tradition folklorique est attestée par : Aarne-Thompson, n° 1641 B et Tubach, *Index exemplorum*, n° 25 et n° 3760.

2. L'avarice du vilain est une qualification négative traditionnelle qui justifie la « beffa » que lui joue sa femme. Voir *La Borgoise d'Orliens*, où la richesse et l'avarice du bourgeois annoncent l'adultère de la femme.

3. Le paysan possède donc 24 bœufs, ce qui témoigne de sa richesse. Dans le ms. B la charrue est de huit bœufs ; dans *Aucassin* et *Nicolette* le bouvier possède un attelage de quatre bœufs (XXIV, 50).

8-25. Un autre exemple de mésalliance se trouve dans *Auberee*, v. 13-45.

55. Le droit de battre sa femme, sans la blesser, était reconnu au mari par le droit privé, voir *Le Con qui fu fait a la Besche*, v. 13-8, NRCF, IV, 13 et 366.

102. Image traditionnelle du vilain sale et puant, voir v. 108.

266-69. Sur le motif du rire guérisseur voir *Les deus Anglois et l'Anel*, v. 11-13 (Reid, 13).

298. On imprime sur sa chair les signes de la « clergie ».

299. *Escarlate*, du persan *saqirlat*, couleur d'un rouge éclatant obtenue par un colorant tiré de la cochenille. Etoffe de qualité supérieure teinte de cette couleur.

367. *Citouaut*, « zédoaire », plante d'origine orientale utilisée comme épice.

375. Littéralement « lige des mains », allusion à la cérémonie de l'hommage féodal durant laquelle le nouveau vassal mettait ses mains dans les mains du seigneur en signe de fidélité. Voir aussi *Les quatre Sohais saint Martin*, v. 87.

16. *La Sorisete des Estopes*

Ms B.
Éditions : MR, IV, 158 ; NRCF, VI, 171.

Fabliau anonyme de la première moitié du XIIIe siècle. Le même thème est repris par Gautier Le Leu dans *Le fol*

Vilain (Livingston, 147) et *Le sot Chevalier* (Livingston, 185 et NRCF, V, 313).

42. Voir *Le fol Vilain*, v. 255 : *J'ai men con en maison lasciet / En le huge dalés l'asciet.*

69. *Estopes,* « étoupe » et « mensonge » (God. III, 629a).

95. *Parpillier*, hapax, MR : « éjaculer »; FEW VII 486a « s'épancher »; TL, VII, 341 : *sich ergiessen*; NRCF, V, 340 « fouiller », « chercher en tous sens ».

103. Ms. MR : *Soit ele pas encor iree*; NRCF : *Ne soit pas encor meüree*. On peut lire *Ne soit el pas encor sevree* et interpréter *teste* comme synonyme de *testeron*, « téton ». Cette interprétation me semble appuyée par un passage du *Jugement des Cons* où il est question du jeune âge du sexe de l'une des trois sœurs qui aspirent à épouser le *bacheler* (v. 147-51). Le con de la cadette est plus jeune qu'elle et veut qu'on l'allaite encore :

> Mes cons est plus jones de moi;
> Si vous dirai reson por qoi :
> De la mamele sui sevree,
> Mes cons a la goule baee :
> Jones est, si veut aletier.

Le NRCF (IV, 23 v. 147-51) corrige à tort *jones* « jeune » du ms. par *jeüns*, « à jeun ».

110-11. Sur le motif traditionnel de la couleur noire des parties génitales voir *La Coille noire* (NRCF, V, 163).

117. Le paysage érotique est décrit dans le style courtois avec précision : la *bruiere,* les *prez,* la *fosse humide,* la *rosee,* l'*herbe menue.* Une métaphore courtoise est utilisée aussi pour désigner le sexe du paysan sot : *gant* (v. 140). De même la métaphore obscène de l'œil du vit (v. 183) n'est pas développée comme dans *Les quatre Sohais saint Martin* (v. 118-21) et *Le Sohait des Vez*, (v. 108-9).

124-7. Cf. *Boivin de Provins* (v. 153-4) et *La Damoisele...*, v. 24.

147. *Pansis* désigne l'état de rêverie amoureuse dans lequel tombe l'amant courtois.

188. Formule emphatique accompagnant la négation (NRCF, VI, 341).

196. La souris ne peut pas mordre parce que le con jeune n'a pas encore de dents (cf. *Le Jugement des Cons*, v. 134-5).

17. *Le Prestre crucefié*

Mss. AKl.
Éditions : MR, I, 194 ; Levy, 60 ; Gier, 110 ; NRCF, IV, 91 (K).

Fabliau anonyme localisé dans l'Ile-de-France (Bédier, 439).

Le thème du « crucifix vivant » se trouve dans *Trubert* et dans *Le Prestre taint* de Gautier Le Leu. Sa source est savante. Voir Jean de Garlande qui dans sa *Poetria nova* (1230 ca.) donne comme exemple vicieux de *stylus humilis* un épisode de castration où un paysan se venge d'un prêtre séducteur de sa femme (Faral, 1971, 88) :

> Rusticus a tergo clavam trahit et bertonso
> Testiculos aufert, prandia laeta facit.

L'exemple correct de style simple serait :

> In tergo clavam pastor portat, ferit inde
> Presbyterum, cum quo ludere sponsa solet.

Selon les préceptes des maîtres d'école l'auteur du *Prestre crucefié* et du *Prestre taint* aurait exagéré en faisant châtrer le prêtre coupable (Nykrog, 233). Sur ce thème : cf. J.A. van Os, *Le fabliau du* Prestre crucefié *et le problème du crucifix vivant,* dans *Medioevo romanzo,* 28, 1978, 181-813.

1. *Essample,* synonyme de conte, dérivé du lat. *exemplum,* brève anecdote, histoire, conte destiné à illustrer un enseignement moral, utilisé dans la littérature paréné-

tique et didactique. Les prédicateurs s'en servaient pour illustrer leurs sermons.

3. *Franc mestre* désigne le chef d'un atelier d'artisans (*ouvreor*, v. 59 et v. 6 *Il n'estoit mie aprentis*) où pouvaient travailler des *aprentis et* des *compagnons* auxquels le maître assurait le logement et la nourriture (voir B. Geremek, *Le Salariat dans l'artisanat parisien aux XIIIᵉ-XVᵉ siècles*, Paris 1968).

22. L'éloignement du mari de la maison est une fonction qui revient fréquemment dans le fabliau ; elle permet la réalisation de l'adultère, la mise en acte des tromperies féminines pour le cacher et l'effet de surprise produit par la découverte du mari.

53-4. Scène nocturne d'intérieur, voir *Le Sohait des Vez*, v. 21-35.

82. Cliché comique utilisé pour décrire un personnage impliqué dans une fâcheuse situation ; voir B.L. Honeycutt, « An Exemple of Comic Cliché in Old French Fabliau », *Romania*, XCVI, 1975, 245-55.

18. *Li Testament de l'Asne*

Mss. AC.
Éditions : MR, III, 215 ; Faral-Bastin, II, 298 ; Limentani, 1976, 80 ; Gier, 222 ; Zink, 1989, I, 95. Édition Zink (C).

Rutebeuf est l'auteur de cinq fabliaux : *Li Testament de l'Asne, Le Pet au Vilain, Charlot le Juif, De Frere Denise, De la Dame qui ala trois fois entor le moutier*. Il était probablement membre de la Confrérie des drapiers de Paris pour laquelle il semble avoir composé *Le Miracle de Théophile* et la *Vie de Sainte Marie l'Égyptienne*. Son activité poétique se situe à la moitié du XIIIᵉ siècle. Elle fut nourrie par une bonne formation scolaire comme le montre le fait qu'il utilise des sources latines pour ces deux ouvrages et pour la *Vie de Sainte Elysabel* et qu'il participe à la querelle universitaire de Guillaume de Saint-Amour. Sa production souvent de commande se caractérise par un ton moral amer et satirique. Ses *poèmes de l'infortune* en font le premier « poète personnel » de la littérature médiévale (cf. Zink, 1985 et 1989).

Le *Testament de l'Asne* se réfère à la tradition de la poésie des goliards avec ses *Testaments* parodiques (par exemple le *Testamentum domini asini*, Lehmann, 171-72) ou *testaments par esbatement* comme dit Eustache Deschamps, genre dans lequel s'illustre aussi Villon, *Testament*). Conte très répandu dans le folklore (cf. Aarne-Thompson, n° 1842; Stith-Thompson, n° 1607 (IV, 131), repris dans les *Cent Nouvelles nouvelles*, n° 96. Sur ses fabliaux voir aussi Limentani, 1976, 7-27 et *Prospettive*, 82-98.

20. *Je le vos di por*, formule de transition entre le prologue et le récit, fréquente chez Rutebeuf, cf. *Charlot le Juif*, v. 12 : *Por ce le di; La Dame qui fit trois tours*, v. 16 : *Jel dit por*.

25. La satire de Rutebeuf s'élève contre le clergé séculier.

29. La Saint-Rémi, qui tombait au Ier octobre (aujourd'hui le 15 janvier), était un terme de payement traditionnel. Le prêtre attend que les cours du blé montent.

45. Ce portrait positif de l'évêque est démenti à la fin du fabliau, car il se rend coupable d'accepter les livres que lui donne le prêtre et de lui donner l'absolution (cf. Limentani, *Prospettive*, 89).

56. Cf. Morawski, n° 2084-5.

77. *Bauduyn*, nom traditionnel de l'âne.

108. Cf. Morawski, n° 2433 *(Toutes paroles se laissent dire)*.

123-4. Cf. Morawski, n° 793 *(Fous se dort et terme aprouche)* et n° 1773 *(Que que fouz face, jourz ne se tarde)*.

150. *Escu*. Rutebeuf joue sur le double sens, « écu », arme défensive, et monnaie. Le prêtre a une bonne protection parce que l'âne lui rapporte de l'argent. L'écu apparaît vers 1253 : le fabliau est donc postérieur (Zink, I, 95).

19. *La Veuve*

Mss. GHU (Ta : Paris, Bibliothèque Nationale, collection Moreau 1727, Mouchet 52, copie de U).
Éditions : Livingston, 159; Rychner, II, 187; Rossi, 1992, 297. Édition Livingston (G).

Gautier Le Leu affirme être l'auteur de *La Veuve* au v. 585. Il était probablement un clerc défroqué, un goliard (Livingston, 50, 125), originaire du Hainaut, peut-être de Valenciennes. Il écrit dans la deuxième moitié du XIIIᵉ siècle. Dix fabliaux lui sont attribués : *Les Sohais, Del fol Vilain, La Veuve, Del sot Chevalier, De deus Vilains, De Dieu et dou Pescour, De Connebert, Du Con, Des Cons, Del Prestre taint.*

Le titre sous lequel le fabliau est connu est *La Veuve,* mais le ms. G, qui nous transmet la rédaction la plus complète, porte le titre *Li Provance de Femme,* dû à une main postérieure. Il s'inspire de la littérature pour et contre les femmes *(Le Chastie-musart, l'Évangile aus Fames, Le Blasme des Fames, La Contenance des Fames,* etc), mais son originalité réside dans le traitement psychologique du personnage qui renverse le topos misogyne et gagne les sympathies du lecteur. Il a été composé après 1239, date de l'autodafé des Cathares du mont Wimer, auquel fait allusion le v. 429.

Sur le motif de la Veuve hypocrite cf. : *Cele qui se fist foutre sur la Fosse de son Mari;* Chaucer, *The Wife Bath;* La Fontaine, *La jeune Veuve (Fables, XXI).*

1. *Castoier* (lat *castigare*). Allusion au genre littéraire des « Enseignements ».

61. *Agace,* « pie », oiseau de malheur.

62. *Hairons,* « hérons », présage de mort imminente.

64. Même de nos jours le hurlement des chiens est considéré comme un présage de mort.

65. *Geline,* « poule qui a les couleurs d'une pie », oiseau de mauvais augure. Dans le folklore les gallinacés ont une fonction ambiguë, à la frontière entre la vie et la mort.

70. *Treu,* le « tribut » que l'âme doit payer à Charon

pour passer la rivière qui sépare la terre de l'au-delà. Le tribut que *La Veuve* ferait payer à son mari est le fait qu'il accepte de retourner en vie grâce à des pratiques magiques (cf. v. 67, *conjurer*).

88-9. Rêve de défloration.

95-8. Rêve de réparation de l'hymen par une colombe, symbole du Saint-Esprit. Parodie du mystère de la conception virginale de la Vierge, voir le *colons blans* qui met enceinte Roseite dans *Trubert* et l'*Enfent de Noif*, cf. Introduction, p. 20.

121. *Grant cort,* le tribunal céleste du Jugement dernier.

136. *Doiens,* métaphore du sexe féminin.

179-85. *Cevaucie,* l'acte sexuel, mais il s'agit probablement aussi de la chevauchée nocturne des sorcières *En nuiere* de *nubem + aria,* « en nuage » (Livingston, 302). Rossi corrige *en riviere* et interprète « aller à la chasse du gibier d'eau ». Pourtant rivière, fontaine, fosse humide sont des métaphores du sexe féminin, l'expression ne peut donc pas se référer à un sujet féminin. Cf. aussi v. 321-4 qui témoignent de la familiarité de la *Veuve* avec les pratiques magiques.

211. *Nuituns,* « génie des eaux » (Livingston, 78).

308-309. Cf. Morawski, n° 241 *(Biaux noiaux gist soz foible escorce).*

341-2. Métaphore érotique, cf. *Del sot Chevalier,* v. 301 (Livingston, 197).

357-8. Quartiers de Valenciennes.

382. *Golïas.* Allusion au géant Goliath, personnification du sexe féminin, par croisement avec *gula.*

387. *Aniaus,* cf. *Gombert et les deus clers,* v. 48 *(anel).*

393. *Loce* (germ. *lotja,* « cuillère à long manche »), métaphore du sexe masculin. Cf. *Chansons et dits artésiens,* IV, v. 2-4 *(Avoirs resanle le piloke / C'on fait de poil a tout le loke / Pour puceles esbaniier* (Berger, 1981, 180) où le « bâton orné de poils » est une claire métaphore érotique.

395. Le chat est jeté dans l'âtre car il est la personnification de l'amant accusé d'homosexualité (cf. v. 476 *enverés,* var. *esverés,* lat. *evïratus*) et d'hérésie. Le chat était considéré comme un symbole d'hérésie à cause de l'homo-

phonie entre l'étymon *catus* et Cathare proposée par Alain de Lille (Schmitt, 1981).

429-30. L'Inquisiteur frère Robert fit condamner au bûcher les hérétiques du mont Wimer en 1239, aujourd'hui Mont-Aimé.

464. *Bauçant,* « cheval pie », nom traditionnel du cheval dans de nombreuses chansons de geste. Ici métaphore du sexe masculin. Sur le vocabulaire équestre en fonction érotique, cf. v. 471.

469-70. Cf. Morawski, n° 2396 *(Totes heures ne sont meures).*

562. Cf. Tobler, *Proverbes au vilain,* n° 221 *(Pitiez de cul trait lentes de chief)* et n° 217 *(Plus tire culx que corde).*

579. *Auduïn,* « maris soumis ».

580. *Gilleeur,* dérivé de *gille,* « astuce », « tromperie ». *Herluïn,* dérivé de *herler* (germ. *herle*), « faire du bruit », « crier ».

592. Cf. *La Bourse pleine de Sens* v. 434-35 ms. O : *Or ai mon fablel tret a fin,* / Si devons demander le vin.

20. *Le Sentier batu*

Mss. R.
Éditions : Scheler, III, 1867, 299 ; MR, III, 247 ; Landolfi Manfellotto, 93. Édition Landolfi Manfellotto.

Fils du poète de cour Baudouin de Condé, Jean écrit pour la cour de Guillaume Ier de Hainaut et pour un public de grands bourgeois (Nykrog, 27) à la fin du XIIIe et dans la première moitié du XIVe siècle. Il compose sur commande des poèmes allégoriques, des dits moraux et cinq fabliaux : *Les Braies le Priestre, Li dis dou Plicon, Li dis de le Nonnete, Li dis du Sentier batu, Le Clerc qui fu repus deriere l'Escrin.*

Voir J. Ribard, *Un ménestrel du XIVe siècle : Jean de Condé,* Genève, 1969.

6. **Gas**, cas sujet, *gab,* « raillerie », « plaisanterie ». *Juer de voir gas,* « plaisanter sur des faits vrais » (Manfellotto, 99).

19. Les tournois étaient l'occasion de faire fortune pour les jeunes chevaliers pauvres, mais ils s'étaient progressive-

ment dégradés en se transformant en occasion de licence et en « une sorte de noble foire au mari » (Chênerie, 349).

25. Le jeu du « Roi qui ne ment » était en vogue au XIIIᵉ siècle. Les joueurs élisaient un roi qui adressait des demandes épineuses aux participants, qui, parfois blessés, s'en vengeaient. Il ressemble au « jeu du Roi et de la Reine » cité dans *Le Jeu de Robin et Marion,* v. 442.

40. *Barbe*, sens obscène.

105. *Cox chaponnez*, « coq châtré ». L'image du coq et de la geline revient dans *La Veuve*, 209-10.

RÉFÉRENCES DES MANUSCRITS

A Paris, Bibl. Nat., fr. 837.
B Berne, Bürgerbibl., 354.
C Berlin, Deutsche Staatsbibl., Hamilton 257.
D Paris, Bibl. Nat., fr. 19152.
E Paris, Bibl. Nat., fr. 1593.
F Paris, Bibl. Nat., fr. 12603.
G Nottingham, Univ. Library, Middleton L.M.6.
H Paris, Bibl. Nat., fr. 2168.
I Paris, Bibl. Nat., fr. 25545.
J Paris, Bibl. Nat., fr. 1553.
K Paris, Bibl. Nat., fr. 2173.
L Paris, Bibl. Nat., fr. 1635.
P Paris, Bibl. Nat., fr. 24432.
R Paris, Bibl. de l'Arsenal, 3524.
T Chantilly, Condé 475 (1578).
U Turin, Bibl. Naz., L.V. 32.
Z Oxford, Bodleian Library, Digby 86.
f Chartres, Bibl. Mun., 620.
l Genève-Cologny, Bodmer 113.

BIBLIOGRAPHIE

La bibliographie sur les fabliaux est très vaste. Je me limiterai ici à signaler les ouvrages cités.

AARNE S. – THOMPSON St., *The Types of the Folktale. A Classification and Bibliography*, Helsinki 1961, rééd. 1973.

AUBAILLY J.-Cl, *Fabliaux et contes du Moyen Age*, Paris 1987.

Aucassin et Nicolette, éd. J. DUFOURNET, Paris, 1973.

AVALLE. D'A.S., *Le maschere di Guglielmino*, Milano-Napoli 1989.

BAKHTINE M., *L'Œuvre de François Rabelais et la culture populaire au Moyen Age et sous la Renaissance*, trad. fr., Paris 1970.

BATANY J., *Français médiéval*, Paris 1972, 207-208.

BEC P., *Burlesque et obscénité chez les troubadours – Le contre-texte au Moyen Age*, Paris 1984.

BÉDIER J., *Les Fabliaux. Etudes de littérature populaire et d'histoire littéraire du Moyen Age*, Paris 1985.

BELLETTI G. C., *Fabliaux, Racconti comici medievali*, Ivrea 1982.

BERGER R. et PETIT A., *Contes à rire du Nord de la France. Fabliaux abbévillois, amiénois, artésiens, douaisiens, flamands, hennuyers*, « Corps 9 » Troësnes, La Ferté-Milon 1987.

BERGER R., *Le Nécrologe de la Confrérie des Jongleurs et*

des Bourgeois d'Arras, 2 vol. (1194-1361), Arras 1963 et 1970.

BERGER R., *Littérature et Société arrageoises au XIIIe siècle. Les Chansons et Dits artésiens,* Arras 1981.

BIANCIOTTO G., « Le fabliau et la ville » dans Third International Beast Epic Fable and Fabliau Colloquium, Münster 1979, éd. J. GOOSSENS - T. SODMANN (Niederdeutsche Studien, 30) Köln - Wien 1981, 43-65.

BLOCH R. H, *French Literature and Law*, Berkeley 1977.

BLOCH R. H., *The Scandal of the Fabliaux*, Chicago 1986.

BODEL Jean, *Fabliaux,* éd. P. NARDIN, Paris 1965.

BODEL Jean, *Le Jeu de Saint Nicolas*, éd. A. HENRY, Genève 1981.

BODEL Jean, *La Chanson des Saisnes,* éd. A. BRASSEUR, 2 vol., Genève 1989.

BORGHI CEDRINI L., *La cosmologia del villano – Secondo Testi extravaganti del Duecento francese*, Alessandria 1989.

BOUTET D., *Les Fabliaux,* Paris 1985.

BREMOND H., LE GOFF J., SCHMITT J.-Cl, *L'« Exemplum »,* « Typologie des sources du Moyen Age occidental », Turnhout 1982.

BRUSEGAN R., *Fabliaux – Racconti francesi medievali,* I Millenni, Torino 1980.

BRUSEGAN R., « Les fonctions de la ruse dans les fabliaux », *Strumenti Critici,* 1982, 47-48, 148-161.

BRUSEGAN R., « La naïveté comique dans les fabliaux à séduction » dans *Comique, satire et parodie dans la tradition renardienne et les fabliaux*, Actes du Colloque des 15 et 16 janvier 1983, p. p. D. BUSCHINGER et A. CRÉPIN, Goppingen 1983, 19-30.

BRUSEGAN R., « Le personnage comme paradigme de traits dans les fabliaux » dans *Epopée animale, Fable, Fabliau*, Actes du IVe Colloque de la Société Internationale Renardienne, Evreux, 7-11 septembre 1981, éd. G. BIANCIOTTO et M. SALVAT, Paris 1984, 157-165.

BRUSEGAN R., « Regards sur le fabliau – Masque de vérité et de fiction » dans *Masques et déguisements dans la littérature médiévale*, Études recueillies par M.-L. OLLIER, Paris 1988, 97-109.

BRUSEGAN R., « La représentation de l'espace dans les fabliaux – Frontières, Intérieurs, Fenêtres », *Reinardus*, 4, 1991, 51-70.

Carmina Cantabrigensia, éd. K.Strecker, Berlin 1926 (*Mon.Germ.Hist.*).

CHÉNERIE M.-L., « Ces curieux chevaliers tournoyeurs. – Des fabliaux aux romans », *Romania,* 97, 1976, 327-368.

CHERCHI P., « From *Controversia* to *Novella* » dans *La Nouvelle*, p.89-99.

CHRISTMANN H., *Zwei altfranzösischen Fablels (Auberee Du Vilain Mire)*, Tübingen 1963.

COHEN G., *La Comédie latine en France au XIIe siècle*, 2 vol. Paris 1931.

Courtois d'Arras, éd. E. FARAL, Paris 1980 (CFMA).

DELARUE P. et TENÈZE M.-L., *Le conte populaire français* – Catalogue raisonné des versions de France et des pays de langue française et d'outre-mer, Paris 1985.

DÉTIENNE M. et VERNANT J.-P., *Les Ruses de l'intelligence – La métis des Grecs*, Paris 1974.

Les deus Bordeors Ribauz, éd. E. FARAL, Paris 1910, 93-111.

DI GIROLAMO C.-LEE Ch., « Writers and Reworkers : Forms of Intertextuality in Medieval Narrative », dans *La Nouvelle. Genèse, codification et rayonnement d'un genre médiéval,* Actes du Colloque International de Montréal (MacGill University, 14-16 octobre 1982), p.p. M. PICONE, G. DI STEFANO et P. STEWART, Montréal 1983, 16-24.

Disciplina clericalis, éd. A. HILKA et W. SÖDERHJELM, Heidelberg 1911.

DI STEFANO G., *Dictionnaire des locutions en moyen français,* Montréal 1991.

EBELING G., *Auberee. Altfranzösisches Fablel*, Halle 1895.

The Exempla or Illustrative Stories from the Sermones Vulgares of Jacques de Vitry, éd. Th. F. CRANE, London 1890.

393

Faral E., « *Des vilains ou Des XXIII manières de vilains* », *Romania,* XLVII, 1922, 243-64.

Faral E., « Le fabliau latin au Moyen Age », *Romania,* 50, 1924, 321-85.

Faral E., *Les Arts poétiques du XIIᵉ et du XIIIᵉ siècle,* Paris 1971.

Faral E., *Les Jongleurs en France au Moyen Age,* Paris 1987

Few – W. von Wartburg, *Französisches etymologisches Wörterbuch,* Bonn, etc. 1922.

Foulet L., « Marie de France et la légende de Tristan », *Zeitschrift für romanische Philologie,* XXXII, 1908, 203-4.

Foulon Ch., *L'Œuvre de Jean Bodel,* Paris 1958.

Gier A., *Fabliaux, Französische Schwankerzählungen des Hochmittelalters,* Stuttgart 1985.

God – Godefroy F., *Dictionnaire de l'ancienne langue française,* Paris 1880-1902.

Guiette R., *Fabliaux et contes,* Paris 1960.

Guillaume de Blois, *Alda,* éd. M. Wintzweiller, dans : *La « Comédie » latine en France au XIIᵉ siècle,* éd. G. Cohen, I, Paris 1931, 109-151.

Halle Adam de la, *La Pergola, ovvero il gioco della follia,* p.p. R. Brusegan, Venezia 1986.

Halle Adam de la, *Le Jeu de la Feuillée,* éd. J. Dufournet, Paris 1989.

Halle Adam de la, *Le Jeu de Robin et Marion,* éd. J. Dufournet, Paris 1989.

Henry A., *Automne,* Paris-Gembloux 1977.

Hicks E., « Fabliau et sous-littérature. Regards sur le *Prestre teint* », *Reinardus,* 1, 1988, 79-85.

Historia septem sapientium, éd. A. Hilka, Heidelberg 1912.

Honeycutt B. L., « An Example of Comic Cliché in the Old French Fabliaux », *Romania,* XCVI, 1975, 245-55.

Huchet J.-Ch., « De la perversion en littérature », *Poétique,* 71, septembre 1987, 271-90.

Huizinga J., *Homo ludens,* Paris 1951.

The Humor of the Fabliaux. A Collection of Critical

Essays, éd. T. D. Cooke et B. L. Honeycutt, Columbia, Mo. 1974.

Jauss H. R., « Littérature médiévale et théorie des genres » dans AA VV, *Théorie des genres*, Paris 1986, 37-76.

Jolles A., *Formes simples*, trad. fr., Paris 1972.

Johnston R. C. - Owen D.D.R., *Fabliaux*, Oxford 1957, rééd. 1965.

I « fabliaux » di Jean de Condé, éd. A. Landolfi manfellotto, L'Aquila 1979.

Lai du Lecheor, dans Ch. Lee, *Il falcone desiderato*, Milano 1980, 124.

Lee Ch., Riccadonna A., Limentani A., Miotto A., *Prospettive sui Fabliaux*, Padova 1978.

Le Goff J., « Culture cléricale et traditions folkloriques dans la civilisation mérovingienne », dans *Niveaux de culture et groupes sociaux*, Paris - La Haye 1971, 21-31.

Legros H., « Un auteur en quête de son public : les fabliaux de Jean Bodel », *Romania*, 104, 1983, 102-113.

Lehman P., *Die Parodie im Mittelalter*, Stuttgart 1963.

Leupin A., « Le sexe dans la langue : la dévoration. Sur *Du con*, fabliau du XIIIe siècle de Gautier le Leu », *Poétique,* 45, février 1981, 91-110.

Levy B.J., *Selected Fabliaux, edited from B.N Fonds Français 837, Fonds Français 19152 and Berlin, Hamilton 257,* with Notes by C. E Pickford, Hull 1978.

Limentani A., Rutebeuf, *I fabliaux*, Venezia 1976.

Livingston Ch. H., *Le Jongleur Gautier Le Leu. Etudes sur les fabliaux,* Cambridge (Massachusetts) 1951, rééd. New York 1969.

Le Livre des Ruses. La stratégie politique des Arabes, p.p. R.R. Khawam, Paris 1976.

Lorcin M.-T., *Façons de sentir et de penser : les fabliaux français*, Paris 1979.

Ménard Ph., *Fabliaux français du Moyen Age,* I, Genève 1979.

Ménard Ph., *Les Fabliaux, contes à rire du Moyen Age*, Paris 1983.

De Mercatore, éd. A. DAIN, dans *La « Comédie » latine en France*, 260-73.

MERL. H. D., *Untersuchungen zur Struktur, Stilistik und Syntax in den Fabliaux Jean Bodel*, Bern - Frankfurt 1972.

MORAWSKI J., *Proverbes français antérieurs au XVᵉ siècle*, Paris 1925.

NOOMEN W., « Qu'est-ce qu'un fabliau ? », Atti dell' XIV Congresso internazionale di linguistica e filologia romanza (Napoli, aprile 1974) 5 vol., Napoli - Amsterdam 1976-81, vol. V, 421-32.

NOOMEN W., « *Le Chevalier qui fist parler les cons et les culs* : à propos du classement des genres narratifs brefs médiévaux », *Rapports : Het Franse Boek*, 50, 1980, 110-123.

NOOMEN W., *Performance et mouvance*, dans *Reinardus*, 3, 1990, 127-42.

NOOMEN W., « Auteur, narrateur, récitant de fabliaux : le témoignage des prologues et épilogues », *Cahiers de Civilisation Médiévale*, XXXV, 4, 1992, 213-350.

La Nouvelle : Genèse, codification et rayonnement d'un genre médiéval – Actes du Colloque de Montréal (14-16 octobre 1982), p.p. M. PICONE, G. DI STEFANO et P. STEWART, Montréal 1983.

NRCF = Nouveau Recueil Complet des Fabliaux, p.p W. NOOMEN & N : VAN DEN BOOGAARD, Assen t. I, 1983 ; t.II, 1984, t.III, 1986 ; t.IV, 1988 ; t V, 1990 ; t. VI, 1991 ; VII, 1993.

NYKROG P., *Les Fabliaux*, Genève 1973.

PAYEN J.-Ch., « *Trubert* ou le triomphe de la marginalité », dans *Exclus et Systèmes d'exclusion dans la littérature et la civilisation médiévale, Senefiance*, 5, Aix-en-Provence 1978, 121-133.

PAYEN J.-Ch., « Lai, fabliau, exemplum, roman court : pour une typologie du récit bref aux XIIᵉ et XIIIᵉ siècles » in *Le récit bref au Moyen Age*, Actes du Colloque d'Amiens, avril 1979, p.p. D. BUSCHINGER, Paris 1980, 7-23.

PAYEN J.-Ch., « Goliardisme et fabliaux : interférences ou

similitudes? Recherches sur la fonction idéologique en littérature », dans *Third International Beast Epic, Fable and Fabliau Colloquium,* éd. J. GOOSSEN, et T. SODMANN, Münster 1979, Köln - Wien 1981, 267, (Niederdeutsche Studien 30).

PEARCY R. J., « An instance of Heroic Parody in the Fabliaux », *Romania,* 98, 1977, 105-108.

PICONE M., « Dal *fabliau* alla novella – Il caso di Chichibio (*Décaméron* VI.4) in *La Nouvelle,* 111-22.

RAYNAUD DE LAGE G., *Choix de fabliaux,* Paris 1986, (CFMA).

Recueil général et complet des Fabliaux des XIIIE et XIVe siècles, éd. A de MONTAIGLON et G. RAYNAUD, 6 vol., Paris 1872-1880.

REID T.B.W., *Twelve Fabliaux,* Manchester, 1958 (French Classics).

REY-FLAUD H., « Le vilain ânier », *Littérature,* 59, 1985, 85-91.

RIBARD J., *Un ménestrel du XIVe siècle : Jean de Condé,* Genève 1969.

ROHFS G., *Sechs altfranzösische Fablels nach der Berliner Fablelhandschrift,* Hall 1 1925 (Sammlung romanischen Ubungstexte, I).

RICHEUT, éd. Ph. Vernay, Berne 1988 (Romanics Helvetica, 103).

Le Roman de Flamenca. Nouvelle occitane du XIIIe siècle, éd. U. Geschwind, 2 vol. Berne 1976.

Le Roman de Renart, éd. E. MARTIN, 2 vol., Strasbourg 1882-1885.

Le Roman de la Rose, éd. M. POIRION, Paris 1974.

ROSSI L., « Jean Bodel et l'origine du fabliau », dans *La Nouvelle,* 45-63.

ROSSI L., « A propos de l'histoire de quelques recueils de fabliaux. I. Le Codex de Berne », *Le Moyen Français,* 13, 1983, 58-94.

ROSSI L., *Fabliaux érotiques,* Paris 1992.

ROUGER G., *Fabliaux,* Paris 1978.

ROUSSE M., « Propositions sur le théâtre profane avant la farce », *Trétaux,* 1, 1978, 4-18.

Ruelle P., *Les Congés d'Arras (Jean Bodel, Baude Fastoul, Adam de la Halle)*, Liège-Paris 1965.

Rutebeuf, *Œuvres complètes*, éd. M. Zink, 2 vol., Paris I, 1989, II,90.

Œuvres complètes de Rutebeuf, éd. E. Faral et J. Bastin, 2 vol., Paris 1959-1960.

Rychner J., *Contribution à l'étude des fabliaux. Variantes, remaniements, dégradations*, 2 vol., Genève - Neuchâtel 1960.

Rychner J., « Deux copistes au travail – Pour une étude textuelle globale du manuscrit 354 de la Bibliothèque de la Bourgeoisie de Berne », dans *Medieval French Textual Studies in Memory of T.B.W.Reid*, éd. I. Short, London, 19084, 187-218.

Scheler A., *Dits et contes de Baudouin de Condé et de son fils Jean de Condé,* 3 vol., Bruxelles 1867.

Scheler A., *Trouvères belges du XIIe au XIVe siècle,* 2 vol., Bruxelles 1876.

Schmitt J.-Cl., « Les traditions folkloriques dans la culture médiévale – quelques réflexions de méthode », *Archives de Sciences sociales des Religions*, 52/1, 1981, 5-20.

Schmitt J.-Ch., *La Raison des gestes dans l'Occident médiéval*, Paris 1990.

Scott N., *Contes pour rire? fabliaux des XIIIe et XIVe siècles*, Paris 1977.

Segre C., « Funzioni, opposizioni e simmetrie nella giornata VII del *Decameron* », in *Le strutture e il tempo*, Torino 1974, 117-143.

Segre C., « Maistre Pathelin : manipolazione dei topici e labilità epistemica », dans *Teatro e romanzo*, Torino 1984.

Tobler A., *Li Proverbes au Vilain*, Leipzig 1895.

T-L – Tobler A. – Lommatzsch L., *Altfranzösisches Wörterbuch*, Berlin-Wiesbaden 1925.

I trovatori licenziosi, p.p. G. Sansone, Milano 1992.

Trubert. Fabliau du XIIIe siècle, éd. G. Raynaud de Lage, Genève 1974 (Textes littéraires français).

Tubach F. C., *Index exemplorum,* Helsinki 1969.

VAN DEN BOOGAARD N.H.J., *Autour de 1300. Etudes de philologie et de littérature médiévales*, recueillies par S. ALEXANDRESCU, F. DRIJKONINGEN, W. NOOMEN, Amsterdam 1985.

VARVARO A., « I fabliaux e la società ». *Studi mediolatini volgari*, 8, 1960, 275-99.

De Veluta, éd. Klopsch., Leiden - Köln 1967.

WALTERS S. - GEHRIG M., *Trois fabliaux (Saint Pierre et le Jongleur, De Haimet et de Barat et Travers, Estula)*, Tubingen 1961.

ZINK M., « Le temps du récit et la mise en scène du narrateur dans le fabliau et dans l'exemplum » dans *La Nouvelle*, p. 27-44.

ZINK M., *La Subjectivité littéraire. Autour du siècle de saint Louis*, Paris 1985.

ZINK M., *Boivin, auteur et personnage*, dans *Littératures*, 6, 1982, 7-13.

ZIPPERLING C., *Das altfranzösische Fablel « Du Vilain Mire »*, Halle 1912.

ZUMTHOR P., *Essai de poétique médiévale*, Paris 1972.

ZUMTHOR P., *La Poésie et la voix dans la civilisation médiévale*, Paris 1984 (Essais et conférences. Collège de France).

ZUMTHOR P., *La Lettre et la voix. De la littérature médiévale*, Paris 1987.

TABLE

Achevé d'imprimer en septembre 1996
sur les presses de l'Imprimerie Bussière
à Saint-Amand (Cher)

N° d'édition : 2374. — N° d'impression : 1963.

Dépôt légal : février 1994.

Nouveau tirage : septembre 1996

Imprimé en France